U0048587

宅男的末世守則

2

目錄頁
CONTENT

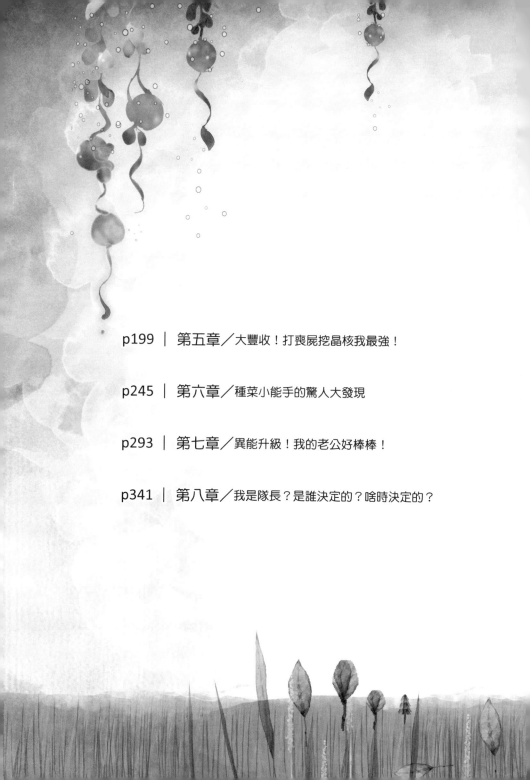

第一章

第一次滾床單就上手

自從爆發世界性的毀滅災難以來，人類的生存空間不斷被壓縮，直到現在，動植物還沒大規模出現異變，喪死卻已經開始進化，倖存者的日子越來越難過，開始面對斷糧的危機，可即便如此，大多數的人還是不願意離開安全區，出去外面尋找食物和生活物資，以致於基地內的各項建設工作變得炙手可熱，大家想賺積分去兌換糧食和水。

聽了王鐸所說的現況，羅勳很能理解，點點頭道：「基地外面聚集了很多喪屍，我們修牆的地方，今天出現的喪屍就幾乎一直沒有間斷過。」

章溯將五人組的飯盒洗乾淨還回去，說道：「謝謝，後天就不用幫我帶飯了，基地會管我三餐。」他的工種待遇是眾人當中最好的，五人組也不過是管兩餐飯，外加積分，而羅勳和嚴非兩人得到的東西一平分，各自只有七個積分和一頓午飯。

李鐵對嚴非兩人道：「我們問過金屬材料的事，因為要建圍牆，所以就算是軍營那邊也很難找出多少，倒是王鐸打聽到，軍方準備派人手出去收集金屬材料回來修牆呢，到時候應該能多少換一些回來。」

嚴非微微點頭，「不急，家裡的金屬材料現在夠用。如果你們有想要的家具，只要自己找材料來，我就可以加工。」能使用異能的地方越多越好，這可是提升異能的好機會。

羅勳回到屋中，今天拿回來的銅線暫前派不上用場，就收到樓上的儲物間。

嚴非拿出兩顆晶核，羅勳好奇地問道：「你要用嗎？」

嚴非道：「嗯，我想要知道將異能消耗完再使用這個東西，跟平常的狀況下使用，兩者有沒什麼不一樣的效果。」

羅動很支持嚴非探索異能，畢竟這東西他前世只是聽過用法，但是到底要怎麼使用才最有效率，又怎麼幫助異能者提升等級，他並不是很清楚。

嚴非今天仔細留意了身體吸收晶核能量時的變化，他要趁著記憶鮮明時再嘗試一次。

床頭櫃上的鐵球浮空，不斷扭曲變形——最近他找到了最能消耗異能的方式——鐵球慢慢變成輕薄的鐵網，網線越變越細，越變越密……變化停住，然後開始反轉，鐵絲網逐漸收攏，變回了先前的鐵球形狀。

嚴非艱難地喘息著，額頭布滿汗水，手中攥緊一顆晶核，閉上眼睛吸收裡面的能量。

「怎麼樣？」羅動拿著毛巾幫他擦汗，緊張地問道。

嚴非睜開眼睛，眼底閃著不知名的光彩，「有效果，跟平常不一樣。」

用光異能再使用晶核，他能感覺到體內容納異能的上限有所波動，比利用睡覺恢復的效果更好。一顆晶核不足以填滿異力，但上限提高，睡一覺起來自然會再次增加。

「我換一種方法試試。」嚴非深吸一口氣，攥起另一顆晶核。

他在使用異能的同時吸收晶核能量，並繼續消耗異能，比較著與剛才的不同之處。

「中午在樓道裡那會兒，我的異能沒有耗光時吸收晶核能量，異能上限鬆動的跡象不是很明顯。至於剛剛的兩次試驗，用光異能再吸收晶核的效果最好。」嚴非總結說道。

羅動聽得眼睛閃閃發亮，激動得臉頰紅潤。

看著他那張明媚的小臉，嚴非忽然生出一種想要撲上去將他就地正法的念頭，可惜現在身體痠軟無力，只能遺憾地決定以後要先忙完「正事」再搗鼓異能，否則難保自家這個可以任他揉搓的戀人會不會趁機反壓，他可是必須確保自己的老攻地位。

完全沒想到要「反壓」的羅勳，體貼地幫情人擦汗、餵溫開水，然後上床抱著情人，準備一起睡覺。閉上眼睛，忽然想起今天遇到的那夥人。他不是看到漂亮妹子就走不動的人，更別說現在已經有嚴非這麼個出色的男朋友了。

他之所以看那妹子看得呆住，是因為前世這個妹子很有名。

在上輩子的末世中，有個女人成立的隊伍，叫做「玫瑰傭兵團」。玫瑰傭兵團的恐怖之處不是裡面的女人多為異能者，而是她們對待男人的凶殘態度。

據說這是個由被男人拋棄、虐待的女人們所組成的傭兵團，她們極其厭惡男人，男人膽敢招惹她們，可都沒什麼好下場。

實力強大的男人會將漂亮的女人搶回去當作禁臠，玫瑰傭兵團卻打破了這種常態。犯到她們的男人一旦被抓住，長得好看的會被下藥，讓兵團成員輪流強上，直到精盡人亡為止。長得猥瑣的，會被割下小雞雞，放血令其失血過多而死。

她們不需要固定的男性伴侶，對她們來說，男人都不是好東西。被她們抓到的男人，能死裡逃生的，多半瘦骨嶙峋，虛弱到兩股顫顫。當然，沒死的都是長得不錯的普通男人，有異能的男人就別做白日夢了。

羅勳隱約記得自己上輩子來到這個基地前，玫瑰傭兵團就已經出現了，卻不是住在這棟大樓裡。當時發生了什麼事情他不清楚，可事後玫瑰傭兵團的凶名就傳開來了，倒是在末世後的四、五年左右，這個隊伍就慢慢銷聲匿跡了。

玫瑰傭兵團的團長，就是羅勳他們中午遇到的這位擁有火系異能的漂亮妹子。

不過，就衝今天兩撥人對峙的情況，他絕對不會多管閒事去提醒她，她男朋友可能會害她，畢竟他不知道玫瑰傭兵團成立的具體原因，萬一她是在男朋友死後才遇到什麼事呢？再者，關於玫瑰傭兵團的消息，他都是道聽塗說的，還有人說玫瑰傭兵團是一群放蕩的妓女組成的，她們成立這個隊伍的目的是為了抓男人……好吧，他覺得這個說法更不靠譜。

嚴非和羅勳兩人對修牆的工作適應得很快，每天有積分賺，免費飯菜吃，還能夠打到晶核，對於沒啥野心，只想安安靜靜過日子的他們來說已經足夠了。

等到章溯開工這天，整個十六樓的住戶等於是全體出動了。為了保證家中安全，不會辛苦一天回到家卻發現東西被搬空，嚴非他們重新規劃了一下防範措施。

每天早上外出時，將十六樓三個對外通道用鐵門徹底封死。羅勳他們兩人只上工半天，中午就能回來，到時再把樓梯出入的鐵門換回原本可以開鎖的大門就行，反正金屬系異能者目前似乎只有嚴非一個人，其他五個都在軍中。除非他們運氣背到遇見另一個隱藏自己的異能，還喜歡闖空門的金屬系異能者，否則十六樓的安全就能確保無虞。

平時樓梯出入口的那扇鐵門還是會掛著鎖門的鐵鍊，那扇門能推開的地方被金屬封住，就算有人能弄斷鐵鍊，也打不開鐵門。

羅勳利用下午的時間確認過一六〇三的牆壁狀況，推估到春節前牆壁應該能乾透，那時應該就可以刷第二層膩子了，只是不知道兩人能不能放假，過年還是要放假才有年味。

遺憾的是，別說羅勳他們，就連五人組也聽說能放假，平時都沒休假日了。沒辦法，現在大家都是在和時間賽跑。早一天做完事，生活早一天安穩下來。

來到上工前的集合地點，同組的工作人員都已經到了，個個臉上都有著興奮之情。

「來了？先上車再說話。」隊長揮揮手讓眾人趕緊坐到車上。

羅勳兩人壓下疑問，等著隊長發言。

上了車，隊長才咳嗽一聲，重點看了三名金屬異能者一眼，「基地上層經過幾次開會，終於批准在修建圍牆的過程中，異能者能夠使用晶核。」

晶核的事情不算是秘密，外出做任務的士兵更是門兒清，就連他們這些每天出來修建圍牆的人也見過。晶核多了，就有各種小道消息傳出來，吸收晶核可以補充異能的消息不脛而走。先前基地為了安全考量禁止大家私下使用，一直在對這種東西進行研究。

看來現在研究出了成果……不，或許真正的成果還沒有出來，但現階段應該沒什麼太大的副作用，而修建圍牆又迫在眉睫，基地才不得不妥協，讓修牆的人使用晶核提高效率。

外面那源源不絕奔襲而來的喪屍可不是鬧著玩的。

不僅如此，基地方面也準備對外發布任務，除了搜集物資、救援受困人士之外，擊殺喪屍、繳納晶核恐怕會成為未來的三大重要任務之一。

隊長環視了眾人一圈道：「從今天開始，每個人每天都會發一定數量的晶核，大家爭取在指定時間內用光這些晶核，加快修建圍牆的工作，今天是第一天，大家先熟悉一下。」

隊長拿出三個袋子發給三名異能者，嚴非數了數，總共有十顆晶核。以他的情況來說，這些晶核足夠補滿兩回他的異能。

大家不再按照先前那樣輪流築牆，而是估算出每個人能夠修築的範圍後同時動手。有晶核在手，築牆的速度遠超從前。因為還不太熟悉晶核的使用，所以另外兩名異能者都是一邊牆，一邊吸收晶核，每隔一段時間退下來休息片刻。

嚴非不同，他都是用光異能再在休息的時候吸收晶核的能量。

羅勳每天都能收穫幾顆晶核，嚴非就趁晚上使用，積極鍛煉提升自己的異能。練習了這麼多天，他早已掌握最適合他的方法。眼下多了基地配給的晶核，他更能放開手腳鍛煉了。

隊長趁著三名異能者忙著築牆的時候，把其他人拉到旁邊，低聲說道：「上級決定每天撥下三十顆晶核給咱們的三位異能者使用，除此之外，平常咱們打喪屍收集到的晶核，就歸大家自行分配。」

隊長瞄了羅勳一眼，這傢伙射箭的準頭實在是天怒人怨。

「上級要求咱們盡量在春節前將基礎圍牆修完，我建議咱們打到的晶核平均分配給三名金屬異能者，大家有意見嗎？」

在場的除了以服從命令為天職的士兵之外，就是知情趣識的羅勳了，反正不過是他們兩口子的私人小金庫沒了而已，嚴非照樣能拿到晶核來補充異能，這樣就足夠了。

見羅勳沒有反對，隊長微微鬆了一口氣，笑道：「除了跟在異能者身邊保護的人，剩下的人見機行事，但也不要硬拚。能多得晶核固然好，還是必須要重視自身安全。」

上下午兩組的金屬異能者建牆的位置已經重新劃定，到時誰的效率更高，一眼就能看出來。事後檢查的時候，上級肯定會給予獎勵，他們可不能丟這個臉。

得知能愉快地打喪屍、挖晶核、加快修牆速度，爭取被上級賞識，說不定還能趁機用晶核升個級等等綜合因素，他們這一隊負責防守的士兵特別激動，正在築牆的異能者們同樣像打了雞血似的投入建設大業之中。

嚴非一邊冷眼觀察另外兩個異能者，一邊慢慢吸收手裡的晶核。他的異能確實比那兩個人要高，不知道是異能變異，還是異能也有等級之分，自己用光異能的速度遠比他們慢，修築的圍牆範圍比他們大的多，速度也快得多。因為不想引人注意，他不會一次操控太多的金屬材料，不然他一個人築的牆就要等於其他兩人加在一起的了。

另外兩位異能者用完自己的晶核時，嚴非才第二次耗盡異能，而且還剩下五顆晶核沒用到。他的異能比他們高一級嗎？不對，他還可以操控金屬材料浮空，另外兩位卻做不到。

見異能者們將晶核用光，隊長看了一眼時間，將將上午十點半。也就是說，要達到最大的效率，自己這組的異能者，每天早上每位至少需要二十顆晶核。

「先把這十二顆發下去。」隊長拿出大家打到的晶核，讓士兵交給三位異能者，「叫他們三個休息一下再繼續，咱們殺喪屍的速度跟不上。」

嚴非把五顆沒用到的晶核收妥，改用剛分到的四顆晶核補充異能。

基地增加了擊殺喪屍的人手，儘管向基地聚集的喪屍數量變多，可是能突破防守線的喪屍還是有限。半天下來，他們這組人也只收穫了二十二顆晶核。異能者各得七顆，剩下一顆暫存在隊長手中，留待明天再發放。

當最後幾顆晶核發下去後，隊長提醒道：「大家悠著點用，別用得太快，一會兒咱們就收工回去了，你們回去再休息，晶核就留著明天繼續用，免得明天能打到的喪屍變少。」

午休回去前，三人都爆發了一下，兩名異能者各自消耗掉了五顆晶核，其餘的打算明天再來用。倒是嚴非，只用掉四顆晶核，剩下的三顆跟先前的五顆收在一起。

工作一天，居然存下了八顆白得的晶核，運氣不錯。當然，明天他得拿出兩顆來，和另外兩人看齊，免得被人發現不對勁。

回去的路上，正好經過一處正在修建磚牆的區域。基地中的土系異能者數量比較多，幾乎每隔一段就能看到一位。他們築牆也需要大量的原材料、混凝土，可有了晶核的加持，再加上人數多，短短一個上午就修建出了老長的磚牆。

先前被安排過來修牆的人，少部分繼續負責搬運，剩下的人都在外牆內側，跟士兵們一起清掃建築物和各種雜物，以便修完牆後讓人入住。

外牆和內牆之間的範圍很大，難免會有沒被發現的喪屍、被喪屍體液汙染的東西，這些都是清掃的主要目標。適合居住的房屋不夠，這些人還要參與修建居民樓的任務。

羅勳兩人今天的收穫不錯，回家的路上比平時興奮得多。嚴非的晶核消耗得沒別人那麼快，不過多出來的晶核除了留下一部分備用外，剩下的還是要在平日吸收，看看能不能盡快異能。嚴非的異能起點確實比別人強上，但如果停滯不前，初始的優勢會蕩然無存，所以晚上吃完小戀人的豆腐後，再疲累，也要在睡前把異能消耗一空。

保持強大的實力，一旦有突發狀況，他才能夠保護自己的情人、自己的小家。

羅勳一邊開著車朝自家社區前行，一邊看看道路兩旁有沒有人在販售用得著的東西，忽然覺得頭上多出一隻手，就見沒什麼精神的嚴非有一下沒一下地順著自己的毛。

「怎麼了？」

「沒，你的頭髮有點長了，回去後要不要紮起來？」嚴非的聲音聽起來懶洋洋的。

羅勳的表情扭曲了一下，搖頭道：「不用，回去你幫我剪剪就好。」

紮起來？他不是女人，不是藝術工作者，用不著特意留個小辮子。

「我幫你剪？你確定？」嚴非睜大眼睛，他是學過剪裁，可別人的頭髮……除了小學時用剪刀剪過同班女生的麻花辮之外，從來沒試過幫人剪頭髮呢？

「嗯，我自己剪更難看。」羅勳忽然眼睛一亮，「回去我也幫你剪。」

他上輩子最遺憾的就是，無處發揮自己那一手洗剪吹的技能。

末世後也有理髮師，可惜沒什麼前途。技術好的還好說，技術不好的，剪一天的頭都未必能賺上幾包餅乾。很多人要麼把頭髮留長，看起來像流浪漢。要麼自己剪，只是剪不好就像狗啃的。幸運的可以找個好基友相互幫忙剪，這也是羅勳偶爾會冒出來的小浪漫心思。

嚴非在羅勳激動的目光勉強點頭，心裡則在琢磨，聽說章溯是個很厲害的醫生，應該擅長用手術剪刀，不知道能不能客串一下理髮師。只要他別趁機給自己開顱，自己還是可以勉強忍受一下那傢伙的變態。

不過如果找別人幫忙剪頭髮，自家戀人肯定不高興……是為了晚上的「性福時光」犧牲自己的腦袋？還是為外表的光鮮而忍痛暫時犧牲自家戀人突發的小興致？

回到家中，羅勳直奔臥室，從櫃子裡翻出一套理髮工具。

嚴非咬牙，算了，大不了出門就戴帽子將就一段時間。

小傢伙歪著腦袋看著坐在客廳正中間的兩人，一個人坐在椅子上，另一個站在後面，坐著的那位身上還圍著一塊大大的白布。

伴隨著喀嚓喀嚓的聲音，一縷縷黑髮落到地上。

嚴非拿著剪刀，萬分緊張，以前和人在辦公室談判時也沒這麼緊張過。

他不敢一次剪太多，每次都只敢剪一點點。

羅勳剛才就把剪髮的技巧傳授給了嚴非，但他會的不過是野路子，嚴非常去高檔的美髮店，自然不敢聽那些一聽就很不靠譜的建議，而是回想著美髮店的理髮師的動作，自己慢慢摸索。所幸謹慎有謹慎的好處，反正剪完後沒有很奇怪，羅勳明天肯定能出門見人。

羅勳拿著鏡子左看右看，感慨道：「你的手還挺巧的。」

嚴非鬆了口氣，總算沒丟臉，正想著就聽羅勳又道：「等天氣變熱之後，要不要乾脆理個板寸頭？那樣比較省事……」

「不，這樣就很好！」嚴非連忙阻止，板寸頭？他的技術可沒那麼好，萬一手抖，說不定就會理出一個光頭來。

「可是那樣比較涼快……」羅勳依舊在糾結，夏天本來就熱，就算有電可用，但是光明正大開空調……這是怕小偷不惦記自己家是吧？

「沒關係，大不了我每隔幾天就幫你剪一次。」嚴非彎下腰，寵溺地笑道。

聲音有些沙啞，聽起來頗為性感。

羅勳臉一紅，不自在地移開視線，「那……好吧……」

嚴非剛鬆了一口氣，就聽到羅勳說了一句讓他提心吊膽的話：「輪到我幫你剪了。」

嚴非木然地坐到椅子上，感覺到烏黑的頭髮一大把一大把掉落，絕望地在心裡回想曾在衣櫃中看到過的幾頂毛線帽，尋思著明天要戴哪一頂出門。

十五分鐘過後，羅勳圍著嚴非轉了三四圈，有些不好意思地搔頭，「剪完了，那個……效果可能不太好……」

嚴非強笑，打定主意不管從鏡子裡看到了什麼，都不能擺臉色給老婆看。

他沒直接拿小鏡子照，起身走到浴室中……

鏡子裡映出一張禍水臉，在看到頭髮的瞬間，嚴非鬆了一口氣。還好，還能見人。不，其實剪得還可以，就是短了點，並不難看。

羅勳是照著嚴非原本的髮型剪的，重視實用的他，覺得既然要剪就乾脆剪短一些比較省事，以後可以少剪幾次，看起來還很有精神。

剪完頭髮的嚴非看起來有點呆，幸好養幾天就順眼多了。

將客廳收拾乾淨，才發現小傢伙趴在陽臺不知在做什麼。

「咦，掉了片葉子？」羅勳察覺陽臺地上有一小塊被撕扯過的菜葉，碧綠碧綠的，不像是因為營養不良才脫落的，倒像是不小心拽下來的。

小傢伙頭也不回地直奔自己的小窩，兩隻爪子抱住腦袋，心虛地閉上眼睛。

「也許是剛才不小心碰掉的吧。」嚴非瞄了一眼，見是很小的一片葉子便沒放在心上。

「我看看……啊，今天又下蛋了！」羅勳指著鵪鶉窩，連忙取來手電筒查看。

從前天開始，鵪鶉的受精卵達到五顆後，他就啟用育苗室中的孵化箱，把幾顆鵪鶉蛋放了進去，開始人工孵化。剩下的鵪鶉在充足的燈光照耀下，開始了每天下蛋的日子，只要有受精卵就添進孵化箱中去，其他的留著做菜。

六隻母鵪鶉幾乎每隻每天都能下一顆蛋，養鵪鶉吃肉的小日子正在向羅勳兩口子招手。

處理完鵪鶉蛋，兩人開始例行地檢查作物，研究隔壁屋子牆壁的乾燥狀況。

天色暗下來後，樓道中傳來隱約的上樓聲響。等了一會兒就聽到鐵鍊聲，羅勳連忙起身開門迎出去，果然是五人組回來了。

「你們一起回來的？」見章溯也跟著，羅勳疑惑地問道。

章溯有氣無力地揮揮手，「在社區門口遇到的。」他所在的醫院雖然也在軍營，但位置離五人組比較遠，平時很難碰上，這幾天都是各自回來。主要是章溯的工作時間不定，有時會遇到大手術，半夜三更回來都是很有可能的。

「怎麼？今天又有不少手術嗎？」見章溯一副彷彿被蹂躪過的模樣，羅勳很是好奇。

章溯哼哼兩聲，「今天拉來了幾個被喪屍抓傷的人，其中一個手術做到一半就變成喪屍了，還好我早有準備，他剛變身我就把他的腦袋削掉。旁邊的幾個護士尖叫聲太刺耳，吵得我到現在頭都還在痛。」

眾人很無語，不是誰見到這種場面都能保持平常心。羅勳嚴重懷疑章溯之所以總把放血掛在嘴邊是因為職業病。不讓他去醫院開刀放血說不定更危險，既然如此，不如讓他天天上班去呢。至少從他工作開始到現在，每天變得老實多了，也就睡覺前會削一下金屬沙袋。

章溯忽然對嚴非勾勾手指頭，「過來，有點事。」說著打開他家大門等嚴非進去。

嚴非挑眉，拍拍羅動的肩膀讓他在外面等。羅動有些納悶，但想想或許是他家那個沙袋已經被削爛了，便與李鐵幾人交換情報。

跟著章溯進屋，見他打開客廳中的燈——這會兒正好是基地供電的時候。嚴非掃了一眼還能勉強看出原形的金屬沙袋，問道：「什麼事？」看起來不是讓自己幫他修沙袋。

「我今天在醫院遇到了一些人。」章溯走到廚房，將蒸餾出來已經半滿的水桶挪開，換了一個空的。

嚴非沉默地等著下文。

「有個女人五十多歲的模樣，看起來身分不低。」章溯眼著眼睛，笑得意味深長，「她的手指頭割破了，去部隊醫院縫合。」

「夠縫一針的傷口？」嚴非一臉不屑。

「我說要是縫針的話，反而可能會留疤。我幫她消毒之後，和她再三確認沒受到喪屍病毒感染才結束。」章溯攤手。

「所以？」沒事的話，章溯不會單獨把他叫進來。嚴非從聽到他說那個女人起，就猜出她是誰了。除了那個人，誰會因為一個小傷口就跑到醫院要求主刀醫生過去幫她消毒？

「那女人很眼熟，」章溯意有所指地笑道：「我就跟她多聊了幾句，後來有兩個男人來接她回去，其中一個穿著軍裝，那個女人忽然想起什麼，對他說『差點忘了，我和老嚴的兒子不知道還有沒有活著，這個基地人多，你幫我查查吧』。」

嚴非冷笑一聲。

章溯嘆息，「她兒子真可憐。」說著戲謔地看向嚴非，「她是軍方一個星期前從北部基地救回來的，在軍方那裡有關係，現在住在軍營中的特等房裡，現在才想起她有個兒子。」

「能想的起來已經不容易了，以前我一年也只見她一次，每次不會說超過二十句話，其中至少十句和前幾年一樣。」嚴非沒有章溯預計中的憤怒。

「你知道她來基地了？」章溯收回看戲的表情。

「從他們抵達基地的第一天我就知道了。」嚴非沒有隱瞞的意思。

「他們？」

「對，他們乘坐的是我父親的商務車，那車子還掛著車牌，一眼就能認出來。」

章溯微微搖頭，他看到那個女人的時候，就發現他和嚴非果然是一路人。同樣擁有出眾的外表，同樣喜歡男人，以前身邊同樣有極品存在。區別是，他身邊的極品是戀人，對方身邊的極品是血親。這麼說來，對方比自己還慘，他只是沒遇到好男人而已。

章溯忽然又笑了，「要不是你已經有了小動動，我都想勾搭你了。」

嚴非的表情瞬間扭曲了一下，用嫌棄的目光打量章溯，「我沒有這種……興趣。」

章溯笑得更加春光燦爛，忽然貼上去，臉幾乎要貼到嚴非臉上，「這麼說，你是被你家小動動扳彎的嗎？我對他感覺也不錯，可惜是個受……」

與此同時，大門忽然被打開，何乾坤的大嗓門響起：「嚴哥，金……那個金……」話聲戛然而止，五人組齊齊瞪著屋中兩人曖昧至極的姿勢。

嚴非瞄到站在後面的羅勳，他正目瞪口地看著自己兩人。

章溯眉毛一挑，往嚴非身上貼，做作地叫了一聲：「哎呀，你害得人家腿都軟了！」

嚴非被他噁心得伸手一推，砰一聲，章美人被推出去撞到金屬沙袋上……

「你要是閒得難受，我免費幫你在身上開幾道口子，反正你是醫生，可以給自己縫合，算是鍛煉技術。」嚴非黑著臉，金屬沙袋飄出幾塊金屬，變形成幾把尖銳的小刀。

「才剛利用完人家就這麼粗暴！」章溯拋了一個媚眼，又似笑非笑地看向羅勳，「小勳勳，要是他對你家暴，晚上你就來跟哥哥睡吧！」

羅勳：呵呵！

王鐸忽然捂住鼻子，轉身就跑。

「我靠……這也太妖……」他還是有生以來第一次對男人流鼻血。

李鐵等人也滿臉通紅，手腳都不知道往哪兒放好了。他們認識章溯這麼久，也沒見這傢伙用這種撩人的眼神挑逗過他們。當然，這和他們本身看起來就很乾淨正直也有關係，可今天純粹是被嚴非牽連的，這才初次發現，竟然連男人也能這麼的……誘人？

純情四人組傻站在原地不知所措，嚴非轉身向門外走去，心中頗有些忐忑地牽起羅勳的手。還好羅勳並沒甩開，而是乖乖跟他走回自己家。

「……他剛才是在發神經。」嚴非不知道要怎麼解釋，一個男人裝作和自己曖昧給另一個男人看，這種驚悚的畫面實在很難想像。

羅動陡然趴進他懷中，抱住他的腰，好半天才悶聲說道：「你是我的，對吧？」

「當然！」嚴非回答得堅定無比，見他沒有質問自己才鬆了口氣，然後拉著他直接回到樓上的臥室。

羅動一路老實跟著，連蹦躂過來求撫摸的小傢伙都沒理會。進到臥室後，被嚴非壓倒在床上緊緊抱住，才表情有些複雜地說道：「剛才你們兩個在一起……」

嚴非連忙發誓：「是他突然靠過來的……你也知道他那人有點……抽風。」他不知道怎麼形容章溯那個人，難以想像章溯的大腦回路，無法預測他會在什麼時候發神經。

羅動搖搖頭，「我知道，只是看到你們兩個在一起的樣子，我覺得……你們很般配。」說完有些自卑地低下頭，「你們兩個都長得很好看……我……」以後他跟嚴非一起出去，別人可能都會鄙視他，這也是他為什麼支持嚴非外出戴口罩的原因之一。

嚴非一噎，猛地覺得跟不上自家戀人的思維。他一個天生直男猜不出同性戀到底什麼時候會怎麼想，怎麼比女人的腦回路還奇怪？

雙手撐在羅動的頭兩側，嚴非認真地對他說：「你覺得我是注重外表的人嗎？」如果他真的這麼覺得，那自己為什麼會願意跟長得清秀不亮眼的他在一起？

羅動眨眨眼睛，伸手勾住嚴非的脖子，把他拉下來，低聲道：「我們來做吧。」

嚴非以為自己聽錯了，這是什麼神進展，不過，期盼已久的開葷機會上門，他才不會傻得往外推。手順勢滑到羅動的腰際，湊到他的耳邊輕聲問道：「確定？」

羅動的臉快燒起來了，被觸碰的腰變得痠軟，沒有出聲，只是微微點頭，雙手依舊摟著嚴非的脖子。他需要確認，確認嚴非是愛自己的，自己與他是契合的。

嚴非不了解章溯的個性，羅動這個從末世回來的人倒是清楚，現在的章溯雖然安全了，心裡卻非常空虛。被信任的人出賣，身邊雖有親近的鄰居，但也只是鄰居而已。

他們不知道章溯的過去，不明白他真正的個性。他在基地外和別人互相殘殺爭奪物資，來到基地裡卻被嚴格禁止。截然不同的生活規則，陌生的環境、陌生的人讓他無所適從。他只好用看似抽風的態度來挑逗疑似「同類」的自己和嚴非，因為五人組的性子太純粹，沒有被黑暗浸染過，所以他只能對自己和嚴非發洩，不然時間久了說不定會出現精神問題。

如果自己不是早就適應末世的生存規則，說不定他也會被逼瘋，可即使如此，他也寧願獨自宅在地下室度日，不尋找同類相互取暖。

閉上眼睛，感受著嚴非溫熱的氣息吹拂在頸窩、臉上，感覺著他那雙大手在自己的身上遊走著，點燃一團又一團的火焰。

羅動可以理解章溯的舉動，但嚴非是他的。他們決定在一起，就要堅持攜手走下去。以他對於末世的了解，加上嚴非那實用的強大異能，他們一定能找到一條最適合他們的路。

剛才看到章溯和嚴非在一起的情景，激發出了羅動隱藏著的自卑心理，他突然想要確認自己和嚴非是不是適合，嚴非這個剛被扳彎的直男是不是適合跟他在一起。

生活中的大小事可以慢慢磨合，但某方面卻需要實際操作才能知道是否契合。先前羅動一直迴避，不願意太快面對，現在他急需證實明自己與嚴非是合適的，希望嚴非用行動表明他對自己是有需求的。即使要在下面，他也沒有任何的抗拒。

嚴非褪下羅勳的衣服，雙手支在他的頭兩側，靜靜地凝視著他。

感覺到了嚴非的視線，羅勳睜開雙眼。嚴非笑了起來，眼中含中能將人融化的溫柔，他緩緩俯下身子，虔誠而堅定地親吻羅勳的唇，低聲道：「放鬆，我要進去了。」

羅勳先是一僵，隨即放鬆繃緊的身體。他從沒跟人有過這麼親密的行為，可以前曾經偷偷研究過，知道承受的一方需要做好的準備和即將發生的事。

為了方便嚴非的動作，羅勳甚至主動抬腿勾住他的腰，貼近他的臉龐，有些喘息地在他耳邊呢喃道：「來吧……」

嚴非動情，灼熱的某處脹得隱隱作痛。

得到小戀人的允許，這才放開強忍著的慾望，沉下腰身，進入他的身體。

……

……

羅勳艱難地睜開眼睛，伸出痠軟的手想去拍扁響個不停的鬧鐘。就見嚴非手臂一橫，越過他按住了那個擾人清夢的鬧鈴聲。

「今天在家好好休息，中午我給你帶飯。」嚴非在羅勳的額頭吻了一下。

「嗯？」羅勳的頭很痛，無法理解嚴非的意思。

嚴非又親了他一下，額頭貼在他的額頭上，「還有點熱，你躺著，我把早飯端上來。」

羅勳迷迷糊糊的，不知道嚴非是什麼時候起來的。

等嚴非把早餐端上來，羅勳才有些清醒，可惜渾身痠軟無力，某個部位還熱辣腫痛。

「你剛才說要自己去？」羅勳掙扎著要坐起身來，嚴非過來扶住他。

「嗯，今天我自己去上工，你在家好好休息。」

羅勳的臉先是一黑，隨即變紅，彆扭地抗議：「我沒事，過一會兒就好了。」因為滾床單而請假什麼的，簡直是太羞恥了。

嚴非伸出手指戳了他的額頭一下，「什麼叫做沒事？你現在還有點低燒呢。」

「低燒？」羅勳愣住，「我怎麼發燒了？」

嚴非磨了半天牙，最後不得不移開視線，有些臉紅地道：「好像是因為昨天晚上……」他昨晚幫羅勳清理過，但因為是第一次，此前還是個純正的直男……總之，當時他太心急而傷到戀人裡面，引起發炎，發個小燒太正常了。

羅勳愣了好半天，也許是昨天晚上「戰況」太激烈，出了汗又踹被子的關係，反正他不知道有人會做愛做的事做到發燒。當然，可能跟人家那裡的適應程度也有關係。

羅勳琢磨了一下，讓嚴非幫自己拿一盒消炎藥過來。

「要是問題不大，明天我應該就能跟你去上工了。你今天帶著背包，裡面有我的大弩，手弩你也綁在手臂上以防萬一。把家裡所有的晶核都帶著，別捨不得用，危險的時候也別等異能都消耗完後再用……」將自己能想到的事情全都囑咐一遍，原本沙啞的的聲音更啞了，心疼得嚴非幾乎想去請個假就回來照顧他。

所幸清醒後羅勳的精神好了很多，吃完早飯量體溫也很正常。嚴非在他臉頰上左右各親了一下，這才一步三回頭，依依不捨地出門。

鎖好自家大門，嚴非深吸了一口氣。雖然做完之後有些意外的情況發生，但對於自己和羅動的第一次，他還是很滿意的。當然，下次他會更加小心，等中午回家再翻翻看筆記型電腦裡有沒有關於男男那啥的小黃文。

五人組和章溯此時都出來了，大家每天都一起下樓，嚴非最後負責鎖門。看到嚴非，章溯挑眉，戲謔地調侃道：「哎呀，這明晃晃的一臉春色，推倒了？」

嚴非連眼神都沒賞他，直接往外走。

何乾坤傻乎乎地問：「嚴哥，羅哥呢？」

「有點發燒，他今天在家休息。」對於五人組，嚴非還是比較寬容的，解釋了一句。

五人組連忙關心地問燒得厲不厲害？家裡有沒有藥？如果實在不舒服的話，他們可以抽出一個人留在家中照顧他云云。

章溯「噗哧」一聲笑了出來，見嚴非的視線如刀射過來，他雙手一攤，「嘖嘖，家裡有消炎藥嗎？吃過了嗎？」

嚴非磨磨牙，決定繼續無視這個看好戲的傢伙。

李鐵不解地摸摸後腦杓，「感冒吃什麼消炎藥？」

章溯確實是醫生沒錯……等等，他是外科醫生，會治感冒嗎？

王鐸忽然想到什麼，張大嘴巴，看看章溯，又看看板著臉用異能封門的嚴非，忍了半天才將自己的疑問硬生生吞回肚子裡。

不能問，問了可能就會被迫打開新世界，到時就再也回不到過去那純真的日子中了。

他的目光和慵懶地站在一邊的章溯對上，見他對自己微笑，王鐸連忙伸手捂住自己的鼻子，苦著臉低頭。人家是在認同自己的猜測？還是在……勾、勾……咳咳，勾自己呢？

一行人下樓坐進車中，羅勳在家，開車的換成嚴非。他們如今人在基地中不太用得上車子，便將汽油全都收集到一起，交給每天開車出行的羅勳兩人使用。

見嚴非今天獨自過來，隊長和其他士兵關切地詢問，得知羅勳生病，隊長還保證收工後會幫忙找些退燒藥讓他帶回去給羅勳。

比起異能強大卻很高冷的嚴非，愛笑又健談的羅勳，跟大家的關係更好。

隊長指了一個隊員負責保護嚴非，然後拿出一個袋子，說道：「裡面有四十五顆晶核，每個人比昨天多五顆，今天再打到的話，還會分給大家。」

「隊長，今天怎麼有這麼多？」一個金屬系異能者好奇地問道。

隊長的笑容有些苦澀，「昨天下午基地外面又來了一大群喪屍，聽說今天凌晨才清理得差不多，有一些喪屍還跑到了外圍牆裡面。」昨晚的情況比較嚴重，有幾個速度極快的喪屍率先突破防守線，據說很多士兵犧牲了。

眾人的心情變得沉重起來，有更多的晶核拿固然是好事，可這些晶核卻是每一顆都染著保護者的鮮血。不，這些晶核實際上是人類變成喪屍後成形的……可以說，每一顆晶核都至少代表一個以上的生命的死亡。

羅勳躺在床上，呆呆地看著天花板。

天花板有一盞樣式簡單的圓形吸頂燈，這種燈實用又好清理。

重生以來，他都沒像今天這麼清閒過。從沒賴過床的人，今天被迫賴床了，這滋味……怎麼有些空虛呢？難道自己被生活逼成了抖M，不從早忙到晚就覺得難受？

前世將家中的作物處理好，不需要出門的日子是怎麼打發時間的？似乎……自己經常會接一些打磨小工具、武器的任務來著，用加工來換取物資。

羅勳撓撓頭，忍不住大吼：「啊……躺不住啦！」吼完從床上彈起來，結果頭昏腿軟、腰痠菊花疼，讓他險些又摔回床上。

「唉，原來皮肉生意不是那麼好做的，我才做一次就半死不活，真不知道人家是怎麼熬過來的……」他一手扶著腰，一手扶著牆，慢慢向房門走去。

先去露臺看了一圈，確認作物們有無異常，然後忍著痠痛下樓。小傢伙聞聲跑過來，奇怪自家主人今天怎麼沒出門，便在羅勳腳邊打轉。

羅勳現在已經不燒了，屁股疼得也不是太厲害，就躺到沙發上，拿手機玩遊戲。小傢伙見主人難得能在家陪自己，興奮地跳上沙發，順著羅勳的大腿爬到他的肚子上。

「輕點輕點，我的腰……」羅勳苦著臉想把小傢伙推下去，無奈將近半歲的小黑背如今長得壯實肥碩，他竟然快推不動牠了。

羅勳玩遊戲打發時間，沒過多久聽到社區外面傳來大喇叭廣播的聲音，原來是基地招募人手參與某些建設工作的宣傳。

載著大喇叭的車子甚至開進了宏景社區，繞著社區的主要道路轉悠了一圈才又開出去，羅勳也因此聽到除了建設任務外，還需要清潔人員。估摸是基地收集到了不少各種用途的布料，卻又擔心布料上沾染過什麼髒東西，在缺少洗衣機的情況下……不，就算有足夠的洗衣機，基地的電量也未必夠用。

在遊戲裡死了好幾次，羅勳終於放棄，準備找篇小說來消磨時間。趴在他身上的小傢伙突然直起身子，兩隻耳朵豎了起來。

「怎麼了？」羅勳茫然。

小傢伙看了他一眼，隨即歪起腦袋，似乎在仔細辨別著什麼。

羅勳猛地想到什麼，也集中精神聆聽。

小傢伙忽然站起身來，跳到地上。跳下去的時候，一隻狗爪子正好踩中他的肋骨。

「哎呀……踩得真準……」羅勳痛叫一聲。

小傢伙沒理會自家主人，了起背脊，尾巴豎得直直的，衝大門的方向開始吠叫。

羅勳扶著腰站起來，走到大門邊，抄起放在鞋櫃上的狼牙棒和連弩。

一六〇四和一六〇三的對外大門經過改造，貓眼監控器的顯示螢幕安裝在一六〇四大門的內側。改造後的大門正好斜對著樓梯出入口的鐵門，羅勳看不清楚鐵門後面的人的模樣，卻能清楚地分辨出來人不是五人組，更不是嚴非和章溯。

悄悄推開大門來到鐵門後面，手放在鐵門的把手上，嚴非走前並未把鐵門封死。

鐵門外人似乎正在研究鐵門的構造，鐵鍊不時發出鏗鏘聲。

「沒事，我都看過了，十四樓和十五樓也都沒人！」

「鎖得這麼緊，這層樓肯定有好東西！」

「可是前幾天我聽說這層樓好像有異能者，上次有幾個人差點……」

「怕什麼？白天這層樓的人都不在……快點把傢伙拿過來，將這條鐵鍊剪開！」

嚴非特意做出來掛在鐵柵欄上的鐵鍊是為了迷惑人的，就算鐵門改回真正的門，裡面的鎖也沒有掛在這幾條鐵鍊上。

羅動目光冰冷，放下沒什麼用處的狼牙棒，舉起連弩，閃身靠向電梯那側的牆壁。

從對方的角度看不到羅動，那些人埋頭搗鼓著鐵鍊，企圖剪斷它們，好進來看看這層樓的住戶到底藏了什麼好東西，幹麼封得這麼密實。

刷——

一枝弩箭透過鐵柵欄，射中了正在拉扯鐵鏈的手掌，對方痛叫了一聲。

闖空門的幾個人瞪大眼睛，錯愕發現鐵柵欄後面出現一個臉色略顯蒼白的年輕人，他面露冷笑，手中舉著的連弩瞄準了他們一夥人。

這些人一時回不過神來，這層樓裡的住戶不是出去上工了嗎？下午才有人在啊！

羅動刷的又是一箭，射中其中一個人的手臂。

「下次再敢來，我就射穿你們的脖子，滾！」羅動冷冰冰地撂話，眼中迸射殺意。

那些人驚恐地大叫，爭先恐後轉頭就跑，連帶來的撬門工具都不敢拿了。

羅動看到散落一地的鐵絲、扳手、鉗子等，心情頓時好轉。

不知道章溯上次抓小偷的時候，有沒有也收繳到戰利品？

正要彎腰伸手去搆鐵柵欄外的東西，腰一痛，他的臉色瞬間變綠。

「該死的嚴非……」他都忘了自己現在還是「傷患」呢！

◆ ◆ ◆

嚴非一上午的工作機械、麻木、疲憊，和平時沒什麼太大的不同，唯一不同的是，今天上級發下來的晶核數量比昨天多，大家又氣勢十足打了不少晶核回來，三位金屬系異能者的速度竄升，比昨天的效率更高，消耗的晶核當然也更多。

嚴非還是和昨天一樣，把剩下的晶核收進自己的小金庫。這些晶核他除了留下備用的，其他的還是要利用下午的時間用掉，好盡快提升自己的異能。

與其他隊友一起爬上車子，坐著晃晃蕩蕩的車子回到軍營門口，嚴非拿出兩個飯盒去打飯。雖然打飯要看身分牌，但同一個人可以在不同的窗口多打半份。有隊友的身分牌時，也能幫人家裝回去。嚴非此時就拿著兩個人的牌子打雙份，將兩個飯盒都裝得滿滿的。

提著分量十足的飯盒，嚴非有些疑惑，這似乎比平時用餐盤打飯時人家給的還要多些，看來果然要學五人組每次都自備飯盒來食堂打飯。據說他們之前每次給章溯帶回去的飯菜，就是這麼搗鼓出來的。

第五食堂比較靠近軍營大門，今天有不少人進進出出，有幾個人正站在門口爭執什麼。

嚴非拉上口罩，將毛線帽戴上，這才施施然雙手插在口袋往外走。

一個中年男人和一名有著亞麻色大波浪卷髮的中年女人正在低聲吵架。

嚴非經過兩人身旁的時候放慢腳步。

「……讓我去外圍牆那邊的房子住？憑什麼？嚴革新，沒有我們家，哪有你現在？想把我踢出去，你還有沒有良心？」

「劉湘雨，內牆裡的房子緊缺，新蓋的那些樓房妳又看不上，我是按妳的要求，好不容易才在外圍牆那裡找到這麼一個房子，都已經叫人收拾好了……」男人臉色頗為難看。

「算了吧，外圍牆都還沒修好，誰知道喪屍是不是會再打進來，你還想害我一次？我告訴你啊，別以為你有多了不起，我爸爸的老部下現在可是西南軍區的掌權人之一。」

男人深吸一口氣，壓下火氣，「那妳說，妳要住哪兒？」

「他們不是給你在軍營旁邊分了一棟樓房嗎？雖然小了點，我也不是不能忍。」女人抬起下巴，斜著眼睛瞥向他。

「不行，我平時要在軍營裡工作，每天都要住在那裡。」

「我不管，我在法律上可還算是你的妻子，你的房子讓給我住又怎樣？」

嚴非眼中露出嘲諷的笑意，還是跟以前一樣呢。

嚴革新與名義上的妻子吵架吵得頭疼，不耐煩地擺擺手，「行了，我知道了，我幫妳在軍營附近再找一個房子行了吧？」

劉湘雨高傲地點點頭，她可從來沒準備和名義上的丈夫住在一起，就算最後沒辦法，只能住他的房子，她也絕不允許他住進來。

嚴革新向外掃了一眼，人來人往的，許輛掛著特殊牌子的車子直接開進軍營，無意間瞥到不遠處一個背著大背包的青年正慢慢走遠，那個背影有些眼熟……

劉湘雨也看到了，卻沒有什麼感覺，只丟下一句：「快點幫我找到房子，跟那幾個女人擠在一起簡直是煩死人了！」說完轉身向一號食堂走去。

嚴革新頓時氣得注意力被轉移，黑著臉走向另一個方向。

看看，這就是他的父母，連自己的兒子都認不出來呢！

嚴非表情漠然地驅車回自己的社區，兩邊的攤販數量有增無減。停好車，順著樓梯一層層往上爬，爬到樓梯口的時候，嚴非看到一支螺絲起子，彎腰撿起來，走到鐵門前，發現地上有血跡。心裡一急，連忙催動異能打開鐵門，往自家飛奔而去。

拉開大門，看到聽見聲音正從沙發上艱難起身的羅勳，他幾步跑過去，抓著他的手臂上下打量，聲音微顫地問道：「你沒事吧？」

羅勳愣了一下，想到昨晚的戰況，有些不太意思地說：「沒什麼事……」

嚴非皺眉，「我看到鐵門外面有血跡……」

羅勳這才明白他在緊張什麼，忍不住笑道：「早上你們離開之後，來了幾個想要闖空門的小賊，我射了他們兩箭，把他們全都嚇跑了。」

嚴非長長地吐了一口氣，放鬆緊繃的神經，這才轉身去外面把鐵門關上，剛才他緊張道拔腿就跑，都沒來得及關門。

再回來時，羅勳得意地指著地上的一個大袋子，「這是我的戰利品，有鋸子、老虎鉗、扳手什麼的，他們要用來撬鐵門，結果逃跑的時候忘記拿了，是我用竿子挑進來的。」說起這件事，羅勳抱怨起來：「下次再有我自己在家的時候，你不用把鐵門給封死，有我和小傢伙看家，就算有小偷來了也不怕。你不知道，我隔著鐵門撿這些東西有多費勁。」

他容易嗎？鐵門只有上半部是鐵柵欄，柵欄間距又太小，他撿東西撿得多困難了，最後這一個上午什麼都沒幹，光撿他的戰利品了，更不用提還有不少東西被那些毛賊取出來放在旁邊，自己得用兩根竿子一點一點「夾」回來，真是要多累有多累。

嚴非笑彎了眼，將羅勳抱進懷裡，下巴擱在他的頭頂上，「好，下次你休息的時候，我就把鐵門改成普通的門，方便你打小偷撿東西。」

下次休息……他什麼情況下會獨自在家休息？還不是那啥之後，沒力氣出門時？

沒意識到自己的話被曲解，羅勳感受著腰上一隻大手的溫柔按摩，從背包裡拿出嚴非帶回來的飯盒，打開一看，驚訝道：「這麼多？還打了兩份？」

嚴非笑道：「我也覺得用飯盒打飯他們給的量更多，今天中午我聽說咱們的身分牌可以去第三、第四和第五食堂食堂吃飯，咱們改天去另外兩個食堂吃吃看，飯菜應該是比第五食堂好些。我沒在那邊吃，打回來咱們倆在家吃。」

當初隊長指給他們第五食堂是因為第五食堂離他們最近，其實羅勳兩人的身分牌可以在三個食堂用飯，和五人組的等級一樣。

至於章溯這種待遇更好的技術人員，還能夠在第二食堂吃飯，第五食堂則是只對基地高層開放的。這事只有少數人才知道，大部分的人就算拿著可以在更高一級的食堂吃飯的身分牌，也未必清楚這件事，這也算是食堂為了節省成本故意保持緘默的小心思。

「好啊，明天我應該就能出門了，咱們修完牆就去。」羅勳十分期待，畢竟能吃得更好些，他是不會介意多走兩步路的，「用咱們自己的飯盒打飯。」

「好。」嚴非湊到羅勳的耳邊低聲應著，溫熱的氣息讓羅勳再次回想起昨晚……雖然今天身體的不適讓他有些窘迫，但不得不承認的是，昨晚的嚴非相當溫柔，兩人的第一次也超乎羅勳想像的美好……

羅勳抬頭在嚴非的下巴啄吻了一下，然後臉紅地低下頭檢查飯菜。

他在估算嚴非快要回家的時候，煮了一鍋小米粥。他現在可是正兒八經的菊花殘，只能少吃些飯菜，多吃點稀飯休養身體。

嚴非帶回來的飯菜很多，兩人晚上也沒開伙，中午剩下的飯菜熱熱就能吃得飽飽的。

第二天一早起床，羅勳活動了動腰，表示自己已經沒什麼大問題了，雖然腰還是有些痠軟，屁股還是有些彆扭。嚴非拗不過他，只得同意他跟著出門。

走出大門，羅勳與章溯那雙對他放電的眼睛對上，臉瞬間由白變紅，由紅變綠。這傢伙可以算是自己和嚴非滾床單的「功臣」，但他立功的方式實在讓人感謝不起來。

羅勳嘴角抽動兩下，繞過這貨，向五人組走去。

沒想到五人組一臉小心翼翼，欲言又止地看著他。

不就是發了個燒嗎？他們的表情怎麼這麼複雜？

韓立遲疑地開口問道：「羅哥，還燒不燒？」

羅動笑笑，「昨天就不燒了。」

他昨天晚上在五人組回來後沒出來，他們不知道自己的狀況會擔心很正常。

五個人鬆了一口氣，王鐸糾結地往羅動的下半身瞥了一眼，忽然咳嗽兩聲，像作賊似的低聲問道：「會不會……很痛？」

羅動見他往自己的下半身瞄，汗毛瞬間都豎了起來。嚴非不會閒著沒事說這種事，會到處嚷嚷自己疑似被壓的犯人只有一個。猛地轉頭看向正笑得花枝亂顫的章溯，他憋紅了臉，幾步走到他面前，伸手就揪住了他的領子，質問道：「你跟他們說了什麼？」

章溯拍拍羅動的肩膀，順勢摟住他，「不用害羞，小動動，哥哥是過來人。你這幾天吃清淡些，最多一個星期，養好之後就能過正常的夫夫生活了。」

果然是他說的！

羅動的拳頭都提起來了，被生怕鬧出人命的五人組拉住，七嘴八舌地相勸。

讓羅動想挖個地洞鑽進去的話，輪流飄進他的耳朵裡。

「羅哥別生氣，章哥也是為你好！」

「羅哥別理章哥，他就是嘴巴有點賤！話說回來，我們都支持你跟嚴哥！」

「是啊是啊，你們功德圓滿，我們也都為你們高興！」

「可惜現在咱們買不著喜糖……」

「對對對，不然等過兩天咱們幫你和嚴哥辦個婚禮？」

「回頭看看能不能整點好吃的回來，上次羅哥燉的肉我到現在都還饞著呢！」

……

嚴非黑著臉把羅勳從眾人的圍攻中救出來。

羅勳指著章溯的手微微顫抖，「你、你都跟他們說了什麼？」怎麼五個大好直男這麼快就接受自己和嚴非……不對，這傢伙把自己和嚴非關係曝光了？

章溯雙手一攤，「我只不過是跟他們講了幾個同性之間的虐戀情深，為了愛情不得不被家人拋棄，被朋友誤會、社會排擠的故事。」

五人組齊點頭，聲援道：「沒錯，羅哥，現在外面的世界已經變成這樣了，原來的社會倫理不復存在，你們可以光明正大地在一起，我們都支持你！」

吳鑫還紅著眼睛，握住羅勳的手，「羅哥，我們昨天晚上半宿沒睡覺，都在討論男人和男人之間的愛情為什麼不能跟男人和女人之間的愛情一樣受到朋友們的祝福。你放心，就算整個社會跟你們為敵，我們也都會挺你們的。」

章大神，你到底跟他們說了什麼啊？

被當成同性愛的範例，羅勳一點都不開心，他很想找根繩子把章溯吊起來好好抽一天，可惜馬上就要上工了，不能耽誤時間。

嚴非瞥了章溯一眼，兀自攬著羅勳的腰下樓。

章溯笑得越發燦爛，他知道嚴非不會對自己怎麼樣，反正他們兩人的關係早晚要曝光，與其被動等著被發現，說不定會引起五個老實孩子的反感，不如在他的引導下讓五人組積極向組織靠攏……好吧，他的方法確實有些與眾不同，但結果是好的不就行了？

直到與五人組分開，羅勳才終於覺得自己又活過來了。

嚴非鎖好車子，拍拍他的肩膀——羅勳的身體還沒徹底恢復，今天仍是嚴非開的車。見嚴非關心地看著自己，羅勳微微搖頭，他其實不怕被人知道自己喜歡男人。這沒有什麼，別人現在笑話我，可過兩年再看，他們能在基地中看見幾個活蹦亂跳的女人，等他們把主意打到同性頭上就晚了。

他是因為五人組的態度轉變而感到有些不自在，再加上章溯那個攪家精……

「走吧，先上車休息。」看到羅勳恢復精神，嚴非拉著他的手走向軍營大門口。

「怎麼這麼多人？」羅勳詫異地看到很多車子和人都堵在這裡。

「好像是基地要安置先前救回來的那些高層家屬，這幾天正在搬家。」嚴非掃了一眼，將頭上帽子往下拉拉。他還戴著口罩，倒不怕遇到人。

兩人找到每天要乘坐的卡車，和司機打過招呼後便先上了車。沒多久隊長也帶著隊員們過來會合。大家見羅勳，幾個熟悉的士兵笑著問道：「今天好些了？」

羅勳笑著點頭，「昨天有點感冒，休息一天就好多了。」

「等一下你別太靠前，遇到危險時別硬撐。」隊長囑咐了他一句，現在的情況不是很危急，有個好身體才能在將來起到更大的作用，沒必要強撐著身體往前衝。

羅勳點點頭，他很清楚如今人手充足，沒有意外的話，不需要自己跑在前頭，他只需要和平時一樣守著嚴非，確保沒有喪屍會突破防守線就可以了。

到了上工地點，眾人開始每天的例行工作。嚴非中途退下來休息的時候，隊長見附近沒什麼特殊狀況，想起聽到的消息，便過來找他問道：「我昨天聽說基地裡有一位姓嚴的長官在找他的兒子，年紀跟你差不多，你是本市人吧？」

基地雖然進行過人口統計，但那些資料都是大家各自填寫的，準確性很難核實，想要在茫茫人海中找人，談何容易？尤其基地的人流龐大，有些人就算當初登記過，但萬一出了基地死在外面了，誰還能去確認他們的資料呢？

就連基地中明明給下面的倖存者們分過房子，但有些人趁著別人外出鳩占鵲巢，被占了地方的人如果將自己的身分牌丟了，到時根本是公說公有理，婆說婆有理。

嚴非的父母想找他可不容易，更何況他們也沒有認真找人。他們已經認定，如果兒子活著，還來了西南基地，第一件事肯定是向官方尋求幫助，說出父母家人的情況，以便取得最好的待遇，就像他們一樣。

遺憾的是，他們完全不了解自家兒子的個性，就算沒有羅勳出現，嚴非一旦能自保，並想辦法在基地中落腳，絕對不會向軍方求援。他寧可在外面跟喪屍拚殺，自己去尋找生存物資，也不願意繼續過以前那種麻木無趣的日子。

嚴非淡淡一笑，「我和小勳都是F市的人，前幾年才來A市工作，要是真的有親戚在這裡當官……」說著故作遺憾地攤開雙手，「我早就想辦法找關係去了。」

隊長和幾名小兵都笑了起來。是啊，有路子的話，早就想辦法找軍方求助了，就像前不久軍營裡那些新來的，攪得烏煙瘴氣的人一樣。

隊長拍拍嚴非的肩膀，「就是上級聽說我這裡有個異能者姓嚴，讓我詢問一句。」

隊長在聽說這件事的時候，就覺得上面找的人應該不是嚴非，畢竟嚴非雖然是個異能者也有點傲氣，可他完然沒有半點顯示出自己有什麼厲害家世的意思，不然真有這種在政府工作的父親，他還會冒險出來修圍牆？

隊長轉身去忙別的事了，羅勳沒像他們似的真以為嚴非說的是真的，而是用有些疑惑和擔憂的目光看著他。

嚴非笑笑，伸手揉揉他的頭，低聲道：「回去再說。」

羅勳微微點頭，知道這件事現在不方便細說，但他相信嚴非是不會欺騙自己的。

中午下工，羅勳兩人決定去第三食堂看看。路上遇到的人雖然不少，但沒有人會刻意去聽別人在說什麼，嚴非此時才提起自己家裡的事。兩人已經確認關係，決定共度一生，那麼有些話是必須說明白的。

要是他的那對「好」父母沒來到這裡的話，他倒是未必會說及自己以前的生活，就如同他知道羅勳也對過往不太願意提起一樣。

大致解釋了幾句自己家中的情況，又將章溯那天告訴他關於他母親對於找自己的態度，嚴非才冷笑道：「那天在路上看到他們的車子跟跟軍隊的車子一起回來，我就知道他們沒事了，也覺得沒有什麼好說的。」

羅勳沉默地走著，好一會兒，就在嚴非擔心他會不會覺得自己對父母太冷酷的時候，他忽然說道：「你不想跟他們見面。」

嚴非的腳步頓了一下，然後微微點頭。

羅勳笑了起來，「你想怎麼做我都沒意見，如果你不想見他們，我會讓李鐵他們幫你一起隱瞞的。」他不認為血親重於一切，他所經歷過的事情告訴他，在危及生命的時候，就算是血親也有可能出賣你。

在末世中活下來的人都或多或少有些不可告人的陰暗心思，真正的好人可都在災難爆發前，面對危險的時候死絕了吧，反正羅勳的三觀是不可能正直起來的。

或許在末世初期的時候還有那種為了親人、戀人犧牲自己，為別人爭取求生機會的人，可在他們做出這個決定的時候，就基本已經沒命了。

羅勳在前世見過很多父子相殘、母親推出親生孩子為自己擋住喪屍、戀人間彼此背叛的事，就連章溯不也是被同伴故意弄傷當作誘餌拋棄的嗎？

嚴非的決定並沒有損害別人的利益，他只是從一開始就清楚，如果他的父母沒有直接變成喪屍，就會以最快的速度找到能保護他們的勢力，並且在確認他們安全來到基地，而且過得應該不錯之後，才決定不與他們相認而已。

憑著嚴非對於他父母的了解，憑著章溯此前遇到過的情況，憑著剛剛隊長的態度，羅勳就知道嚴非的父母沒有盡力要找到自家兒子，不然「嚴」這個姓有多少見？一個基地中能有多少個姓嚴的人？他們如果有心打聽的話，很快就會知道軍中就有個姓嚴的異能者每天都會過來報到。找個時間過來看一眼，確認他是不是自己兒子很困難嗎？

嚴非臉上的笑意漸漸溫暖了起來，拉著羅勳的手用力捏了捏。

他不需要家人，不需要親情，有羅勳一個就足夠了。

兩人並肩走進第三食堂，這個食堂的人比第五食堂多些，兩人圍著窗口轉了一圈，發現這裡的伙食確實好了不少。轉悠完畢，兩人湊在一起低聲商量。

羅勳道：「好久沒吃麵了，我看大滷麵的滷汁不錯，要不要打一份？」

嚴非道：「好，你打麵，我去打一份鍋貼換換口味。食堂沒座位，咱們拿回家吃。」

羅勳環視了一圈，正想點頭又有點為難，「麵條會不會放爛吧？」

「讓他們不要煮太久，把滷汁攪拌均勻，帶回去應該沒問題。」

「好，分頭行動。」羅勳抱著飯盒去賣麵的窗口排隊，嚴非則走向賣鍋貼的窗口。

第三食堂的伙食好，分量足，見兩人是自帶飯盒來的，盛飯的大師傅舉起勺子就往裡面倒，滿得飯盒幾乎蓋不上蓋子了。最近所有的士兵都在拚命修建圍牆，上級下令必須讓所有人吃飽吃好，因此雖然幾個食堂的伙食水準有所區別，但給的量都很足。

把飯盒放到背包中，羅勳掂掂重量，正想自己背，卻被嚴非接了過去。

開玩笑，自家老婆身體還沒養好呢，哪能累著他？

羅勳的嘴角不由自主地彎了起來，拉著他的手臂一起往外走。

迎面進來了幾個人，見到羅勳兩人後眼睛一亮，喊道：「嚴哥！羅哥！」

原來是天真的五人組。

「你們也忙完了？」羅勳笑著打招呼，忽然眼尖地發現食堂門口的一輛吉普旁，有個女人轉頭朝自己這個方向望過來，那女人的長相……怎麼有點眼熟？

下意識向身邊的嚴非看去，果然，那女人跟嚴非長得有點相。

想到剛剛嚴非說起他父母的事，他一下子就猜到那個女人可能是嚴非的母親。心中轉著這個想法，又想到對方應該是聽到了五人組的聲音，對「嚴」字有所反應，才會看過來的，忍不住忐忑起來。

嚴非不想和他的父母相認，他當然不會表態反對，可要是對方認出了他，過來相認，嚴非也不好強硬否認。再者，萬一對方發現自己和他們的兒子在交往而反對呢……

羅動的腦海中瞬間閃現惡婆婆鬥媳婦的畫面，他用眼角餘光掃過吉普車旁邊，見那個女人只看了他們幾眼就又轉頭跟她的同伴說話，這才放下心來——難道他猜錯了？

「你們趕緊回去吃吧，我們也是要打好飯菜回工作的地方吃呢。」韓立笑道。

羅動兩人點頭跟五人組告別，就見何乾坤眼睛發亮，抱著飯盆往食堂裡面跑，一邊跑還一邊喊道：「今天好像有排骨，我要吃那個！」

拉著嚴非越過吉普車的時候，確定那個女人沒再看自己兩人，羅動這才鬆了一口氣，低聲說道：「我還以為那個女人是你媽呢！」

嚴非輕笑一聲，「吉普車旁邊茶色頭髮那個？」

「對，你也看到了？」

「嗯，那是我媽。」

「……啥？」羅動震驚，瞪大眼睛。

嚴非摟住羅動的肩膀往前走，「放心，就算我現在去到她面前，她也認不出來。」

「就因為你戴口罩？」羅勳皺起眉頭，莫非他媽眼睛不好？

嚴非輕笑，「我跟她一年最多只會見到一面，有一年她過年時去法國血拚，我們連一面都見不著。而且，別忘了，我才剛剛剪過頭髮。」

羅勳疑惑地看著他的頭。今天沒有很冷，嚴非沒戴毛線帽，可這個髮型雖然比他先前的短了些，但……也沒太大的區別啊！

嚴非拍拍他的肩膀，「咱們快點回家吧，小心麵條泡爛了。」他現在穿著的是羅勳末世前特意買的羽絨服，他穿上正正好。髮型是有些發傻的羅勳出品，臉上還戴著往年過年回家時絕對不會戴的白口罩，她要是能認出他來才有鬼呢。

「嗯，回家！」

想不通的就放到一邊去，反正連自家兒子都認不出來的母親，不跟她相認也無所謂。

嚴非一身輕鬆，摟著羅勳向前走的腳步特別輕快。

回到家裡，打開飯盒，鍋貼略微變軟，麵條尚未泡爛。

兩人一頓吃不完，優先消滅掉大滷麵，又吃了幾個鍋貼，其餘的晚上再吃。

不得不說，第三食堂、第四食堂的伙食確實比第五食堂好吃很多，兩人自從發現這個真相，就總是在這兩個食堂轉悠，又以第三食堂為主，第四食堂當作調劑，至於第五食堂，已經被他們徹底拋到九霄雲外去了。

日子忙忙碌碌過了一天又一天，就在羅勳覺得屁股終於不難受的時候，基地周邊的圍牆竣工了，剩下的就是在這一基礎上加固加厚。宏景社區隔壁的七層小樓及內城區內幾處新建的建築順利封頂，就差分配出去給倖存者居住，然後末世後的第一個農曆年近在眼前。

羅勳雙手插腰站在隔壁的一六〇三客廳中，滿意地說道：「很好，牆已經乾透了，咱們這兩天趁著放假正好再刷一遍膩子。」

外圍牆的工作暫時結束，基地給了兩人三天假，剛好能在家過年，等過完年再繼續去外圍牆和內圍牆處加厚加高金屬牆壁。

羅勳他們知道，基地的金屬又不夠用了，軍方這兩天總算騰出一些人手，派出基地搜集各種金屬物品回來加固牆壁。相比起來，土系異能者的材料比較好找，就算沒有混凝土和沙石，哪怕多弄些泥土回來，也能蓋起一堵堵高牆。

這幾天閒著也是閒著，羅勳兩人決定用繼續塗膩子來打發難得安寧的大年夜。

嚴非沒什麼意見，屋子修整好之後，沒意外的話，這裡就會成為兩人的居所。在有條件的情況下，整理得舒服些沒什麼不好。

這天是年二十九，羅勳兩口子雖然開始放假，但五人組與章溯卻沒這麼好的運氣能夠休息。基地的機房已經建好，工程師們一直在安裝各種軟硬體。災難爆發得太突然，不少東西根本沒來得及準備，許多需要的程式都要重新安裝，重新編寫。

基地前不久來了一批這方面的人才，好在五人組老實又厚道，脾氣還很好，雖然沒有其他工程師的實際操作經驗豐富，但軍方的人跟他們合作久了，還是很樂意他們留下來幫忙，最近五人組正跟在幾個好不容易找來的專業人士屁股後面偷師呢，雖然過年也能放兩天假，但要從明天才開始，今天還是要上工。

至於章溯……身為重要的醫療人員中的一份子，能在爭取來一天的假期，已經是上級們大人大量的結果。

羅勳兩口子興沖沖地只花了一天的功夫就將一六〇三的牆壁刷了一遍膩子，羅勳準備等這次乾了之後看看情況，要是牆壁平整沒出現問題，就不刷第三層了，多出來的膩子暫時留著，等以後家中牆壁有問題再說。這樣只要等牆壁乾透再塗一遍乳膠漆就可以鋪地龍、鋪地板，打造大暖房了。

兩人折騰了一天，回去洗了個熱水澡，然後才聽到外面的樓道傳來鐵鏈的聲音。

五人組拖著疲憊的身體爬上十六樓，見羅勳兩人出來，對他們揮揮手。

「明天終於不用去上班了，嚶嚶嚶……」王鐸抹了一把辛酸淚。

「我要睡到十二點，誰攔我我就跟誰拚命。」何乾坤揮舞了一下拳頭，吳鑫和韓立兩人連連點頭附和。

羅勳笑咪咪地道：「我們今天發現牆壁乾透了，就又刷了一遍牆。」

五人組瞬間失聲，接著用絕望地抱頭哀嚎：「我們都忘了還要刷牆漆呢，老天爺，這個假期還讓不讓人活了？」

嚴非發現少了一個人，問道：「你們回來的路上沒遇到章溯？」

五人組收工的時間和章溯差不多，偶爾會在半路上遇到結伴回來。

「我聽說今天又有一波士兵從外面回來，好多人都掛了彩，說不定醫院又要加班了。」

王鐸舉手說出他知道的小道消息。

「我先不封門了，等他回來再說。」為了安全，也是為了睡前能盡量消耗自身的異能，嚴非每天晚上睡覺前，確定大家都回來之後，會用異能將大門徹底封死。

◆ ◆ ◆

活動了一下有些僵硬緊繃的手指和手腕，章溯的臉色微黑，他的運氣真心不怎麼好，本來明天就能放一天假在家過年，今天卻忽然來了那麼多傷患，以致於忙到這麼晚了才收工，一直開刀縫合忙到他手都快斷了。

要不是有了異能之後他的體力和精神力都有所增長，他是絕對無法連續進行這麼多天高強度的手術。醫院中不止一個醫生因為工作量太大反而把自己折騰病了，只有他，從來沒有因此請假過。當然，這和他不願意獨自待在空蕩蕩的家中也有不小的關係。受傷不能行動的時候就算了，現在嘛，他寧願累死在手術臺上，也不願意憋悶在家裡。

向自家社區的方向走去，街道兩旁停放著不少車子，基地雖然已經修築起了圍牆，但身處內城的人，就算沒有居住的地方，也不願意去外城住那些空房子。

為什麼叫做外城？就是外面的意思，表示不夠安全，至少沒有內城安全。

就像以前人們的地域感一樣，覺得住在城市比住在鄉下有面子，住在大城市比住在小城市有面子……這種莫名的虛榮心，隨著人們的習慣也帶入了末世。如今大家就以能進入內城居住為榮，被從內城趕到外城等於是被人扇了巴掌，讓人覺得丟臉。

此時已經將近半夜十二點，街道上的人仍是不少。有些人住在臨時搭起的窩棚中，有些人如同章溯一樣，正要趕回家，還有些人不知道從哪裡找來了酒，喝得爛醉，坐在路邊又哭又鬧的，發洩著末世帶給他們的恐懼和壓力。

一群人正勾肩搭背，說說笑笑，迎面走來。

「還是王哥有辦法，竟然能把大家弄進內城來。」

「呵呵，這不算什麼。」被叫做「王哥」的人，明明很得意，口中卻謙虛著。

一個個子稍矮些的男人靠在王哥的懷裡笑道：「你們也不看看王哥是什麼人？能進來內城算什麼？內城都這麼擠了，還能弄到住的地方，這才叫有本事呢！」

哄笑聲響起，吹捧的話一句接著一句，王哥又自謙了兩句，掩飾不住臉上的得意。如今他們已經來到西南基地，又進了內城，雖然他們當中沒人有異能，但憑藉他們在外面闖蕩的這些經驗，這次來到西南基地中，自己肯定能以此為基礎，組建起一支強大的隊伍。

王哥頗為自豪，低頭親了被他摟在懷裡的男人一下。

章溯聽到那些人的對話，不由自主停下了腳步，隱藏在黑暗中的臉龐，忽然露出了詭異而讓人驚豔的笑容。

他當初怎麼會看上這麼一個蠢貨呢？

聽聽，不過是進入內城，被人吹捧幾句，就飄飄然起來了。

章溯的周圍憑空出現一股旋風，他那略長的髮絲在風中飄蕩。他抬起腳慢慢前行，腳步輕盈無聲，宛如在夜色中潛行的黑貓。一步又一步，踏出深沉的韻律。

王哥一行人轉過一處路口，準備進入新修好的社區。四周非常安靜，沒有什麼私搭亂蓋的違建築，也沒有車子來來往往。走進社區門口的時候，其中一人忽然察覺後面有人向這裡靠了過來，下意識回頭去看。

「咦？」那人的身影……好像有些眼熟？

「怎麼了？」其他人也轉頭看過去，來人的腳步聲引得大家佇足。

「……是章、章溯？他居然沒死？」

「怎麼可能沒死？他明明……」

明明受了那麼重的傷，明明被那麼多喪屍圍攻，他怎麼可能活得下來？

章溯的長相實在是太搶眼，此時的他又絲毫沒有半點掩飾的意思，臉上掛著讓人膽顫心驚的笑容。風圍繞在他的周身，吹得他的頭髮肆意飛揚。

這夥人被這個「死而復生」的妖孽驚呆了，沒人察覺到他身邊的風有古怪。在還沒痛下殺手之前，他們已經對他心生忌憚。

一個有著如此美豔外表的男人，原本是個依附強者的菟絲花，可他卻憑藉著一把手術刀就能弄死那些恐怖的喪屍，在與其他勢力火拚的時候，他更是會毫不猶豫地一刀割斷對方的大動脈、氣管，完全沒有半點手下留情的意思。

更可怕的是，每次殺完人，他都在笑——肆無忌憚的，殘忍又冷酷無比的笑容。

這樣一個凶殘的人，在他們老大因為一些感情瑣事而想要擺脫他時，自然成為了眾人想要首先除掉的人。奈何章溯的性子謹慎，從不給別人下手的機會，直到王哥親自動手，劃破他的手臂，將他丟進喪屍群中……

章溯臉上的笑意越來越深，看到這群人那不敢相信的表情，心中的憤怒、悔恨及殺意彷彿噴薄的潮水澎湃翻湧，可他是個越生氣，臉上的笑越發明顯的人。

「我們人多，分頭圍住他，這次絕對不能讓他跑了。」沒人經過這裡，王哥當機立斷下令。他們曾經對章溯出手，雖然不知道他是怎麼逃出來的，但兩邊如今已經是不死不休了。他現在只有一個人，今晚他們一定要快刀斬亂麻幹掉他。他既然敢獨自一個人找過來，就要承擔敢出現在他們面前的後果。

沒等王哥等人有所行動，一股巨風以章溯為中心，席捲了他周圍十米內的一切。王哥一行人驚恐地發現，章溯就身處在風眼之中。

「風、風……」

「異能者，他竟然是異能者！」

不等眾人反應過來，章溯抬起雙手，張開雙臂，笑聲隱藏在風中。

「死吧，都死吧……」

狂風變成銳利的風刃，一下又一下地削著王哥等人。慘叫聲四起，附近的居民被這淒厲的聲音嚇醒，踉踉蹌蹌跑到窗邊，就見如颶風般的青色風團正盤踞在社區入口處。

然而，明明可以聽到慘叫聲，卻沒有人能看清風暴中的具體情況。

大約十分鐘過去，慘嚎才逐漸低了下去。又過了一會兒，那陣恐怖的風驟然消失。

噗通噗通，幾個人接連倒地。在遠處家中觀望的人，紛紛驚恐地瞪大眼睛，甚至不由自主地捂住嘴巴。地上那些人，甚至不能稱之為人，而是滿身血的人形物體，全都動也不動。

唯有一個人還站著，可此時天色太黑，天上沒有月亮，附近更沒有路燈，沒有人能看清楚那個人的模樣，就連他的衣服也看不清楚到底是什麼樣式。

那個人站在原地半晌，忽然「哼」一聲冷笑，轉身朝另一個方向走去。

沒有人敢出去攔住那個人，更沒人敢出去看那恐怖的慘狀。所有看到了這一幕，見到了殺戮現場的人，此時紛紛縮在家中瑟瑟發抖，氣都不敢喘一下。

第二章

美人凶殘，辣手摧折小情郎

鏗鏗鏗，鐵鏈的聲音響起，羅勳家和對面的屋門同時打開，王鐸揉著眼睛，打著哈欠走了出來，說道：「章哥回來了？是不是今天那群傷患鬧的？一聽說又救回來一群傷患，我就知道你今天一定得加……」

王鐸的話沒說完，領口一緊，沒等他反應過來，就被章溯拖進自己家裡了。

「砰」一聲響，大門緊緊關閉。

「他……章哥拉王鐸進去幹麼？」後面跟出來的韓立，眼睛揉到一半，目睹自家損友被拉走，詫異地看著一六〇二的大門。

羅勳和嚴非也是一臉茫然。

「會不會是有什麼事要問他？咱們裡面就王鐸最愛八卦，喜歡到處打聽小道消息。」李鐵打了個哈欠，「大概等一下他就回來了，咱們回去接著睡吧。」

好不容易過年，他們還想好好休息一晚呢。

嚴非走出去準備封死樓梯出入口的鐵門，就在這時，所有人忽然聽到一六〇二中傳來隱隱約約的驚叫聲。

「章、章哥，別……」

「褲子……不要……」

「哥，我還是處……」

「啊……」

「不、不行……」

眾人目瞪口呆，聽到王鐸從一開始的呼救，到最後什麼動靜都沒有了。

「那個……我們……要不要進去救、救他？」何乾坤小心翼翼地問道。

眾人心裡糾結地面面相覷。

「那個……咳，章哥會異能……」韓立很沒種地提醒大家，就算想救人，他們也打不過章溯這個厲害的異能者。

李鐵看向在場的唯一異能者嚴非，嚴非冷漠地轉身去封門，當作沒看見。

吳鑫咳嗽了兩聲，壓低聲音道：「還記得那天晚上嗎？就是章哥跟嚴哥……咳咳，反正那天晚上，那個二貨不是流鼻血了嗎？我跟他住一間，他早上的時候夢那啥了……我醒來的時候，聽見他叫章哥的名字。」

這傢伙出賣自個兒的室友，賣得乾脆俐落，一點都不拖泥帶水。

幾人恍然大悟，紛紛點頭，「原來是你情我願，那咱們就該幹麼幹麼去吧！」

嚴非牽過自家老婆的手，丟下一句：「妨礙有情人滾床單，小心被喪屍抓去啃。」說完，拉著表情有些呆滯的羅勳回了自家。

「走走走！」

「明天看來得恭喜某人破處啦！」

「就是就是，他大學三年，想要跟他交往的妹子那麼多，他竟然都沒能把第一次給送出去，沒想到末世來了，他倒是走了桃花運。」

「唉，真可惜，章哥的條件這麼優秀，怎麼就被王鐸那張正氣臉給騙了呢？他明明是咱們之中最八卦、最猥瑣的一個……」

羅勳直到回了房間，仍很納悶，「平時看不出來啊，怎麼就拉王鐸回去了？」

嚴非不想理會隔壁的「戰況」，雖然他從章溯身上聞到了很濃的血腥味，不過他既然不是要對王鐸出手，自己就不用擔心鬧出人命。

嚴非走到櫃子前去翻東西，「可能受刺激了吧。」所以才會想找人發洩？

從剛才看到的情況分析，他嚴重懷疑章溯根本沒看清楚他拉的人是誰，就算那會兒最先出來的是何乾坤那個胖子，多半也會被他強拉回去。

羅勳「哦」了一聲，這才有些恍然。倒也是，現在基地太平靜了，才讓他忽略了心理壓力這種問題。末世來臨後，為什麼皮肉生意這麼好做，還不是因為大家的生活壓力太大，需要找管道發洩。無論是需要經常外出冒險的人，還是在基地裡拚死拚活掙口糧的人，眾人對於未來的生活不抱什麼希望，活一天算一天，及時行樂。

每天辛辛苦苦賺積分和晶核，可是，說不定明天出門就掛了呢。

剛才章溯的表情確實不太對勁，或許是白天工作的時候壓力太大，這些天的疲憊積累到了爆發的臨界點。也或許是在外面遇到了什麼不順心的事情，受到了打擊，反正原因很多，但羅勳沒有刨根問底的念頭。

「你找什麼呢？」見嚴非從櫃子裡翻出一個小瓶子，羅勳疑惑地問道。

「工具。」嚴非神色自如地把羅勳拉到床邊，將他按到床上。

「怎麼了？」羅勳一頭霧水，就見嚴非眼中帶笑地壓了下來。心臟猛地噗通噗通狂跳起來，視線飄向瓶子裡的橄欖油，這是那天晚上用過的潤滑用的東西。

那天他的腰和後庭花都傷到，嚴非很體貼地沒有當面提過，這兩天已經養好了，明天又放假，倒是確實可以……

感受著親吻自己的嘴唇上溫熱的觸感，羅動忽然迷迷糊糊生出了個想法——上次是自己在下面，這次應該換人了，但是第一次滾床單的後遺症不輕，明天兩人還有事情要做呢，要不這次再讓他一回？

拒絕承認上次被某人按在下面這樣這樣那樣那樣的時候有爽到，羅動很沒骨氣地兩眼一閉，伸手摟住嚴非的脖子，主動扯下他的衣服。不就是夫夫間的正常性生活嗎？有什麼不好意思的？以後這樣這樣那樣那樣的日子還多著呢，有機會再壓回來不遲。

難得的休假讓人懶散得幾乎變得腐敗，李鐵幾個人一覺睡到第二天早上十點才陸續爬起來。迷迷糊糊洗漱，腦子不太清醒的他們還在納悶……

「怎麼沒看到王鐸？」

「他昨天晚上不是被章哥拉到隔壁去了嗎？」吳鑫一語點破。

眾人一陣沉默，默默地緬懷了他一秒半，隨即心裡不平衡起來。

不就是我們幾個裡長得最帥的嗎？有什麼了不起？憑什麼他能第一個開葷啊？

忽略章溯的性別，王鐸的運氣讓四個血氣方剛的大男生羨慕嫉妒恨。不說別的，只說章溯那豔麗的外表，十個妹子也比不上。

何乾坤忽然低聲問道：「你們說，羅哥和嚴哥……咳咳，哪個在上？」

李鐵奇怪地瞄了他一眼，「不是羅哥在下面嗎？那天他都被折騰得下不了床。」
「可……嚴哥那模樣……不比章哥差啊……」
「等等，昨天晚上那叫聲……該不會是王鐸在下面吧？」
幾個人面面相覷，原本酸澀的嫉妒瞬間化作幸災樂禍。莫非美人都是強勢的那一方？
雖然跟大美人那啥確實遭人嫉妒，但如果跟那樣的美人滾床單還被壓的話……
哈哈哈……太好笑了！
章溯不比嚴非，嚴非平時氣勢強橫到讓人怎麼想也覺得他不可能是被壓在下面的那位，章溯那一舉一動，偶爾發起騷來，沒骨頭的模樣怎麼看都是個妖孽美人受，如果被這種人壓在下面這樣這樣那樣那樣，那真是太精采了。

◆　◆　◆

章溯皺著眉頭，覺得房間裡的氣味有些古怪，下意識把被子拉到頭頂，忽然聽到客廳有聲響，猛地坐起身來，光裸著身體，輕手輕腳走到門口。
有個人背對著自己，手裡拿著滾刷，正在勤快地刷著牆漆。
章溯雙手在胸前交疊，眉毛微挑，「你在做什麼？」
王鐸一驚，滾刷沒拿穩，甩了自己一身乳膠漆。轉過頭來，看見渾身赤裸的章溯倚著臥室門框看著他，他本來就白淨的臉瞬間漲紅，眼神不由自主在他纖細的腰際遊移，結結巴巴地道：「那、那個……幫你……刷牆漆……牆乾了……」

「你怎麼進來的？」章溯的太陽穴突突跳，伸手揉了揉額角，瞥見王鐸一臉震驚，眼中還流露受傷之情地望著自己。

思索了一下，想起昨晚自己回來後情緒不太穩定，隨手拉了一個人進來折騰了一晚，這麼說，應該就是他了？

王鐸抓著滾刷的手緊了緊，低聲道：「那個……昨晚……章哥，你不記得……了？」

雖然自己是在上面，可昨晚那個熱情如火到讓自己難以自制的人，今天早上卻這樣質問自己，實在是讓他無法接受。

章溯有些頭痛，深吸一口氣，「我想起來了，你怎麼一大早就在我家刷牆？」

「咱們的牆是前後腳晾乾的，我們那邊這兩天也要刷漆……我們那邊還有四個人呢，我就想著過來幫幫你……」王鐸的聲音越說越小。那平時總是似笑非笑的眼神此時冷冷淡淡地看著自己，沒有一絲波瀾，讓王鐸更加忐忑不安。

章溯凝視了他一會兒，忽然轉身向自己的臥室走去，「牆不用刷了，你回去吧，等一下我再自己刷。」說完，將房門關上。

「啪」一聲，滾刷落地，王鐸呆呆看著那扇緊閉的房門，心裡感到一陣酸澀的刺痛。

說實話，他在大學的時候交過幾個女朋友，卻從來沒有一個能交往長久的，他連那幾個女生的小手都幾乎沒怎麼牽過。

他長得不錯，出於虛榮心等原因，人家主動求交往，他都沒有拒絕，可是因為他嘴賤，喜歡八卦，那些女生發現之後，覺得跟他的外表落差太大，一旦了解到他的本性，往往就會迅速提出分手……

分手的原因他自己都清楚，可因為當時他沒有真的對誰動真心，分了也就分了。

可是，這次不一樣……真的不一樣……

王鐸和章溯認識的時間不長，但這個男人的外貌確實很吸引他。先前還不知道為什麼，只是單純覺得他很好看，也不覺得嫉妒。每天遇到他，會想多看他幾眼，多說幾句話而已。

直到那天，他斜倚在門邊，用那似笑非笑的神情挑釁嚴非和羅勳——那壞笑，那慵懶的模樣，那漫不經心的風情，竟然讓他怦然心動。一夜美夢，腦子裡轉的全都是他的身影。

就算是青春期的時候，王鐸也從沒為哪個女生如此動過心。或許是章溯的模樣太誘人，自己不過是被他的外表所迷惑，但昨天晚上……他雖然嚇了一跳，也感覺出對方的精神狀態不太好，可自己是真心的……

現在……

王鐸愣愣地看著章溯臥室的房門。

他要我走……

「哎喲？回來啦？」

「咦，看起來好像沒事啊？腰沒事？後面沒事？還能走路？」

「別不好意思啦，昨晚感想如何？是不是要搬過去跟章哥一起住？」

「你拿乳膠漆桶幹麼？」

「王鐸？王鐸？」

李鐵幾人在王鐸進門後打趣了幾句，卻見他神遊似的走到牆邊，拎起乳膠漆桶，拿起滾刷就開始刷牆，表情恍惚，嚇得大家連忙圍過去。

「王、王……鐸？」韓立一把扳過他的肩膀，卻發現哥們兒的眼睛竟然紅了。

「怎麼了？」吳鑫低聲問道。

「……他叫我走……」王鐸低下頭，轉過身繼續麻木地刷牆，眼淚順著臉頰滑落下來。

他沒真正戀愛過，才剛剛發現自己喜歡上了一個男人，並且意外驚喜地跟喜歡的人上了床，然後就被甩了。更可笑的是，他喜歡的人似乎連昨晚是跟自己上床的事情都差點忘記了。是不是昨晚先出來的是另一個人，也會被他拉進去？今天也會這樣被趕出來？

……

羅勳是直到中午爬起來後才發現十六樓的氣氛有些詭異。

李鐵幾人一個個黑著臉，渾身散發著不爽的氣息，王鐸則垂著頭一聲不吭。章溯家的大門一直緊閉著，沒有像往常大家都在時一樣半開著。

揉揉痠痛的腰，羅勳瞄了嚴非一眼，大概猜出了有狀況。章溯當時狀態不好，可被他隨手拉進去的王鐸，不是那種隨隨便便跟人滾過床單還嘻嘻哈哈不當一回事的人。

換成別人還好些，最多當作一夜情就算了，但這五個大男生不是隨便的人，性子純粹，做不出對這種事情不當一回事的態度，就算對方是男人也一樣。

簡單地說了嚴非可以等他們家的牆漆晾乾後先幫他們安裝地龍管子，沒有特意詢問王鐸發生什麼事，兩人這才離開。

來到外面的走廊上，羅勳看著看著章溯家的大門。他知道他不能多管閒事，章溯明顯是昨天遇到什麼事情晚上才會失控，不然他不會隨便打破與鄰居之間的和諧與平靜。

「進去看看？」嚴非直接走過去，回頭詢問。

「啊？」羅勳愣了一下，不解地看著他。

嚴非微微一笑，抬抬手指，章溯家的大門就憑空開了一個洞。

金屬異能者想闖空門真是簡單！

羅勳的嘴角抽了抽，卻還是跟在嚴非身後走了進去，反正門都被強行打洞了，那就順便進去看看情況好了。

大家雖然只是鄰居，他也不想太過干涉別人家的事情，但他真的很喜歡眾人相處的歡樂氛圍。五人組會熱情地做些力所能及的事，章溯會趕跑來找麻煩的人，自己能夠憑藉經驗教導大家如何ＤＩＹ，嚴非則會利用他的異能幫忙做些生活必需品……

這種夥伴之間的情誼，是他前世想都不敢想的，如今擁有了，就想盡力去維護。

章溯坐在客廳的窗邊呆呆地望著外面碧藍的天空，聽到腳步聲，轉頭看過來，見是羅勳兩人，冷笑一聲，「這好像是我家。」

「這也是我家隔壁。」嚴非渾不在意地往裡面走，半點都沒有擅闖了別人家的自覺。手按在破爛得不成形的金屬沙袋上，金屬沙袋晃動了幾下，恢復到了最初的樣子。

「有什麼事？」章溯笑笑，轉頭繼續看著窗外。

「你不想要一個伴嗎？」羅勳坐到他對面，嚴肅地問道。

章溯沒出聲，眼神卻微微凝住。

「王鐸人不錯。」

聽到羅勳這麼說，章溯回過頭來，臉上沒有平素那漫不經心的笑意，「我知道，他們幾個都是好人，不過……」他頓了一下，「我是什麼人，你們大概也清楚，我跟他不合適。」

「可你把他給睡了，難道不想負責嗎？」羅勳雙手一攤。

「昨晚明明是他睡我，我連夜度資都沒要。」章溯眉毛挑高，露出古怪的笑容。

「我以為我的鄰居裡沒有賣屁股為生的人。」嚴非輕笑一聲，坐到羅勳身旁。

「我又沒怎麼樣他？不過跟他睡了一覺，覺得不合適。」章溯翻白眼。

「你是隨便找人發洩了一晚，然後把用過的人當成沒電了的工具扔出去吧。」羅勳沒理會他的托詞，一針見血地戳穿了他。

章溯沉默了一會兒，輕聲嘆道：「我是個什麼樣的人，他們幾個是想像不到的，你們等一下可以出去告訴他們，讓他們出去打聽基地裡昨晚發生過什麼事。如果他們連這個都不介意的話，我也不會介意找個男朋友回來。」說著，一如既往露出似笑非笑誘人的招牌笑容，「有人主動送上門來幫我打掃房子，揉肩捶背，做飯洗衣，我歡迎還來不及呢。」

羅勳看了看他，站起身來，拉起嚴非一起走出去，敲響了五人組家的大門。

開門的人是李鐵，見羅勳兩人去而復返，奇怪地問道：「怎麼？忘了什麼事嗎？」

羅勳等五個人到齊後，才說道：「我們剛才問過章溯，他說昨天晚上他在基地裡做了一件事，大家出去應該就能打聽出來。」說完，看向王鐸，「他說，你要是能接受那件事的話，他願意跟你交往看看。」

王鐸瞪大眼睛，錯愕地看著羅勳。

李鐵幾人一頭霧水，他們雖然知道王鐸被章溯用完就扔，卻不知道其中有別的緣故。

「昨晚出了什麼事？」吳鑫問道。

「就是出了事，咱們什麼關係，還能為了這些事影響咱們之間的關係？」

羅勳打斷他們的話，表情鄭重，「我沒問他昨晚到底發生什麼事，但絕對不是小事。」他的話讓李鐵幾人冷靜下來，他們原本是考量對方的心情，才沒有追問昨晚的細節，章溯又是為什麼趕王鐸走，想等王鐸的狀態好些後再細問，所以沒有一大早就去找章溯講理。

他們能夠看得出來，王鐸這次是認真的，才在聽到羅勳的話後想鼓勵王鐸不要放棄。兩人都有夫夫之實了，說不定真能在一起呢。現在都世界大亂了，沒人會為了同性戀這種事情笑話他的，像羅勳和嚴非這樣不也很好嗎？

羅勳說不是小事，想起他們在軍營中曾聽說過的一些匪夷所思的事，昨晚章溯到底做了什麼事情？想到他一回來就拉著王鐸去那啥，莫非他昨晚遇到色狼對他不軌，他受了刺激才急需找人發洩？

眾人擔憂的眼神不由自主落到王鐸身上。

王鐸的注意力卻沒在這上面，他連忙追問：「他說願意跟我在一起？」

羅勳眨眨眼，略微心虛，其實這個嘛……

嚴非忽然說道：「他說有一個能幫他打掃房子揉肩捶背做飯洗衣的男朋友也不錯。不過，我勸你最好還是先打聽清楚昨天基地裡究竟發生過什麼事比較好。依我的判斷，他昨晚回來前應該剛剛殺過人。」

「殺……」李鐵的聲音卡在喉嚨中，半天沒說出第二個字。

嚴非淡笑著，「恐怕還不止一個，昨晚他身上的血腥味很重。」他的視線緩緩掃過五人組震驚的表情，「我建議你們出去打聽這件事可以，但無論發生過什麼事，都不要對外人提起，更不要告訴別人事情是他做的。」

五人組臉色發白，愣愣得不知說些什麼才好。

嚴非抱著羅勳的肩膀，帶著他往外走。這件事情還是讓他們自己想清楚吧，他和羅勳能起到的作用無非是在他們中間說這麼兩句話。

如今的基地中並不平靜，不光是羅勳，嚴非也能察覺隱藏在平靜表面下的黑暗與罪惡，有時候他們開車經過某些地方，還能看到隱約的血跡，甚至親眼目睹一些搶劫迫害等見不得人的惡事。當然，他們平時開車走的都是人多的大道，不會刻意走那些人少的小路，否則只會看到更多醜陋的事情。

五個大男生很率直單純，這也是羅勳樂意與他們相交的原因之一，但單純並不等於不經風雨，如果他們接受不了現今這世道陰暗的一面，那他們就不適合跟章溯來往太密切。兩種極端的人硬要湊在一起，只會互相傷害，還不如像現在這樣一開始就說清楚。合不來就盡量保持距離，免得大家都覺得難受。

沒等到五人組出去打聽消息，大家就知道昨天晚上外面發生什麼事了。

因為丁少尉找上門了。

聽到外面鐵鏈的聲音，十六樓的大家都跑出來。五人組本來是打算吃過午飯再出門的，沒想到這會兒正好來人了。

「丁少尉？」眾人詫異，「今天是大年三十，你怎麼還要上班？」

「不上工不行啊，誰讓基地裡出大事了。」丁少尉苦笑一聲。

大夥兒驚訝地對視一眼，忽然想到羅勳他們說過的話，出去打聽就會知道昨天晚上發生過什麼大事……難道是……章溯？

嚴非走過來給丁少尉開門，見來的人只有他一個，便心裡有了譜。無論上面的人知不知道章溯搞出來的事，既然來的僅是丁少尉，那麼就是不想把這事鬧大的意思。

章溯聞聲也走了出來，見丁少尉看向自己的視線中，飽含忐忑與緊張的情緒，妖豔的笑容在他的臉上綻放開來。

「……先進屋再說吧。」丁少尉看到這個笑容，心裡更加不安了。

他就知道，他就知道是這樣啊！

考慮到五人組的家剛塗過牆漆，味道不好聞，羅勳他們家昨天也剛刷過牆，章溯態度自然地說道：「來我家吧，不過沒椅子。」說完率先轉身走回去。

丁少尉硬著頭皮跟進去，所幸羅勳等人都在。

眾人沒那麼多講究，直接坐在地上，然後不約而同看向丁少尉。

丁少尉咳嗽一聲，這才說道：「昨天晚上基地裡發生了一件性質非常惡劣的殺人案件。」說著，他的視線跟章溯那彎成月牙狀的眼睛對上，心跳得有些快。

五人組瞪大眼睛，章溯果然殺人了？

沒人出聲，丁少尉深吸一口氣，繼續說明具體情況：「昨晚一行十一個人，在新建起來的十三號社區大門口，被人用風系異能……活活削死。我們事後驗屍，發現所有人都是失血過多而死的，死前他們身上的皮肉沒有一處是好的……」

意思就是說，那些人是被千刀萬剮殺死的。

目前基地中實力堅強，動不動就發飆的風系異能者，用膝蓋想也能猜出其身分，問題在於，這位風系異能者有一位實力同樣強大的金屬系異能者鄰居，以及一位擅長使用弩箭，堪稱百步穿楊的神射手鄰居。雖然不確定這兩個人一定會協助嫌犯，可這個風系異能者本身又是醫術高超的外科醫生，正是基地稀缺的人才，再加上死者沒有強硬的靠山，現場沒有目擊證人，考量到種種原因，上面的大佬們還在博弈，便暫時沒有派人過來抓人。畢竟面對這麼厲害的風系異能者，誰都沒有把握在零犧牲的情況下將人抓住。

再說，死者到底跟他有沒有關係？他又為什麼會突然痛下殺手？在沒有萬全的把握前，只能派丁少尉這個和他們接觸比較多，又正好負責這片區域安全的人過來打探狀況。

這是基地方面在數次想要捉拿嫌疑犯，卻被擁有異能的嫌疑犯瘋狂反殺不少人手後得到的血淋淋的教訓。對付基地中的異能者，比對付基地外的喪屍困難多了。

章溯沒什麼特別的反應，依舊笑得漫不經心，笑得丁少尉頭皮發麻。

丁少尉深吸一口氣，視死如歸地問道：「昨晚大約十二點鐘左右，你在什麼地方？」

章溯眉毛微挑，正要開口，面色鐵青的王鐸猛地站了起來，急切地插話道：「昨天晚上他跟我在一起，我們、我們……在那個，所以絕對不會是他做的。」

丁少尉瞪大眼睛看著他。

李鐵幾人也都呆呆地仰視氣勢洶洶的王鐸。

羅勳兩人同樣詫異。

孩子，衝動是魔鬼啊！

你沒聽清楚剛才丁少尉說的話嗎？

章溯把十幾個人千刀萬剮殺死了，那可是活生生的凌遲啊！

就在眾人震驚得集體失聲的時候，章溯「噗哧」一聲笑了出來，而王鐸則一下子失去了全身力氣似的，軟軟地靠在身後的牆壁上。他這輩子都沒有這麼有勇氣過，就算是第一次跟喪屍面對面，就算是第一次主動攻擊喪屍，都沒有像現在這樣挺身而出，鼓足了幾乎半輩子的勇氣，不顧一切地幫人家作偽證。

章溯昨晚做過什麼事，就算沒有羅勳兩人先前的提醒，他們在聽說基地內有風系異能者居然凶殘地幹掉了十來個人，也會聯想到章溯身上。厲害的風系異能、殘忍的凶殺現場，就像當初在基地外面他們初次相遇的那時，一個單薄的身影站在喪屍群中，颶風以他為中心捲飛圍攻他的喪屍群……強大而脆弱。

王鐸想保護他，用自己的方法，雖然他什麼本事都沒有。

章溯笑得如花枝顫，美豔的臉龐更顯得張揚。

讓羅動覺得舒心的是，章溯的笑容裡，沒有往日潛藏的壓抑與瘋狂。

眾人默默看著他，希望他能直接把丁少尉笑得氣出去。

就算王鐸願意作偽證，也要看人家丁少尉接不接受啊！

痛痛快快笑過一場之後，章溯擦擦眼角笑出來的淚水，斜著眼睛瞟了靠在牆上，早已沒了剛才那股氣勢的王鐸一眼，戲謔道：「我昨晚十一點二十分才做完最後一個手術，十二點那會兒就算開車到不了家，你當基地的這群大頭兵都是傻子嗎？」

傻子之一的丁少尉，嘴角抽了好幾下。

「可是……」王鐸想說什麼，卻在章溯的瞪視中瞬間熄火。

李鐵幾人不忍直視。

氣管炎啊，夫綱不振啊，真是丟我們這幫哥們兒的臉！

章溯一手支著下巴，斜睨丁少尉，懶懶地說道：「人是我殺的，怎麼？」

怎麼？你殺了人還這麼理直氣壯？還有沒有王法了？

想到上面如此不給力的連幫手都不給自己，就要求今天本應在家休息的自己，大年三十過來忙活這檔破事，丁少尉強壓下吐血的衝動，深吸一口氣道：「理由？」

「他們是我在進基地前的同伴。」章溯歪頭思索了一下，這才說道：「我們在基地外面的時候，就聯手殺過不少人，跟其他幫派火拚過很多次，每個人的手上都有不下五六條人命。」說著，眼中諷刺的笑意變深，「可惜我們當中只有我一個人激發出了異能。」

他知道為什麼只有丁少尉一個人過來查探狀況，無非是因為他是風系異能者，又正好是基地急需的醫療人員，而那些死掉的人沒什麼背景。

基地目前未必願意跟有實力的異能者翻臉，尤其他殺的不是重要人物。老實說，如果不是事情鬧得太大，只是偷偷幹掉那些人，現場沒有那麼恐怖的話，可能根本沒人會發現。

誰讓他昨晚控制不住情緒呢？

當時不削死那些人，說不定他就會當場瘋狂暴走了。

丁少尉咬咬牙，又問：「我是問你殺他們的原因。他們本身有沒有殺人、是否有罪，不是你殺他們的理由。」上面的人不想把這件事鬧開，才派他來詢問原因，但章溯也不能這麼不負責任什麼都不解釋吧？這讓他回去怎麼交代？要是哪一位大佬不想忍耐這位的脾氣，非要把人抓走呢？更何況，章溯殺掉的這些人就算在基地外面殺過人，他自己也不是清白的。

章溯移開了視線，顯然是不想說。

「那些人先前陷害過章哥。」吳鑫忽然說道。

李鐵幾人也回過神來。

「對對對，我們當初在基地外面遇到章哥的時候，那些人故意把章哥的手臂割傷，丟在喪屍堆裡，然後自己跑了。」

「我們都能證明，要不是章哥當時爆發異能，章哥根本等不到我們過去。」

兄弟的老婆就是自己的「嫂子」或「弟妹」，從震驚中回過神來，李鐵幾人連忙站到了王鐸身邊，決定力挺自家好哥們兒。

雖然他們很害怕，怕萬一章溯哪天來了興致把自己給千刀萬剮，但是大家相處的這些日子以來，從來沒見章溯有什麼凶殘的舉動。除了他在發現羅勳和嚴非兩人的關係後，變得喜歡給自己等人灌輸「男人與男人之間那痛苦又唯美」的愛情故事，看起來就是個正常人。

再想想當初在基地外遇到他時，他那渾身是血的絕望神情……

得知被章溯殺死的那些人就是當初背棄、傷害他的人之後，五人組瞬間就在心中做出了判定，章溯是好人，那些人是壞人。儘管昨晚他的行為有些過火，可他是在復仇。換做自己，遇到這種情況，也會選擇這麼做。當然，手段不會這麼血腥就是。

丁少尉聽到李鐵幾人的話，鬆了半口氣，轉而向在場最靠譜的嚴非和羅勳兩口子求證，最後才表情複雜地轉向正看著牆角邊發呆的章溯，說道：「這次的事情沒有直接證據……你最好控制一下自己的情緒，當初在醫院的時候就有些過火了，基地如今只是暫時人手不足，不然上級追究下來，這件事我們也不好幫你掩飾。」

丁少尉說完，站起身來又道：「醫院讓我通知你一下，先前你一直工作沒放假，可能累積了不少精神壓力，所以允許你休息幾天，初三那天再去上班。」

殺完人還能多休幾天假？

眾人呆了半天，連忙追出去送丁少尉。

一時間，屋裡只剩下王鐸和仍舊看著牆角出神的章溯。

王鐸的嘴唇動了動，偷偷看了章溯兩眼，垂下眼皮，不知道要怎麼開口。

「你靠的牆……」打破沉默的人是章溯。

「啊？」王鐸身體緊繃，挺直腰板等著章溯訓話。

「……是你早上走之前刷過的地方，現在還沒乾。」

「哎呀，衣服髒了，我就這兩件衣服可以穿耶！」

丁少尉無視屋裡傳出來的驚叫聲，笑著對大家說道：「不用送了，我回去彙報情況，你們就好好在家過年吧。」

「丁少尉，章哥他……不會被抓起來吧？」李鐵擔心地問道。

丁少尉無奈道：「要抓的話，就不會是只有我一個人來了。你們也好好勸勸他，這次是報仇就算了，平時別這麼大的脾氣，氣不順就用風削人可不是好習慣，現在基地裡有異能的人可不少。」要是真惹到什麼人的話，管你異能高不高，大家一起圍攻，耗也能耗死他。

眾人連忙點頭，李鐵道：「你放心，我們肯定好好勸他！」

是得好好勸，削外人、仇人就算了，萬一王鐸惹到他，被削下幾塊肉……

等丁少尉離開，羅勳才道：「咱們今天包餃子吧。」大年三十不吃餃子吃什麼？

大夥兒眼睛一亮，紛紛興高采烈地贊同。

何乾坤說道：「我們昨天回來之前，用積分兌換了一袋麵粉回來。」

羅勳笑道：「我家有菜，還有點肉，拿過來大家一起包餃子吧。」

「好啊好啊，羅哥，你種出什麼菜來了？我們家的大蔥才剛長出來呢。」

「有菠菜、小白菜，雖然不多，但足夠咱們吃一頓。」

眾人決定在五人組的家裡聚餐，羅勳兩口子回家拿食材過去。

至於章溯家那兩人……大家很有默契的誰都沒去打擾他們。

王鐸摸摸背後，衣服果然沾到牆漆了，好在沾的不多。偷偷用眼睛瞄了瞄章溯，見他沒有趕人出去的意思，王鐸再度鼓足勇氣，說道：「那個……章哥……我繼續幫你刷牆吧？」

章溯沉默半晌，過了一會兒，站起來走向臥室。

王鐸的一顆幾經摧殘的小心臟再度往下沉……

難道這樣還不行嗎？難道他又要趕自己走了嗎？

「小聲一點。」章溯說完，身影消失在房門後。

小聲一點？

王鐸忽然覺得自己的身體變得輕飄飄的，整個人彷彿要飄到了雲端，就好像昨晚抱著他的時候一樣，猶如身處美夢之中。

他沒趕自己走？他讓自己幫他刷牆？

這麼說，他是願意接受自己了？

想起早上嚴非轉達的「打掃洗衣做飯捏肩捶背」的要求，幫他刷牆什麼的，不就代表他願意接受自己的意思嗎？

只讓自己幫他刷牆漆，等於同意自己登堂入室，等於同意自己的追求，等於可以重現昨晚那讓人想起來就覺得羞羞的事，而且將來還會在兩人都清醒的情況下你儂我儂……

純潔的單細胞生物瞬間鼓足氣勢，沮喪、失落的情緒一掃而空，他一邊傻笑，一邊開始夢遊般的拿滾刷刷著牆壁。

章溯坐在床上，心中一片茫然。

把人殺掉了，然後呢？

基地沒有追究，可是之後呢？

就這樣每天去醫院工作，賺錢吃飯……以後呢？

外面是喪屍的世界，基地裡充斥表情麻木，苟延殘喘的倖存者。

他看不出未來在哪裡，希望在哪裡。

他彷彿失去了支撐他活下去的目標，找不到未來的方向，看不到未來的希望。

先前有個執念，那就是活下去，殺死那群人渣。現在那群渣渣被他滅了，接下來呢？

他覺得自己可以就這麼呆坐在房中直到慢慢死去，他連走出房門的欲望都沒有了。

就在這時，客廳隱隱約約傳來某支老掉牙的流行歌曲，對方唱得還有些走調，甚至和其他旋律相近的歌唱混了。

章溯的理智逐漸回籠，抿起嘴唇，露出嫌棄的眼神，口中吐出三個字：「真難聽。」

從沒聽過如此難聽的歌，偏偏唱歌的人還沒有自覺。

嫌棄歸嫌棄，他的嘴角卻不由自主往上彎起，變回了那個總是似笑非笑的章溯。

◆ ◆ ◆

「羅哥……這、這莫非就是傳說中的鶴鶉蛋？」

「羅哥，你家居然還有鵪鶉蛋？」

「讓我看看，就算是臭的，我也甘願啊……」

李鐵幾人兩眼放光地圍著桌上的鵪鶉蛋。

羅勳將袋子裡的幾種蔬菜拿出來放在盆子裡，笑著說道：「我家養的，正在下蛋呢。有些應該能孵出來，等孵出來之後，送你們幾隻。」

「真的？」李鐵激動地抱住羅勳的大腿，連聲叫道：「哥，你真是我親哥！」

「行了行了，還沒孵出來呢。」羅勳其實有些衝動了，不知道為什麼，看到李鐵他們為了王鐸，為了章溯，在丁少尉面前努力幫章溯開脫，他的心情相當複雜。最後在丁少尉表示不會追究章溯後，羅勳便也想為大家做些什麼。

如果家裡的鵪鶉成功孵化，以後就有源源不斷的小鵪鶉們出生，分送幾隻沒什麼影響，換回來的卻是大家在一起的快樂和對未來的憧憬，他覺得這樣做很值得。

李鐵幾人將羅勳和嚴非對他們的照顧記在了心裡，這些東西對羅勳兩人來說或許不算什麼，可對他們來說卻十分珍貴，畢竟他們都是普通人，就算現在有一份工作，可誰知道能做到什麼時候，也許有一天就沒了呢？

羅勳給予他們的東西，只要努力培養，就能成為日後生活的依靠。說不定哪天沒飯可吃了，他們就能靠著這些東西活下去。

他們不是傻子，對於這種雪中送炭的幫助自然也想要回報，可他們現在沒有任何力量能幫忙人家的時候，說什麼都只是空話。他們要用實際行動，在未來的某一天，人家用得上自己的時候，全力以赴。

羅勳做菜的經驗豐富，負責分派工作。李鐵四人被支使得團團轉，心裡卻樂開了花。包餃子，親手做的餃子啊！

羅勳帶來了冷凍肉餡和小蝦皮，指揮何乾坤和韓立剁菜，李鐵調肉餡，吳鑫則準備各種調味料並清理殘渣，他自己正在教嚴非和麵。

一群人熱熱鬧鬧邊做邊玩，準備好所有的食材，羅勳就教另外五個人擀餃子皮，自己負責包餡兒。他包餃子的速度能趕上其他人擀麵皮的速度，完全沒有壓力。

何乾坤覺得鼻子有點癢，伸手用手背揉了一下，沾了層麵粉，忽然發覺屋裡人有點少，指指隔壁的方向，「那個……要不要叫王鐸和章哥過來？」

李鐵幾人對視一眼，又瞄了瞄湊在羅勳身邊親親熱熱學包餃子亂撒狗糧的情侶二人組，說道：「算了吧，等要吃的時候再叫他們……」人家兩人難得獨處，說不定今天能順利和好，他們還是別過去當電燈泡，而且現在已經有一對狗男男在這裡秀恩愛，要是再來一對……呵呵，讓他們這群單身漢還怎麼活啊！

韓立偷偷打量幾個好哥們兒。何乾坤胖得五官都快擠在一起了，吳鑫臉上的青春痘影響食慾，李鐵又瘦又乾，跟自己站在一起就像珠穆朗瑪峰和馬里亞納海溝，太不相配了……

唉，想就近發展一個好基友真困難，硬體條件不符合，沒有可扳彎的人選！

等到把餃子包好，隔壁那兩位都還沒動靜，直到羅勳指揮眾人燒水準備煮餃子時，大家才不得不分派個人去隔壁叫人過來吃飯。他們午飯都沒吃呢，因為知道有餃子，所以乾脆餓著等這一頓，餓到都迫不及待了。

抽到籤王的何乾坤，苦著臉去敲隔壁的大門，等了一會兒才等到王鐸過來開門。

「你怎麼了？臉上白白的是什麼東西？」何乾坤嚇了一跳。

「你怎麼一臉的粉？」王鐸也瞪大眼睛。

兩人大眼瞪小眼，王鐸身後傳來輕飄飄的聲音：「怎麼堵在門口？」

何乾坤想起自己過來的任務，「章哥，我們那邊包好餃子了，過來叫你們倆過去吃。」

「餃子？好啊好啊，什麼餡的？」王鐸兩眼冒出綠光。他刷了大半天的牆壁，早就快餓昏了，要不是為了在章溯家裡待久一點，早就回去翻東西吃了。

「菠菜豬肉、小白菜蝦皮粉絲，是羅哥他們兩口子拿過來的菜和肉。」

王鐸興奮得看向章溯，「咱們過去吃吧？」

章溯挑挑眉毛，什麼都沒說，逕自往外走。

當王鐸那張大花臉出現在客廳中時，李鐵等人全都嚇了一大跳。

「你的臉怎麼了？」

「刷牆漆沾上的。」王鐸一臉得意，就差把鼻子仰上天了。

看看他那小人得志的模樣，再看看神色從容的章溯，李鐵幾人暗自磨牙。

沒出息！不就是幫人家刷牆嗎？有什麼了不起？

吳鑫比較厚道，好心問道：「刷了多少？等一下吃完飯，要不要我們過去幫你？」

「不用不用！」王鐸防備地說道：「我再一會兒就忙完了！」

他要堅決捍衛自己的地盤，他忙活了大半天才換得章溯跟他說兩句話呢，哪能讓一群閃亮亮的電燈泡過去攪局？打死也不能放人過去。

韓立表情扭曲地移開視線，心裡冒酸水……

看看你這副護食的德行？丟不丟臉啊？

你的男子氣概呢？看看你現在這模樣，我都懶得說你了！

羅勳低頭悶笑，嚴非意味深長地看著章溯，這回換成章溯無視嚴非的戲謔目光。

眾人圍著桌子落座，一邊吃餃子，一邊聽著收音機正在播放的基地發布的各項消息。

今天是除夕，為了穩定人心，也為了這個災難爆發後的第一個農曆春節，基地還是挺用心的，據說晚上八點會播放春節晚會。

據說雖然幾乎沒有多少藝人逃到西南基地，但有一些沒有名氣的小藝人在，再加上軍中存活下來的部分文藝兵們，錄製一臺春晚還是沒什麼問題的，只是要確定中心思想，以打倒喪屍、奪回家園、宣揚正能量、團結人心等等為主題。

可惜現在沒有條件做直播，只能提前錄製，畢竟在如今的非常時期，表演工作可填不飽肚子，大家的時間也不統一，誰有空誰就去報到，給節目錄個音。有的人可能剛剛錄完音就要出基地做任務，還有些人離開基地就再也沒能活著回來。

埋頭吃著飽滿的餃子，自己做的和基地食堂買的味道就是不一樣。不知道是不是大家親手做的關係，反正家裡的餃子比食堂的更美味可口。

吃完餃子約莫下午三點鐘，還未下鍋的餃子剩下不少，應該還夠大家晚上吃。不過考慮到現在已經吃過一頓團圓飯，有異性沒人性的王鐸就提議：「要不……晚上就各家過各家的？嚴哥和羅哥也得有私人的時間……」說著，偷偷觀察章溯的反應。

章溯什麼反應都沒有，像是根本沒聽到。

韓立磨著牙，勾住王鐸的脖子，陰陽怪氣地道：「對啊，各過各的，各回各家，你也得回來跟我們一起過年！」

「就是就是，回家過年！」李鐵幾人跟著起鬨。

章溯依舊老神在在坐著不動。

王鐸板起臉，「我還得幫章哥刷牆呢，不知道要刷到幾點，你們就不用等我了。」

李鐵幾人一個勁兒噓他，不過王鐸為了將來的幸福生活，決定暫時忍耐這群羨慕嫉妒恨的二貨，硬是盛上兩人份的餃子，巴巴地蹭到章溯面前，可憐兮兮地看著他。

羅動「噗哧」一聲笑了出來，拉著嚴非的手道：「我們家還有事，就先回去了。」

聽到這話，王鐸兩眼發光，滿臉期待地對章溯發射愛的電波。章溯拍拍衣服，施施然起身，下巴一如既往地微微仰著，如同高傲的女王帶著一條傻了吧唧的哈巴狗，領著尾巴狂搖的王鐸出門，後面的李鐵幾人捧腹大笑。

羅動兩人今天其實沒什麼事可做，隔壁的屋子要再晾一段時間才好刷牆漆、鋪地龍。自家的蔬菜有些需要再整一整，養到能結種子的程度。其他需要發芽的作物，今天早上才已經放到育苗箱中，然後……好像就沒事做了。

小傢伙一邊蹦躂一邊咬拽著一條繩子磨牙，羅動忽然隱隱約約聽到了什麼聲音。

「什麼在叫？」羅勳側耳聆聽，疑惑地問道。

嚴非細聽了一下，伸手指向育苗室。

兩人小心翼翼地走過去，輕輕推開門，結果看到孵化箱中有顆鵪鶉蛋破殼了，一隻小小的、濕答答的、黃乎乎的，男人拇指大小的鵪鶉正茫然四顧。

「孵出來了！」羅勳興奮地抱了嚴非一下，跑了進去。

把小鵪鶉取出，放到旁邊早就做好的盒子中，拿來清水和事先配好的飼料。

剛孵出來的鵪鶉十分脆弱，需要較高的溫度和乾淨的飲水、適合的食物。

羅勳很慶幸這幾天剛好在家，萬一小鵪鶉是在他們外出工作的時候孵化出來，餓半天都沒人管的話，說不定會死好幾隻。

將小鵪鶉安置好，看著牠吃了些飼料，又檢查了還在孵化中的鵪鶉蛋，確認還有幾隻似乎有孵化的跡象，這才鬆一了口氣，拉著嚴非走出去。

「真好，大年三十家裡添丁。」羅勳的腳步非常輕快。

「過幾天還會再多幾隻，家裡就熱鬧了。」嚴非笑道。

大年三十放在災難來臨前，雖然因為人們生活節奏變快、各種傳統的遺失等原因，漸漸變得越來越沒有年味，但在現今的非常時刻，能夠活下來的人還是相當欣慰自己能活著看到大年初一晚上的星星和早上的太陽。

至少對於全國人民來說，今天基地中的氣氛遠比兩個月前的元旦來得有感慨。

能活過這個年，就代表在末世多走了一步。

基地內各處的廣播喇叭在晚上八點鐘準時響起，開始播放起提前錄製好的春晚節目。因為通訊還沒辦法恢復，所以春晚基本是以音樂、唱歌、相聲等能以聲音呈現為主的表演。娛樂活動似乎倒退回到幾十年前，卻讓惶惶不可終日的眾人多少有了些心靈慰藉。

家中沒有收音機的人，乾脆趁著天氣不算太冷走出家門，聚集在廣播喇叭下聆聽春晚，享受著這難得平安、寧靜的節日。

不過，廣播喇叭大多設置在內城區，外城區才剛剛清理完畢，修建好圍牆，所以沒有馬上安裝。當然，還有另一個重要的原因，外城區太靠近圍牆，聲音過大很容易引來喪屍。

從鵪鶉孵化的興奮中冷靜下來，羅勳也早早打開收音機等待春晚的節目，然後鑽進育苗室研究一通，決定改造鵪鶉小窩，讓小鵪鶉們孵化出來後，可以順著一條通道來到旁邊的小箱子裡，與其他同伴會合吃東西。

這些家禽可比人類的嬰兒……不，比一般的哺乳動物好打理，畢竟牠們一出生就能睜開眼睛，自己走動找食物吃。雖然同樣脆弱，可比起哺乳動物的後代剛出生連眼睛都睜不開，只能本能尋找母親的乳房，甚至有許多無法行動來說，鵪鶉已經很不錯了。

這些鵪鶉蛋只有一兩天的時間差，只要第一隻孵出來，其他的自然就快了。孵化箱四周被羅勳用東西擋住，免得小鵪鶉們慌慌張張地摔到地上。

忙活了大半天，兩人半躺在沙發上，羅勳靠在嚴非的懷中，下意識忽視自己先前一直堅持的要當上面那個。其實，從某些方面來說，他現在也算是「壓」在嚴非的身上。

茶几上的盤子裡還剩下幾個吃剩的餃子，另一個盤子空了，本來放了臘腸。

家裡風乾的雞鴨、臘肉香腸什麼的，末世到來後，羅動幾乎沒怎麼動過，一方面是冰箱中凍著不少肉，另一方面是風乾的肉類能存放更長的時間，畢竟羅動不確定他們多久之後才能再弄到肉，至少一年之內是別想了。

小傢伙吃過晚飯，撒過歡後，跳上了沙發，趴在羅動的懷裡求撫摸。

嚴非抱著羅動，羅動抱著小傢伙，一家三口依偎在一起的情景，看起來相當溫馨。

聽了一晚的春晚廣播節目，羅動熬到十一點左右就睏了，但他還是堅持地硬撐著，想著至少要撐到十二點過後，吃一個大年初一的餃子再上樓睡覺。

大年夜的節目雖是稀罕，可到後來羅動昏昏欲睡，沒聽進多少，反觀嚴非，因為每晚睡前都會折騰羅動，鍛煉異能，所以比羅動更能熬夜。

主持人數著時間倒數計時，外面那些圍在廣播喇叭周圍的人，跟著發出了歡呼聲。

為了安全考慮，基地不允許燃放煙火，但是過年的氣氛還因此烘托了出來。

羅動揉揉眼睛，親親嚴非的下巴，笑著拜年：「新年快樂。」

「新年快樂。」嚴非低頭回親羅動的臉。

小傢伙以為兩人在玩，伸長狗頭硬往兩人的中間擠。

推開狗頭，嚴非伸手去拿盤子，「吃顆餃子再睡。」

雖是放涼了，但好歹吃一口應應景。

羅動笑著坐起身來，和嚴非各吃掉一顆後還夾開一顆餃子，給好奇不停地在他胸前撲騰的小傢伙。小傢伙張口叼住，跳下沙發，開始慢慢地啃啃啃，嚼嚼嚼。

「這顆餃子裡面主要包菜，我還以為牠不會吃呢。」羅動非常詫異。

「這還不好？對咱們來說，菜可比肉好料理，牠能吃菜以後好養活。」嚴非失笑。

就在這時，樓下依稀傳來哭聲，羅動和嚴非先是驚訝，隨後想到什麼，確定沒有人上樓後，並未開門出去查探狀況。某些時候，人們需要痛快發洩一下才不會崩潰。

兩人一狗吃過後，盤子裡還故意剩下一個，羅動伸了個懶腰，走向浴室，「刷牙洗臉，準備上床囉，明天可以賴床啦！」

「嗯，明天咱們好好休息一天。」

三天假期很快就過了，剩下明天最後一天可以懶在家裡。兩人昨天修整了屋子一天，今天白天又跟李鐵他們包餃子吃團圓飯，明天鬆快一天，後天就又要繼續上工了。

小傢伙忽地直起身子，雙眼盯著陽臺的方向，耳朵也豎得直直的，隨即吠叫起來。

「怎麼了？」還沒踏進浴室羅動，瞬間警覺起來。

小傢伙平時不會亂叫，上次牠在吠叫的時候，外面來了一夥闖空門的小偷，因此五人組明明跟羅動他們做鄰居這麼久，卻一直不知道他家有養狗，可見小黑背有多乖。就連今天小鵪鶉孵化出來、外面傳來哭聲，牠明明聽到了，但都沒有亂吠，可看牠現在的樣子，這是發現了什麼異常嗎？

羅動和嚴非連忙來到陽臺，陽臺的作物無異常，窗外無異常……

羅動本以為會不會有小偷趁著大年夜出來作案，從房頂上爬下來撬門撬鎖，但看起來外面什麼都沒有。

小傢伙依舊繃著身體，衝著某個方向，口中發出威脅的低鳴。

羅勳蹲下去撫摸牠的頭，想要安撫牠。嚴非拉開窗戶，他們兩人都很謹慎，不會認為是小傢伙亂叫，就忽視引起牠警醒的原因。

「你聽，外面是不是有什麼聲音？」站在陽臺窗邊的嚴非，最先發現不對勁。

羅勳連忙走過去，豎起耳朵，仔細聆聽飄飄忽忽的聲音。

廣播喇叭此時已經收播，有人在說笑，有人思念家人，恐懼末世而傷心哭泣，可是，在更遙遠的地方……

「有人在放鞭炮！」羅勳聽明白了，驚愕地說道。

「那個方向……似乎離得有些遠……」嚴非皺起眉頭。

「不會是外圍牆吧？」

◆　◆　◆

幾輛軍用吉普車呼嘯著向外圍牆某個方向急行，遠處有火光和鞭炮聲，他們的車子剛轉過彎，就看到了不少人聚集在一處廢墟中，嘻嘻哈哈圍著放鞭炮的人看熱鬧。

「全都抓起來！」

「啊啊啊……憑什麼抓人？」

「放開我！放開我！」

「媽媽……」

男男女女的哭喊聲、抗議聲，在被撲滅的鞭炮聲結束時，因為被逮捕而中斷。

在外城好幾個地方，都有因燃放鞭炮而被強行抓走的人。

「憑什麼不許我們放鞭炮？過年不放鞭炮還叫過年嗎？礙著你們什麼了？」

「就是，被外面那些像鬼一樣的怪物壓迫了這麼久，還不許我們放放鞭炮去晦氣嗎？過年放鞭炮不就是為了把鬼嚇跑嗎。」

抗議聲不絕於耳，讓負責押解人犯的士兵們臉色變得極其難看。

這些人仗著圍牆剛剛修好，自覺變得安全許多，就大膽地將收集到的鞭炮拿出來燃放，想趁著過年的時候用來去去晦氣。

他們的想法不是不能夠理解，但……

「隊長，我建議把這些人都派到外面去守圍牆。傻子都知道喪屍對聲音很敏感，我看他們就是故意的！」有個士兵氣得眼睛都紅了，對負責維護治安的長官大聲說道。

「是啊，隊長，咱們的戰士大年夜都要在外面巡邏，可就因為他們亂放鞭炮，外面又引來了多少喪屍？」

隊長沉著臉深吸一口氣，瞪了幾個氣憤的士兵一眼，「讓他們過去幹什麼？添亂嗎？在基地裡都敢放鞭炮招喪屍，把他們丟過去就等著防線被他們給毀了吧。」

「可是……」

哪能就這樣輕易放過這些危害基地的壞份子？

因為基地裡的人類氣味濃重，這些日子喪屍越聚越多，今天晚上有人放鞭炮，讓那些原本就沒有理智的喪屍更加瘋狂了，還引來了更遠處的喪屍襲擊了幾處防禦點。他們早就接到了求救訊號，要不是他們的職責是維護基地內的安全，便要出城去支援那幾個據點了。

隊長壓下心頭的火氣，微微搖頭道：「對於他們的處置，還要聽從上級的安排。」這件事他也做不了主，從他的想法來說，這些在基地裡添亂的人，就應該扔到外面守圍牆去。

被逮捕的人聽到這番對話，臉色微變，縮著身子不敢再吭聲，生怕士兵們一個不爽，真的把自己丟出基地。他們好不容易才過上了相對安穩的日子，怎麼可能還願意出去？

「大哥，我真沒放鞭炮，我是聽見動靜過去看熱鬧的……」

「對對，兵大哥，我也沒放鞭炮！」

幾個比較機靈的人出聲表態，其餘反應快的也連忙表明自己的無辜，原本安靜下來的車廂中又混亂了起來。

「閉嘴！再敢說廢話，直接把你們丟出去！」一個本來就在氣頭上的士兵，舉槍對天空開了兩槍，車廂中才又安靜下來。

◆　◆　◆

基地裡有人放鞭炮，雖然不確定位置距離外圍牆是遠還是近，但如今的一級喪屍聽力可要比最初的喪屍敏銳，羅勳很確定，如果是在外城的街道上，就算隔著兩條街的路上有汽車經過，一級喪屍們都能聽到聲音追過來，何況是明晃晃的鞭炮聲？

「唉，今晚圍牆外面肯定很『熱鬧』！」羅勳嘆了一口氣。

「放心吧，圍牆已經修建好了，不會出大事的。」嚴非安慰道。

羅勳自然也明白，一級喪屍無法躍上足有三米高的圍牆，但那些在圍牆周邊、壕溝和木樁、地刺附近負責警戒的士兵，以及守衛幾處隘口的士兵，恐怕會遇到危險。

這些士兵是為了在有倖存者投奔過來，或者有軍方車輛出入時幫忙警戒、擊殺尾隨而來的喪屍。在這種時候，他們恐怕要遇到惡戰了。

「該睡了。」嚴非關上窗戶，外面的事情他們插不上手，也沒辦法插手。

「嗯。」羅勳轉過身，小傢伙已經老實下來，搖著尾巴回到牠的狗窩準備睡覺。

羅勳二人在大年三十迎來自家家禽的第一代第一隻成員，第二天一早，在孵化箱中又發現了兩隻剛剛孵化出來的小鵪鶉。

三隻鵪鶉湊在一起，發出微弱的叫聲。

「再過一週，就能把牠們和大鵪鶉們放到一起了。」羅勳興奮地觀察三隻毛絨絨的小東西。看來孵化率很不錯，最早的三顆蛋都孵化成功。

嚴非操縱著金屬材料給小鵪鶉們的腳爪上繫好刻著數字的腳環，標明是第二批孵化出來的鵪鶉，「你不是還打算分給對門幾隻嗎？」

「等這些小東西再長大一些，李鐵他們家還是太冷，現在給他們他們也養不活。」羅勳輕輕抓起一隻今天剛剛孵化的鵪鶉，仔細分辨公母。

「你在看什麼？」嚴非湊過去跟著看。

「我看看能不能看出是公是母來……不行，得等牠們長大些，現在還是不好辨別。」羅勳遺憾地放下被他蹂躪了半天屁屁的小鵪鶉，確定三隻鵪鶉都很健康，暫時不用擔心，這才拉著嚴非一起去忙活別的事情。

懶懶散散地度過最後一天，羅勳和嚴非一大清早就穿好衣服準備出門。對面的人也出來了，韓立對兩人打過招呼，就去敲隔壁的大門。

「章溯今天不用上班吧？我記得他放到大年初三？」羅勳疑惑地問道。

「對，章哥不去，但我們要叫王鐸一起去上工。」李鐵打了個哈欠，含糊不清地說道。

「王鐸？他昨天晚上沒回去？」嚴非一臉看戲的表情。

李鐵、吳鑫、韓立三人立刻用「你懂得」的神情點頭，「何止昨天晚上沒回來，三十那天晚上也是，他昨天就把自己的東西都搬過去了。」

羅勳好笑地等著，就見章溯家的大門打開，王鐸臉色略有些疲憊，但精神極度亢奮地走了出來，「要去上工了嗎？我都準備好了。」

眾人齊刷刷看看他那有些蒼白的面容，又看看他的兩條腿。

王鐸被看得汗毛都豎起來了，不由自主往後退了一步，「你、你們看什麼？」

「看你還能不能走路。」

王鐸先是臉紅，隨即挺起胸脯，得意道：「哼哼，哥是誰？」他明明是上面的那個。

他的話音一落，整個人猛地往前撲，露出後面收回腳的章溯，「幹麼堵在這裡？」

比起王鐸略微蒼白的臉，章溯面色紅潤，臉上光彩照人，全身上下散發著一股慵懶的氣息，再加上那雙彷彿能滴出水來的眼眸……

在場的所有人都用欽佩的目光看著剛剛從地上爬起來，帶著一臉討好笑容的王鐸。

要滿足章溯這麼一個妖精，孩子，我們不是怕你被壓在下面，我們是怕你腎虛啊……

王鐸狗腿地湊到章溯身邊，露出一副「您要是一腳沒踹爽，就再來一腳，我絕對不躲」的諂媚既視感，讓人不忍直視。

章溯根本沒賞臉去看這個沒臉沒皮的二貨，穿上外套就走了出來。

「你要出去？」不能怪羅動他們驚訝，丁少尉那天過來時可是說了，讓他在家舒舒坦坦地休息幾天呢，他今天出來幹麼？難道那天晚上還有漏網之魚沒幹掉？

「你們都走了，我自己待在家做什麼？」章溯聳肩說道。

他家雖然有五人組先前分給他的架子等東西可以用來種菜，可他根本不會種，而且現在天氣有點冷，他家還不如李鐵他們那屋溫暖呢。更重要的是，他不想獨自待在家中，寧可去醫院虐那些到處亂跑搞得一身傷的病患，比如多給他們縫幾針，少打點麻藥什麼的。

居然有這種不要加班費非要上工的好員工，眾人默默對視一眼，很識趣地沒多問什麼。

今天軍營門口看起來比過年前冷清多了，雖然還有人和車子來來往往，卻沒有那麼多一眼就能看出來的閒雜人等四處閒晃。

羅動和嚴非找到平時乘坐的軍用卡車，其他人已經來了。

隊長跟羅動兩人打招呼道：「昨天下午材料都運過來了，今天大家又要忙起來啦！」

爬上車廂，隊長拿出三個沉甸甸的袋子分給三位金屬異能者，略微有些沉重道：「咱們隊中有些人已經知道了，但我還是先向不清楚情況的同志解釋一下這幾天的狀況。」

這話明顯是要說給羅勳兩人聽的，其他士兵依舊認真聽著。

「除夕那天晚上，基地外面的喪屍數量暴增，給我們基地在外面建立的幾個監控點帶來了很大的威脅，防守幾個地方的士兵只有少數人及時撤回基地，一小部分士兵撤回監控點，剩下的大部分士兵……都犧牲了。」

隊長的表情頗為凝重，車廂裡除了他的聲音，眾人都沉默不語。

羅勳和嚴非對視一眼，兩人同時想起了大年三十那晚的鞭炮聲。

「從昨天開始，基地就讓土系異能者繼續加高加厚外圍牆，並且修建通向圍牆頂端的階梯，爭取把圍牆修建成古代碉堡那種可以讓人在上面巡邏的城牆。昨天下午外出尋找物資的隊伍運回了一大批金屬材料，咱們要爬階梯上圍牆繼續修建外層的金屬牆。」

隊長簡單說明了一下情況，表示這次的任務比先前的難度度，因為……

「這次聚集過來的喪屍數量不少，全都堵在了圍牆外面，還有源源不絕的喪屍陸續往基地方向靠過來。咱們沒辦法出城去築牆，只能從內側爬上去再想辦法修補外面的牆壁。」

基地方面雖然想了一些辦法，但具體要怎麼操作，還要等金屬系異能者集合後才能具體決定安排。如今喪屍雖然還爬不上三米高的金屬牆壁，但萬一它們真的會進化，就像從當初那些動作遲緩、僵硬的喪屍進化成現在這些動作靈活、速度快、力量大的喪屍，變成能一躍就跳進來的喪屍呢？所以圍牆勢必要繼續往上加高。

眾人到達指定位置後，一下車就見到圍牆果然比之前的高出足足一倍。外圍牆裡面的那層土牆已經有六米高了，還加寬了不少，甚至每隔一段距離就造出了一條土梯。

不知道這些是土系異能者們加班加點做出來的，還是也有普通人參與？

羅動他們上工的地點位於外圍牆大門內側，牆邊堆放著各種各樣的金屬材料。

看樣子軍方似乎把附近某鋼材場的材料全都拉來了。

一行人爬土梯走到圍牆上面向外看去，一個個面孔猙獰的喪屍，衝著圍牆上方那些清晰可聞的人肉味的方向揮舞著乾枯的手臂，口中發出嘶吼聲。

「距離好遠……異能能搆到嗎？」

其中一名金屬異能者，看著離得老遠的金屬牆壁，頗有些頭疼。

土牆已經高出金屬圍牆一倍，想要用手一點一點將金屬「黏」到高出的土牆外側……他們要怎麼下去？先前還覺得三米的圍牆就很高了，現在看看下面那些喪屍們所在的位置和金屬牆壁的上緣……這個距離，喪屍一跳應該就能搆到了吧？

這可不像先前大家站在圍牆邊上，外面還有人保護的情況下補牆，現在金屬圍牆上可以允許大家立足的空間只有短短的十釐米，一個不慎就會摔下去。

隊長也沒想到會這麼危險，更讓人頭痛的是，下面的喪屍數量遠遠大於他們的預測。要是硬下去修補圍牆，他們要怎麼保護這幾個異能者？難怪土系異能者會在昨天忙了一天一夜加班修建圍牆，基地方面恐怕也是擔心那些喪屍們會跳進來吧？

可是，你們就不會一米一米慢慢修，讓我們有個能伸手搆到的距離嗎？

「我去找人商議一下。」隊長思考了一會兒，依眼下的情況看來，金屬系異能者很難操作。他們這些異能者，包括土系異能者，都只能通過觸碰到材料才能使用異能修築圍牆，和那些火系、水系、風系異能者不一樣，可沒辦法揮揮手就丟出一團土疙瘩、金屬疙瘩。

見這截圍牆上有活人，正下方的喪屍瘋狂地揮舞著手臂，對著上面嗷嗷叫。羅勳幾人站在圍牆上，看著下面那群密密麻麻的喪屍，額角突突直跳。雖然這數量還沒到達喪屍圍城的地步，但如果喪屍持續增加，遲早會達到那種恐怖的規模。

偏偏這幾天是過年期間，外圍牆才剛剛修好，很多人都不願意出去打喪屍找物資。

羅勳看向大門的北面，大門正對著一條末世前就存在的道路，前方不遠處的路口左右各有一個外觀古怪的小樓。小樓很高，面積不大，有些像古裝劇裡出現過的簡陋箭樓。

事實上，這種小樓的功用與箭樓相似，它們就是剛才隊長口中所說的監控點，是為了提前預見、警戒周邊的特殊情況而建造的小樓。

圍牆外面到處都是遊蕩的喪屍，監控樓下方也聚集了不少喪屍，它們正不知疲倦地抓著小樓的樓牆，樓頂上方有人在。

距離有些遠，羅勳看不清楚上面的情景，但那上面肯定有人沒錯，他們恐怕就是被堵在那裡，一時沒辦法撤回來的士兵。

圍牆大門後面已經聚集了不少整裝待發的士兵們，看樣子應該是要出去營救那些人。

沒過多久，隊長匆匆跑回來，微微喘氣地對眾人道：「上頭有令，等一下會打開大門，派人出去營救被困在外面的人。大門一旦打開，肯定會分前一部分喪屍的注意力，到時咱們集火攻擊下面的喪屍，金屬系異能者身上綁繩子，垂吊下去修補圍牆。」

隊長說完，讓眾人將金屬材料運上城牆。

羅勳的臉色不太好看，身上只綁一根繩子的異能者將會是最危險的。如果沒有其他辦法就算了，但現在不是完全沒辦法避開這種危險。

他向圍牆下看了一眼，堵在眾人所處位置正下方的喪屍就不止五六十個，就算一會兒大門打開會引走一部分，但那也絕對是少數。萬一有幾個沒被引走，反而瘋狂攻擊綁著繩子垂吊下去的異能者，那麼自己這些站在圍牆上方協助保護他們的人，怎麼可能來得急反應？再者，萬一繩子斷掉怎麼辦呢？

羅勳猛然轉身，向隊長提出意見：「隊長，讓異能者綁繩子就吊下去太危險了。」

隊長當然明白他是在擔心他「表哥」的安危，可現在暫時沒有別的辦法，「我剛才跟上級彙報了這件事，可是目前實在沒有其他辦法，只能利用打開大門的機會，能修多少修多少。今天部隊會派人出去清理附近的喪屍，過不了太久咱們的行動就能方便很多。」

羅勳當然知道基地會讓人出去清掃喪屍，問題是，不斷有喪屍往這裡聚集，而外圍牆占據的面積太廣太長，根本不可能做到把所有聚在圍牆外的喪屍全都幹掉。

當然，如果發動基地內的倖存者們外出打喪屍，或許能在短短一天的時間內將外面的喪屍全都清剿乾淨，可那目前不現實。

「還有一個方法，比用繩子吊他們三個下去更安全。」

「什麼辦法？」隊長連忙問道。

「找土系異能者合作。」

羅動的建議很簡單，只是有些麻煩而已。他的想法是，讓土系異能者在指定位置，從圍牆內側開個「口」出來，金屬系異能者從那些開口修補外面的金屬牆壁。

不過，這需要土系異能者協助，等於是從原本的三人分工，變成了三組人共同合作，而且還要在圍牆上開洞，操作比較麻煩。

這個辦法雖然實用，也能確保金屬系異能者的安全，卻不知道有沒有多餘的土系異能者能夠暫時調過來協助。

隊長思考了一下，出於對自己隊員保護的心態，還是決定去找上級申請。遺憾的是，十分鐘之後，隊長灰頭土臉地回來——被罵回來的。

「上級要求我們按照原定計劃行動。」隊長嘆了口氣，眼中帶著一絲惆悵地說道：「土系異能者的人手也不夠，晶核數量……也不多了。」

這部分的土牆已經建好，如果按照羅動說的在圍牆上開洞，補好外面的金屬層，再從裡面封住圍牆，那就屬於重複勞動了。

上級不同意，因為土系異能者沒有多到可以分派過來的地步，再者，基地中的晶核數量有限，他們本來就特意多分給了金屬系異能者一些，支持他們的工作，現在拿著這麼多的晶核不辦事，還找理由要求派遣別人配合他們……

雖然你們金屬系異能者的人數確實稀少，但也不能這麼浪費資源。

於是，隊長就被罵回來了。

土系異能者們所在的修牆小隊和金屬系的異能者們分屬不同的隊伍，人家也要比拚修建速度，早日完成任務，誰管你們補牆的距離夠不夠？能不能爬下去補金屬外層？更別說，就算沒有金屬外層，土牆的防禦力也不差，大不了修厚些不就好了？用得著這麼唧唧歪歪找藉口找理由找麻煩嗎？

隊長不用找土系異能者負責人協商，都能猜到對方會說些什麼話來搪塞自己，更何況自己的這個建議連自己的上級都不同意。

嚴非此前正在與另外兩名金屬系異能者商量具體操作的細節，過來後聽到羅勳和隊長的對話，就明白他是在為自己擔心，心暖地笑笑，對隊長說道：「我倒是有一個方法，不用讓土系異能者協助，也能將圍牆從裡面補好，還不用親自下去。」

「咦，什麼辦法？」隊長振作精神，有些激動地問道。

「異能傳導。」

嚴非剛才已經跟另外兩位金屬系異能者溝通過，了解到他們確實沒有辦法憑空讓金屬材料漂浮起來，雖然不知道這是他自己的異能才能做到的？還是等金屬系異能升級後就可以自然做到？但修補圍牆總不能只靠自己一個人遠端操控，其他兩人只負責搬運吧？

先不說這樣做他會不會被人注意到，然後抓到實驗室中切片研究，事實上，他還有更好的方法讓他們三位金屬系異能者合作遠端操控金屬材料，通過傳導的方式來修補金屬外牆。

這是他在家中加固門窗，利用牆體內的混凝土中的鋼筋時發現的特殊操作。

以他的經驗來看，憑空操控金屬材料時有個限制範圍，這種範圍與火系等異能相仿，體現出來的話，比如火系的火牆、擁有風系異能的章溯可操控身邊的風暴走的範圍一樣，嚴非也同樣有這麼個操控距離的限制。

在家裡實驗的時候，他大致可以確定這個範圍是以他為圓心，直徑約十米左右的距離，與章溯可操控的範圍差不多。當然，他所製作出來的金屬箭等武器的攻擊距離卻不受限，端看自他發動遠程攻擊的瞬間，附著在其上的精神力強度來判定。

這種有效操控範圍倒是不受某種操作的限制，那就是「傳導」。用一個金屬材料當作介質，催動異能，就可以改變另一端的金屬外形。這點不光他能夠做到，另外兩位金屬異能者也同樣可以辦到。

雖然聽不明白，但感覺似乎很厲害的樣子。

這是所有聽到嚴非解釋的士兵們心中一致的想法。

隊長聽得也有些懵，畢竟他不是異能者，無法很直觀地理解個中的原理，於是他選擇最簡單直接的方法來求證……

「你們兩個能做到？」隊長詢問其他兩位金屬異能者。

兩位金屬系異能者興奮地點頭道：「我們實驗了一下，雖然距離太遠肯定會有困難，但三米內可以做到，就是比平時消耗的異能更多些。」

隊長大手一揮，「不用擔心晶核的問題，我們想辦法打回來，安全第一。」

這可是自己手下的兵，若不是迫不得已，他絕對不願意犧牲任何一個。就算是上級的命令，就算修建圍牆的速度比下午那組人慢，他也寧可選擇更穩妥的方法。

嚴非的建議細說起來其實很簡單，就是利用一根長形金屬材料當作「筆」，手邊的金屬材料當作「墨水」，運用類似3D塗鴉筆一樣的方法來構建出他們想要的東西。

有什麼比做一堵線條簡單的鐵牆更簡單的嗎？

只要他們做出來的效果和平時用手「捏」出來的金屬牆壁一樣堅硬光滑就好。

兩名金屬異能者模仿嚴非的動作，用金屬做出一條長長的細鐵棍，再將身邊的金屬材料隨便抓下一塊和鐵棍融合。融合上端的同時，下端就能慢慢與下方的金屬牆壁融合到一起，然後加厚、加大。

雖然這麼做相當消耗異能，但兩人意外發現自己的異能在每一次補充完畢後，都變得更加凝實，操作起來也更加得心應手。自己所能感知到的金屬材料每一寸似乎都能「看」得清清楚楚，它們會按照自己的想法而改變，比先前單純用手「捏」時的感覺更奇妙。

見三人沒多久就投入到補牆的工作上，還他們不需要冒險綁著繩子垂吊下去，只要趴在土牆上，用金屬材料一點一點「描畫」就能補好外面的金屬牆殼，眾人全都鬆了一口氣。

趁著嚴非中間休息的時候，隊長欣慰地問道：「你是怎麼想到這個辦法的？」

這件事不光是他奇怪，其他隊員和兩位異能者都很好奇。雖然他們是金屬系異能者，卻沒有通過介質、憑空操控，用意念改變金屬形態的想法。

嚴非心中呵了一聲，他打從剛發現自己激發出金屬異能後，就從沒用手直接觸摸過目標金屬物，全都是憑空操控，反而是在第一次看到其他金屬系異能者捏黏土一樣操控金屬材料改變形態，才被驚到了。

他暫時不想暴露，就隨意找了一個藉口：「我幫家裡的窗戶外加裝鐵欄杆時怕它們不夠堅固，就下意識讓它們穿進牆壁裡，跟牆體中的鋼筋連結到一起，又怕那些東西太重牆壁會撐不住，便試著加固那些鋼筋，沒想到能將自己手邊的金屬材料全都慢慢融進牆體中的鋼筋，這才發現還可以這麼操控異能。」

眾人恍然大悟，隊長笑道：「難怪你先前會說想要拿些金屬材料回去。」

嚴非含笑點頭，眼角餘光掃了羅勳一眼，「如果有多餘的話。」

「放心吧，今天就給你帶一些回去，過幾天基地還會派人出去拉鋼材回來，不過你們回去的時候要注意一點，別讓人看出來。」

「沒問題，我們有車，等一下咱們的卡車回去的時候，在我們停車的地方稍微停留一下就好。」嚴非欣然點頭。

家裡的東西不少，再加上他自從聽羅勳說樓頂上還有兩個巨大儲水罐在，就總擔心牆體能不能撐得住這些亂七八糟的雜物。他們住的可是十六樓，萬一牆體不堪負荷，那就……

羅勳不明白嚴非幹麼頻頻看向自己，也沒想到他是在擔心家裡那兩個誇張的大水箱會壓塌屋頂，但能再弄些金屬材料回去，他想看就讓他看好了。

嚴非三人的補牆行動順利開展，隊長便叫來除了羅勳三個負責保護異能者，外加要幫他們搬運東西以外的人，下樓跑到附近開始打喪屍。

基地的大門已經打開，不遠處就是開著裝甲車衝出去營救受困在監控樓之中的士兵的隊伍。圍牆下面的喪屍確實被引走了一部分，可牆頭上的人肉味實在美味，至少還有四五十個喪屍怎麼也不肯離開。

隊長的目標就是這幾十個喪屍，只有徹底消滅掉它們，大家才能安心修補圍牆。不然就算在牆頭上忙碌的異能者和其他士兵身上都綁著繩索以防掉下去，還是不能讓人放心，萬一有人掉下去呢？被喪屍撓一爪可不是好玩的。

每打死幾個喪屍，就有士兵想辦法用帶鉤子的繩索吊起死掉的喪屍，拉到半空中開頭顱挖晶核。速度和效率雖然慢了些，但比完全沒有收穫強多了。

羅動一邊搬金屬材料給嚴非，一邊警戒下面喪屍的情況，時不時會用複合弩幫著射殺。

嚴非三人用這種方式補牆，雖然很消耗晶核和異能，但效果確實不錯，其消耗效率已經堪比每天晚上睡前將鐵球憑空變形成鐵網，雖然沒有那樣做的強度大。

第三章

喪屍進化，安全區岌岌可危

羅勳將毛巾遞給嚴非，略顯疲憊的嚴非接過去擦汗。

「今天用的真多。」羅勳指指另外兩位金屬異能者手中扁扁的晶核袋子。那裡面原先裝了足足七十顆晶核，現在卻所剩無幾，這個數量可是正常兩天的用量。

「嗯，今天下午我想睡個覺。」嚴非也有些支撐不住，今天的操控要一直集中精神使用異能，長時間神經緊繃，可比不用動腦子的工作要累得多。

「嚴非，這些東西我讓人抬上車，等一下回去就順路放到你們的車上去吧。」隊長興沖沖地走過來，指著幾個人正搬著的鐵板、鐵棍等金屬材料。

「好，多謝隊長照顧了。」嚴非點頭致謝。

隊長笑著拍拍他的肩膀，對他們交代了一句：「今天咱們稍微晚點走，我等二隊過來，跟他們說明怎麼修補外面圍牆的具體做法，你們在上車休息就好。」

雖然兩隊之間確實存在著某種競爭關係，但關係到金屬異能者們的安危，該囑咐的事情還是要告知人家，畢竟大夥兒還是有同袍情誼的。

隊長知道嚴非和羅勳都不是很喜歡顯擺，他們也不是自己手下的士兵，不好隨意支使，便讓兩人待在車上休息，自己則帶著另一名金屬異能者，等二隊的車子過來後，讓那位異能者跟下午班的三名金屬系異能者解說修補圍牆的新辦法。等到交接完畢，再一起回軍營。

二隊的人得知這個方法，頗為感謝一隊的關心和分享，但是三名金屬系異能者實驗了大約十分鐘左右，就有些堅持不下去了。

三名異能者對二隊的隊長解釋：「按照這種方法操作，需要長時間集中精神力，消耗的異能足有平時的兩倍還要多，這麼下來，咱們的晶核根本就不夠用。」

一隊和二隊兩組的金屬異能者能力本來就有差距，一隊原本只有兩名金屬系異能者，但他們的初始能力要高些，修補圍牆的速度也比二隊的快些，所以上級在調派人手時，才讓那兩名金屬異能者參加上午的任務，工作時間比下午的二隊短些，可卻需要那兩個金屬異能者做到和二隊三人相同的工作量，就算差也不能差太多。

這樣一來，一隊的人自然會心理不平衡。我們的速度確實是快些，可我們才兩個人，工作的時間比你們還少，卻需要做到相同的進度，時間久了誰受得了？

所幸有嚴非加入，緩解了這種情況。

然而，嚴非一來，二隊的進度就明顯跟不上一隊了。二隊的隊長為了不落後太多，就把下午的工作時間延長，幸好嚴非留了一手，不然二隊的人為了趕進度非得吐血不可。

如今這種消耗大量的異能，利用「傳導」的方式來操控金屬材料，修補圍牆的做法，二隊的人根本無法堅持太久。

二隊的隊長有些頭痛地問道：「那你們覺得怎麼做比較好？」

三位金屬異能者對視一眼，有些猶豫地說道：「不然就按照先前接到的通知那樣做，綁一根繩子垂吊下去補牆？」

他們來之前就接到了上面發下來的通知，建議金屬異能者在修建圍牆的時候綁繩子下去補牆，再加派人手在外面負責巡邏保護，只是基地方面並不知道一隊的人出於安全考量，沒有按照通知的來。

二隊的隊長猶豫地向看了圍牆外一眼，一個金屬異能者進一步說道：「隊長，上午的時候圍牆外面已經被集中清理過一次，就算有喪屍，數量也不多，而且咱們圍牆下面的喪屍都被一隊的人打死了，我們下去應該不會有太大的危險。」

二隊的隊長想了想，咬牙道：「各自安排一個人負責拉繩子，一旦有危險就立刻把人拉上來，剩下的人一部分警戒，一部分向金屬異能者遞送金屬材料。」

這會兒外出救援的車子陸續回來了一些，基地大門附近的喪屍也被清理得差不多，吊著下去修補圍牆問題不大，如果狀況不對，還能及時將人拉上來。

◆　◆　◆

卡車在軍營前不遠處停了下來，沒多久一輛相對小些、破爛些的二手箱型車就停到卡車旁。幾個士兵從卡車上下來，抬著一些金屬板材送上那輛二手車，很快兩個年輕人又爬上了卡車，跟著一起回到了軍營中。

跟隊長他們告別，羅勳兩人朝第四食堂的方向走去。第三食堂經常座無虛席，他們今天回來得比較晚，路上又耽擱了一會兒，現在過去肯定沒剩多少吃的了，還不如去第四食堂看看今天有沒有好菜色。

「都弄好了？」羅勳低聲向嚴非問道。

嚴非苦笑點頭，「又用了一塊晶核，看來下午想不回去好好睡一覺都不行了。」

那幾塊金屬板材畢竟是算是基地物資，是隊長私下偷偷給的，雖然說得清楚來源，但他可不想被人找麻煩，便那幾塊板子搬上車後，順手將其「鍍」到車板、車身內側，省得被人看出什麼端倪，就如同上次出去找物資回來時把不少金屬材料直接「貼」到車身外面一樣，既節省空間，又能當作車子的防護層，關鍵時刻還能整出一堆武器來救命。

兩人在第四食堂裡面轉了一圈，嘀咕討論：「今天的菜色很普通，沒什麼肉菜。」

在軍營幾個食堂吃飯的主力全都是大老爺們兒，大家最喜歡的，最能補充體力的當然就是肉菜了，所以眾人看待各個食堂伙食好壞標準的時候，主廚的手藝是一方面，另一方面就是比比哪個食堂的肉菜多。

只是過年在家休息了三天，兩人這次再來就明顯覺得第四食堂菜色中的主角被各類耐放的蔬菜取代，其形勢已經有慢慢向第五食堂靠攏的趨勢。

不過，怎麼說這也是白得的飯菜，不吃白不吃。

兩人各自打了一份饅頭和兩種菜，四個菜色各自不同，回去正好搭配著吃。

將飯盒放進背包中，羅勳低聲道：「會不會是軍隊的肉也少了？」

嚴非挑了下眉，「有可能。」說著問道：「你覺得咱們基地裡有養豬牛羊嗎？」

羅勳愣了一下，「這不好說，畢竟那東西也會喪屍化……」

兩人都在基地外面見過喪屍狗，它們兇起來的模樣絕對比普通喪屍恐怖多了，基地就算一開始有養家禽家畜，但在危險面前恐怕也會……

「我記得咱們前陣子在第三食堂打的那些燉牛肉每次的味道都差不多……」嚴非將背包

背到後面，「那東西應該是末世前的軍用罐頭吧？」

所以才會每次的味道都一樣，連細微的差別都沒有。

羅動恍然大悟，苦笑了一聲，「我覺得咱們在基地裡很快就會很難吃到肉了，就算是第三食堂也是一樣，先前吃到的那些很可能都是過期的。」

軍備食品中的肉類罐頭只要沒有脹氣，保質期通常大約都是三年，可即使是超過這個時間，也能再保存兩三年。不知道基地方面之前為什麼那麼大方，但現在說不定軍方自己的肉也不夠吃了。

嚴非勾起嘴角，看向軍營深處，「你不記得了嗎？年前基地可是來了不少大人物。」新來的人必定會帶來新的聲音，如果他們本身又有發言權，肯定會影響到原本勢力的做法，「咱們只要看看過些日子食堂的情況，就能大致猜出將來會變成什麼樣了。」

嚴非和羅動的擔心果然變成了現實，先是第四食堂、第五食堂中越來越少見肉菜，沒過多久，就連第三食堂的伙食水準也大幅度下降。

讓兩人覺得遺憾的是，原本第三食堂有些特色的飯菜比如鍋貼、餛飩、湯麵，以每天少一樣的速度正在淡出眾人的視線中。白米飯也越來越少，只要來得稍微晚些，就只能買基地特色的大饅頭吃。

到了後來，反而是口味不同的速食麵成了多數人想要換換口味時的唯一選擇。

與五人組交流，他們都在抱怨這件事，甚至就連能在第二食堂吃飯的章溯，聽了幾人的話也點頭說道：「第二食堂也是一樣，幾種複雜的菜色都被取消了，菜裡面的肉和油水也變少了，不過我們那邊的人很少有人當眾提出意見。」

「為什麼？」能在第二食堂吃飯的，都是在軍中比較有身分的人，難道是他們的素養太好，好到可以忽視物質條件？

章溯冷笑道：「去第二食堂吃飯的大多是技術型人員，比如我這樣的醫生，比如實驗室中的那些科學家、專家學者，這些人做的幾乎都不是體力工作，恐怕末世前就對於吃什麼、喝什麼根本不在意，一忙起來連吃飯都會忘記。我在醫院聽過幾個男護工抱怨，當時跟我在一起的外科主任聽說之後還找我求證，他說他連中午吃什麼都沒印象了。」

眾人無語。

這是什麼境界？難道腦力工作者和體力勞動者差這麼多？

「另外，」章溯臉上又掛起似笑非笑的招牌表情，不知什麼原因，坐在他身邊一直殷勤地端茶送水的王鐸，臉瞬間紅了起來，乾巴巴地直凝視著章溯的側臉，就差流口水了，「我們那裡有不少女護士，那些女人平時恨不得連半口肉都不吃，早就吃菜吃成習慣了，誰會去管那些肉跑到哪裡去了？」

羅勳幾人還沒吭聲，王鐸立刻跟被踩了什麼開關似的用力點頭，「就是，那些女人實在是太煩人了，成天嘰嘰喳喳，除了八卦閒聊，什麼都不會……咳咳，章哥今天工作辛苦了吧？我幫你揉揉肩？」

羅勳別開頭，不忍直視。

這貨已經沒有節操了，比自家小傢伙調教得還好。章溯挑挑眉毛，他就知道人家要什麼東西，抬抬手就知道人家要涼水還是熱水，嘆口氣他就飛奔到人家背後捶背揉肩……

嚴非對那邊的狗腿與女王二人組視而不見，低聲問道：「眼睛累？」

羅勳搖頭，抱怨道：「咱們家的小傢伙怎麼就沒這麼聽話呢？」

嚴非了然，「誰叫咱們都心疼牠。」

李鐵幾人不是牙疼，就是眼睛疼，一個個望天看地，恨不得現在就把那邊那個沒皮沒臉的二貨哥們兒踢出去，他們現在正在討論正事好不好？

「我聽說基地好像已經準備開始種糧食作物了。」為了不被閃瞎，韓立轉移話題。

「對對對，我們在食堂的時候聽大師傅們說的。」何乾坤附和。

「在基地裡面的那幾塊地種嗎？」羅勳連忙問道。

「我們也不清楚，就是聽人家這麼說。」李鐵搖頭道。

羅勳琢磨了一下，摸摸下巴說：「我們一直在外圍牆忙活，看見最近有不少倖存者陸續流亡過來，如果只有基地那些地種東西……未必夠大家吃。」

「那能怎麼辦？總不能去基地外面種吧？就算能種出東西，萬一喪屍晃蕩到農田附近把糧食作物給汙染了怎麼辦？」吳鑫打了個哆嗦，轉頭看向李鐵，「咱們還是自食其力，準備在家種田吧？現在天氣好像變暖了。」

「對，等過幾天屋子裡的牆壁晾乾再種。」李鐵兩眼閃著小星星，看向羅勳兩人，「我們已經攢了不少積分，還問了我們那邊的負責人，他們說能換一些金屬材料給我們。」

嚴非笑道：「行，只要拿回東西，我就先把你們屋裡的地龍鋪好。」

「還有我們！」狗腿地圍著章溯打轉的王鐸，連忙舉起手找存在感。

「可以，不過你們要先想好要在鐵管上面鋪什麼東西，畢竟咱們的地板材料不夠鋪完三邊的家。」嚴非提醒道。當初眾人出去的時候，雖然多拿了些木板回來，可是不夠鋪滿三間屋子，勻出一間臥室的數量給章溯沒問題，其他房間肯定不夠。

王鐸有些糾結地低頭開始想辦法，章溯忽然問道：「可以用金屬材料做地板嗎？」

羅勳看了嚴非一眼，「不是不行，不過我們擔心金屬地板比較容易有聲音，當然，沒別的東西代替的話，做金屬地板也沒什麼。」

嚴非想了想，建議道：「做金屬地板沒什麼問題，但想要隔音好，最好多找些金屬材料回來做厚一點。我還得看看要不要將你們房屋牆壁中的鋼筋加固，免得承重性太差。」

嚴非兩口子下午有時候沒事做，會開著車子去外面的攤位轉一轉，遇到那些大批量販賣不好加工的金屬材料就收集回來。如今他們已經給自己家四周的牆壁都加固過，如果他們能弄回來更多的金屬材料，說不定會乾脆將整棟大樓加固。總不能只加固自己家而不管整棟樓吧，萬一哪天大樓倒了，難道位於頂樓的他們，還能保得住自己家不成？

遺憾的是，嚴非做這種利人利己的好事註定無法宣揚出去，更無法慫恿同一棟大樓的住戶們主動貢獻耗料。他可不想太過打眼，只好默默犧牲奉獻。

王鐸拍著胸脯做保證，章溯涼涼地道：「你去哪裡找那麼多金屬材料？」

王鐸的動作一頓，轉頭看向自己的好哥們兒。

四人裡面三個人立刻別開頭，何乾坤慢了一拍，對上他的眼睛，無奈道：「那個……李頭兒說要幫咱們找金屬板子的時候，你不是也聽見了嗎？雖然應該夠鋪地龍，可再多……人家也不好弄出來……」而且，就是這些材料，他們也要花不少積分去兌換呢。

王鐸想起了這事，但是……難道自己花積分去外面找人換？想了想，決定一會兒回去查查看自己存下多少積分了。幸好最近吃飯都由基地包圓，自己才能把每天的積分存住，不然他還要養老婆呢，這些積分哪夠？唉，有家要養的男人真辛苦啊……

◆　◆　◆

食物的品質隨著時間的推移漸漸變差，讓大家慶幸的是，軍營裡的幾個食堂中好歹還能吃到些肉渣肉沫，第三食堂每天至少會保有一道菜中有肉，雖然肉量少，盛給大家的分量也不多，但總比第四食堂和第五食堂好些。

羅動和嚴非兩人就在第四食堂中見過號稱是用「肉湯」燉出來的菜……

羅動覺得這個肉湯，應該就是第三食堂那道肉菜的湯汁來著。

比起軍中，普通的倖存者就算手中有積分，去基地的兌換窗口買，大多也只能買到基地特製的大饅頭及各類鹹菜、罐頭，連新鮮的蔬菜都買不到了。

不過，最近基地已經開始開墾圍牆內的農田，準備種植今年第一撥作物。被圈在基地中的農田，有很大一部分本來是花田，如今那些花花草草被連根拔起，改成了種糧食作物。

現在都快沒飯吃了，誰還有閒心去種花？

私底下有不少人在買賣各種作物的種子。許多人在末世剛剛到來的時候，就從農貿市場和超市順手撿到過一些植物的種子，量雖小，還是從前當作半裝飾用的小番茄、小黃瓜等的種子，但現今這些東西都是重金都未必能買到的好東西。

五人組在外面逛街時，還買到一包黃瓜的種子，打算拿來發芽種種看。

「李鐵他們說今天材料就能弄齊全了，你是準備今天晚上幫他們做，還是明天下午？」羅勳趁著嚴非退下來休息的時候低聲詢問。

幾名金屬系異能者這些天拚命在修補金屬圍牆，羅勳他們所在的這一組的效率還不錯，大家的異能得到鍛煉，築牆的速度變得比之前快了不少。

「今晚他們要是能弄來，那就今晚吧。」嚴非適應了以傳導的方式修補圍牆的做法，雖然同樣消耗乾淨了異能，可卻比較能適應之後的虛脫感了。

他攥著幾顆晶核正在努力吸收。

「砰砰砰！」不遠處傳來槍聲，是從圍牆外面的監控樓傳來的。

這些天外面不斷有喪屍聚集過來，軍方雖在過年後就加強對外的防守和予以反擊，但外圍牆的範圍實在太大，因為某些原因，就只能暫時優先防守大門和補牆者的周圍。

羅勳向槍聲傳來的方向看去，卻被圍牆所阻無法看清楚，可他們知道，他們修補圍牆的下方停著幾輛陸戰車，上面有不少士兵在負責保護大家的安全。基地也怕有喪屍能跳上圍牆傷害修補圍牆的異能者們，如果真有喪屍能跳上去，絕對會給基地帶來很大的危險。

一隊的隊長乘坐一輛軍用吉普車趕了回來，見小隊成員都待在各自的崗位上就爬上了圍牆，高聲說道：「剛剛接到通知，修建圍牆的土系異能者們已經完成圍牆的二期加高工作，上級放他們幾天假後就準備進行第三期的加高加厚工作，咱們的動作也要加快了，不然兩邊的進度會相差太大。」

如今的圍牆只有六米高，土牆厚約為一米，外層的金屬圍牆厚度則只有十釐米，還有一半左右的金屬圍牆沒有修建到六米的高度。

「隊長，金屬圍牆需要加厚嗎？」一名正在休息吸收晶核的金屬系異能者問道。

「需要，不過不是現在，將來的金屬牆至少要修到一米左右的厚度，只是現在基地內的金屬材料不太夠用，需要等後續的材料陸續運來。」隊長嘆了一口氣，看向內城方向，「不僅是外圍牆要繼續擴建，內圍牆也需要再加厚加固。」

一道圍牆就是一重保障，雖然在擋住喪屍的同時相當於將人類變相囚禁在了高大的圍牆內，但在厚實的圍牆保護下，裡面的人才能安心。

一個小兵笑道：「咱們這圍牆再修下去，就快變成歐洲古堡了。」

另一個士兵指著遠處的監控樓笑道：「現在不就已經差不多了嗎？昨天他們才剛修好通向那些監控樓的石橋，聽說之後還要繼續建造呢。」

為了避免負責監視、警戒的監控樓如上次那樣被喪屍阻斷通路，孤立無援，這幾天基地方面居然在圍牆頂端和每一個監控樓間築起了一條磚石高架橋。橋面不寬，一次只能容納一個人，無法並排行走，使得監控樓看起來就像是從古堡延伸出去的崗哨。

從下面往上看，石橋呈現半弧形，是土系異能者們和有建築經驗的設計師們共同合作的成果，其間還調派了金屬系異能者過去協助。

這樣的監控樓後期還需要多建一些出來，基地甚至想在內圍牆與外圍牆之間也築出這樣的橋樑，以便在某些特殊時期傳遞訊息和調遣人員外出支援。

羅勳暗暗懷疑，基地可能是擔心外城區哪天失守，就可以利用這些橋樑出去收復失地。

由於擁有前世的記憶，羅勳知道在不久的將來，基地會修建起一座真正的「城堡」，這個城堡是以現在軍營所在的位置為中心，周邊有著高大圍牆的軍事化建築。可惜的是，前世他沒有機會進去看看裡面到底是什麼樣子，這一世嘛……他和嚴非說不定會參與修建城堡的任務。即便身為普通人的他未必能加入，但軍方肯定需要嚴非過去幫忙。

今天上午的工作告一段落後，羅勳兩人如同往常跟車回到軍營，去食堂打飯，再開著自家的車子回社區。

過完年，還待在家遊手好閒的人明顯變少，大多數的人都在四處找工作，想辦法換取口糧。膽小的人會想辦法找基地內的工作，膽子大些的便組隊離開基地去搜尋物資。

許多人為了生命安全，開始到處拉攏高手，想組建厲害的狩獵隊伍。於是，街上販賣物資的攤位數量稍減，與此同時增加了不少招收人馬組隊的攤子。

羅勳兩人開車經過，站在路邊發傳單的人見車裡坐的是兩個年輕男人，便將一疊傳單往他們的車窗裡塞。羅勳一邊開車，一邊好奇地問嚴非：「傳單上寫什麼？」

他雖然懶得離開基地，寧願在家中種田，卻抵擋不住心中的八卦之火。如今基地裡面沒什麼消遣娛樂，乾脆看看別人是怎麼招募人馬的，或是看看能不能發現什麼未來的名人此時還是小人物在四處奔波的。

嚴非攤開其中一張傳單，看完上面寫的宣傳用語，嘴角不由自主抽動了兩下。

「怎麼了？」羅勳正在小心開車，基地裡面的街上經常有路人橫越馬路，車子根本不能開快，還有人經常突然衝出來，開車的時候不小心撞到人都是很常見的事。

「手寫的，用的還不是白紙。」根本是隨便拿末世前某公司的文件紙張寫的。

「哦，現在紙張稀缺嘛。」羅勳覺得這很正常，現在還能找到這些紙來用，再過一年，大家就要用傳說中的草紙了。

「……還有錯字。」嚴非盯著一個被油性簽字筆塗成黑疙瘩的地方。

「……很正常，大家以前習慣用手機、電腦打字，用手寫寫錯很正常。」

羅勳默默回憶，前世進入末世後，他就很久沒用筆寫過字了。除了極少數情況外，他連筆都沒再拿過。這次重生回來，雖然有時需要寫寫畫畫，但還是會寫錯字……這麼說來，他還會寫字就已經很不錯了吧？

嚴非輕嘆一聲，「我覺得他們肯定是找老中醫來寫傳單，好多字潦草到根本看不出寫的到底是什麼字。」他小時候在外公的監督下臨摹過不少的字帖，正統的草書、行書都能辨認出來，可傳單上的字，他只能靠著猜測來揣摩前言後語。

「別的呢？」羅勳忍住憋笑。

嚴非挑出幾張能看懂的念給羅勳聽，羅勳撇撇嘴說道：「都不靠譜，與其說是招人，還不如說是搭夥出去找物資。」

「能有多靠譜？」嚴非笑笑，將這些傳單摺起來放在車中專門放雜物的地方。這些可都是紙張，將來說不定會有什麼用處，現在他們不能浪費任何有用的東西，「所有的傳單上都說招募異能者，異能者優先錄取，可是他們沒有任何能夠拉攏異能者的本錢，說的都是空話，連最基本的鼓動人心的條件都沒有。」

「我覺得他們與其在這裡浪費力氣，不如直接去基地門口找那些要出去的人組隊，合作過一次說不定反而能遇到合適的人拉攏過去。」

兩人不痛不癢地閒聊，來到宏景社區門口，竟然還有人湊過來塞傳單。

有個女生忽然驚叫：「嚴、嚴……」

羅勳一愣，向嚴非那邊的車窗看過去，只見外面一個長相普通，約莫二十出頭的女生正驚恐地望著嚴非。這個女生有點眼熟……到底是誰來著？

嚴非可還戴著口罩呢，戴著口罩都能認出來……難道是熟人？

心情不爽快地瞥了嚴非一眼，羅勳踩下油門，衝進社區大門。

嚴非淡淡地瞥了那個女生一眼，沒什麼太大的反應。

兩人停好車子拿著背包下車，羅勳轉頭朝社區門口看去，就看到那個女生偷偷摸摸跟了過來，正在打量兩人，見羅勳看過來，嚇了一大跳，連忙轉身跑走。

「她是誰？」這麼看來應該不是熟人？羅勳心裡的不舒服少了很多。

「應該是末世後我遇到的第一波人裡的吧。」嚴非神色不變，見羅勳還是不明所以，笑著解釋道：「就是打斷我肋骨的那夥人，那女生好像是其中一個人。」

他對幾個動手的男人印象比較深，女人的話，只記得一個熟女和另一個長得比較清純的女大學生，誰叫她們老是往自己身邊湊。剛才那個偷窺的女生，應該是跟那個女大學生關係不錯的同學，只是長相太普通。他連另外兩個好看的女生名字都沒記住，何況這一個？

「哦，是他們啊！」羅勳恍然大悟，他雖然遇過那幫人，但當時的注意力都放在那個貌似老大的男人身上，其他人只是匆匆一瞥。想到這裡，再看向社區門口的方向，眼中閃過一絲殺氣，「回頭查查他們住在哪裡。」

「暫時不急。」嚴非可沒有忘記這事，他的心眼很小的。羅勳或許沒注意過，可其實早上出工的時候，他曾經不止一次遠遠見過那幫人，但是距離比較遠，他就沒開口提醒羅勳，他倒是知道對方住在哪一棟樓。

不過，最近一直都沒在那幫人當中看到那個熟女和清純的女大學生，不知道是留在家裡看家，還是已經跟他們分道揚鑣了。

羅勳點點頭，那些人不能留，別說他們曾經傷過嚴非，他不相信他們在得知嚴非還活著之後會放棄來找麻煩。這種事情如果不盡早解決，萬一遇到什麼突發事件，保不齊他們會在背後下黑手，他是絕對不會在明知有這種隱患的情況下還留著對方的性命。

心中的想法暫且沒必要說起，找機會除掉那些人就沒問題了，只是他的弩就如同章溯的風系異能一樣，實在有些顯眼。普通人不知道，但與他合作過的士兵都很清楚。

頭上忽然落下一隻大手，羅勳抬起頭正和眼中含笑的嚴非對視上。

「別擔心，我會解決的。」不會留下什麼把柄，更不會拖得太久。

別人就算了，領頭的許斌和其他一起動手的男人，如今都還住在一起，他只是一時還沒有找到動手的機會而已。

◆　◆　◆

過完年，天氣一日暖似一日，下午兩點鐘左右的陽光正暖烘烘地照耀在大地上，照得那些正在巡邏的士兵們有些昏昏欲睡，正在修補圍牆的人也略微犯睏。

三位被吊在半空中築金屬牆的士兵，一邊將金屬材料「黏」到圍牆上，一邊抱怨道：「這麼好的天氣還要吊在這裡補牆，繩子晃來晃去的，就像躺在吊床上，讓人更想睡了。」

「動作快點吧，沒聽隊長說這兩天土系異能者們又要加高圍牆了嗎？聽說下次可要直接把圍牆築到十米高呢。」

「六米還不夠用？喪屍又跳不上來……」

「上級有令，咱們只能執行，反正肯定越高越安全唄。」

幾人小聲聊天，時不時拉扯一下繩子調整自己所在的位置和方向，忽然「砰砰砰」幾聲槍響傳來，三位異能者側頭，只見遠遠跑過來幾個喪屍，距離還很遠。這幾天這種情況很常見，一開始他們還會讓上面的人提前拉自己上去，時間一久，發現喪屍從未突破過裝甲車的防線，就不再理會了，兀自埋頭補牆。

「快，拉上來！」

牆頭上的人忽然大叫，三位金屬異能者一個激靈轉頭看去，就見幾個喪屍竟然跳上了裝甲車，其中兩個用力一蹬，向金屬異能者們抓來。

「啊——」

「拉人！快拉人呀！」

「砰砰砰！」

「又有喪屍衝進來啦！」

「用力拉，快點快點……」

喪屍突襲，殺死了五名裝甲車上的士兵。

牆頭上的士兵慌慌張張地趕緊把繩子往上拉，其中兩個分別拉繩子的士兵用力過度，失去平衡，摔倒在地，他們手上的繩子瞬間被慣性甩到地上，繩子另一端的人……沒了蹤影。

一個金屬系異能者被喪屍抓下去，當場摔死，幸運的並未在死亡後變成喪屍，可是另一個金屬異能者大腿被咬了兩口，很快就變成了喪屍。

三位金屬系異能者，瞬間犧牲了兩位……

◆　◆　◆

「啊啊啊，我都等不及看到地龍通上水、通上電的樣子了！」

五人組乖乖地站在自家門口，期待萬分地看著站在客廳中央的嚴非。

金屬材料漫天飛舞，一塊塊在嚴非的操控下扭曲、變形、融合，然後鋪在地下。一個房間鋪完就換另一個房間，三間臥室、一間客廳，沒過多久就鋪滿了金屬管道。

按照羅動的設計圖紙做好水出入的閥門，跟加熱的熱水裝置聯通後，嚴非拍拍手，轉身走出去，說道：「通上水和電試試。」

五人組歡呼一聲，小心翼翼地踩著管道間的縫隙進來。

這個地龍設備是羅動利用電熱水器改造的，熱水管在入水口的位置，屋裡的管道只容許熱水通過，想讓整個屋子全都變暖，需要一點時間。不過，水可以在管道內循環流動，另外還有控溫的裝置，一旦出水口的水達到一定的溫度便會暫停加熱。

或許使用的過程中會有各種需要解決的問題，但目前已經可以開始用了。

羅動滿意地看著五人組忙活，沒多久金屬管道就逐漸變熱，換來五人組又是一陣歡呼。他發現自己其實挺有才的，這種東西居然都被他設計出來。

嚴非含笑看著羅動臉上那掩飾不了的驕傲神情，忽然冒出一股將他扛回去丟到床上，然後愉快地啪啪啪的衝動。剛想著要不要乾脆把想法付諸行動，王鐸就極其沒眼色地跑過來，諂媚地笑道：「嚴哥，我們也正搗鼓著材料呢，過兩天就要麻煩你們啦！」

嚴非沒好氣地說：「你們想好裝到哪個房間了嗎？還有，熱水管現在可做不出來。」

李鐵他們家中用的熱水管是他們四個人在外面跟人換回來的，羅動家是有，但羅動怕自家的熱水管壞了沒得替換，所以在末世前提前買了兩根，末世後去建材城時又順手搬了幾根回來備用，沒辦法支援章溯家。

「放心，我能搞定！」王鐸拍著胸脯保證。

倚在門框邊看熱鬧的章溯，涼涼地道：「都靠你，我就該喝西北風去了。」

王鐸的臉瞬間變紅，慢慢蹭到章溯身邊去拉他的衣角撒嬌，誰讓他直到要出去買金屬材料時才發現自己的積分根本不夠用，還是章溯得知後冷笑著將他的小金庫拿出來，差點閃瞎了王鐸的狗眼。

羅勳簡直無法直視，到底誰是攻誰是受啊？

水循環系統運轉了一圈後無異常，李鐵等人興奮過後就悲傷地發現，他們今晚得盡快至少把一個房間的地板鋪好，不然就沒有睡覺的地方了。

羅勳兩口子回家休息，王鐸則被李鐵幾人強行留下幫忙鋪地板，並以將來幫章溯家鋪地板為理由來交換。

章溯沒有出聲阻止，轉身回到自家後，開始懷疑自己是不是選錯了人。智商低成這樣，做自己的男朋友真的沒問題？明明他先前已經跟嚴非談好，說將來自家的地板也用金屬材料鋪，根本不需要讓李鐵他們幫忙，剩下的材料最多只夠給自家鋪個臥室……

現在把他踢了還來得及嗎？

章溯忍不住反省，都是自己幹掉前男友後覺得空虛，才會讓王鐸趁虛而入。

要不乾脆把大門鎖上，晚上就讓他睡外面的走廊吧……

羅勳才剛鎖好大門，就被某人扛了起來。

「你幹麼啊？」羅勳嚇了一跳，見他走上樓梯便不敢掙扎怕摔下去。

嚴非伸手在他的屁股上拍了一下，自己從剛才就惦記著把老婆扛到床上的事，他才不會說呢，有些事直接行動就好。

小傢伙見狀，以為兩位主人在玩什麼遊戲，搖著尾巴跟上樓，然後「砰」一聲……牠被關在房門外了。

用爪子撓了撓門，隱隱約約聽到門後傳來驚叫聲，連忙衝著裡面汪汪叫了幾聲。無奈的是，兩位主人都沒過來幫牠開門，牠只好耷拉著尾巴下樓，趴到自己軟乎乎的小窩裡。

主人真壞，竟然又兩個人自己玩，不跟牠玩！

哼，太壞了！

第二天早上，羅勳坐在副駕駛座上無精打采地打哈欠，後座除了章溯，五人組也一個接一個地打哈欠。昨晚五人組一直搗鼓到半夜一點多才搞定一間臥室，今天晚上回來還要繼續鋪其他幾個房間的地板。他們終於又掌握了鋪地板的新技能，這樣看來，以後他們真的可以把裝修房子當成工作了。

停好車子，羅勳兩人並肩走向集合地點，一隊的隊長遠遠看到就對他們招手。

「出了什麼事嗎？」兩人連忙加快腳步。

「上車再說，咱們今天得早點過去。」隊長示意司機準備出發。

「昨天下午有很多喪屍突破防線，其中有不少喪屍的動作變得比以前靈活，襲擊了防守的士兵，五名戰士被殺死，還有兩位金屬系異能者……」隊長的表情相當凝重，「……也犧牲了。一位被當場殺死，另一位變成喪屍，不得不……」

車內的氣氛非常沉重，羅勳和嚴非沉默了一會兒，問道：「他們是怎麼被傷到的？喪屍難道跳進圍牆裡來了？」

隊長搖頭，車上另一位金屬系異能者氣呼呼地道：「他們根本就沒按咱們的方法修牆，二隊是直接綁著繩子吊在外面，這才一下子死了兩個人！」

嚴非和羅勳對視一眼，雖然驚訝但也不是不理解對方為什麼會這麼做，畢竟直接透過觸摸來操控金屬材料比較省力，又或許是因為他們沒辦法像自己這組這樣進行細微操作吧。

「小李呢？」羅勳張望一圈，發現少了一位金屬異能者。

「上級要求我們調一個人到二隊去，我就讓他先過去了。」這也是隊長很不爽的原因之一，因為對方的不謹慎而損兵折將，最後卻要自己這組調人過去補足。

車中的眾人沉浸在悲傷、憤怒的情緒之中，為了那些死去的士兵，為了不聽勸告的另一組人，也為了基地外面那些噬血啗肉的喪屍們。

二隊出現了重大傷亡，從一隊調過去的那位金屬異能者，除了要協助另一位金屬異能者之外，還要重新教他使用異能遠距離傳導的具體方法，畢竟先前一隊之所以沒有照做，就是沒能徹底掌握這種方法，外加嫌棄這個方法浪費晶核的緣故。

「隊長，現在二隊只剩下一個人，為什麼不乾脆兩隊合併呢？」從一隊調一個人到二隊去，還不如把二隊的那名隊員直接併到一隊來。

隊長無奈說道：「基地方面擔心異能者過度使用異能會出現問題，而且先前兩組人都是分開工作，效率還不錯，才會這麼決定。」

事實上，主要原因還是基地對於晶核的研究還沒得出最終結論，萬一異能者吸收晶核能量過度會影響到他們的身體呢？比如突然變成喪屍什麼的。

在不能驗證這一情況之前，基地不敢讓異能者們無上限使用晶核。

來到上工作的圍牆邊，隊長鼓舞眾人道：「好了，大家都打起精神來。雖然少了一個人，但大家一直以來的效率都很高，今後還要繼續努力。」

因為少了兩個人，均攤給剩下的金屬系異能者的晶核數量變多了，只要兩名金屬異能者的體力跟得上，就可以隨意使用這些東西。

嚴非和另一名金屬異能者爬上牆頭，羅勳握著複合弩跟在後面，向外掃視一圈，心中微微嘆息，喪屍的數量更多了。

喪屍們彷彿聞到血腥味的鯊魚，個個張牙舞爪嘶吼著。明明大家在上工期間都會盡量將它們滅掉，可第二天早上過來，就又會看到圍牆外重新聚集很多喪屍。

昨天下午喪屍突圍殺死不少士兵，鮮血的氣味吸引了更遠處的喪屍圍攏過來。死在喪屍群的士兵，鮮血沒那麼容易清理乾淨，這些血液便成了招牌，向喪屍們揮手，告訴它們這裡有許多美味的食物在等著它們。

有些喪屍跳起來搆向牆頭，想要抓下幾個人啃食。

一名士兵臉色鐵青地開了一槍，殺死一個喪屍，引得附近的喪屍往這裡湧來。

「好了，都冷靜點，大家按先前的方式分工合作。」隊長高聲說道。

基地大門每隔一段時間就會開啟一次，放出一批要出去的車子和執行任務的軍車。

外城的大門因為有了充足的人手參與修建，所以這次的設計可以說是比較合理的。入城的大門分成行人通道與車輛通道，兩個通道的出入口都有荷槍實彈的士兵們乘坐裝甲車負責警戒。通往基地外面的大門分為內外兩組，兩組之間有一個四面高牆環繞，一旦關閉就會變成嚴密無法攀爬的天井般的空間。

想要離開基地的人，登記完要先進入這個天井，湊足一定數量的車子便會封閉內門，開啟外門。外門一開，所有的車子必須同時衝出去。如果有喪屍藉機晃蕩進天井，外門關閉後，圍牆的牆頭上負責巡邏防守的士兵便會開槍射殺。

羅動他們現在修牆的位置已經距離大門很遠，只能隱隱約約聽到車子引擎的轟鳴聲。每當外門大開，就可以看到許多車子向基地外的道路飛馳而出，有種在看賽車的錯覺。

嚴非和另一位名叫孫少陽的金屬系異能者，各自像是變魔術似的抓起一塊金屬材料，那金屬材料宛如有生命力，在兩人手中像泥漿向下蠕動著，緩緩變成一條金屬管。他們兩人的注意力沒在這根金屬管上，另一隻手又抓一塊金屬材料，融合到金屬管上。不斷融進金屬材料的金屬管，慢慢向下延伸，觸碰到外牆下方的金屬牆壁上緣，接著透過傳導的方式，讓金屬材料融合到金屬牆壁之中。

眾人工作期間，隊長被人叫走，半小時後才回來，見嚴非和孫少陽補牆的速度沒落後，就在兩人休息時召集眾人，說道：「土系異能者先前不是將內圍牆加高到六米了嗎？但因為咱們的進度還沒跟上，昨天二隊又出現重大傷亡，所以上級決定改變原先的計畫，讓他們先去加高加厚內圍牆，將內圍牆加到十米高。」

隊長頓了頓，解釋道：「內圍牆和這裡的情況不同，那邊建得高，就能不怕有喪屍在旁邊搗亂，倒是咱們這裡需要加快速度，趕在那些土系異能者完工前，修建好所有的圍牆，後面還有新的任務在等著咱們。」

幾名士兵的臉色有些不好看，「隊長，什麼任務啊？」

隊長指指圍牆的方向，「現在暫時不用咱們考慮，但據說有人提議，讓咱們在修建圍牆的基礎上，給圍牆加些金屬倒刺。」

隊長拿出一張圖紙，圖紙上畫著的不算是真正的倒刺，雖然也是尖刺形狀，但這些尖刺是從牆壁往外延伸，尖端對準斜下方。加上倒刺，可以防止圍牆下方彈跳力超強的喪屍蹬著牆壁爬到牆頭上，具有阻攔的作用。

這件事情只有在場的金屬系異能者才有發言權，而發言權最高的又莫過於改良修建圍牆方法的嚴非。

嚴非思考了一下，道：「這東西不難做，但如果要做出圖紙上的效果，金屬牆壁本身要有足夠的承重能力，也就是金屬牆壁必須夠厚實。以現在這樣不過十釐米的厚度，加上倒刺說不定會讓整面金屬牆向外倒塌。」

幾名士兵忍不住笑了出來。

一個小兵說道：「這也不錯，至少能把聚集在圍牆邊的喪屍秒殺一片。」

隊長笑罵了一句，又問：「如果要增加倒刺，金屬牆壁需要多厚才能支撐？」

嚴非攤手，「這我就不清楚了，隊長不如上報，基地裡肯定有建築專家。」

隊長拍拍自己的腦門，看自己這話怎麼問的，人家金屬異能者又不是這方面的專家，只是會操控金屬而已，沒有系統性地學過建築理論。

「這東西不急，我回去問過再說，而且就算要加，也得等圍牆加到十米高才再考慮這個問題，現在說這個還太早。」隊長見眾人休息得差不多，就勒令繼續上工。

隨著兩位金屬異能者的操控越發熟悉，眾人往牆頭運送金屬材料的頻率也快了不少。小塊的金屬材料也就算了，那些體積大的鋼板就只能先斜靠在圍牆邊上，等牆頭需要的時候，再慢慢往上搬運。

一輛裝載著許多金屬材料的卡車此時停在旁邊，隨時準備補充各種金屬耗材。

隊長默默衡量著，照這樣下去，等圍牆修建到十米左右，是不是要在一旁特意備上一輛吊車，幫著把金屬材料吊上去，最不濟也得準備鏟土車之類的往上面鏟金屬材料吧？

少了一個人，兩位金屬異能者皆下意識加快動作，休息的次數也減少，盡可能充分利用限有的時間，多建一些是一些。早點將圍牆建好，有助於保障大家的安全。

圍牆兩旁依舊派出不少士兵趴在牆頭打喪屍，如今有這些喪屍在牆頭下面當靶子，就算是槍法最差的士兵，準頭都被迫在這段時間中鍛煉出來了。

輪流套繩索、挖晶核的人，效率同樣提升不少，彼此間配合得越來越有默契，收穫的晶核數量成幾何倍數增加著。

忙碌了整整一上午，中午回去的車上，別說嚴非兩位金屬系異能者了，輪流幫忙搬運金屬材料的人都累壞了。他們這個隊伍雖然人數不算少，卻也不算多，總共才十來個人，可需要做的事情一點都不少。

通過高大的內城大門，一行人回到軍營。

羅動兩人拖著疲憊的身子，緩步來到第三食堂打飯。

「伙食越來越差了。」羅動嘆息了一聲，今天他們這兩份菜中就沒見到什麼肉，還好食堂很體貼地給了他們一顆雞蛋。是的，兩人點的兩份菜中才只有一顆雞蛋。

「先前不是還聽說第四食堂已經在用那種全都是澱粉的小火腿代替肉做菜了嗎？」嚴非笑著將飯盒裝進背包中，「走吧，回家再吃。」

食堂伙食變差的問題暫時不算太大，如果什麼時候提供的飯量變少，才需要開始擔心。

兩人坐上車子，驅車向自家所在的社區行駛過去。軍營以東，宏景社區以南一段距離後就是一大片農田，如今這片農田除了圍出一部分建成了新的住宅區，專門安置軍方前些日子救回來的，以及原本就在基地中的高層家屬，剩下的農田此時已經全部開墾完畢，看樣子再過一段時間就要正式耕種了。

兩人回去的途中會經過比較繁華的幾條街道，基地在幾處路口都設置了兌換窗口，普通人可以通過這些窗口兌換食物和其他物資。基地內目前流通的大多是積分，比剛進入基地後主要流通的速食麵來說，積分更適合拿出去消費，而那些速食麵、餅乾之類的東西，因為本身是消耗品，是食物，價值越來越高，更多的人根本不願意拿出去跟別人兌換東西。

沒過多久，兩人遠遠看到了宏景社區的高樓建築，轉過一個路口，經過長長的排隊買午飯的隊伍，很快就能到家了。

嚴非的精神略微疲憊，閉著眼睛正在休養精神。

羅勳全神貫注地開車，第三次躲避開疑似碰瓷的人。末世後碰瓷的只多不少，不少人身後還會有其他同夥配合，通常是先衝出一個人撲到車前，在司機不敢加速真撞死人的時候，他的同夥就會一擁而上，團團圍住這輛車，非得逼得司機和車上的人拿出些好處來不可。

羅勳他們先前就遇到過一次。只要外出，羅勳的手臂上就會隨時綁著手弩，在射穿一個人的腳背後，那些人又在隨之而來的「鋼針」威脅下連滾帶爬地跑了。

看來今天這夥人是剛到這附近來的，不清楚羅勳他們車上坐的都不是軟柿子，這才冒冒失失衝過來——其實也不能怪他們，誰讓這兩口子成天就愛開著輛破破爛爛的二手車代步呢？沒見那些家有異能者的隊伍大多開著各式越野車？最不濟也是外觀保持完好的小轎車。

就在羅勳覺得煩不勝煩，想要乾脆踩下剎車給外面那些不知死活的人兩箭時，不遠處的街道旁忽然傳來淒厲的慘叫聲。

嚴非倏地睜開眼睛，目光銳利地與羅勳一同看過去。

喪屍？基地裡居然有喪屍！

另一個方向也傳來尖叫聲。

羅勳迅速踩下油門。如果只是一兩個人突然變成喪屍還能理解為是意外，可他清楚地看到除了這兩個人外，路邊明顯也有人的臉色變得不對。

這是基地內第二次爆發喪屍病毒感染事件。

羅勳當機立斷，將油門踩到底，往社區門口飛速而去，對嚴非解釋道：「路邊還有一些人的樣子也不對，我懷疑可能跟之前覆滅的那三處基地的情況相似。」

雖然還不清楚原因，但這次的狀況來得這麼突然，這麼緊急，他們必須先到達安全的地方才能保證度過這次危機。

羅動是大約知道西南基地曾經發生過一次內部出現喪屍的事件，只是不清楚具體時間。當時他並未仔細打聽過這件事，只是聽在西南基地的老住戶們說過這麼一句，知道第二次喪屍病毒的感染事件是在西南基地剛剛建立後沒有多久，而且很快就被鎮壓下去。

這件事在前世中距離羅動到達西南基地時已經有很長一段時間，這種事情幾乎在每個基地中都發生過，只是有些基地沒能挺過去便覆滅，挺過去的才能最終徹底堅挺過來，勉強在末世之中爭取到了一席生存之地。

「嗯，你只管開車，我負責警戒。」嚴非的神情變得嚴肅了些，卻沒有多麼緊張。

掏出口袋中的晶核，補充自己的異能。他原本還想下午好好睡一覺恢復精神，沒想到會遇到這種意外。幸好他早就養成隨身攜帶晶核的習慣，以免遇到什麼意外狀況。除內側口袋外，外衣口袋裡就有幾顆備用的晶核。

發現異狀的人不止羅動他們兩人，人群在最初的驚愕過後立即反應過來。

許多人在災難剛剛爆發之時直面過喪屍，甚至有一部分曾經親手殺過喪屍。遺憾的是，還是有很多人因為原本就住在附近，末世後又因為軍方的及時反應而沒有遇到過這種狀況，所以事發後處於慌亂中的人還是不少。

慌亂的人們驚恐地奔逃著，反應及時的異能者卻能很快進入狀態。

一些曾經有過擊殺喪屍經驗的，紛紛抓起身邊能找到的東西充當武器，一邊掀翻阻攔自己的喪屍，一邊奔回各自的住所。

羅勳驅車來到宏景社區門口，卻頭疼地發現，不知是誰將社區大門關了一半，如今跑過來的人只能拚命擠入另外半扇大門。

誰關的門？

好吧，不是不能理解關門的那個人在想些什麼，無非是怕外面的喪屍追進來，所以想提前把大門關上。問題是，跟在後面要進去的人可不只有喪屍。

幾個喪屍已經追了上來，撲向堵在社區門口的那些人。

慘叫聲四起，嚴非準備用異能去操控關著的半扇大門，卻在人群中看到了幾張熟悉的面孔，眉毛微微一挑。

是當初險些害死他的許斌和他的那些手下。

那幾個跟著許斌一起混的人此時哪裡還顧得上他，反而鑽得比他還要靠前些。跟在許斌身邊的人，正是前兩天他們遇到過的，偷偷跟著他們進社區想看看嚴非他們住在哪裡的那個女大學生。當然，這會兒同樣沒看到那位熟女和另一名清純的女大學生。如此看來，那兩個女人恐怕跟許斌那夥人分開了。

一個喪屍撲到許斌身後，反應快的許斌毫不猶豫地將鑽在他懷裡尋求保護的女學生一把推到喪屍面前。喪屍的眼中只有食物，張嘴就是一咬，當場鮮血四溢，慘嚎聲令人驚悚。

沒誰去理會被喪屍抓住的人，大家都爭先恐後往社區裡跑，想保住自己的性命，至於別人，反正死的又不是自己，別人死了還能幫助更多人脫困呢。

嚴非見許斌奮力往人群裡鑽，他的力氣比較大，身材魁梧，不然沒有異能的他也不會被這幫人認作老大。幾個體力不濟的人被他拉到地上，他自己則順利鑽入了鐵門中。

露出意味深長的笑容，嚴非伸出一根手指，指向那扇被逃命的人們推得砰砰直響的大鐵門。與此同時，許斌的腳步略停，站在大門後稍喘了幾口氣，就指著比他先逃進去的幾個手下破口大罵。

那幾人見他已經進來，而且喪屍暫時進不來，才停下腳步沒有繼續往裡面跑。要是真甩下老大自己逃命，那回去後等著自己的可就不是罵幾句那麼簡單了。

「吱吱吱！」一陣讓人牙酸的聲音響起，幾個面對許斌的人都驚恐地看到他身後不遠處的大鐵門緩緩向他們的方向倒了下來。

經歷過多次生死危機的許斌馬上反應過來，聞聲轉頭，看到這一幕後驚恐地張大嘴巴，慌張地要往前跑，可是沒等他跑出幾步，倒塌的鐵門不知怎麼回事竟然突出幾根金屬欄杆，直直砸中了他的頭。

嘩啦啦一陣巨響，逃命的人們下意識瞥了眼發出聲響位置，看到原先關著的那半扇鐵門已經倒塌，還有幾個倒楣鬼被壓在下面，而喪屍們正蹣跚地衝進來……

羅勳眉頭都沒動一下，更沒多看那些被鐵門壓住的人，踩下了油門，猛地衝過敞開的鐵門，一口氣開到自家樓下停好車，跟嚴非一起小心謹慎地走下了車。

他舉起從背包取出來的複合弩，嚴非周圍則圍繞著一圈鋼錐，腰間還有一條金屬腰帶。

這些東西是此前他們特意留在車上，附著在駕駛座頂部備用的金屬材料做成的，免得路上出了什麼危險狀況嚴非不得不拆了自家的車子當武器用的備用金屬。

兩人住的是最裡面的一棟樓，往這個方向逃來的人不多。如今外出做任務的人不少，所以這個時間會留在社區附近的居民不是很多。可惜這會兒正好是午休時間，販賣食物的窗口正好是這個時間開始營業，所以這段時間出門的人數占了留守人員中的一大部分。

羅勳放倒了一個向兩人所在方向跑來的喪屍，與嚴非一前一後防範著，輕手輕腳爬上樓梯。樓道中這會兒還不算太亂，雖然有些人匆匆回家躲避危險，但沒發生推擠的狀況。

兩人爬上樓梯，仔細聽著各層樓道中的聲音，確認樓道中沒有喪屍的動靜，也沒有慘叫聲，這才略微鬆了一口氣。

警戒著往上爬，樓下忽然傳來匆忙的腳步聲，走在後面的羅勳轉過身，舉起複合弩，對著身後樓下的方向。嚴非也放緩腳步，分出一半的精神關注後面的情況。

一夥人轉過拐角正要向上跑，卻發現上面有人舉著武器對著自己，頓時嚇得腿軟，當先的那人摔到緊跟在後的人身上。幸好眾人現在所處的位置不是階梯上，不然就要滾下去了。

看到上面的人是羅勳和嚴非，而嚴非身周懸浮著一圈鋼錐，那夥人臉色瞬間就青了，往後退了兩步，一個人聲音略微有些沙啞地道：「我們沒別的意思，就是要回家……」

羅勳看到那幾個人時略微詫異，還真是有緣千里來相逢。這群人的隊尾處塗著口紅的女人，正是先前遇過的玫瑰傭兵團的團長，旁邊是她的男朋友。

掃視了幾人一圈，見他們身上確實沒有明顯的傷口，羅勳才對嚴非點頭，兩人再次往上走去。後面的一行人不敢跟得太緊，留出足足半層樓梯的距離才跟了上去。

安然無恙地爬回十六樓，嚴非打開金屬大門確認樓道中沒有任何異狀後，兩人才放鬆下來，將門鎖換成鏈子鎖，免得五人組回來後進不了門。

回到自己家中，小傢伙向兩人迎來，搖著尾巴，蹦蹦跳跳圍著兩人轉。

看到這個小東西，羅勳彎腰摸摸牠的頭，又在牠翻起來的小肚皮上摸了摸，這才走向放在客廳桌子上的收音機。

嚴非先到陽臺和窗邊處觀察外面的情況，社區裡雖然也出現了喪屍，但數量並不多。

收音機傳出熟悉的「滋滋」電流聲，可此時沒有主持人的聲音。

羅勳也走到窗邊往外看，低聲問道：「似乎並沒有人家中有人變成喪屍？」

嚴非透過望遠鏡，向附近樓房的窗戶方向看了看，搖頭道：「沒看到，不過也許就算有，一時間也未必能看到。」

至於更遠處的社區中有沒有人在家中變成喪屍，他們目前更看不出來了。

兩人正在觀察的時候，忽然「嗚」的聲音響起，讓剛剛平靜下來的兩人嚇了一跳。

小傢伙繃緊身體，衝窗外「汪汪汪」叫了起來。

「好像是……空襲警報？」羅勳不太確定。

嚴非略微點頭，忽然聽到桌上的收音機傳出了聲音，與此同時，掛在外面各個街道的大喇叭裡也開始廣播。

「……基地內部突然出現喪屍，請各位居民保持鎮定，不要慌亂，躲在安全的地方……

如果家中有喪屍，請隔離在房間中，並在窗外懸掛白色衣物提示軍方人員。目前軍方已經展開救援行動，請各位居民保持鎮定……」

廣播不斷重複警告內容，整個基地內的氣氛越發緊張，一些還不知道基地中出現喪屍的人，在聽到廣播後變得驚恐，而還在外面的人立刻向自己居住的地方狂奔回去。這些驚慌失措的人們，反而在路上遇到了四處遊蕩的喪屍，加大了外面的混亂程度。

有人在奔回家中後將房門緊鎖，可一旦樓道中有喪屍，那後來的人再怎麼敲門撞門，房間裡面的人也未必肯放人進去。

基地內房屋緊俏，往往是許多人合住一處，這也就導致住在一起的未必就是認識的人。更多人則像是住在團體宿舍，有些關係淡漠的甚至每天連招呼都不會打，遇到現在的這種情況，自然不肯輕易放人進來，生怕他們身後就跟著喪屍，或者這些人的身上帶著傷口呢？

某些本身擁有異能、體力極好的人，如果被拒之門外，反而會激發他們的怒氣，不管不顧地硬砸開大門，和裡面的人發生衝突。

基地各處亂成一團，路上呼嘯著一輛輛清剿喪屍的軍用車輛，但因為大多數人都在外圍牆處修建城牆，或在各處修建住宅，甚至外出做任務，真正能組織起來的戰鬥力不多，導致基地內的混亂一直到了夜幕降臨才有所緩和。

羅勳看看牆壁上的時鐘，關上再沒有任何新消息傳來的收音機，「他們還沒回來。」

嚴非知道羅勳說的是五人組，「出事的時候他們人在軍營，反而比外面安全多了。我想，他們在混亂平定下來之前，應該暫時不會回來。」

五人組比羅勳兩人安全，他們人在軍營裡面，除非軍營中也出現了和外面類似的狀況，可只要出事的時候他們已經回到工作的地方，不是在人多的食堂，那麼情況就不會太壞。

倒是章溯可能會危險些，他畢竟是在醫院，萬一有被喪屍抓傷的人送過去……但考慮到章溯的殺傷力，普通的喪屍就算真把他圍住，他多半不會有事。

兩人一直等到半夜十二點，確定五人組和章溯可能不會回來，這才洗漱休息。

至於第二天要不要出門……今天白天的廣播中已經通知過，基地內的一切工作暫停，等徹底消滅喪屍再恢復。

第二天一早，兩人檢查了一圈，確定五人組及章溯沒有回來，才打開自家的收音機。裡面果然在播放完例行告誡民眾不要慌亂等的囑咐後，重申在家的人今天不要外出，昨天還在工作地點沒能在趕回家的人的家人也不要擔心，因為大部分的人都已經被轉移到了安全的地方，等確定基地內沒有喪屍之後，一切就能恢復正常。

一大清早，寂靜的街道上行駛過一輛輛滿載士兵的軍車。

羅勳兩人從窗口可以看到外面街道上的狀況，社區中已經看不到喪屍的蹤影，昨天下午和晚上，進來過一些士兵，將四處遊蕩的喪屍全都清理乾淨。

這次喪屍出現得突然，身處鬧市沒能馬上回過神來的人被抓傷後直接喪屍化，好在喪屍的數量不算太多，只是因為發生事件的時候不少人都在街道上，而習慣了利用買午飯時間逛街買賣東西的人比較多，這才導致了較大的混亂。

「這次清理的速度很快，看來不到明天就差不多能將基地裡面的喪屍處理完。」羅勳趴在窗臺上看著一輛軍車開進社區，開始進入各棟樓房樓道檢查有無喪屍，以及趕赴某些掛著白布表示家中有喪屍的屋子清理喪屍。

「那些喪屍是怎麼來的？」嚴非的眉頭微微皺起，他從昨天就覺得很奇怪，怎麼會突然在同一時間出現那麼多喪屍？如果說是有人不小心將喪屍病毒帶入基地，那也不可能許多地方同時出現吧？

羅勳搖搖頭，「也許有什麼特殊原因吧。」

這些事情還需要軍方的人探查之後才能得出結論，只要能找到一個源頭、一個可能性，以後就可以避免再發生相同的事件。

一層層、一間間，士兵們挨家挨戶檢查，樓道中傳來腳步聲，羅勳兩人連忙迎了出去。一見到來的人，雙方都不由自主笑了起來，原來是丁少尉。

丁少尉帶著兩名士兵，大致打量了一下這層樓，問道：「就你們兩個在家？」

「章溯應該還在醫院，李鐵他們應該也都還在軍營裡沒出來。我們昨天中午就回來了，一直沒見到他們。」

丁少尉恍然大悟，「那他們就應該還沒走，不光是他們，昨天所有在外面工作的人都沒回來，基地另外給他們安排了休息的地方，你們這裡沒事吧？」

這一層樓就住著他們這幾戶，現在只有羅勳兩人在，他們連進門檢查都能省下。

「沒事，昨天軍營那邊怎麼樣了？」

嚴非本來沒指望丁少尉會透露消息，他不過隨口問一下，沒想到丁少尉搖頭道：「軍營那邊沒有出現喪屍，別說軍營，基地外城、幾處工地、修牆的地方也沒出現喪屍，只有基地裡面的鬧市出事。」說著，他神色鄭重地囑咐道：「這次的事情有些古怪，你們平時小心一點，順便幫忙注意，看看有沒有什麼奇怪的地方。」

羅勳兩人非常驚訝，居然只有基地裡的鬧市出事，難道是人為的？可如果是人為的話，這也太缺德了。

確認羅勳兩人沒事之後，丁少尉便帶著兩名荷槍實彈的士兵離開了，連鐵門都沒進。羅勳他們除非瘋了才會在家中藏匿喪屍，就算他們兩個真瘋了，等章溯那個變態回家，發現這層樓裡有喪屍，也絕對不會留下活口。

「只有鬧市出現喪屍？」羅勳皺著眉頭，無法想像會有人故意往基地裡面帶喪屍病毒。不，也不是不能想像，因為各種打擊而導致心理陰暗想要報復社會的人什麼時候都有可能出現，就算如今基地中出現這麼一個，他也不會覺得意外。只是覺得如果現在就出現這種人，那似乎也太早了。

嚴非跟他想到一塊去了，拍拍他的肩膀安慰道：「瘋子什麼時候都有。」

是啊，瘋子什麼時候都不缺，至少羅勳就見過因為自己親人變成了喪屍從而變得瘋狂的人，他們在壓力積累到一定程度後會怨恨身邊那些和他們同樣避免了喪屍化的普通人，尤其是有過衝突的仇人，過激一些的，甚至會暗中下黑手，將別人推入喪屍群「幫助」那些人和喪屍們「同化」。

羅勳不想研究瘋子們的心理，更不想弄清楚他們在想什麼，想多了自己也會瘋的。

「總之，今天在家休息一天，聽聽收音機，等確定外面安全之後，咱們再去軍營。」羅勳拍拍手，率先走向育苗室。他們家最近幾乎每天都有小鵪鶉孵化出來，今天又該將那些長得結實些的小鵪鶉放到外面的大玻璃籠子中和牠們的爸爸媽媽一起住了。

小傢伙的黑鼻子貼在玻璃箱外，鼻息噴在玻璃上，將一小塊玻璃噴得濕乎乎的。大大的黑眼睛盯著裡面黃乎乎和灰糊糊的大大小小的鵪鶉們，尾巴不時搖兩下，興奮的時候還會跳起來圍著自己的尾巴轉兩圈，企圖吸引小鵪鶉們的注意。

可惜裡面的小鵪鶉們一開始還會被牠的動作嚇得縮著脖子不敢動彈，可習慣之後，大鵪鶉們連正眼都不看牠一眼，只有今天剛剛放進來的小鵪鶉們會探著腦袋好奇地看著外面那個大大的傢伙耍寶。

「嘩啦啦」一聲脆響，將再次轉圈吸引鵪鶉們眼球的小傢伙嚇得一個趔趄，也將正在隔壁檢查牆面，研究是不是該刷牆漆、鋪水暖的羅勳兩口子嚇一大跳。

跑到窗邊向外張望，兩人驚訝地看到同一排樓房隔壁樓棟的一樓住戶玻璃窗被人砸碎，一夥人正從外面向裡面爬去。

「是小偷？還是沒鑰匙的人？」羅勳話剛出口就敲了一下自己的腦袋，「誰會閒著沒事砸自己家的玻璃？」

嚴非先是被他逗得笑了笑，隨即瞇起眼睛說道：「先把窗戶關上吧，我去外面把樓道口和電梯外的鐵門封死。」

「嗯，我去拿弩。」羅勳點頭。

收音機中此時已經開始宣傳著基地再次在眾人的眾志成城之下度過了一次重大危機，這是人類的勝利，標誌著人類必將戰勝喪屍，迎來光明的未來……

兩人一個拿著弩，一個走到外面的走廊上。

下面那夥人的動作也引起了其他住戶的注意，但在發現那些人的舉動後，這些住戶趕緊關閉自家大門，拿起各自的武器，沒人出去阻攔那些人的行為，但如果那些人膽敢闖進家裡有人的住家，那些人家是絕對不會放過闖入者的。

那群人進入一戶人家迅速拖出一些東西後又找到另一家空無一人的住家，砸開窗戶後同樣取走裡面的東西。如此這番幾次後，才抱著東西揚長而去。

看到那些闖空門的人，其他住戶眼中閃爍著不明的晦暗，等那些人離開，有些人也悄悄打開自家大門，向自己知道的，沒有人在家的屋子悄悄摸去……

街上的大喇叭說，現在基地中的喪屍已經全都清除掉了，士兵們在登門檢查的時候，已經確定哪些人家裡是暫時沒人回來的……

社區中才剛鬧過賊，很多人都看到了，只要自己的動作快些，在那些鄰居回來前就將東西都拿走，再把這件事推到那夥砸玻璃的人身上……

欲望、貪婪是人類難以扼制的負面情緒，在有人做了「榜樣」的前提下，眼前有如此大好的機會下，在自家口糧日益減少的狀況下，沒人願意繼續忍耐。

或許是十六樓太高，或許是十六樓凶名太盛，反正羅動和嚴非一直防備著的時候，並沒有人膽敢爬上這層樓來找麻煩，害得蠢蠢欲動的羅動舉著複合弩發呆了大半天。

羅動趴在窗邊看到一輛私家車子開進社區時，他家這層樓仍是沒人敢來找麻煩，那輛車子直接停在某棟樓下面，裡面走出來的是昨天離開基地做任務，回來後卻被告知基地內出現喪屍，不得不暫時留在外城忍耐過一夜的人。

其後，外出做任務的人、昨天上工被迫留在外面的人，全都陸陸續續回來了……

最先進入社區的是驅車回來的人，之後才有步行回來的人向各個樓房走去。

這些心驚膽戰，好不容易回到家中的人，在發現自家被人撬開，所有的東西都不翼而飛時，那種震驚和打擊可想而知。

羅動淡漠地看著下面扭打成一團的人，先回來的人大部分都是離開基地做任務的人，這些人有不少是激發出異能的異能者，就算沒有異能也是體力值、戰鬥力高的人。發現自家被人撬了，那些小偷又沒來得及跑，可不就是抓住往死裡打？

嚴非摟著他的肩膀和他一起旁觀著，如他們這樣圍觀的人並不少，一些人是自己根本沒動貪念，沒學著那些沒節操的人去撬鄰居家的大門。另一些則是跑得比較快的人，他們第一波搶了東西後就跑回自家，沒被人發現他們的行為。

就在這時，外面的走廊傳來吵鬧聲。

兩人對視一眼，向大門走去。

聲音是從下面的樓道中傳來的，混雜著男人的怒吼聲、女人的尖叫聲。

羅動兩人出來的時候，正好聽到樓下傳來「轟隆」幾聲響。

居然在樓道裡用異能，也不怕把樓給弄塌了。

完全忘記自家嚴非、鄰居章溯也無比張揚地數次在樓道裡用過異能的羅勳，立刻緊張了起來，向樓梯的方向幾步走了過去。

樓下傳來打鬥聲，沒多久就聽見幾個男人被打得連連慘叫，一個男人跪地求饒。另外一方的人馬罵了幾句後，似乎帶人進了屋子，隨後傳來大門關閉的聲音。

◆　◆　◆

「真是嚇死人了，誰想得到好端端在基地裡待著，還能遇到喪屍呢？」李鐵膽戰心驚地看著社區門口那扇被推倒的大門，地上還有不少黑紅色、墨綠色的汙漬，一時間沒有人有空去收拾，更沒有人去理會。

韓立拍拍他的肩膀，自己也有些戰戰兢兢的，「還好咱們都在軍營裡待著，要是回來的半路上遇到這事，還不知道會怎麼樣。」

「羅哥和嚴哥昨天應該正好是中午回家的吧？」何乾坤忽然說道。

「有可能，那時好像正好是他們回來的時間……」吳鑫有些擔心地點頭。

章溯淡笑一聲，「放心吧，別人出事他們兩個也不會有事。」

有嚴非那個變態護著，誰能碰得著羅勳一根手指？

「就是就是，他們肯定不會出事的！」不管章溯說什麼，王鐸永遠都是無條件贊同，就算章溯開口罵他，他也會先應承下來，然後再狗腿地修改罵自己的話，好讓那些話聽起來像是在反著誇獎他……

章溯懶得瞪他，兀自往前走。

「這是怎麼了……」

一行人進到社區之後，先是看到幾個人在扭打……好吧，末世後大家的火氣都很旺盛，發生口角進而動手的可能性都提高不少，這沒什麼稀奇的，他們剛才還遇到好幾撥，只是沒這裡的看起來這麼火爆。

接著，他們又看到樓房外面一地的碎玻璃……這也不算奇怪，昨天才出現過喪屍，打喪屍的時候要是不小心打破玻璃，都是正常的事。

迎面忽然飛過來一顆大火球……這就不正常了吧？幸好那顆火球被章溯瞬間豎起的風屏擋下，不然他們之中不知誰的腦袋上就要冒火了。

怎麼打架打得異能都冒出來了？

前方兩撥人正在火拚，一邊領頭的人是個火系異能者，另一邊的老大是雷系異能者。這兩夥人打得正熱，哪還顧得上避開路人？剛才那顆火球就是這麼來的。

章溯那道明顯要強於普通風系異能者的風屏一起，倒讓那兩撥人冷靜了些。那個火系異能者遠遠看了章溯一眼，冷哼一聲，轉身帶著他的小弟離開了。另一個雷系異能者則很有興趣地看了看章溯，伸手推推眼鏡，含笑向他們走來。

五人組立刻防備地看著那些人，同時向章溯的位置靠攏。他們不是怕那些人要做什麼，所以想找章溯尋求保護，而是擔心……咳咳，擔心那些人過來調戲章溯。

有個外表如此招人的「弟妹」在，李鐵他們偶爾會在半路上遇到一些腦子發熱過來搭訕的。以前王鐸和章溯還沒特殊關係的時候還好，大家只當幫兄弟擋蒼蠅，而且章溯的外表也明顯能激發起大家的保護欲，雖然明知道他的異能很厲害。當王鐸和章溯在一起之後，他們保護自家兄弟媳婦的覺悟再度提升，只要有人視線直勾勾衝章溯射過來，他們就毫不猶豫地用自己的身體攔住這些登徒子。

現在迎面走過來的那夥人顯然是以異能者為首的隊伍，李鐵他們才沒有直接當場攔下他們，好吧，他們也打不過就是了。

吳長坤再次推了推眼鏡，眼中帶著一股無法掩蓋的陰霾，此時的他臉上帶著與他氣質完全不符的微笑，對章溯道：「你好，我是混沌小隊的隊長，現在我們隊伍正在招收可以一起合作出基地尋找物資的同伴，不知道你有沒有興趣加入？」

沒等章溯回答，他笑著繼續道：「你的異能很強，是我見過的風系異能者中能力最強大的一個。我們有提升異能的方法，如果你願意參與進來，以你的實力，可以得到副隊長的位置。我們隊內對於高級異能者的優惠很大，不知道你有沒有興趣？」

章溯微微挑起眉毛，他身邊的王鐸臉色立即黑了下來，上前一步擋在章溯前面，「我們已經有隊伍了，他是不可能跟你們走的。」

吳長坤瞄了王鐸那還沒褪去青澀的臉孔一眼，又看向章溯，「我們住在五號樓，有興趣的話，歡迎你過去看看。」說完也沒理會氣憤的五人組，帶著他的眾多小弟離開。

王鐸的嘴唇微微發顫，被吳長坤的無視氣的。

他知道章溯的實力很強，可自己跟他在一起後卻從沒將這件事考慮到。所謂的小隊，不過是他們上次出基地時幾人一時興起隨意起的名字，他們所謂的「隊伍」中並沒有任何可以吸引章溯留下的實力，要是他真的想走……

「小隊？你什麼時候參加過什麼小隊了？」章溯漫不經心地問道，有種慵懶的意味。

李鐵連忙解釋道：「是上次我們出基地做任務的時候組成的，有我們五個和嚴哥他們兩口子，叫……宅男小隊……」說起這個隊名時，連李鐵這樣的廢柴宅都有些臉紅。

聽聽人家的名字？「混沌」多霸氣，他們的呢？

宅男？好像有點俗……

章溯摸著下巴，在五人組期盼的目光中微微點頭，說道：「宅男？不錯，省心省事。」

五人組愣了一下，相互對視，驚訝地發現，章溯似乎很喜歡這個名字，而且也沒反對加入的意思……真是太好了！

別看宅男小隊不起眼，現在有了兩個厲害的異能者了，還有羅動這個神射手……對了，他們回去後也要每天開始鍛煉，不然體力太差，萬一遇到危險就只能躲在安全的地方等待危險過去。基地裡的悠閒生活讓他們幾乎忘記了外界的恐怖，他們必須努力訓練才行。

一行人順著樓梯往上爬，社區中的情況比他們先前看到的還要混亂，他們回家的路上看到不少人在地上廝打、辱罵，仔細聽了一下才知道了喪屍被清理乾淨，軍方的人進入檢查過後發生的事情。

為什麼明明僥倖活下來後，大家先想到的不是自己、自家人的安全和盡快恢復原本的平靜生活，而是將手伸到別人家去？

想起自己的家，想起那個被嚴非用金屬材料包裹住的家園，五人組在心驚的同時也暗自鬆了一口氣。如果在他們在外面擔驚受怕了一整天後，回來卻發現自己家中被人強行撬開，偷走裡面的東西……他們五個恐怕也會跟正在扭打的那些人一樣憤慨吧？

章溯早在基地外面就習慣了這種事，看到這種情景，連冷笑的興致都沒有。在如今這個世道，連自己都不事先防範保護好自己的東西，想辦法藏起保命的物資，那麼東西丟了也怪不了別人，誰讓他們連看住自己東西的本事都沒有。

一行人加快腳步向上爬，雖然覺得家裡不會出什麼問題，但還是早一點回到那個安全的小窩最能讓他們安心。

聽到樓道中的腳步聲，幾家住戶的大門紛紛「砰」一聲緊緊關上。

五人組面面相覷，在低層樓的時候還能聽到吵架聲，見到樓道裡偶爾出現打架的情況，但現在是怎麼回事？怎麼一見自己等人回來，這些明顯在看熱鬧的人就都嚇得縮回去了呢？難道是自己家中出什麼事了？

大家連忙加快腳步往上走，等快到十四樓時，他們才聽出聲音有些不對勁。

「這、這是……」何乾坤結結巴巴地指著上面，說不出話來。

李鐵幾人的臉色一陣紅一陣綠，對於早在宿舍中偷偷研究過愛情動作片的幾個年輕人來說，這動靜不算陌生，可樓道中傳來這麼大的動靜還是讓他們有些……

章溯頗有興致地率先向上走去，王鐸紅著臉想去拉他，卻忽然想起不經過十五樓他們哪能回家，便趕緊走到前面，省得讓自家的女王殿下長針眼，看到什麼不該看的東西。

回過神來的李鐵幾人連忙跟上，他們連那麼直觀、細緻的愛情動作片都觀摩過那麼多，還怕看到真人版的嗎？而且也許只是聲音大了些，他們上去也未必能看到什麼。

心中的設想在爬到十五樓時就徹底破滅，正對著樓道的一五〇二大門敞開，幾個光著下半身的男人正站在走廊上圍著一個女人，前後兩人正在聳動身體，其餘周圍的男人也在嘻嘻哈哈大聲說笑，對那個女人的身體指指點點，時不時抓上一把，摸上一下。

隔壁一五〇三也傳來女人痛苦的呻吟聲，伴隨著幾個男人的說笑聲、巴掌聲。

「這小妞夠帶勁，看這小腰扭得多騷啊！」

「可不是，你快點，我們忍不了多久……」

「那邊不是還有一個？排那個去！」

「我就喜歡這個……」

對面房門內一個男人的聲音清晰地迴盪在樓道中：「跑？讓妳他娘的跑！乖乖伺候好爺，不然爺把妳剝光丟到外面讓人輪！」

幾個圍住那女人的一個男人用力掐了女人的胸脯一把，笑道：「還跑？跑得了嗎？妳會點火系異能了不起啊？妳男人已經把妳賠給我們了知不知道？」

五人組先是震驚，隨即氣得直哆嗦。

女人的嘴巴被男人用陽具堵住侵犯著，無法發出呼救聲，卻能聽到她痛苦的嗚咽聲。

五人組早就知道十五樓住了一個火系女異能者，同層樓還有幾個比較漂亮的女大學生，只是先前一直沒有過什麼交集，就算偶爾遇見，也沒有相互打招呼。

誰能想到自己家樓下居然會發生這種惡劣的行跡？

五人組當即腦袋充血，雙眼泛紅地衝了上去。

吳鑫一腳踹開大門，李鐵幾人不約而同舉起防身用的鋼管。

「放開她！」何乾坤大吼一聲，驚得那幾個正在猥褻女人的人差點痿掉。

那群人先是一驚，隨後看清是幾個學生模樣的男生便沒放在眼中。他們也是住在這棟樓裡的住戶，與五人組有時會遇到，雖然知道他們是住在樓上的人，且十六樓的住戶好像有些本事，但今天的事擺明是他們占著理，更何況真的拚起來誰怕誰？自家也不是沒有異能者。

「你們他媽的多管什麼閒事？不知道怎麼回事就瞎叫喚？」一個手臂上有著猙獰刺青的男人赤裸著下半身走了出來，一臉蠻橫相。

「不管怎麼回事，你們都不能欺負女人！」李鐵梗著脖子，攥緊手中的鐵棍。

「呵！」另一個人口中還叼著半根菸，聞聲丟掉菸頭，嗤笑道：「我們做任務回來，看見跟她一夥的人撬開我們家的大門，偷我家的東西，她也跟著搬呢……小兄弟，換成是你，你能忍嗎？」說著，那人笑嘻嘻地看著五人組。

五人組愣了一下，倒是沒想到會是這種原因，可……

「那你們也不能這麼對待女人吧？把東西要回去不就好了？」最多出出氣，跟外面那些人似的打小偷一頓就算了，這麼多人輪……他們也好意思？

後面一個男人捏著女人的胸脯，嘻笑道：「她老公把她賠償給我們當精神損失費，這事你們可管不著啊！」

「就是！你們是不是太久沒見過女人，想英雄救美，把人救回去好自己享用啊？」嘻嘻哈哈的猥瑣笑聲四響，讓五人組臉上紅一陣青一陣。

「憑什麼男人偷你們的東西要把女人賠給你們？她又不是東西！」李鐵這話說得已經沒什麼邏輯了，但心中氣憤的他哪裡還想得明白。

「人家樂意，你管得著嗎？」又一個人揶揄道：「你們要是眼饞，把你家的食物拿來，五斤麵粉就讓你們上一次。怎麼樣，這筆買賣還不錯吧？」

「就是，這妞兒可正點了，比隔壁那幾個騷貨強多了。讓她出去賣，咱們說不定都不用出去拚命找物資了。」

「對對對，好主意！」

五人組氣得渾身發顫，如此無恥之人真是讓他們嘆為觀止，可雖然他們的行為齷齪，偏偏有著正當的理由——對方偷了他們的東西，他們出於報復才索要「精神損失費」，但憑什麼這個女人要為她所有同伴的行為買單？就算之前他們是情侶，在她男朋友和同夥出賣了她之後，她憑什麼要為這件事負責？

李鐵他們不清楚在這個女人的男朋友撬開隔壁房間大門的時候她是什麼立場，可只憑男人拋下自己的女人保全自己這件事上，這個女人就是受害者。

見五人組攥緊手中的鋼管有想要動手的意圖，當先那個有刺青的男人繃起身上的肌肉，忽然伸手朝幾人射出一顆水彈，射向吳鑫和他身後的王鐸臉上，「滾！就憑你們也配……」

「呼啦啦」的狂風瞬間湧現，一直抱胸靠在樓梯扶手上看熱鬧的章溯兩眼瞬間泛出淡青色的精光，周身閃現微型龍捲風，將對方兩個領頭的人吹得後退三四步，站都站不穩。

五人組見章溯緩步向前走來，下意識為女王大人讓出一條路來。

「滾出這棟樓，再讓我看見這些髒東西……」章溯冰冷的視線掃過那些男人袒露著的陽具，冷冷一笑，「我就幫你們削掉它們！」

那夥人愣了愣，幾個回過神來的男人立即擼起袖子。他們不但見過異能者，隊中也有好幾個，憑什麼被一個籍籍無名的風系異能者威脅？

隔壁一五〇三中也走出幾個衣衫不整的猥瑣男人，當先一個手中「滋啦」響著，凝出一小團紫色的電球，「這是誰啊？這麼大的口氣，你以為你是個什麼東西……」

話沒說完，小型颶風驟然散開，狂風瞬間凝結成一道道風刃，將對方的人馬瞬間籠罩，每一道風刃掃過都帶起一片血光。

「啊……」

「停下……」

「救命啊……」

「老大，我錯了……」

哀嚎聲此起彼伏，嚇得那些還沒走出來的男人又縮了回去。

見到了飛濺的鮮血，章溯眼中的殺氣越發濃烈，臉上的笑容越發妖豔，殘忍的怒意在心底翻滾著，就這麼一下又一下削著對方身上的皮肉。

「啪」一下，肩膀上忽然落下一隻手，章溯凶狠地回頭。

誰敢阻攔他？

「嗤」、「鏗」兩個聲音接連響起，章溯發出的風刃被一堵金屬板擋住。

是嚴非！

第四章

我們是保護姊姊妹妹的宅男小分隊

猛烈的風勢逐漸平息，章溯有些充血的腦子也慢慢冷靜下來。

從嚴非做的那個吊在他家的金屬沙袋就可以看出來，這傢伙只要想防守，又有足夠多的金屬材料供他使用，他就能做出一個絕對嚴密、防禦力超高的「烏龜殼」。自己要想打破，得耗費不知多少精力才辦得到。

沒等章溯開口說話，嚴非就道：「別鬧出人命，不然軍方又要來找麻煩了。」說著，他淡淡掃視那群死裡逃生渾身是血的半裸男人，「給你們半天的時間，今天晚上之前，別讓我們看見你們還在這棟大樓裡，不然我就直接把你們從窗戶丟出去。」

先前他和羅勳聽到樓下的動靜時，並不想管閒事，因為這些回來的人占著理，又擁有足夠的報仇實力，無論他們怎麼報復，都不算是太過分。

直到剛剛他們聽清楚這些人竟然堂而皇之地凌辱女人，這才準備下樓查探狀況。

無論是羅勳還是嚴非，都覺得這個女人如果在同伴要偷東西的時候就表示反對，此時也未必會被牽扯。兩人的價值觀讓他們無視那些在路邊出賣身體換取食物的女人，卻不能容忍自家樓下、自己面前出現如此骯髒的行為，尤其是對方如果只是單純如揍那些男人一樣把這幾個女人打一頓，他們還不會出手，可欺辱女人的行為實在過分。

一個躲在屋裡的男人忽然顫聲說道：「是、是他們先偷我們的東西……」

章溯冷笑一聲，「爺就是看你們不順眼，怎麼，要我現在就把你從窗戶送出去？」他對於誰是誰非沒有絲毫的興趣，他又不是警察，他只削看不順眼的人。

那人渾身一抖，連忙搖頭，末世後的強者做事、說話是不需要理由的。

躲著沒出來的人沒看見嚴非的動作，其他人卻看見了。那個俊美的男人面前瞬間出現了一面金屬牆，擋住了風刃。這兩位異能者都不是普通人，絕對不能招惹。

見那些猥瑣的男人識趣地表示會乖乖滾蛋，五人組默默跟在章溯、嚴非身後爬回到十六樓，進入封住樓道的鐵門後才紛紛長出一口氣，耷拉下肩膀來。

英雄救美沒救成，反被自家的「美」給順手救了，這種滋味真是一言難盡啊！

羅勳見狀，笑著問道：「你們之前在軍營沒出什麼事吧？」

韓立率先上前去開自家大門，何乾坤幾人一邊往屋裡走，一邊搖頭道：「沒什麼事，你們呢？你們正好是昨天中午回來的吧？路上沒出什麼事吧？」

眾人魚貫走進五人組家中一起開會。

李鐵坐在一張折疊椅上，說著昨天到今天回來的所見所聞：「我們是聽見警報才知道基地裡面出事的，上級接到通知後回來跟我們說基地裡出現喪屍，要我們先在原地等著。我們的工作室很大，足夠我們住。晚上的時候，幾個專家就由士兵開車送回去了。他們就住在軍營旁邊的新社區，那邊什麼事都沒有，據說挺安全的，也沒人變成喪屍。今天我們聽說沒什麼事，基地裡面都徹查過了才回來。」

他們幾人又好奇地問道：「今天社區裡怎麼就亂成這樣？昨天就這樣了嗎？」

羅勳苦笑道：「除了昨天中午大家逃回家的時候亂過一陣子，後來一直都沒什麼事。今天上午，軍方過來檢查社區，確認安全後，才有人開始打破別人家的窗戶偷東西，社區裡這才亂了起來。你們路上回來時，外面的情況怎麼樣？」

有危險的時候沒人互相找麻煩，一旦危險過去，醜陋的人性就暴露出來，這讓李鐵幾人心裡很不是滋味。

章溯沒理會五個心靈受到創傷的純潔寶寶，指著外面道：「一路上經過的社區確實能隱約聽到吵鬧聲，但因為離得比較遠，所以我們不清楚具體情況，不過我猜想恐怕跟我們社區的情況差不多。」

他從來不會像五人組似的，反而在遇到任何事情都習慣往最壞的一面去考慮，剛才對那群人發飆也是因為……咳咳，誰讓那個水系異能者居然敢攻擊王鐸他們呢？這幾個人在外面時可都是自己罩著的。要是自己的人在自己面前都能被人這麼打臉的話，那他還混個什麼東西，趁早回去老實窩著吧。

所以被莫名維護了的吳鑫，最應該感謝的是他的死黨王鐸才對，如果剛才那水沒潑到王鐸身上的話，章溯就算借題發揮也不會如此過火。

嚴非問道：「明天恢復正常工作嗎？」

李鐵收回對外面人性陰暗的種種深思後點頭道：「對，我們組長說，如果沒有什麼意外的話，明天照常上工。」

韓立帶著點小顯擺的意思低聲道：「告訴你們一件事，上級已經開始準備在基地內架設新的基站，恢復手機的訊號，好方便基地裡的人聯繫。」

「哦？對手機有什麼要求嗎？」嚴非很感興趣地問道。

「暫時沒有，其實就是按照以前的模式恢復通訊，利用的基站也都是以前的那些，只是要改改訊號接收什麼的，不過ＳＩＭ卡恐怕要換新的。」何乾坤解釋道。

「對，他們爭取讓新卡適用以前的所有手機，這樣再有什麼事，大家就能直接收到基地的訊息，不用像現在這樣，好多家裡沒有收音機的人根本聽不見廣播，用大喇叭公告又怕聲音太吵引來喪屍。」李鐵幾人興奮起來，這件事也需要他們的參與，如果完成的話，那絕對是件利於整個基地的大好事。

「你們誰的手機如果丟了，這幾天可以去外面隨便撿一支或者便宜換一支回來，過幾天手機的價格肯定會上漲。」王鐸建議。

羅勳在思考另外一件事，手機的事情他上輩子就知道，這輩子的手機從頭到尾都留在身邊，甚至先前出去的時候還順手撿回來兩支備用。

羅勳問道：「你們有沒有聽說這次出現喪屍的原因是什麼？」

五人組齊齊搖頭，苦著臉道：「據說還沒調查清楚，我們的頭兒也沒聽說。」

倒是章溯聽到他的話後笑了起來，「這事我聽說了一些。」

他是在醫院工作的，對於這方面的消息比其他人更靈通。

見眾人都看向自己，章溯沒有賣關子，雙手抱胸，靠到椅背上，腳尖踮著地面，讓椅子只用後面兩條腿支撐，一晃一晃的，「具體的消息雖然還沒查明，但聽說最先變成喪屍的人都來自鬧市。」說著，他譏諷地冷笑，「鬧市距離某些積分兌換食物的窗口比較近。」

眾人瞬間沉默，過了半天，嚴非的聲音才緩緩響起：「你的意思是……投毒？」

章溯聳聳肩，嚴非的思路跟他差不多，反正他剛聽說這一消息後的第一反應就是這樣，有人投毒，故意製造混亂。

「怎、怎麼可能？」

「這也太惡劣了吧！」

「這可是喪屍病毒啊！」

五人組震驚地七嘴八舌。

羅勳忽然說道：「這倒也未必。」

見眾人不約而同看過來，羅勳笑著指指廚房的方向，「故意投毒的可能性並不高，畢竟這種事一旦被查出來，無論背後的人想做什麼，即使是單純想要報復社會也太危險了些。我倒覺得說不定是那些賣食物的窗口在做飯的時候，水沒有事先過濾乾淨。」

章溯詫異地挑眉，想到什麼似的，點了點頭。確實，比如他自己就一直覺得五人組和羅勳他們堅持過濾生水的方式太麻煩，他覺得多煮一陣子就能將病毒殺滅。雖然他是醫生，卻沒有潔癖。那些做飯的人圖省事，不小心將生水加入到飯菜中也是很有可能的。

羅勳對還沒理解自己話中意思的五人組解釋道：「咱們基地裡推廣的濾水方法比較繁瑣，像他們這些天天需要做大量飯菜的人，時間一久，可能會漸漸不注意這個問題……」

「可……為什麼都是昨天突然爆發？」聽說基地內好幾處同時發現喪屍，那些人總不能都是從同一個窗口買飯菜的吧？」羅勳的話讓五人組聽得都不太敢在外面買飯菜了，雖然軍營中沒出現這種事，目前還是很安全的，但萬一……

羅勳搖搖頭，「這就不確定了，還得等基地調查出結果來。」

他是根據前世的經驗來判斷的，畢竟現在是只是末世初期，一開始活人喪屍化時沒誰說得清病毒的來源，之後病毒的傳播的方式又比較直觀，所以飲用水到底會不會被喪屍病毒感染？感染後人體的反應又是如何？會在多長時間內出現症狀？這些都暫時無解。

五人組暫時鬆了一口氣，比起有人投毒散播喪屍病毒，他們寧願是衛生條件不周全才導致了這次偶發事件，至少不用擔心自己吃外食一不小心吃成了喪屍。

交換完各自知道的消息，十六樓的宅男小隊這才散會。

五人組昨天在外面沒怎麼睡好，畢竟軍營那邊安全性雖然高，但也要擔心萬一連軍營中也出現喪屍怎麼辦，所以大家一夜都沒能安睡。

羅勳兩口子起身準備回去休息，明天就又要上工了，兩人還得討論看看有沒有必要繼續吃軍營食堂的飯菜，畢竟自家的飯菜衛生程度可以自己控制，但外面的食物嘛……就要把希望放到廚師的自覺性上了。

章溯率先打開大門走出去，可他剛出去便站定了腳步，似笑非笑地看向樓梯口。

三個女人戰戰兢兢地站在鐵門外，見眾人出來，先是一驚，隨即用不確定的、膽顫的目光不時偷看眾人。

原來是十五樓的那位火系美女和另一個住家中的兩名女大學生。

「妳們是……」吳鑫下意識出聲，可話剛出口就想起不久前見到的那個情景——一個美女被幾個男人圍在中間……

那三個女人羞愧地低下頭，五人組則不自在地紅了臉。

章溯冷笑一聲，轉身朝自家走去。

火系美人猛地抬起頭來，顫聲道：「他、他們都搬走了……」

章溯置若罔聞，打開自家大門。王鐸看了看那三個女人，又見章溯打開門，張張嘴，丟下眾人也跟了進去。

李鐵幾人則看向現在唯一能做主的嚴非。

嚴非瞄了那三個女人一眼，見她們滿臉都是難堪和隱隱期待的複雜表情，面無表情地應了一聲：「哦。」

……然後呢？

鐵門外的三個女人傻眼，李鐵幾人不敢直視她們的眼睛，好像作賊心虛的是他們似的。

見嚴非應聲後沒有再開口的意思，想到他和羅勳的關係，四個人悄悄交換了眼神。

韓立咳嗽一聲，說道：「那個……他們走了，妳們就好好……好好地住吧。」

不然呢？她們幾個上來告訴自己這件事，應該是因為嚴非先前放狠話的關係吧？

三個女人似乎有點著急，徐玫咬牙道：「他們、他們雖然走了，但也帶走了所有東西，只把我們留下了……」那些人怕嚴非等人找他們麻煩，走得十分匆忙。不過就算走，他們也將所有吃的、用的，連一片布、一塊木頭都帶走了。

嚴非只說要他們搬出去，卻沒說過不許帶東西走，他們拿走屬於自己的東西有錯嗎？

這幾個女人不敢說什麼，但東西都拿走了她們怎麼活？這才上樓找嚴非等人。

羅勳忍不住嗤笑一聲，朝自家大門走去。

嚴非眼中略帶譏諷道：「不然我幫妳把他們叫回來？」

三個女人抖得更厲害了，用不可置信的眼神看向嚴非，卻與嚴非那雙冰冷沁骨的視線對上，不由得心中更冷了。

後面一個女生猶豫了一會兒，低聲道：「我……我們能幫你們洗衣服、做飯……哥哥們能不能幫幫我們？」

另一個女生也連忙點頭，徐玫則將注意力放到李鐵幾個大學生身上，眼中略帶乞求地看著他們，「我有異能，也能出去打喪屍，如果你們需要的話，我可以跟男人一樣出基地。」

她從來都不是弱者，性格本來就比較強勢，如果不是今天被男朋友突然出賣，受的打擊太大，才被那些人抓住的話，她怎麼也不可能受到凌辱。

李鐵幾人面面相覷，沒想到幫忙救人，卻救回來幾個非要跟著他們的……

「可是，我們也不……」

「今天那事不是我們的主意，是……是我們之前的同伴見到有人撬別人家的大門才動了壞心思，所以……」

徐玫解釋到一半，她身邊的兩個女生氣憤道：「我們今天根本就沒動過手，全都是徐姊家的那些男人做的。本來就不關我們的事，那些人趕走徐姊家的其他人後突然想起……想起我們家還有女生，才硬闖進來，把我們同住的那些男生趕走……」

說起來一五〇三的幾個女生倒也倒楣，本來是一五〇二的人突然冒出貪念去撬了一五〇一和一五〇四的大門，卻牽連到她們身上。

那些男人本來只是針對一五〇二的人，也早就覬覦上徐玫的美色，這才趁機將她扣下洩慾，可徐玫所在的家中只有她一個女人，而那兩戶的男人數量可不少，其中有人動了壞心，知道這幾個女大學生並沒有看起來那麼單純，才建議大家去隔壁找她們，硬砸開一五〇三的大門，非說他們也是同夥，偷了自家的東西，將男人們打一頓趕走，抓住在家的兩個女生。

嚴非見那兩個女生看向徐玫的神色中帶著怨恨，只是介於她們目前處於同一立場才沒出言指責，但心底已經認定是徐玫連累她們。如果不是一五〇二有徐玫在，那些男人在抓到小偷後也不會想起凌辱女人，更不會覺得女人太少不夠分，這才牽連到住在隔壁的她們。無奈徐玫有異能，三人的立場眼下又相同，這才不得不暫時合作。

十六樓的這些男人似乎都很強，至少她們知道他們每天都要出去工作。能出去工作就能填飽肚子，而她們現在什麼都沒有，急需找到靠山，能幫助她們好好活下去的靠山。

比起垂涎她們美色的猥瑣鄰居們，十六樓的男人其中兩個帥得能讓女生看直了眼，剩下的六個人也都是斯文的年輕人，隨便巴上哪個不比外面那些人強，何況他們都很善良。

一個女生緊緊抓住鐵門上的欄杆，雙眼含淚地哭求李鐵幾人：「哥哥們幫幫我們吧，我們什麼都願意做，現在實在沒辦法活下去了……」

另一個女大學生也跟著哭喊道：「我們真沒想到原來的同學都是這麼沒良心的人，被那些人一嚇唬就拋下我們跑了！你們都是好心人，就幫幫我們吧！」

李鐵幾人本來就臉皮薄，齊齊看向嚴非。他們不是壞人，又是頭一次遇到這種事。這兩個女大學生長得雖然不如徐玫那麼明豔漂亮，但放在他們學校中絕對可以算是班花級別的。

被這樣兩個女生苦求，尤其這兩個女生才剛剛遭遇不幸，如果他們肯幫忙，說不定就會通過慢慢相處，培養感情，順利脫單……

嚴非似笑非笑地看著李鐵幾人，「你們要幫忙我不會攔著，但如果要幫，就請搬下去跟她們一起住。那些人搬走之後，十五樓就只剩她們三人，那麼多的房間足夠你們住了。」

至於他，他可沒心思養著三朵交際花。

他不清楚那個叫徐玫的女生的人品和性格，卻見過幾次另外兩個女大學生。因為工作的原因，嚴非兩口子每天都在中午回來，她們兩人似乎從沒參加過基地內的任何工作，所以中午有時就會遇到她們，而且每次都是見她們跟其他留下來看家的男學生說說笑笑，偶爾還能看到她們與不同的男生曖昧勾搭的模樣。

至少今天上午出事後，他聽到過徐玫的掙扎聲、呼救聲，但另外兩個女人……除了一開始聽到過驚叫聲外，後面那呻吟聲是誰發出來的？反正不是徐玫。他和羅勳就是因為聽到了徐玫的呼救聲，這才出來查看情況。

他不關心這些女人的品行，也沒有興趣了解，能肯定的是，他絕對不會給自己找麻煩。別說他已經有了羅勳，就算是末世前，他遇到這種事連手都不會伸，更懶得去幫忙。

聽到嚴非的話，李鐵幾人愣了一下，又看向那兩個女大學生。

兩個女生沒想到嚴非會這麼絕情，完全沒有伸援手的意思。這種人現在不算少見，他本身實力強大，自然不會在意自己這些被人非禮過，長相又不是頂頂好的女生，因此她們只能將目標放在李鐵等人身上了。

兩個女生伸手抓住離鐵門比較近的吳鑫，懇求道：「哥哥，你就幫幫我們吧！只有我們三個住的話，壞人來了怎麼辦？」

「對啊，哥哥，你幫幫我們吧，要我們做什麼事都行！」

徐玫站在後面有些出神，本來她也想過要不要跟著上前求助對方，但一直以來的尖銳個性讓她無法做出在剛剛受辱後就如此卑顏屈膝乞求別人的舉動。聽到嚴非的話，她咬咬牙，忽然沉聲說道：「能不能借我幾個積分？我會還給你們的。」

嚴非正與羅勳並肩站在一起，看著吳鑫臉紅耳赤想掰開那兩個女人的手，卻又不敢去碰人家，聽到徐玫的懇求，略微詫異，挑眉問道：「我憑什麼相信妳？」

徐玫見他沒有無視自己，深吸一口氣，舉起滿是青色抓痕的右臂，一團跳動的火焰憑空冒出，「憑我的異能。」

嚴非一時沒有出聲，他能在這個女人的眼中看到堅定。

羅勳從口袋掏出十個積分，「這裡有十個積分，借給妳。」

徐玫愣了一下，喉嚨有些哽咽，真心實意地說道：「謝謝……」

抓著吳鑫的一個女大學生猛然鬆開，忽然伸手向羅勳手中的積分抓來。

羅勳上輩子不知遇到過這種事多少次，在她剛有所動作的時候，就縮回了自己的手，讓對方抓了個空。

「噹」一聲，那個女生同時間發出慘叫聲，一支鋼針將她的手頂到鐵門內側。

嚴非眼中流露出殺氣，冷笑地看著那個女生和她身邊癱軟在一旁的同伴。

吳鑫終於將自己的手臂抽回來，後退幾步，撞到身後何乾坤的肚子上，滿臉的青春痘嚇得都白了。女人好可怕，說抓人就抓人，說搶東西就搶東西！

羅勳沒去看那兩個女大學生，重新將積分遞過去給徐玫。

徐玫被剛才的事驚了一下，隨即瞪了那兩個女生一眼，上前收下那十點積分，「謝謝，我一定會還給你的。」

羅勳笑笑，「不急。」

如今她所經歷的事情雖然與前世相仿，但羅勳猜測有了自己和嚴非他們的插手，她的未來肯定會與上一世有所不同。這個女人畢竟是上輩子的那位玫瑰傭兵團團長，他相信她的能力。只希望有了如今的改變，她不會像上輩子似的那麼偏激。

徐玫拿著積分轉身離開，兩個女大學生受到了極大的驚嚇，見李鐵他們連看都不再看自己一眼，只得壓下也想借積分的想法，低著頭慌亂地跑回去了。

嚴非看了李鐵幾人一眼，「還是那句話，想幫她們就搬下去跟她們一起住。如果誰要想把她們帶上我們這樓，我會直接封死那個人的門窗。」

不怪他如此絕情，他可是清楚女人的殺傷力。

家有一個攪家精，絕對能讓原本的和諧日子不復存在。

如果那個女人腦筋清醒，遵守遊戲規則，他不介意李鐵他們找女朋友，甚至結婚生子，畢竟他又不是他們的家長，管不著他們喜歡誰，愛和誰交往。可如果他們找的女朋友有可能會影響到自己的生活，那麼他絕對不會介意「多管閒事」。

有人真的要把那兩個女大生帶上來的話，大不了大家一拍兩散，反正他已經將自家大門改造過了，到時大可取消掉樓梯間的大鐵門，只管自家安危。

李鐵幾人連忙搖頭，其中尤以吳鑫最為驚恐，他一把拉起自己的袖子，露出被兩個女生掐青的手臂，哭訴道：「看看，看看……我敢找這麼可怕的女朋友嗎？」

本來他還覺得那兩個女生柔柔弱弱，哭得梨花帶雨十分可憐，自己又沒說不幫她們，就被她們如此對待，最後更伸手去搶羅勳的積分，這是最讓他們幾個人無法接受的。

李鐵連忙附和道：「我本來想著要不也給她們兩個一些積分就當是幫忙，可剛才……反正我是不會管她們的！」

何乾坤也用力點頭，韓立心裡倒是轉悠了一下，覺得那兩個女生說的也沒錯，只有她們幾個女生住在一起，萬一晚上有壞人撬鎖，她們到時能怎麼辦？沒個男人在身邊確實不夠安全，但想歸想，自己也絕對不會去招惹這種麻煩。

徐玫就算了，那兩個女生……他自覺是吃不了這種豔福的，最多也就想想而已。

見李鐵他們老實了，嚴非兩人才回到自己家中。

從頭到尾，章溯都沒出來看過一眼，至於王鐸？

羅勳覺得他似乎隱約聽到人家家裡傳出了什麼曖昧的聲音……

羅勳先去旁邊的屋子轉一圈，見嚴非跟了過來，戳戳牆壁道：「我覺得咱們明天就能開始刷牆，準備鋪鐵管了。」

「好，明天下午回來就做。」

羅勳笑著說道：「明天我先刷牆吧，你回來後大概會比較累，還是留著體力等異能恢復後直接鋪水暖就好。」

嚴非知道他是擔心明天自己的工作量會加大，怕自己太勞累才會這麼說，想了想並未矯情，只道：「看情況。」要是他有體力，當然要兩人一起忙活了。

◆ ◆ ◆

「我提議，既然外牆還要等金屬系異能者建好才能繼續加蓋土牆，不如先讓土系異能者將軍營按照原計劃建立起圍牆來，不然將來基地內再發生昨天那種情況的話，至少也要優先保住軍營的安全。」

「我覺得還是先查清昨天喪屍病毒爆發的原因再做決定吧，萬一真有人在基地裡面惡意投放喪屍病毒呢？」

「這兩件事都很重要……」

「本來就已經派人去查出現喪屍的原因了，至於圍牆的問題，萬一民眾有意見……還是優先修建圍牆比較好，不能讓人覺得軍方只顧著自身的安全。」

「保護軍營的安全是重中之重，之前只是沒想到基地裡面會出現喪屍才沒將重新修建軍營的事放在首要位置，不然一旦出事牽連到軍營，重大的損失誰能負責？」

「可以先調幾個土系異能者過來修軍營嘛，畢竟最後的圖紙不是還沒畫好？等建築專家們畫好圖紙，再加快速度趕工就可以了。」
「如果要改建軍營，最好只叫軍方的土系異能者回來，以免洩露軍營內部的消息。」
「是的，專家們的幾個關鍵性建築最後還沒有定下來，而且最近需要用到修建類異能者的工作量很大，金屬系異能者又有所損失，咱們要一步一步來……」
爭執聲、議論聲在會議室中接連響起，一群基地的大佬們正坐在一起開會，商量今後基地方面的種種問題。
「我提議對異能者小隊開放更多的許可權，可以少收些物資，但要提高晶核的收取。」
「附議！軍方的異能者人數不是小數目，如今證明晶核在使用異能時可以起到很大的作用，那麼大可將這種東西在全部隊推廣開來，給內部的異能者們一個換取的途經。」
「沒錯，雖然目前為止還沒有異能者通過晶核進化升級，但這種東西可以提升異能者們的續航能力卻是沒有異議的。」
眾人正在熱火朝天地討論著，忽然有個士兵抱著一份檔案匆匆跑了進來，大聲說道：「報告，調查的初步資料已經下來了！」
會議室內靜了一下，坐在首位上的人對那人招手道：「拿過來。」
檔案在眾人手中輪流轉過，看過的人都皺起了眉頭。
他們考慮過各種可能性，比如投毒，比如其他勢力想要暗中挑事，但調查結果顯示……
「衛生條件？為了加快食品生產速度省略濾水的步驟？為了讓賣出去的東西增加分量刻意調整水的比例？」一蒸飯、蒸饅頭的時候多放些水，雖然會影響口感，但看起來會比一般情況下蒸出來的量多。炒菜燉菜的時候也是一樣，多弄出些湯汁來，自然就可以少放些蔬菜進去，大不了就當作是吃湯泡飯。

一個人將調查檔案摔到桌上，「就因為這些原因，才鬧得人仰馬翻？」

另一個人沉聲道：「不對，這些食堂存在的問題不是一天兩天，為什麼會在昨天忽然同時出現問題，這未免太巧合了？」

不能怪他們陰謀論，實在是事情一旦鬧大，西南基地就會如先前毀掉的那三個基地一樣徹底傾覆，誰能不多深想一下？

「具體情況還要取證，研究所正在提取樣本進行實驗……」送報告來的人硬著頭皮頂著會議室裡的低氣壓答道：「有專家學者分析，這種病毒可能會在積累到一定程度突然爆發……之前的病毒量比較小，但持續累積一段時間後，就會像昨天一樣……」

研究所還發現，大家呼吸的空氣中也有極其微量的喪屍病毒，只是量太少，並不能產生質變等等。反正按照他們的說法，如今這個世界已經不安全了，隨時隨地，怎麼都有可能發現身邊的人突然變成喪屍。

如果這說法是真的，那所有人還掙扎個什麼勁兒？一起自殺算了。

過了半晌，一個人才揮手道：「知道了，讓他們加緊研究吧……」

如果這個猜測成真，那……人類的未來簡直太可怕了。

一大清早，眾人再度踏上上工的征途。

基地的廣播中聲明，絕大多數的工作恢復正常運轉，大家可以回去報到了。

開著車子一路向軍營方向行駛過去，看著外面滿是瘡痍的街道，眾人不由得感到微微沉重。昨天宏景社區中的混亂並不是個例，更多的地方、更多的人在這兩天的驚恐、壓抑中都將負面情緒爆發出來。

昨天下午軍車再度出動，這次不是為了消滅喪屍，而是為了維持秩序。搶劫殺人的事件實在太多了，往往受害者都是最先進行竊盜等行為的犯罪者，那些防範過激的人們半點情面也不留，據說軍車拉走的屍體數量比前一天因為感染喪屍病毒而死去的人數還多……

進入軍營的時候，羅勳和嚴非感覺這裡的檢查和警戒比先前更嚴格。兩人來到卡車前，雖然沒看到隊長，但司機還是那位司機，見到兩人後簡單打了個招呼，便見隊長帶著隊員們匆匆趕了過來。

「今天的工作有所調整，大家先上車再說。」隊長打量著羅勳兩人，幸好他們身上沒有任何受傷的跡象，看起來精神也不錯，應該沒受到波及。

羅勳兩人見隊伍中多出了一些人，其中一個正是先前調到二隊的金屬系異能者，便大致猜測出隊長說的是什麼事了。

爬上卡車坐定後，隊長正式介紹道：「這位是二隊的沈平，也是金屬系異能者，昨天上級經過商議後決定調整咱們兩支隊伍的工作，將兩隊合併。工作時間也從原來的早上八點到中午十二點改為早上八點到下午三點鐘，多增加三小時。午飯會由軍營統一給咱們送過去，當然，獎勵的積分和晶核也會增加。」說著，他看向嚴非兩人，「你們兩個有沒有問題？」

雖然增加時間會影響羅勳兩人下午的安排，可現在哪有他們兩人提意見的餘地？況且雖然工作時間延長，但他們還是比那些從早忙到晚的人有更多的空閒時間，因此只是對視了一眼，嚴非就代表回答道：「沒問題。」

隊長鬆了一口氣，繼續說道：「上級要求我們，盡量爭取在一週之內將外層外牆的工作完成，大家都加快速度，盡早完成任務吧。上級表示，如果大家能在月底前完工，那多出來的時間就給大家放假，下個月再繼續新的工作。」

其實外圍牆剩下的部分已經不算太多，一週之內肯定能完工，尤其目前又增加了工作時間，嚴格來說，應該能夠提早達成目標。

聽說早一天完工就能早一天放假，幾名異能者的眼睛都亮了起來。以前就算天天在軍營中訓練，大家也還能有個假期呢，可自從世界性的災難爆發之後，所有的人幾乎都連軸轉，能不期待難得的假期嗎？

隊長說完這件事，才向羅勳兩人詢問鬧市的情況——他們兩人每天都是中午走，那會兒正是外面人最多的時候，想也知道肯定遇到事發的第一現場了。

嚴非簡單說明了一下當時的所見所聞，因為路上變異成喪屍的人不多，所以場面雖然混亂，但也算不上有多危險，尤其是對他們兩人而言。

「不是說昨天下午又出動了大批人管理治安嗎？外面好像鬧得很厲害？」一名士兵好奇地打聽，他們平時都要參與修建圍牆的任務，所以維持秩序、外出打喪屍收集物資的任務是輪不到他們的，因此昨天的事情隱約聽說了一些，並不知道具體情況。

羅勳苦笑道：「有些人趁著別人被堵在外城一時回不來，喪屍又被清理乾淨了，就跑去撬別人家的大門和窗戶搶東西，結果正好被失主當場抓住，雙方就打起來了。」

隊長聞言呵呵一笑，笑聲中頗多無奈，「我聽說，據說光是被打死的人就足足拉回去兩三百，受傷的更多。」

這種事能怪得了誰，還不是那些人自己惹出來的，所以沒有人同情他們。

卡車搖搖晃晃來到外牆處，眾人爬上牆頭，準備繼續先前的工作。

「喪屍多了好多……」羅勳看著牆外的情況。那黑壓壓的喪屍們十分配合地集團抬頭、揮手、嘶吼，讓人有種在檢閱軍隊的錯覺。

「昨天人手不足，根本就沒辦法派人出去打喪屍，圍牆外面聚集了好多。」一名士兵聞言嘆息道。

嚴非幾人各就各位，身邊的金屬板材也都運到了旁邊，羅勳感嘆兩聲後，轉身投入工作之中，保護嚴非，順便打打喪屍。

新加入的那名金屬系異能者的效率趕不上嚴非等人，故而隊長從一開始就暫時分派給了他相對較小的一塊位置，讓他慢慢熟悉。

一道道反射金屬光澤的「液體」向牆外流淌下去，四個坐在牆頭的異能者，流水般織就出一堵厚實、堅固的鋼鐵牆。

羅勳與其他四個負責防守的士兵守在他們各自保護的目標身旁，剩下的人，搬運材料的搬運材料，打喪屍、挖晶核的也都各自分工忙碌著。

羅動沒有立刻加入打喪屍的工作中，因為撈喪屍人頭的人需要在喪屍的正上方操作，如果他在嚴非身旁打喪屍的話，反而會給他們帶來不必要的麻煩，等嚴非準備移動位置的時候再慢慢射殺就好。

羅動的心頭忽地一驚，下意識伸手去拉嚴非，同時間自己也蹲了下去，「小心！」一顆火球擦著嚴非和羅動剛剛所在的位置飛了過去。

異能？會異能的喪屍？

眾人聞聲大驚，隨即看到了那個飛射而過的火球，拋物線似的落到了牆內側的空地上，砸出一個不小的坑洞……

喪屍會異能了？還是有異能者偷襲？

不，不對，就算有異能者要襲擊羅動他們，也不會是從基地外面向裡面射火球！

隊長立即舉著一面盾牌爬上牆頭，小心翼翼地向外張望，結果親眼看到一個喪屍又吐出了一團火球，它居然又衝著圍牆上方噴出大火球。

「小心，喪屍有異能了，可以遠端攻擊！」隊長大吼提醒眾人，指著那個火系喪屍高聲下令道：「射殺！優先射殺那個喪屍！」

喪屍居然進化出異能來了？這簡直駭人聽聞，是不是再過幾天它們就能上天了？

眾人集中火力向那個喪屍攻擊過去，嚴非的眼中閃過一絲帶有金屬色澤的光芒，有些陰沉地看著圍牆下的這一幕。

剛剛他居然大意了，如果不是羅勳反應快，及時拉開他，他肯定會被那團火球打到。

圍牆上的槍聲響成一片，圍牆大門的方向也隱隱約約傳來陣陣槍聲。

羅勳不清楚那邊是不是也有會異能的喪屍正在圍攻基地大門，不過當務之急是牆下的那些喪屍，誰知道有沒有其他有異能的喪屍混在裡面。

眾人的運氣不算太好，但似乎也不算太壞，他們雖然遇到了有異能的喪屍，但下面這麼多的喪屍中只有這麼一個有異能，殺掉後再消滅起其他的就輕鬆許多。

隊長指揮隊員們先將那個能射出火球的火系異能喪屍的屍體弄上來，直接讓人砍下它的腦袋，派一名士兵打包送回軍營，給上級過目後再送到研究所去進行實驗。

羅勳設想了一下當那顆打包送進去的外賣喪屍腦袋在基地上級們的面前打開，那些上級精彩的表情，默默偷笑了幾聲，然後聽到隊長指揮另外兩名士兵去取防暴盾。

防暴盾是早先武警們維護治安時使用的裝備，他們此前從來沒想到過喪屍居然也能學會遠端異能，所以只隨車配備了一個。現在既然有可能遇到遠端襲擊的威脅，自然要做到防患於未然，不能等外面的喪屍都出現遠端異能之後再亡羊補牢。

羅勳他們所在的小隊運氣不錯，因為是最早先發現喪屍有遠端襲擊的可能性，那兩位開車過去取裝備的小兵，竟然一下子拿回足足十面防暴盾。

隊長看著車上那些防暴盾，詫異問道：「他們怎麼會同意給你們拿這麼多？」

一個小兵笑得得意洋洋，「報告長官，我們去的時候還沒人去領這東西呢。這些防暴盾都是放在基地裡面備用的，外出做任務的那些早就配發給那些隊伍了，這些防暴盾平時根本沒人來領，我們多說了兩句好話，他們就多分給了咱們一些。」

另一個士兵也是一臉得意，「我們回來的時候遇到巡防部隊的人，他們好像也遇到有異能可以遠端攻擊的喪屍了，他們同時是過去領東西，不過晚了我們一步。」

有些時候就是這樣，一開始乏人問津的東西一旦有人要，發東西的人樂得大方點，可要是有人接二連三過去申請，他們就會變得摳門起來。

這兩名士兵遇到的巡防部隊不是外出作戰的隊伍，他們只是平時負責在牆頭上圍著外圍牆檢查圍牆有無耗損、外面什麼地方圍攏喪屍比較多的巡邏隊伍，不負責作戰，因此沒配備多少防護用具，他們恐怕也遇到了和嚴非等人類似的情況才會特意過去申請防暴盾的。

隊長笑著拍拍那兩個機靈的小兵，「行了，就你們兩個聰明。」

他讓人將防暴盾發給負責保護安全的幾個人，羅勳也領到了一面，如果下面出現喪屍的話，他就要用這面盾保護自己和嚴非，免得再像剛才那樣被喪屍偷襲。

隊長派人去領取防暴盾的時候，四名異能者都趁機休息，補充精力，現在有了防暴盾，有了隊友們的保護，這才再次投入修牆的大業中。

嚴非坐直身子，伸手在羅勳的臉頰上捏了一把。

羅勳被他捏得不明所以，好在不疼，就只當成是他在和自己親暱，卻不知道嚴非因為自己竟然被羅勳保護了，在害怕之餘頗有些懊惱，自己居然沒能提前發現危險。

身為一家之主，戰鬥力較強的自己，居然沒能事先察覺危機，嚴非有著一種深深的挫敗感，這種不爽的感覺雖然現在被他壓制住了，但這種讓他自尊受損的事情，他絕對不允許再發生第二次。

金屬系異能者們紛紛盡最大的力量加快修建圍牆的進度，部分隊員則加快搬運材料的速度，剩下的人則在全力消滅喪屍挖晶核。

中午十二點左右，餐車開到了嚴非他們負責修牆的位置，香濃的氣味瀰漫開來，讓忙碌了整整一個上午的眾人更加飢腸轆轆，兩眼發綠地看向餐車。

「休息半小時，吃飽肚子再繼續下午的工作。」同樣累了大半天的隊長，大手一揮，帶著眾人下了牆頭，洗手打飯。

嚴非和羅勳兩人對視一眼，低聲商議著。

「要不要跟他們一起吃？飯菜會不會有問題？」

「應該不會吧？前天出事的都是對外出售食物的窗口，沒聽說軍營裡有事。」

「嗯，而且在前天出事之後，軍營應該會加大這方面的監管力度。」

兩人最終取得了一致，決定跟著隊伍的人吃飯。軍方除非瘋了，不然在基地裡剛剛出過這麼大的事後，是不可能不嚴格監管軍隊中的衛生問題。就算前天的事不是飲用水導致的，他們也不可能掉以輕心。

送過來的飯菜只有顏色詭異發黃的大饅頭和一大鍋亂燉的燴菜，外加一鍋稀湯寡水，一勺下去難見米粒的小米綠豆稀飯。餓急了的眾人最初沒對此表達什麼意見，可是吃著吃著，幾名資歷比較老的士兵就開始跟送餐過來的勤務兵們抱怨：「這伙食越來越差了，今天燴菜裡的雞腿就沒一個上面的肉是全的，怎麼光剩骨頭了？」

勤務兵們很是無奈，只能笑道：「這不是燉的時間長了點，都掉到鍋裡了嗎？」

隊長在自己的大碗裡扒拉了兩下，抬頭問：「我也沒在菜裡找到多少肉絲啊，是不是你們分菜的時候都扒拉到別人的鍋裡去了？」

「哪能啊？都是炒好後就直接這麼撥出來的，肉多肉少這可說不好。」

「明天你們給看著點，多往我們這份裡撥點肉來，我們這可都是體力活，要是沒力氣建圍牆的話，回頭出事算誰的？」隊長的語氣沒敢說得太強硬，免得對方給自己這一組人下絆子。萬一剋扣口糧的話，那他們還不如回軍營食堂自己打飯吃呢。

「行行行，明天我們看著點，盡量給你們多弄些好東西過來。」對方只能點頭，等他們這一組人吃完飯，這才開車離開。

「開工吧，早點忙完早點回去休息。」眾人吃午飯的速度比較快，吃完後略歇息了十分鐘左右，隊長便起身拍了拍手。

吃完飯後馬上工作對腸胃不好，好在眾人飯前才剛剛將需要耗費體力搬運的東西都放到了牆頭上，這會兒只要慢慢動作就好。

眾人各就各位，羅動將如透明玻璃般的防暴盾支在兩人身前，擋住下面喪屍們直視的方向。嚴非隨手掰下一塊金屬板材來，細細長長的金屬彷彿水滴似的緩慢向下延伸。

下午三點鐘工作結束，兩人跟車回到基地後便驅車開向自家社區所在的方向。

與平常中午人多的時候不同，這會兒的街道沒什麼人，車子行駛在路上，頗有些寂靜無人的感覺。路兩旁停放著的，還住著人的車子少了很多。前天的喪屍事件過後，這些寧可住在車上也不願意離開基地內城的馬路流浪者們，瞬間改變了想法——在末世裡，可不是什麼地方人多就一定安全。

看看前天發生的事情吧，內城出現喪屍，讓一小部分人受到感染還進而感染了其他人，可外城呢？聽說乾乾淨淨，一個喪屍都沒有。

內城出現喪屍後，還有不少人家被闖空門洗劫，那一天當中，遇害的單獨留在家中看家的女人不知凡幾，反倒是大家一直以為不安全，隨時有可能被外面來的喪屍突圍攻進來的外城，半點事情都沒有。那些去外城工作、外出收集物資打喪屍回來的人，在出事的那天晚上也全都安全地住到了外城。

如此鮮明的對比，一下子就改變了大多數人的觀念，讓那些覺得內城就各種安全各種高大上的人立即轉而支持起了外城，何況如今外城的房子那麼多都空著，讓在內城中不得不和人擠著同住的人也紛紛申請要搬到外城。

跟別人當鄰居，除了住得不方便外，還要擔心自己不在家的時候，自家被鄰居撬鎖偷東西。鄰居偷自家東西的可能性反倒比陌生人還大，不搬等什麼？

因為這樣，羅勳兩口子這會兒回來時正好趕上一波搬家高峰的人們離開，這才看到了一個清靜無比的街道。

一些社區路口散落著雜物、碎玻璃、磕碰壞的公共設施，這都是前兩天的混亂弄壞的。有些地方與宏景社區大門口一樣，還能看得出一灘灘鮮血乾枯後留下的痕跡。

如今看來，先前章溯削死人的那些血漬不過如此，只是面積比較集中而已。到了現在，基地中早就沒了變態殺人魔的流言，反而都在疑神疑鬼地認為那些喪屍是人為製造出來的，其目的就是消滅基地中的人。更有不少想像力豐富的人在偷偷議論，說如今已經出現了智慧型喪屍，這次的事件正是它策劃的結果。

驅車回到自家大樓下，兩人拖著疲憊的腳步一步步爬上樓梯。如同外面一樣，這會兒的樓裡面同樣安靜，幾乎聽不到任何聲音。

就算有人在家，這時也正是午休時間，更顯得沒有半點聲息。

一路爬到十六樓，打開自家大門，迎來小傢伙的熱情招呼。半大狗抬起兩條前腿撲到羅勳懷裡，一條狗爪子熱情過度地踩到羅勳可憐的胯骨上，那突如其來的酸爽讓他不得不彎下腰去緩緩，結果換來狗頭正好撞上他的胸口。

咳嗽兩聲，把熱情過度的小傢伙推開，羅勳這才拖著半殘的身體躺在沙發上裝死。

關好門後，嚴非過來將羅勳拉起來，說道：「走，上樓睡。」

「我就歇一會兒，等一下還要去隔壁刷漿呢。」

「先睡一覺，起來一起刷。」

今天的工作量比平時更大，要是下午不好好休息，明天兩人恐怕都沒辦法爬起來了。嚴非現在的精神再次有虛脫的跡象，所幸經過前一陣子慢慢增加鍛煉，今天只要休息一會兒應該就會慢慢適應。

羅勳覺得他說的對，勉強起身跟在他的身後上樓。

小傢伙搖著尾巴目送兩人離開，歪著腦袋在原地半天，然後蹦蹦跳跳竄到了陽臺上的大玻璃箱子前面，繼續與小鵪鶉們交流感情去了。

兩人一覺睡到傍晚六點，雖然還有些疲憊，但精神好了很多。

羅勳鑽進廚房準備晚飯，從吊在天花板上的東西中取下一條臘肉，切下來一塊。旁邊的地板上放著一些醃漬的泡菜、醬菜罈子，從裡面舀出一些泡豇豆、蘿蔔、青椒等東西洗乾淨切成丁，臘肉切片，等一下用蒜片爆香炒熟就好。這道菜的味道比較重，十分下飯。此外，只要在從陽臺上摘些青菜快炒一下，就足夠兩人晚上吃的分量了。

「咦，怎麼生菜好像又變小了些？」去陽臺拿菜的羅勳納悶地看著架子最下面的那排，明明都是綠葉蔬菜，看看隔壁的韭菜長得多好？碧綠高長，一丁點葉片都沒少，怎麼生菜最下面那排比上面的少了那麼多的葉子呢？

羅勳皺起眉頭，將摘下來的青菜放進廚房的水池中，轉身上樓，取出自己許久沒有動用過的神器：手機。

回到陽臺，對著最下面那排架子拍了幾張照片留以備用，這才轉身回到廚房繼續做飯。嚴非沒在這邊，聽聲音他正在隔壁房間中忙活著。羅勳將這個疑惑壓在心底，加快做飯的速度，兩人還準備今天晚上在睡前將隔壁房間的牆壁刷好呢。

大蒜爆香，臘肉被油一炒反而激出了本身的油脂，沒多久就變得油亮亮、香氣四溢。切丁的各色醃菜趁熱放入鍋中，酸辣的氣味隨著溫度提高而激發，讓炒菜的羅勳嘴裡不由自主冒出口水。雖然剛剛睡醒的時候沒什麼胃口，但一聞到這個味一下子就餓了……

青菜就好處理多了，大火快炒，在出水前就加鹽炒熟起鍋，有些菜甚至根本不用炒熟反而更加清脆可口。

炒好兩道菜，從冰箱中取出冷凍的，分成一個個小包裝的番茄塊做出來的番茄雞蛋湯，配著炒菜時順手燜出來的米飯，晚餐就大功告成。

羅勳將盛裝飯菜的盤子端到客廳桌上，走到兩個房間之間的門推開，「飯好了。」

正在刷漿的嚴非放下滾刷，說道：「好快。」

雖然他已經習慣羅勳的做飯速度，但覺得今天似乎比往常還快些。

「還有一個屋子等著刷呢。」所以他就著急了些，好在這些飯菜都很好做，誰有閒心在末世時整那些費時費事的功夫菜？

兩人配著酸辣的臘肉炒泡菜幹掉兩大碗飯，另一盤青菜和番茄湯也都見底，迅速收拾好碗筷後回到隔壁開始刷牆。刷牆的工作兩人以前都沒做過，好在見過對門小白鼠們的實驗過程，倒是將步驟都弄清楚了，再略加嘗試，很快就掌握了要領。

羅勳兩口子在家刷牆，午睡對身體、精神的恢復，晚飯對體力、耐力的補充，讓他們忽視掉了時間，直到外面鐵門發出聲響，才回過神來，迎了出去。

五人組拖著疲憊的腳步走來，最後面是王鐸圍在章溯身邊噓寒問暖，見羅勳兩人出來，王鐸連忙上前，說道：「嚴哥，我們弄到材料了，明天就能運回來。」

嚴非愣了一下，意識到他說的是金屬材料，點頭道：「這兩天我們的工作時間增加了，你們搬回來就先放在門外的走廊上，要是家裡沒什麼要緊的東西，等我們收工，趁傍晚的時候幫你們慢慢做。」

王鐸連忙點頭，「沒問題，你什麼時候有時間就什麼時候做。慢點沒關係，反正我們現在暫時沒時間種菜。」

李鐵補充說明：「就是最近這段時間比較忙，等工作走上正軌，需要錄入的資料全都搞定後，就有時間了。」

章溯打了個哈欠，走到自家門口，拿出鑰匙插到鑰匙孔中，還沒轉動就打起了瞌睡，腦袋差點撞到大門上。醫院裡被前兩天沒事找事對幹火拚的那些該死的傷患擠滿了，今天差點就要累死他了。

王鐸趕緊扶住他家狀似嬌柔的美人老婆，自己打開大門，對嚴非兩口子丟下一個諂媚的笑，扶著他家女王大人進門安歇去了。

李鐵四人在後面憋笑憋了好半天，吳鑫想起一件事，對羅勳兩人道：「忘記說了，我們昨天回來的時候，社區裡面有人用異能打架差點打到我們，被章哥的異能給攔下來了。對方一撥人中的老大想拉章哥入夥，不過章哥沒興趣……」

嚴非詫異道：「想拉章溯入夥？異能者小隊？」

李鐵點頭道：「對，昨天兩撥人在空地那裡打架，帶頭的兩個隊長都是異能者，一個是火系的，一個是雷系的。想拉攏咱們章哥的是那個雷系異能者，他們的隊伍好像叫混沌？」

羅勳差點被口水嗆到。上輩子烈焰的二當家被混沌老大拉攏？這算什麼？還是說，上輩子其實也是混沌先拉攏章溯，可後來不知道出了什麼事，才讓章溯投奔到混沌的死對頭烈焰中去做二當家？

等等，昨天和混沌對峙對槓的小隊老大是火系異能者？莫非就是傳說中的烈焰？他們難道從末世剛開始沒多久就針鋒相對了？

羅動的腦洞開始狂飆，腦補著上輩子這兩支小隊之間種種說不清道不明的愛恨情仇，卻完全沒想到這兩支隊伍並不僅僅是從末世剛開始就是對頭，人家在末世前就處於對立面，每天都琢磨著怎麼弄死對方。

嚴非拍拍羅動的背，對幾人道：「有異能者想拉攏他很正常，畢竟他的異能很強。」強到嚴非都覺得讓他在醫院當醫生很浪費，應該出去打怪才能體現出他的價值。可惜的是，嚴非自己就是懶得出去打怪的人，不是不能理解章溯窩在醫院的心情。

說到這件事，李鐵幾人臉上不約而同咧開一個大大的笑容。

何乾坤無比得意地揚起頭道：「章哥說咱們小隊的名字不錯，立意也很好，他很喜歡，所以他現在也是咱們小隊的隊員了。」

嚴非沉默了一會兒，心中轉悠的是何為「咱們小隊」這個念頭，半晌才從早就不知道丟到哪個角落的塵封記憶中回神，李鐵他們好像是拉著自己兩人組過一個什麼隊伍來著……

「就是，宅男小隊聽起來多親切啊！」

對，就是宅男小隊！

嚴非默默思索了一下，宅男其實也不錯，在末世之中宅在基地，陪著老婆種菜砌牆過日子，雖然沒什麼追求，可自己在末世前就把所有能追求的都追了一圈，現在過過這種田園的生活很不錯。實在憋得慌的話，還能申請出去打打大門口的喪屍挖晶核。

韓立打斷李鐵的自得，有些著急地解釋：「可那些人說他們知道怎麼提升異能，如果他們拿這個來當作條件的話……」別說章溯，就連嚴非恐怕都未必能放平心態。

對啊，還有這件事呢！他們商量準備告訴嚴非的主要原因不就是因為這個嗎？嚴非和章溯兩人可是自家隊伍中的唯二異能者，要是他們跟人跑了的話……自己幾個人還混什麼？現在最好的辦法就是，自家小隊想辦法弄到這個機密，杜絕別人的無節操勾引。

嚴非挑起眉毛，「提升異能？這事我知道。」

「啊？」李鐵幾人驚愕地看著他。

他知道如何提升異能？還是知道別的隊伍知道如何提升異能？

嚴非皺起眉頭，尋思說道：「之前太忙，好像確實忘記跟章溯說了。回頭有空的時候，我跟他說一下。」他如今總結出來的，最有效可以提升異能的方法有兩個，一是徹底耗空自身的異能後休息恢復，二是在此基礎上吸收晶核的能量。

他懷疑那個什麼混沌小隊的隊長所說的「提升異能的方法」指的應該就是吸收晶核，這不算是什麼秘密，早已是軍方使用了不知道多久的方法，說不定自己沒提，章溯也從其他途徑聽說過也未可知，這才一直都沒說過這件事情，誰讓這層樓的這些人只有他和章溯兩個是異能者呢？平時和李鐵他們說話聊天時，根本不會涉及這方面的事。

至於章溯，那傢伙有幾次會跟別人好好聊天說話？他的腦回路太奇特，嚴非懶得探究，同樣也懶得用自己的想法去同化他。

回到自家後，羅勳兩人繼續忙活。刷牆這個工作真正做起來還是很快的，他們剛才吃過飯就在刷，到了現在已經刷得只剩下兩個房間了。

將最後一個房間粉刷完畢，兩人長長鬆了一口氣，將窗戶打開後便回去睡覺了。

有了嚴非特製的鐵欄杆圍住窗子，就算有賊想進來，一時半刻都做不到。

「章溯他們明天就能搬回材料裝地熱，你準備先把他家的地弄好？」洗漱過後，羅勳一時睡不著，靠在嚴非肩膀上，看他虐待臥室裡的那團鐵球。

「嗯，先幫他家整，上次你不是說有些地方改建一下效果應該會更好嗎？就用他家來做實驗吧。」嚴非說得完全沒有壓力，反正有兩個屋子給他和羅勳提供練手的機會，不用白不用。等整完那兩家的地熱，羅勳他們自家的房子就能用上效果最好的方案了。

羅勳忍不住笑出來，認真道：「據李鐵他們說，他們的房子熱起來的速度比較慢，而且也很費電，這次我給章溯家改進後看看情況，應該就能確定最佳的方案了。」

自家愛人的建議他樂得接受，毫無壓力地表示支持。

第二天晚上，比平時更早回家的章溯果然弄來一輛卡車，上面滿載各種金屬材料。

下樓去接他的羅勳看得眼角直抽，向他虛心請教：「請問……您是怎麼弄回來這麼多金屬材料的？」這些金屬板材足夠嚴非他們一名金屬系異能者用來砌一天的牆了。

章溯彎起眼睛，笑得讓人炫目，也讓人起雞皮疙瘩，他指著後面小卡車道：「一個病人送的。」說完還對羅勳拋了個「你懂得」的曖昧眼神，「女患者。」

「哪個女患者眼瞎成這樣，會送你這麼一車緊缺物資？」羅勳覺得自己的面皮都要抽搐起來了，那妹子該多瞎啊，她知不知道自己送了這麼一車基地中稀缺的金屬材料給了一個男同性戀，還是個美人受？就算她硬要自薦枕席，這貨也未必能硬得起來。

章溯兩手一攤，「她爸爸好像正好負責分配收集回來的物資，聽說我在找金屬材料要裝修房子，就主動說要送我一車。」說完他深深嘆息，「腐女還真是好閨蜜啊！」

「啊？婦女？」不怪羅勳以為自己聽錯了，這世上再好的腐女，會在這種情況下這麼大手筆送一個沒認識多久的人這麼多軍方急用的金屬材料嗎？

章溯笑得意味深長，「你沒聽錯，用不著自我否定。」說著，走到車旁，將幾個偷偷摸摸過來偷看車上放著些什麼，想要找機會渾水摸魚的人用一個個風球掀飛出足有三米遠。

羅勳很想追上去問問章溯，他到底付出了什麼條件，能讓一個妹子出這麼大的價錢白送給他這麼多東西？自己也是……咳咳，喜歡男人的，說不定也能利用一下這種優勢。不過，想想有可能出現的恐怖狀況，有可能吐露的某些隱私，甚至不得不出賣的色相……他還是決定堅定地繼續自己正直的人生道路。

嚴非臉色不大美妙地一趟趟爬十六樓，沒辦法，誰讓十六樓的所有人中只有他有金屬異能呢？讓他自己來搬運這堆金屬材料，比其他人一塊一塊慢慢折騰快多了。

他可以操控金屬材料懸浮在空中，一路「飄」上十六樓。要不是章溯弄來的這一大車材料數量太多，無法一次性全部操控，一旦強行操控有可能一下子擠滿整個樓道的話，嚴非只需要一趟就能將它們全都搗鼓上去。

章溯的閨蜜太給力，這一車東西怎麼也需要嚴非跑個幾趟。

羅勳和章溯一起在樓下看車，順便打發那些圍觀看熱鬧的，可憐的嚴非則要指揮著這堆材料向十六樓上「飄」。

「你等一下要回去還車嗎？」羅勳問道。

「明天一早再開回去。」章溯搖頭。

羅勳拍拍胸口，他還以為那位傳說中的妹子連這輛卡車都要白送給章溯了呢。

「你的這些材料可能用不完。」

羅勳計算著卡車上裝載的分量，他記得先前幫李鐵他們裝修房子的時候，花費了多少金屬材料，章溯弄回來的這堆太多，絕對會有多餘的。

章溯毫不在意地揮手道：「除了弄水暖之外還要鋪地板，多出來的，你家那口子不是說要弄到牆裡面加固？剩下的都給你們吧，反正我留著也沒用。回頭再讓你家那口子給我打點桌椅板凳什麼的，就像你們屋裡的那些一樣。」

一六〇三裡面現在沒有家具，如果有什麼需要的話，全靠嚴非現用閒置的金屬材料進行加工，章溯指的就是那些。雖然不是黑色的就是不鏽鋼的銀色，可這種家具結實，造型也可以隨心所欲改變，用煩了還能找嚴非幫忙換換外觀。給嚴非兩口子送禮也很簡單，多弄些普通的金屬材料就行，都用不著去找貴金屬。

說話間，可憐的嚴非再次下樓來，指揮著剩下的材料中的一半，飄飄蕩蕩地轉身進入樓道，換來四面八方的一陣抽氣聲，以及「哇」的驚嘆聲。

羅勳嚇了一跳，四下環顧，不知道什麼時候圍過來這麼多人。

周圍看熱鬧的人越來越多，他們不像一開始在四周打量車上物品想要占便宜的那些人，這些人只是單純閒得發慌，過來圍觀看熱鬧。

「怎麼這麼多人？這兩天社區中不是搬走了好多嗎？」

羅勳這麼問是有原因的，自從那天出事後，社區中已經有不少人陸續搬離內城區，都在外城的空房子找到了新住處，不用再跟不認識的人硬擠在同一個屋子裡了。

據有些人說，外城的房子很大，有的社區中一層樓只有一戶人家，要不是軍方反應及時控制了情況，不少人都會學羅勳兩口子當初那樣，一個人就占了一層樓住。

不過，外城的空閒房屋再多還是要收錢的，只是當初跟不認識的五六個人擠一間要交那麼多，現在自己一家住一間也還是交那麼多，哪個更划算一目了然。

兩人有一句沒一句閒聊著，嚴非這次上樓後沒多久，樓道中就走出一行人來。

羅勳兩人和那群人中的其中兩個女生一對上眼就愣了愣，原來她們是那天受到侵犯後上十六樓哭訴，被嚴非嚇跑的兩名女大學生。

那兩個女生的臉色不算太好，尤其是手上有傷的那個，臉色煞白，頭上還有虛汗。看樣子，她們下樓的時候應該正好跟上樓的嚴非遇到了，看到他居然操控那麼多金屬材料後，又受到了一次驚嚇。

兩個女生各自靠在一個男人身邊，被對方摟在懷裡，其中沒受傷的那個女生旁邊的男人還堂而皇之地將手伸進她的衣領裡。見到外面圍著這麼多人，得意洋洋地用手在衣服裡一鼓一鼓地揉捏著。

見到羅勳和章溯，兩個女生一驚，連忙低下頭不敢看他們。他們身邊的男人沒發現什麼問題，笑得意氣風發地摟著那兩個女生離開。

後面跟著的小弟們中，有兩個人的手裡各拿著一個剛剛從窗上卸下來的紗窗……

羅動摸摸下巴，這夥人既不是跟這兩個女生同住的人，也不是上次的那夥人。

章溯瞄了那夥人一眼，笑道：「看來她們找到靠山要搬走了。」

這兩個女生上次被搶走東西後家中恐怕什麼都沒了，如果搬走的話也就只有她們兩個大活人，別的再沒有什麼值得她們帶的，除了紗窗？

羅動自言自語地嘀咕：「紗窗……怎麼把這事給忘了呢？」他末世前怎麼就忘記收集點這東西備著？果然是前世住地下室沒窗戶的緣故嗎？

章溯挑眉看向他，怎麼？莫非他也想去別人家卸紗窗回來用？

「你可以讓你老公幫你做金屬紗窗，做得細一點密一點，反正他閒著也是閒著。」

「對啊，還能這樣！」羅動眼睛一亮，這樣連買紗窗的錢都能省下了。

毫不知情的嚴非下樓來，正看到自家愛人一臉興奮地盯著自己，下意識低頭檢查自己身上，衣服很乾淨，難道臉上蹭到什麼東西了嗎？

運走最後一批金屬材料，章溯開車停到停車位，回來跟上，三人慢慢爬到十六樓。

羅動看見走廊的地面上已經多出一堆很有分量的金屬板材，而章溯家的大門被開了個大洞，裡面也放了不少金屬材料。

章溯揉揉有些發疼的太陽穴，「所以我家的門白鎖了嗎？」

嚴非正在操控金屬材料，沒功夫跟他鬥嘴。

羅勳笑道：「不然直接運到我家去，我們不介意。」

章溯攤手，「不管運到哪兒去，反正我家的大門對於你老公來說就是白安的。」

羅勳得意地抬起下巴，「沒錯。」

嚴非嘴角微微勾起，滿意於章溯很識趣的那句「你老公」，決定等一下幫他家地板盡量鋪得結實些。而可憐的羅勳早就忘記自己先前還想壓某人的怨念，居然默認了嚴非是自家老公的這一無論內在還是外在的可觀事實。

決定給章溯一些甜頭吃的嚴非，進了章溯家才跟他說：「對了，有件事先前一直忘記跟你提了。可能你也聽說過，晶核可以供異能者吸收，似乎有提升異能的作用。我的經驗是，消耗完異能後再吸收晶核的能量，效果比直接吸收好。」

章溯挑眉，「我確實聽說過晶核可以吸收，也許還有提升異能的作用，軍方的異能者好像都在用。怎麼，你們修牆的時候也有得用？」

嚴非點點頭，從口袋裡掏出一顆小小的像是沒打磨過的鑽石原石般的東西丟給他，「就是這東西，你們醫院沒允許異能者用嗎？」

「我們治病又用不著異能，他們怎麼會給？這東西怎麼吸收？」章溯聳聳肩。

「用精神力溝通，透過手……」嚴非的話音未落，就見章溯手中那顆晶核發出淡淡的光芒，光芒中有股淡青色的能量，順著他的手鑽進了他的體內。

居然被用掉了？他只是拿給他看看的好不好？

章溯臉上難得露出尷尬的表情，訕笑著揮揮手，「回頭還你，回頭還你。」

他也只能還了，這東西如今私下很少有人願意拿出來交換，軍中也都是管制分配的。連買都不知道去哪兒買的東西就這麼被他用掉，真是……咳咳，不好意思。要不，明天出基地削喪屍去，這樣馬上就能弄到了。

嚴非鄙夷地掃了他一眼，「等你弄到後再還吧。」他犯不著為了一顆晶核跟他計較，「總之，如果你不準備出基地，就要想想辦法看怎麼弄到這些晶核。」

章溯歪頭思索了一下，「我明天還車的時候打聽一下，如果沒有我就出基地看看。」那位腐女妹子很有路子，可以問問她，大不了他花積分去換。這都弄不到的話，那他明天就辭職出基地打喪屍挖晶核去。

對於章溯來說，他現在就怕閒下來，所以無論是去醫院幫人開刀放血縫合，還是出基地用異能削喪屍的腦袋，都是很好的發洩壓力的管道。

仔細思考一下，他發現出去打喪屍似乎要更痛快，萬一遇到不長眼的人過來找麻煩，還能一起削，這簡直是解除壓力尋找樂趣的最佳途徑。

章溯在來到基地前雖然在外面待過一陣子，可那時的他因為要偽裝成普通人，幾乎很少會在打喪屍的時候使用異能，僅偶爾利用風系異能協助攻擊，或者在遇到困境的時候才會爆發那麼一下，並沒有真正用異能去削喪屍的經歷。

見章溯的目光飄忽，表情也越發像神經病似的微笑，羅勳就知道他的腦洞不知開到哪裡去了，咳嗽了一聲，指了指地板上的那堆金屬材料，「這些東西今天做得了嗎？」

嚴非搖搖頭，「我今天透支得比較厲害，一會兒吃完飯應該能幫他家鋪出一個臥室的管子和地板，剩下的要放到明天咱們回來後再弄。」

章溯擺擺手，「這麼些日子都等過來了，不急在一兩天，反正我家的大門對你來說有跟沒有沒什麼差別，你們明天回來還有精力的話直接進來整。」

羅勳好心提醒他：「重要的東西你收拾好看看放在什麼地方。」

他可不想遇到鄰居家丟了東西找到自己頭上的事。

章溯臉上的笑容加深，對羅勳拋了個媚眼，「除了保險套，我家沒什麼值錢的東西。我有的你們都有，我沒有的你們也有，犯不著藏來藏去的。至於保險套……」說著，他拍了拍自己的口袋，「我隨身帶著呢！」

你隨身帶著這東西幹麼？難道預備著隨時隨地遇到合適的就來一……

咳咳，王鐸，你知道你頭上的帽子恐怕已經綠了嗎？

回到自家，羅勳開始準備晚飯，昨天的臘肉炒泡菜因為味道比較重，所以剩下了不少。他將攢出來的鵪鶉蛋放到旁邊準備做菜，轉身來到陽臺。

看著那些似乎又少了一點的生菜葉子，他拍拍腦門，拿來手機，點開昨晚拍下來的相片對比著看，然後叫道：「嚴非，你來看看！」

聽到羅勳的聲音有些異樣，正在研究改進後的地暖管道圖紙的嚴非，連忙走過來。

「怎麼了？」

「你看，這是我昨天晚上拍的葉子，這是現在的樣子。」羅勳一邊說著，一邊將手機上的相片放大，指著架子最下層的那些生菜。

「……葉子少了。」可以很清楚地看到，相片上昨天還在最外層的生菜葉子，此時已經毫無蹤跡，雖然每一顆生菜最多只少了一片，但還是能清楚對比出來。

「家裡沒有蟲，就算有，也不會一整片一整片地吃。地上完全找不到葉子，這些葉子昨天看著也沒有發黃枯萎的跡象……」羅勳板著臉，神情中帶著一絲緊張。

嚴非皺起了眉頭，抬頭看向窗戶，「咱們出門的時候窗戶都是關死的，應該不是外面什麼東西飛進來吃掉的……」

兩人對視了一會兒，羅勳忽然走向樓梯，「我去拿筆電，家裡有一個USB攝影鏡頭，明天把它放在陽臺上對著蔬菜架子拍一天。」他倒要看看蔬菜葉子是怎麼「失蹤」的。

小傢伙趴在一旁的鵪鶉玻璃櫃旁，抖抖耳朵，閉著眼睛似乎在睡覺。因為牠似乎很喜歡跟鵪鶉玩，所以羅勳將給牠預備的墊子挪到鵪鶉窩旁，讓牠白天可以不必趴在地上。

將筆電固定在合適的位置——嚴非提供，臨時用金屬材料做出來的一張小桌子。拉過電線，接通筆電又連上攝影鏡頭後調整錄影模式。

羅勳拍拍手，眼中閃著憤恨的光芒，「我要看看是什麼『幽靈』來咱們家偷菜吃。」

他可以肯定，這絕對不可能是李鐵他們幾人幹的，時間對不上，人家家裡也種了蔬菜。想吃什麼菜，他們家又還沒種出來，他們肯定會直接找自己要，不會做這種沒品的事。

嚴非微微點頭，他也覺得這些菜葉子像是被人「偷」走的，而且小偷很小心，每天都只偷幾片，生怕被主人發現。讓他想不通的是，為什麼這個小偷只偷最下面一排的菜，而且好像還偏愛吃生菜？對於旁邊鬱鬱蔥蔥的韭菜完全沒有興趣似的。

如果換做是他，不想讓主家發現，他會在每一顆蔬菜上均勻地摘葉子，而不是只針對最下面那一排，這樣早晚會被人看出異常來。

這個賊到底是聰明？還是笨呢？

吃過晚飯，嚴非到章溯家一個空置的臥室將地暖水管鋪好，單獨設立了調節閥門。這是經羅勳改進後的結果，可以讓每個房間都有單獨調節控溫的裝置。不需要的話，平時可以直接關死，這可比李鐵他們家中的要方便許多，還能節省能源。

一夜過去，外面的天空此時還昏暗著，嚴非自覺地去熱早餐的時候，羅勳趁機檢查筆記型電腦上錄到的畫面，確認昨天晚上陽臺這裡一切正常才嘆息一聲，挪開鵪鶉箱子上的金屬罩，轉身去客廳吃早飯。

今天早上吃的是胡蘿蔔餡的素包子，這是前陣子家中胡蘿蔔快要放到不能再放下去前包出來放進冰箱冷凍的。這幾天中午只能在外城吃飯，所以兩口子不好往家裡帶飯菜，因此羅勳又恢復了早、晚都在家吃的習慣。

幸虧兩人這幾天每天的積分比先前多了些，就算用那些積分去基地窗口買飯回來都沒問題。遺憾的是，前些天基地剛因疑似飲食問題而引發了喪屍事件，他們可不敢去外面亂買。如果他們更閒一些，晚上還可以考慮去軍營打飯吃。

不過，家中種著這麼多新鮮的蔬菜，每天吃大鍋飯誰受得了？

像現在這樣每天搭配著來也不錯。

吃過早飯，兩口子與五人組和章溯集合後，驅車前往軍營。

李鐵幾人笑著說起堆在走廊上的金屬板材：「嚴哥，你都可以用一堆金屬材料蓋房子了，說不定比咱們現在住的樓房還舒服呢。」

嚴非笑笑，「冬天還好，有保暖的措施，可等到夏天被太陽一曬，裡面就成烤箱了。」

聽他這麼說，眾人先是一愣，隨即恍然笑了起來。可不是嗎？金屬殼子，要是沒有防曬的準備，那就跟住在烤箱中沒有差別，他們果然想得不夠深遠。

每天增加工作的時間，回到家中後，嚴非便趁著還有些體力和異能的時候，將章溯家的房子折騰了一遍，沒過多久就將他家整體的供暖設備處理好了。

看著滿地的管子，羅勳將水和電通好便開始實驗。

章溯家的太陽能電板是王鐸假公濟私從五人組家裡搬過來的，當初大家出去收集東西也有他的一份。除此之外的兩個蓄電池，卻是章溯不知什麼時候搗鼓回來的。

通上水和電，羅勳檢查著每個房間的情況，嚴非則利用這個時間坐在旁邊吸收晶核的能量。反正他的晶核每天都有剩餘，每天睡前也都盡可能吸收利用，現在不算什麼浪費。

試用過後，羅勳插腰站在大門口，指著屋內的地板道：「效果和我設想的一樣，比先前那種整體的更方便些，每個房間的溫度可以隨時調整、控制。我忽然又有了新想法，在這個基礎上改良成可以連溫度都控制的暖房……我去畫設計圖，回頭用在咱們的房子裡。」

果然，有前面兩個屋子的實驗基礎，羅勳就有了更好的方法。

當然，他想到的東西還需要一些配件支援，明天下午回來時，先去路邊的攤位轉轉，看有沒有什麼可以用到的配件換回來。

嚴非看他匆匆忙忙跑回去修改設計圖，吸收完手上的晶核便起身繼續鋪地板。為了避免熱脹冷縮等問題，他們現在又沒有比較好的導熱材料，嚴非便就脆用鬆散的特製金屬網填充到導熱管之間的縫隙裡，再鋪上金屬地板。

這個工作做起來比較消耗異能，所以直到羅動畫完設計圖，章溯他們回來之後，嚴非也才剛把主臥室的地板搞定。

看到他們今天的工程，王鐸和章溯十分滿意。他們回到家中暫時沒有別的什麼事，用得上的也只有臥室和通向臥室的走廊。

章溯用力踩踩金屬地板，滿意地點頭，「不錯，不知道你怎麼整的，踩在上面也不會發出太大的聲音。」隔音效果很不錯。

嚴非對於自己的傑作和羅動的設想也感到滿意，「我對中間間隔的金屬材料做了些處理，沒有什麼傳音的效果。對了，你問過那件事了嗎？」

從本質上來說，章溯是個跟嚴非一樣的聰明人，聰明人之間的對話，別人或許一時不能理解，但他馬上就知道對方問的是晶核的消息。

「能找人換，但我覺得不划算，所以今天跟我們醫院的主管辭職，不過他沒同意。」說著，他歪頭道：「好在他同意給我一些假期，我可以利用那些時間出去自己打喪屍。」

出去自己打……他當外面的喪屍都是土豆嗎？

剛剛畫完新設計圖的羅動，過來後默默吐槽，不過，對於章溯這樣的異能者來說，出去打低級喪屍還真跟挖土豆的難度差不多。

「怎麼樣？你們有興趣嗎？」章溯忽然笑咪咪地問道。

「你要組隊出去？」嚴非很是詫異。

章溯無奈地攤手，「現在基地的規定還跟以前一樣，想出基地必須組隊，必須接任務，而且組隊的時候不能少於十人。我自己一個人出去倒是沒什麼問題，可是萬一被喪屍圍住沒人幫我挖晶核的話，根本來不及恢復異能。」

他原本也想過隨便找個隊伍跟出去，到了外面自己再脫隊去打喪屍，這樣還能省下不少麻煩呢。仔細一想，要是遇到大股喪屍，他哪有功夫去挖晶核？沒有晶核自己拿什麼恢復異能？自己的異能再變態，也禁不住這樣的損耗。

這才想起嚴非兩口子外加五人組。

「什麼什麼？是說打晶核的事吧？」

果然，他們似乎在回來的路上就談過這件事了，五人組的興致也很高。

自從出過樓下那件事後，五人組最近每天收工回來都要拿著金屬棍子揮上一百下，藉此鍛煉身體，因此在聽到章溯想出基地打晶核後，便表示自己也想要參加。

他們的目的不在於那些晶核，而為了打喪屍鍛煉自己的戰鬥意識，不然萬一哪天基地破了，自己就變成了沒有還手之力的真正宅男了。

何乾坤說道：「我們的頭兒說，我們每個月有兩天假期，這個月的我們還沒用過。」

羅勳想到了什麼，看向嚴非，「咱們也有休假，不過得等這次外圍牆建好後才能放，三月初才繼續新的工作。」

「我可以把假期換到那兩天。」章溯彎著嘴角說道。

「我們也是！」王鐸連忙代替幾個哥們兒回答。

「這樣的話，咱們就有……八個人，到時再隨便組兩個人就好了。」

羅勳笑了起來，他現在每天都在牆頭上射殺喪屍，射箭的精準程度早已達到了天怒人怨的地步。雖然遇到那些擁有異能的二級喪屍時會有些麻煩，不過如果不走得太遠，只在基地外面打打喪屍，還是沒什麼問題的。

嚴非沒有什麼意見，雖然每天都能留下幾顆用不完的晶核，可自己的異能如果不用在戰鬥上，就會漸漸失去對危險的警覺性。就像上次那個火系喪屍，如果他還保有高度的戒心，是絕對不會發生那種事的。

他們並不像那些需要外出收集物資的小隊，離開基地只為了四處尋找食物、生活用品等東西，他們只是要走出去，在基地附近打打喪屍，培養自己的戰鬥意識。

「這件事就這麼定了，這次咱們出去看看情況，如果情況樂觀，大可每個月出去一次，但如果比較危險的話……」嚴非說著，看向五人組，「之後如果我和章溯需要外出打喪屍挖晶核的話，普通人就留在基地裡面。」

他口中的普通人包括羅勳，雖然他射箭很準，可外面的情況要是不樂觀，他怎麼可能讓攻擊方式單一的羅勳出去拚命？還是在家好好待著種種菜養養鵪鶉好了。

「沒問題。」最先應聲的是羅勳，他知道自己的實力，也清楚外面喪屍的實力，知道現在的自己暫時能夠應付得來的。他看向五人組，說道：「我家還有一些弩和箭，這次出去先借給你們。如果你們能適應的話，那咱們就在外面找些材料回來給你們加工成武器。如果沒辦法適應，也不算是浪費。」

「好的，沒問題。」

「知道了，嚴哥、羅哥。」

五人組連忙點頭，他們也是想出去試試，適應一下，並沒真的打算要逞英雄。

羅勳和嚴非之所以同意跟李鐵他們一起出去，除了覺得大家應該保持戒心，鍛煉打喪屍的反應，培養緊張感，另一方面也是因為外面的喪屍中雖然有了二級喪屍，可數量不算太多的緣故。至少他們兩口子這兩天在外圍牆處修牆的時候，再也沒遇過有異能的喪屍了。

回到家中，羅勳去陽臺例行巡查的時候，看到放在那裡的筆記型電腦，這才想起他用這個東西來捉小偷。

見羅勳搗鼓電腦，嚴非湊了過來，兩人實在很疑惑自家的菜到底是被誰偷了。冤有頭債有主，就算自家的菜葉子是自燃了，他們也得查明真相。

第五章 大豐收！打喪屍挖晶核我最強！

羅勳用滑鼠點擊錄製了一天的視頻，兩人快轉著查看播放的畫面，很快的幾乎靜止不動的場景裡出現了小傢伙遛達過來的身影。小傢伙在家中經常跑來跑去四處撒歡，兩人也沒在意，即使看到牠在架子前面轉悠，但因是屁股對著鏡頭，所以兩人沒當一回事。

等了一會兒，直至快轉到兩人回家進門的畫面，也沒發現有什麼人來偷菜葉子。

「這是什麼情況？」羅勳和嚴非面面相覷，他們兩人將視頻從頭到尾播放一遍，卻沒看到小偷，但菜葉子確確實實少了，難道是鬧鬼了？

「回臥室再慢慢看。」嚴非見一時半會兒看不出什麼，乾脆將筆電直接搬到樓上。兩人洗漱完便湊到床上一起看著螢幕。

放慢播放速度，兩人又核對了一下菜葉子的變化，用左邊數來第三顆生菜來做對比，看看葉子是什麼時候少了。

「咦，等等，倒回去倒回去！」羅勳指著螢幕按暫停，這會兒可以看出鏡頭停下時，菜葉子已經少了最外面的一片，可剛剛……

「小……小傢伙？」羅勳和嚴非都不可置信地看著倒轉時小傢伙屁股對著鏡頭的畫面。仔細對比後確認，在小傢伙來前，葉子還在，在牠走後葉子就沒了，這……還用問嗎？

兩人跑到樓下，跟趴在小窩中搖尾巴，聞聲抬起頭來的小傢伙大眼瞪小眼了好半天。看著小傢伙一臉無辜地對自己兩人搖尾巴，他們就覺得有些胃痛。

現在要怎麼辦？問？問牠，牠能回答嗎？

不問？不問他們能確定嗎？

嚴非忽然起身走到陽臺上，沒過一會兒又回來，手上拿著一片碧綠的生菜葉子，放到小傢伙面前舉著。

小傢伙看看他，又看看生菜，無辜地對旁邊的羅勳眨眼睛。

羅勳嘴角抽動了幾下，接過葉子撕下一小塊送到小傢伙嘴邊，「來，吃吧。」狗會在不太餓的時候吃東西嗎？更何況吃的還是菜？羅勳兩人都不太確定，但他們現在也沒其他辦法，等不到小傢伙下頓該吃飯的時間。

小傢伙看看羅勳，再看看面前的生菜葉子。葉子不大，吃掉也不會怎樣，更何況這還是兩個主人送到嘴邊的服務，於是，牠嘴一張叼下來，啃啃嚼嚼……

居然真的吃了？他們家的狗居然真的會吃菜？他們養的狗居然會吃菜？

羅勳兩人彷彿被雷劈到般目瞪口呆地看著這玄奇的一幕。

最終還是先回過神來的嚴非拍拍羅勳的肩，「牠吃菜可比吃肉好養活多了，家裡的狗糧最多夠牠吃一年。」羅勳雖然買了不少狗糧，可那些東西畢竟有保質期，他當時就算再怎麼事先預防，也不可能一下子給小傢伙買夠牠吃一輩子的。自家的狗如果能適應著吃菜，對於兩口子來說，絕對是一件天大的好事。

然而……

「我家的狗居然吃素……」羅勳覺得自己的三觀受到挑戰，將頭靠在嚴非的肩膀上。

嚴非拍拍他安慰道：「總比你發現回家後牠將家裡的那些鵪鶉吃了強吧？」

這倒也是，羅勳默默自我安慰著，跟嚴非一起轉身往樓上走。

至於那些菜，需不需要防備小傢伙偷吃？防備個球，小傢伙可是他家的成員之一，像兒子一樣的存在。不就是幾片菜葉嗎？吃了就吃了，他養得起！

◆◆◆

幫章溯家鋪上了管子，第二天收工後，嚴非便又幫著鋪好了地板。桌椅板凳、加固圍牆等，有時間再慢慢做。章溯找了一張紙，將自己需要的家具列出來交給兩口子。羅勳再度發揮自己的設計才能，按章溯家的格局，畫出各種奇形怪狀有著各種功用的坐椅板凳，準備讓嚴非做出來看看效果。好看好用的話，自己家再照著做。

隔壁屋子刷過最後一次漆後，乾起來比先前快多了，過不了幾天他們就可以考慮將自家的地板全部搞定。當然，這要先看看章溯家的地暖使用狀況。如果金屬地板效果不錯，他們可以考慮改用金屬地板，至於木質地板材料嘛……拿出去賣掉。基地裡有的是搶著收購各類木材回去當做飯的木柴燒飯的人，就算燃燒時有刺激味道也沒人在意。

當然，羅勳建議留到今年的秋冬左右的時候再賣，那時的價格肯定比現在更高，而多餘的東西放在哪兒？外面的走廊可以做些架子出來放雜物。除了樓道外，別忘記他們可是住在頂樓。從羅勳家樓上還能直接上屋頂，如今屋頂的主意還沒人打，他們可以率先利用起來。

時間匆匆流逝，羅勳兩口子每天在家、軍營、圍牆三點一線地轉來轉去。在嚴非和另外三名金屬系異能者們的努力下，在羅動和嚴非在家中拚命幹活下，在三月份來臨的前三天，他們終於將所有的事情忙到一個段落。

外圍牆的金屬殼已經全都修到了足足六米高，可以讓土系異能者們接手加高土牆。章溯家的地板已經全部鋪好，家中也擺上了各色金屬家具，主臥室甚至擺了一張超大號的鐵床。王鐸對此無比滿意，做起某些臉紅心跳的運動，可以更加放開手腳了。

嚴非名下的那個屋子牆壁早就乾透，羅動的最新設計也順利出爐。新的地暖設施安裝完畢，兩人對比五人組的屋子和章溯家的供暖效果後，決定放棄木地板，改鋪金屬地板。

金屬地板的隔音效果其實不錯，為此他們特意跑到了十五樓的徐玫家聽了半天效果，王鐸和體重最重的何乾坤兩人在樓上又蹦又跳，他們在樓下卻一點聲音都聽不到。當然，他們跑進徐玫家是得到了人家的許可，如今的十五樓整層樓就只有徐玫一個女人住，沒有其他人搬進來。徐玫最近一直外出做任務，得知只要有足夠多的金屬材料，嚴非就同意幫忙加工做些家具，就在外出的時候搜集了一堆金屬材料，搬回來後讓他們按照十六樓那樣做了一扇大鐵門，將十五樓封了起來。

除了隔音效果，採用金屬地板的第二個理由是，金屬做成的地板有著極好的導熱效果，比木質地板快多了，只要下面的水溫稍微溫熱就能很快傳導到整個屋子中，可以最大限度節省電力，這是眾人此前沒有想到的優點。

李鐵幾人得知後，頗為後悔急急忙忙鋪上木地板了。

再者，金屬材料容易操控，他們有嚴非這個金屬系異能者在，萬一哪塊地板下的金屬管子出了問題，或需要臨時改建些東西的話，可以請嚴非只將那部分打開來進行更換。如果換做是五人組家什麼地方壞了，他們就得掀開地板了。

當然，有優點就會有缺點，比如加熱的地方比其他地方熱，比如溫度沒調整好，踩在地上未免過熱，再比如他們找到的金屬材料顏色太過單一，屋子裡面要麼黑漆漆，要麼亮閃閃的，不是閃瞎人眼，就是陰暗到詭異。

然而，對於羅勳準備將隔壁當作整體暖房來用的前提下，這些美觀的問題就都不是問題了，至於加熱的地方溫度較高？羅勳針對這個問題進行了改造，將加熱設備放到地面上，只讓加溫後的水通入地板下的各個管道，再加上相對只能控溫的裝置後，一切就都搞定了。

不過，嚴非名下的那個屋子還沒裝修完畢。雖然章溯將剩下的金屬材料都給了兩人當作報酬，可那些金屬材料也不夠在裝好所有地暖後再鋪滿地板，所以現在還剩下兩個房間的地面沒有鋪金屬地板。他們準備趁著外出打喪屍時，收集一些金屬材料回來。

在此期間，羅勳已經提前將需要春天就種下的蔬菜、作物的種子放到暖房中發芽。植物發芽後不是馬上就能播種，想要收成好，防止出現變異植物，還需要一定的時間進行二次培育、分苗，然後隨時觀察調整。

等家中的瑣事暫告一段落，他們便迎來要出基地打喪屍的日子。

為了配合五人組的工作時間，二十七號這天，嚴非兩口子在家休息了一天，二十八號一大清早，十六樓的八個人早早起床，全副武裝，在外面的走廊集合。

檢查眾人的武器，羅勳家的、嚴非出品的中型弩人手一把，與其相匹配的弩彈也各自在背包中裝了一堆備用。對於做了一大堆地暖管子，每天還都會用細密到堪比薄紗的金屬網來鍛煉技巧和異能的嚴非來說，再回頭來做這些弩彈，簡直是簡單枯燥到打個哈欠的功夫都能搓出一大堆來。

除此之外，五人組腰間還分別插著一根金屬棍，預備在近戰時用來敲喪屍。當然，嚴非會按照他們每個人的意見，在離開基地之後將有需要的人的鐵棍改成大砍刀。

羅勳手裡拿著的是他那祖傳的改造狼牙棒，嚴非也隨身帶著金屬棍，但到了使用的時候會變成什麼形狀，那就要看他到時候的想法了。

章溯嫌麻煩，只帶著一把軍用匕首。他本來是想用從醫院拿出來的手術刀，可惜手術刀太短，威力太小，被眾人集體抗議後才換了軍用匕首。他是風系異能者，平時也喜歡走輕靈路線，不喜歡用太重的武器來影響自己的動作。

「好，準備出發！」

羅勳檢查完每個人裝備，戴上了自己的頭盔。五人組也將前幾天剛從基地裡收購來的摩托車頭盔戴在頭上。就連依舊戴著口罩的嚴非和一臉嫌棄的章溯，也各自將頭盔戴好。

鎖好大門，一行人魚貫往樓下走去。經過十五樓時，遇到了等在外面的徐玫。徐玫見到這群人頭戴頭盔，身穿皮夾克，腰間插著鐵棍，手裡抱著中型弩，背著雙肩背包——背包裡都放著一件雨衣，預備出基地後就穿上——嚇了一跳。站在她身後的女生同樣錯愕，忍不住退後兩步，靠到了大門上。

「你……你們都準備好了？」徐玫問道。

其實這副打扮出基地做任務的人不少，但在基地內還這麼打扮，高度統一著裝，讓人有種天雷滾滾的錯覺。

羅勳對她點了點頭，看向她身後的女生，似乎有點眼熟。

「這位是？」

「她叫宋玲玲，是我出去做任務的時候認識的。」徐玫沒有具體解釋宋玲玲的身分，只是指著大鐵門道：「她現在搬過來跟我一起住。」

宋玲玲……這個名字不熟悉，不過羅勳仔細看了看宋玲玲的外貌，清秀可愛，還有一種未出校門時的青澀純真，只是神色間也跟徐玫一樣，多少都有因為生活壓力而造成陰鬱和疲憊。這個女生恐怕也是未來玫瑰傭兵團的成員，而且級別應該不低，不然自己恐怕完全不會留有任何印象。

羅勳點點頭，嚴非等人也沒有意見，徐玫這個女人不會在剛被男人出賣、欺辱後蠢得找不靠譜的人一起行動。他們是前幾天找徐玫要聽聽樓上隔音效果，順便幫她修大門的時候才說起組隊的事。

徐玫至今沒有找到合適的隊伍，每次都要在基地大門口等半天，說不定被一群男人用眼睛意淫上一整天也未必能找到可信任的隊伍一起出去，所以在聽說十六樓的人要出基地，且人數不足後，便表示自己願意跟他們組隊，還能拉來一個不會給大家添麻煩，更不會坑人的隊友。大夥兒這才達成一致，約好今天早上集合行動。

徐玫兩人有自己的車子，羅勳他們也分成了兩組人各自開一輛車。

羅勳兩口子昨晚就商量過，今天一早直奔小貨車，拋棄了自家常用的二手車。沒辦法，誰讓它皮太薄，容量也沒有小貨車大。

一行人四輛車子駛向基地大門口，羅勳兩人的車子打頭登記，登記的名稱依舊是那個囧囧的「宅男小隊」。在領取必須領取的出基地任務後，看到上面需要繳納的物品和數量的「喪屍晶核一百個」，羅勳一邊踩下油門，一邊跟嚴非抱怨：「早知道咱們半個月前就想辦法出去了，那時哪要上繳這麼多晶核啊！」

嚴非笑笑沒應聲，半個月前他們正是最忙的時候，哪能輕易離開基地呢？就算想請假，隊長他們也不可能答應，能讓他們早點回家休息就已經是好的了。

開進指定的通道，兩旁是高高的圍牆，羅勳他們的車子來到天井之中，周圍聚集了不少要出去做任務的隊伍，門已經可以打開放行了。

入城的大門緩緩關閉，圍牆上方有士兵用大喇叭對下面喊話：「各個車輛注意，大門開啟倒數計時，十、九、八……一，開！」

隨著他的話音落下，正前方那扇巨大的鐵門慢慢升起。鐵門升起來後，還有一道可以收到地底的鐵柵欄。鐵柵欄的後方，那些聞到人肉味道的喪屍們，興奮地揮舞起手臂，口中發出沙啞的嚎叫聲。

「它們好像餓了很久似的。」羅勳眼中閃過一絲雀躍之色，心臟怦怦跳了起來。與站在牆頭射殺喪屍不同，現在的他要離開基地到外面去了。

每個男人心中都有一顆冒險的心，就算他很宅，就算他很懶，偶爾也還是會想要出去殺殺喪屍熱血一把。現在的他比前世安全，有了萬全的準備，有強大的異能者隊友，還有值得信賴，不會坑害彼此的夥伴，比起上輩子不知好了多少倍。

車子們的引擎聲此起彼伏地轟鳴著，在大門打開的一瞬間，紛紛踩下油門衝了出去。一馬當先的是幾輛改裝過的車子，直接將堵在大門口的喪屍們撞飛。

羅勳等人的車子落在最後，沒有著急搶道，等前面的車都開出去才緊緊跟上。果然，前面有車子衝得太急，出了大門後便打滑，斜斜開進了旁邊的小路，大半天才又重回主幹道。其他隊友的車子緊跟在嚴非兩人的車子後面，朝著市區邊緣的某個街區奔馳而去。

這會兒基地附近的喪屍反而比較集中，大批量的喪屍依舊盤踞在市區裡，只有市區邊緣的一些地方喪屍數量才相對少些，羅勳他們的目標就是這樣的地方。

他們雖然有遠端武器，卻無法同時攻擊一個以上的目標，清場能力比較差。一旦遇到喪屍圍攻，就只能靠徐玫的火系和章溯的風系異能清場。可惜的是，徐玫雖然擁有火系異能，能力卻比章溯和嚴非弱，所以大規模的群攻，發出一個火球，至少會消耗她一半的異能。嚴非雖然也能群攻，可如果想更有效率的話，最好不要同時操控太多金屬箭，不然容易射不準目標。

大家商量過後，決定按照先前的想法，找一個喪屍不算多，可以一對一擊殺的地方。在必要的時候還能將它們大量引過來，讓徐玫和章溯的異能清場。

基地雖然鼓勵倖存者們外出消滅喪屍，可能夠用積分兌換的武器種類太少，殺傷力也不夠，如手槍、獵槍等東西，價格貴，效果又差，用來打喪屍還不如他們隨身配備的弩呢，所以羅動他們乾脆就沒有兌換。只有嚴非給末世前就帶著的手槍換了些備用子彈，但也換的不多。他不過是想要一些可以拆卸的試驗品，好回頭嘗試自己組裝。就算做一些實心的出來，只要打喪屍有效果就好，可以留在身上防身備用。

開向目標地點，羅動四處查看著，最終選定了一個路口。

「就在前面怎麼樣？有個兩層樓高的銀行可以當休息的據點，附近喪屍數量也不算是太多。」羅動示意前方路口處一個比較顯眼的建築。

嚴非微微點頭，在裡面他們肯定能找到一些金屬材料。

見羅動的車子亮燈指示左邊，李鐵所在的那輛車連忙跟上，後面的兩輛車也緊緊跟隨。

一行四輛車開到銀行門口，眾人看看那扇被不知什麼時候打碎的玻璃大門，心中略微有些嘀咕。這樣的大門能擋得住喪屍嗎？要不要換個地方停車？

就見領頭的羅動竟然一踩油門，開上樓梯，直接開進了銀行大廳中。

「靠！還要開車爬樓梯？」同坐一輛車的李鐵和韓立、何乾坤驚得爆了句髒話。他們想起先前去外面收集物資時，羅動提及把車子開上樓梯的話來。這麼看來，他居然還真有這種技術開上去，可自己……

正琢磨著要不要找些什麼東西墊在樓梯上方才把車開上去時，原本跟在最後的徐玫兩個妹子的那輛小轎車忽然開過來，然後猛地加速，開上了樓梯。

連妹子都敢做，自己還怕個毛線？

男人的自尊心激得李鐵他們和後面那輛同屬宅男小隊的車子也加速往前衝，咯噔咯噔幾聲響，兩輛車子順利開上樓梯，跟羅勳、徐玫他們的車一起停到銀行大廳中。

「天啊，真刺激！」何乾坤拍拍自己的胸口，感嘆了一聲。

「別感嘆了，下車打喪屍吧。」韓立拍他的腦門。

銀行大廳中遊蕩著幾個喪屍，率先進來的羅勳兩口子、徐玫二人已經下車，此時正在各自清理喪屍。李鐵等人連忙跟上，抄起鐵棍，沒多久就將大廳所有的喪屍全都放倒。

「把它們腦袋裡的晶核挖出來收集到一起，小心一點，確定它們死徹底了再挖，免得它們裝死。」羅勳囑咐了一句，自己走到距離最近的一個喪屍旁邊開始挖晶核。

現在的喪屍還沒什麼智商，死了就是死了，一般不會有故意裝死的，但將來就未必了，有些恢復了一些智力的喪屍會故意倒地不起，等人走過去要挖它們的晶核時才暴起傷人。

羅勳的話讓徐玫、宋玲玲兩個最近常常出基地做任務的妹子嚇了一跳，她們先前很好運的並沒遇過打了沒死透的喪屍，因此聞言後直接抽出隨身帶著的砍刀走到喪屍旁，一刀落下去，先砍掉它們的腦袋再挖晶核。

覺得從喪屍腦袋的腦漿中翻找晶核十分噁心的李鐵幾人，鐵青著臉，對視一眼。不能連女人都比不過啊，不就是挖晶核嗎？不就是腦漿嗎？

嚴非滿意地看著五人組青白著臉蹲下挖晶核，和一旁保持似笑非笑表情的章溯交換了一記眼神。這麼看來，隊伍裡有兩個能幹的女人也不錯，尤其這兩個女人十分識趣，實力也尚可，有她們做榜樣，他們就不用費心調教五人組這幾個乖寶寶了。

挖完晶核，五人組跑到角落集體嘔吐足足五分鐘，才強壓著反胃的噁心感，裝作沒事的樣子回到羅動他們所在的地方，二樓一間辦公室的窗前。

「先前的聲音引來了一些附近的喪屍，咱們在一樓大廳中待過，我剛剛又故意扔了一條擦過汗的毛巾在那裡，等一下咱們堵著樓梯通道的出入口，就能慢慢射殺跟進來的喪屍。」羅動站在眾人中間，對大家講解接下來的行動。

這是他的下意識反應，與五人組他們相處久了，於在場的眾人大多沒出過多少次基地的情況下，羅動就自然而然將上輩子的經驗和習慣帶了出來。

所幸他平時做事就比較有條理，在場的人都沒有持反對意見。至於徐玟和宋玲玲兩個女生，因為還不太熟，自然不會有什麼疑問。更因為羅動他們給這兩個女生一直都帶來了「強大」的印象，所以無論他們中負責指揮的是誰，她們都不會覺得奇怪。

說完計劃，羅動就帶著眾人以樓梯通道的出入口為據點，開始清剿聚集在樓梯上，艱難地一步步往上滾了摔、摔了滾的喪屍們。

「還真跟羅哥說的一樣，喪屍不會爬樓梯。」

見到這情景，五人組興奮地舉起中型弩，對著樓梯下面的喪屍開始射殺。

羅動幾人沒有動手，而是帶著一副「吾家有兒初長成」的表情，含笑看著五人組行動。章溯和嚴非兩人待在壓陣，防止萬一有喪屍不走尋常路，從外面破窗進來，前後夾擊。徐玟和宋玲玲兩人在羅動後面，隊伍的中間位置，觀察著如果前面的五人組頂不住的時候，就出手幫忙。

這樣過了一陣子，眾人將距離較近，被剛剛車聲吸引過來的喪屍們射殺完，才又一起回到一樓的大廳當中。

他們要以這個銀行為基點，原地吸引喪屍慢慢聚攏過來，然後一波波消滅掉。

羅勳從頭到尾都沒打算深入市區，一行人回到一樓大廳後，將喪屍們的屍體全都堆放到角落，隨後讓五人組將銀行中的家具、櫃子、椅子之類的東西在大門口堆成一堵可以進行防守的籬笆，嚴非又操控這些東西上的金屬物品插到地板裡連結在一起，勉強加固了一下。

五人組剛剛打喪屍時用掉的那些金屬箭，嚴非不過隨意揮揮手，那些小東西就刷刷刷飛了出來，在眾人的面前凝結成一團又分開，變成了一枝枝符合標準的弩箭。

嚴非可以透過這種方法只將金屬物質提取出來，至於上面觸碰到的喪屍的體液或者人體裡的鮮血之類的，都會被「過濾」出去。

雖然不知道具體原理是什麼，不過嚴非既然可以只操控金屬，自然可以藉由這種方法剔除掉所有非金屬的東西，就算那些東西黏在金屬上也一樣。

搞定防禦工事，羅勳從背包裡面取出一個包裹了很多層的布包，打開之後露出裡面用透明塑膠袋密封著的血包。

這東西是章溯憑藉職務之便從醫院帶出來的，在定好離開基地的時間後，羅勳就囑咐過他，讓他提前一天從醫院弄出來，這樣就可以避免出來後大家放血了。雖然傷口如果不是被喪屍抓破的，就基本不會感染喪屍病毒，可出門在外，萬一不小心讓傷口碰到什麼髒東西，當時又沒發現的話，一旦變成喪屍，大家可就慘了。

取出這個血包，眾人看著羅勳伸出手來對著嚴非。嚴非不知從哪裡抽出一段金屬材料，瞬間做成了長條形送到他手中。羅動將血袋打開，擠出一些血液滾到金屬條的凹槽中，然後丟到防禦工事外大約一米左右的位置，又迅速將血包封好，擦掉封口上的血跡。用來擦血的紙也丟了出去，又裡三層外三層密密實實將血包包好。

嚴非暫時將血封進金屬內壁中，等羅動丟到地上才控制著外殼打開，讓鮮血流到地上。

「羅、羅哥，這麼點血夠用嗎？」王鐸有些擔心地看著羅動那小心翼翼的動作。

羅動將血包裝好，對他笑笑，伸手指著某個方向，說道：「聽！」

眾人連忙屏氣凝神，隱隱約約似乎真的聽到什麼東西在嚎叫。

喪屍，是喪屍！

那些嚎叫的聲音由遠及近，四面八方的喪屍，只要是下風口方向，距離相對較近的喪屍們，似乎全都有了反應。

一個個揮舞著雙臂的喪屍朝銀行聚集過來，當先的那批喪屍在確認血腥味的方向果然有活人後，更加興奮起來，嘶吼著奔了過來。

「警戒！章溯、徐玫，現在要看你們的表現了！」羅動的聲音相對淡定，雙手穩穩舉起弩，瞄準喪屍最集中的方向。如果不是有他們幾個異能者在，羅動打死也不敢這樣吸引大批喪屍過來，然後原地防守。

為什麼人們要小心不能讓自己受傷、流血？

防止感染是一方面，擔心意外碰到髒東西感染喪屍病毒是另一方面，還有最重要的一個原因，那就是鮮血的味道會引來喪屍群。

羅勳他們選定的這個路口在他來時就已經觀察過，這個位置附近的喪屍數量不算太多，經過了剛剛兩次清理後所剩無幾，可其實周圍的喪屍數量幾乎沒有減少多少。要是有人流血的話，絕對會引發這些喪屍的暴動。

因此，在隊伍中沒有大範圍的、可以群體攻擊的方法前，人數較少的普通小隊，千萬不要自尋死路。

許多喪屍從各個角落走出來，向著銀行聚攏。章溯眼中迸射淡淡的青芒，下意識站直身子，身邊的旋風緩緩成形。

嚴非的注意力放在身旁的那堆金屬材料上，準備隨時出手。

第一撥喪屍過來的時候比較分散，是由眾人用弩箭射殺的。第二撥也是數量比較多的喪屍們來到距離眾人五米左右的位置時，章溯的異能爆發了。

巨大的風牆以他為起點，朝正前方猛推出去。迎面而來的喪屍們，被這堵風牆吹得不得不放緩腳步，甚至跌跌撞撞向後仰倒，接著風牆變成了許多風刃。

一道道風刃射出，令身體比較脆弱的喪屍直接喪失了行動力，然後是一波弩箭齊射。

等第三撥喪屍再度組織起有力的攻擊之後，徐玫在防禦工事外面直接凌空凝出一排小火球。每一顆火球都不大，同時做出這麼多火球讓徐玫的額頭冒出細密的汗水。與此同時，恢復異能的章溯，再次凝結風牆推著這些小火球向前射去。

不知是什麼原因，也許是風助長火勢，那一顆顆小火球竟然被這堵風牆推到半路上猛然爆開，噴射出耀眼的火光。

被炸到的喪屍，輕的燒糊了臉，重的竟然直接將腦袋給炸爛了。

被這招一下子抽空異能的徐玫瞪大眼睛，不敢置信地看著被她和章溯聯手用異能製造出來的效果。這是自己的異能嗎？簡直太厲害了。

宋玲玲一臉敬佩地向指揮著五人組繼續下一輪掃射的羅勳看去，這個主意也是他出的，難怪他是隊長，原來是有豐富的作戰經驗。

被誤以為是隊長的羅勳，此時也被火系與風系結合弄出的動靜驚得暗自讚嘆。

不愧是章溯，這招被他用出來的效果果然不尋常。

風和火的搭配是異能者們比較常見的一種組合，羅勳上輩子只在守城的時候遠遠見過，但不知道具體的原理。不過，他知道章溯的風系異能是什麼情況，再加上前世的經驗，自然很快就琢磨出要讓他如何和徐玫配合攻擊。

要知道，章溯的風系異能雖然很強大，卻也不是無敵的。他的風刃用來削人時看著各種血腥各種恐怖，可讓他去削喪屍看看？喪屍不知道疼痛，不知道疲憊，無論被削掉些什麼，只要沒被直接削掉它們的腦袋，它們就不會停止行動。

章溯的風系異能最好與其他人的異能配合使用，不然殺傷力無法達到最優效果。

另外一種比較流行的異能配合就是水與雷，可惜隊伍中只有宋玲玲一個水系異能者，沒有雷系異能者可以跟她配合，所以羅勳暫時讓她也用弩來鍛煉射擊準頭。

他們這次出來準備在外面過一夜，宋玲玲的異能還是留在後勤上比較好。水系異能者凝出來的水十分乾淨，是外出搜集物資時最受各個異能小隊歡迎的異能者之一。

眾人擊殺喪屍進行得很順利，五人組射箭的準確率也比一開始提高不少。沒過多久，聞聲趕來的喪屍數量變得越來越少，漸漸地看不到什麼喪屍繼續向這裡聚集過來了。

眾人暗自鬆了一口氣，這麼多的喪屍圍著他們，就算他們有能力將它們消滅，可對於初次出來以打喪屍為目標的他們來說，還真是有些緊張。

剛剛放鬆下來的心情隨著羅勳一聲：「左上！」驚得眾人連忙抬頭，就見一個黑影從左上方的一根路燈頂端向他們所在的方向跳了過來。

與徐玫配合發動過大規模風暴的章溯，臉色有些蒼白，聞聲連忙去抓口袋中的晶核來吸收，忽然「嗖嗖嗖」一陣響，數十根鋼針朝著那個黑影激射而去，隨即跟著的是一大塊金屬板，正好將那個偷襲的喪屍拍飛。

五人組險些驚掉下巴。

鐵板？嚴哥居然直接用鐵板拍飛喪屍？

嚴非神色淡定地看著那個喪屍摔落，同時將鐵板變形。「喀嚓」一聲，鐵板裹住喪屍，在它脖子處的鐵板變成鋒利的剪刀，剪斷了它的脖子。一根鐵刺伸出，刺破它的後腦，將晶核直接刺歪。

喪屍的腦袋滾到一旁，看到這一幕，眾人才齊聲「哦」了一聲。原來嚴哥是打著這個主意才直接拍飛它，腦子果然靈活。

其實嚴非一開始只是怕就算喪屍被鋼針刺中，也還會掉落到他們這裡。如果那時它沒死透，肯定會給大家帶來不小的麻煩，這才順手丟出一塊足遮擋住那個喪屍的鐵板將它遠遠拍飛。同時靈機一動，想到讓鐵板變形，藉著喪屍倒地的衝力把它幹掉。

「漂亮！」羅勳興奮地抱了嚴非一下，他一直不讓嚴非經常動用異能隨意出手，為的就是怕他消耗光了異能，要是出現二級喪屍怎麼辦？他自己能對付的都是行動緩慢的喪屍，如風系這類速度型的喪屍就不是自己能對付得了的，交給嚴非肯定沒問題。

迅速清理完戰場，眾人開始挖晶核，將挖過晶核的喪屍屍體堆在一起焚燒後，又消滅掉幾隻零零散散趕來的喪屍，一行人才回到二樓一間門窗完好的房間統計收穫並休息。

一件件沒怎麼被弄髒的雨衣丟在角落，他們正拿著幾個空瓶子數晶核。

「二百一、二百一十一……二百三十七，一共二百三十七顆。」何乾坤晃蕩著手裡的瓶子，高興地對羅勳他們道：「足夠交任務了。」

徐玫和宋玲玲倒抽一口涼氣，「居然有兩百多顆？」

吳鑫不解地問道：「怎麼？兩百多顆怎麼了？」

兩個女生對視一眼，都看到了對方眼中的震驚，嚥了嚥口水才解釋道：「我們平時出來做任務，一天下來能弄到一百顆就算是大收穫了，這還是專門收集晶核的小隊。那些主要找物資的隊伍，二十個人一隊的，一天下來能弄到六七十顆就算是大收穫了，所以最近基地把任務要繳的晶核數量提高後，大家都很不滿。」

三天內的短期打晶核任務就要繳納一百顆，隊伍中如果有異能者的話，人家還指望著用晶核來升級呢，誰捨得交這麼多？所以更多的人都只去接那些收集不包含食物的搜集物品任務，出來後除了目標任務品外的晶核、食物、種子，就全都歸小隊自己所有了。

徐玫她們剛到銀行後，聽說羅勳接的是收集晶核的任務，還擔心會不會完成不了，可看看現在，才多長的時間，他們就打了兩百多顆晶核。

嚴非淡淡地說：「沒算上剛才戰鬥中使用的數量，而且這個數量不算太多。」說著，他看了章溯一眼，「我們最多一個月出來一次，最好能一次打到足夠一個月使用的晶核。」

徐玫的手一哆嗦，宋玲玲也用一臉不可置信的表情看著嚴非和點頭認同的章溯：「是啊，不然出來一次就太不划算了，雖然比在基地裡用積分換晶核強。」

這次出來前大家已經商量好了晶核分配的比例，羅勳和嚴非一組，占總晶核的三成。章溯帶著王鐸算一組，也占三成。李鐵四人因為武器等東西是羅勳兩口子友情贊助的，且戰鬥力比較差，所以只占兩成。徐玫兩個外援者，因為都是異能者，又有出基地做任務的經驗，所以也能占到兩成。

如此算下來，這一次戰鬥拋去交任務的那些之外，羅勳他們也只能得到四十顆左右的晶核，實在不算多。

羅勳皺眉思索了一下，站起身看向外面的街道。近處的喪屍雖然被消滅得差不多了，但遠方還沒試過……

「我們可以做陷阱，然後用血包吸引大量喪屍過來，只是工程比較大，而且咱們這次只有兩天的時間，恐怕做完陷阱再利陷阱吸引來喪屍……最多只夠咱們真正戰鬥一次的時間。如果不能一次消滅更多數量的喪屍，那還不如像剛才一樣慢慢殺。」

「羅哥，什麼陷阱？」韓立舉手問道。

「挖個坑，再用血包把喪屍引進去一次坑殺。」羅勳看向嚴非，「坑底可以用鋼針鋪滿，等裡面的喪屍滿了之後，你用鋼針刺穿它們，再配合上徐玫和章溯的組合技能。」說完，他遺憾地嘆息了一聲，「可惜隊伍裡沒有土系異能者。」不然根本不用他們挖坑。

這個方法的可行性很高，但還有別的問題，嚴非不像五人組似的已經興奮得要擼袖子上陣挖坑，「我的異能能挖坑，不過肯定需要消耗不少晶核來補充。我挖坑的效率肯定不如土系異能者，別忘了，外面的地面可是柏油的……」

章溯忽然道：「不如這次就先按照原本的方法繼續引喪屍來，咱們下次出來還需要一個月的功夫呢，可以在這個期間好好看看有沒有合適的土系異能者。就算沒有，先多收集些金屬材料回去，下次也能開車深入喪屍更多的地方，到了之後直接挖坑做陷阱。」

他們從開車來到這裡，又接連戰鬥了幾次，直到剛剛那撥喪屍消滅後已經到了中午，現在再挖坑的話，恐怕挖到明天早上也未必能弄完，還不能確定會有多少喪屍能聚集過來，之後還要盡快射殺……怕是時間上來不及。

「那就先這樣，大家吃午飯吧。」羅勳對此不算很糾結，他們這次出來只是來探探路，能多打些晶核固然好，打不了太多他們回去後也有修牆部隊的補給。現在雖然有些遺憾，可還是在他們能接受的範圍內。

章溯倒是有些遺憾，雖然回去後能用積分找人換晶核，可別看外面滿地都是喪屍，隨便打打就有了，可基地裡面晶核還是高價品，一般人根本不願意賣。

午休時間，宋玲玲負責凝水給大家洗手、洗臉、做飯，徐玫用火系異能點火燒飯，羅勳則和她們兩位一起處理食材。不是別人不想幫忙，如李鐵他們幾個單身漢還是很想和兩位妹子培養感情、套套近乎的，可他們那手藝……於是直接被羅勳趕走了。

飯菜是簡單的蔬菜粥配各色醬菜，外加從基地裡面買出來的特色雜糧大饅頭。此外，還有李鐵他們不知什麼時候換回來的牛肉乾。

何乾坤看看手裡的大饅頭，感嘆道：「唉，基地裡的饅頭顏色越來越怪了。」

剛到基地的時候，大饅頭還是以白色為主的，只略微發黃（疑似加過玉米麵粉），後來的饅頭又在此基礎上略微發紅（疑似加過高粱麵粉），到了現在，這饅頭看起來略微呈棕色，天知道裡面用的是什麼麵粉？

「不光顏色，口感也越來越硬了。」韓立含糊不清地一邊嚼著饅頭一邊說。

「這醬黃瓜挺好吃的，羅哥，是你做的，還是末世前就買回來的？什麼牌子？」

羅勳眼皮都沒抬地道：「醃的，等你們種出來吃不完的話，我再教你們做。」

「好好好，謝謝羅哥！」

徐玫和宋玲玲眼神古怪地看了羅勳一眼，會指揮戰鬥、會做飯，還會醃醬菜……她們本來還以為羅勳是小隊中真正的隊長，可剛才和李鐵他們聊天才知道，這個小隊壓根兒就沒有隊長。廢話，他們一群宅男每天只宅在基地，平時連基地大門都不出，要隊長有個什麼用。

不過這樣的男人倒是讓人很有安全感，選來當老公是不錯的選擇。兩個妹子心裡遺憾了一下下，隨即將這個念頭拋到九霄雲外去。她們雖然目前還不知道羅勳和嚴非是一對的，只是她們兩個都因為對男人死了心，沒心理陰暗到去對付男人就已經是十分理智的了，現在怎麼可能看到一個男人還不錯就考慮終身大事？她們的虧難道還沒吃夠？還是先單著吧，反正末世前大齡剩女那麼多，人家活得不也好好的？她們就算在末世裡單著又能怎麼樣？

正吃著飯，窗外由遠及近傳來汽車引擎聲，眾人警覺地湊到窗邊，謹慎地觀察狀況。一串車子從市區深處向這裡行駛過來，經過銀行大門口向著基地方向開去。在這些車子後面，跟著遠遠近近不知多少喪屍。

「都是些普通車，只有兩輛改裝過，不是軍方的人。」羅勳看到後下意識說明：「喪屍數量不少，大家保持戒心，以免有二級喪屍發現我們。快點吃，吃完飯打這撥喪屍去。」

這夥人的經過，給羅勳他們這裡補充了不少喪屍貨源。跑得快的、高級些的喪屍大多緊跟在車子後面，速度較慢的一級喪屍及其他系的喪屍就零零散散漸漸散落在街上各處。

羅勳他們迅速吃飽喝足，略微休息一下，確認附近沒有明顯可以一眼看出的體質系、速度系二級喪屍，這才再次下樓準備開工。

一些喪屍走到這裡之後，聞到人類的氣息，便在防禦工事外面盤踞著，見到羅勳他們應聲出來接客……不，是迎戰，就揮舞著手臂，企圖攀過那些柵欄一樣的東西。

經過一上午的戰鬥，大家都熟門熟路地用弩箭繼續消滅圍著大門的喪屍。

羅勳故計重施，再整了一根沾著新鮮血液的鐵棍丟出去，讓那些本來還在遙望基地方向的喪屍們打了雞血似的轉頭衝了過來。

又一輪戰鬥打響……

不到兩天的功夫，一行人在前一天早上八點左右離開基地，第二天傍晚五點鐘左右才順利進入基地大門中。

看著基地裡那熟悉的建築、持槍的士兵，徐玫和宋玲玲覺得自己連走路都是用飄的。

跟著負責帶路的士兵到臨時等候區中等上兩個小時——這是基地最新規定出來的排查時間，身上沒有傷口的人只要等候兩個小時就能進入基地了。

至於車子已經停放在安全的地方，一會兒去取就好。

看看其他圈中神情各異的等候者們和那些不懷好意的視線，徐玫和宋玲玲湊到一起低聲道：「下次咱們出去也學嚴哥他們一樣的打扮吧。」

宋玲玲重重點了一下頭。統一著裝的皮夾克、牛仔褲、雨鞋、頭盔，外加雨衣，頭盔摘下來後還可以戴口罩……雖然形象看起來俗氣到了極點，可這副裝扮打起喪屍來安全，還能在回到基地後防狼。

兩個對於絕大多數男性極其厭惡的妹子，當機立斷準備向羅勳他們的造型靠攏。

對於男性的厭惡為什麼沒涉及到羅勳他們身上呢？那是因為……這兩天的相處中，雖然李鐵他們還是會因她們兩個的性別下意識關照外，羅勳、嚴非、章溯這三個實力最強的男人卻完全沒把她們當成女人看，反而獲得了兩位女士的真心相待。

她們兩人對羅勳他們說話的次數可比對李鐵四人多多了，可憐李鐵幾人明明想套近乎，卻完全不得要領，還好羅勳這三個傢伙是同性戀，不然那四位大學生就算再厚道，也會想暗地裡戳他們小人。

再者，兩個女生那略帶恍惚的原因……那是因為剛剛他們繳完基地要求的一百顆晶核，小隊成員手中還剩下了一千二百六十五顆晶核。

對的，他們這兩天的功夫就打了一千多顆晶核，這還不算他們這兩天內消耗掉的，以及這些晶核中並沒挑出那些帶著不同顏色的二級晶核。

一千多顆啊……就算如今基地中有些名氣的隊伍也沒辦法在這麼短的時間裡打這麼多顆晶核吧？這是什麼宅男小隊？喪屍殺手還差不多，也就軍隊的效率能跟他們相比了。

「哎喲，我的天，真是累死我了！」何乾坤坐進被畫了個圈子的等候區，躺倒在地，任人怎麼推都不願意動彈。

李鐵幾人沒辦法，只能坐在他周圍把他的肚子當桌子用。

「可不是？本來還以為他們的車就引過來一點喪屍，哪想到後面過來的居然越來越多，咱們足足打了兩天都打不完。還好能輪流睡一覺，不然今天咱們肯定沒辦法活著回來。」李鐵長出一口氣，感嘆道。

羅勳笑咪咪地問道：「怎麼樣？下個月還出來嗎？」

五人組對視一眼，用力點頭，「要，為什麼不要？反正一個月才出來一次。」

聽到他們的聲音，其他圈子裡的人都用鄙夷的目光看過來。一個月才出基地一次？這是什麼廢柴隊伍？恐怕他們也就有一個月出去一次的膽子吧？

見到他們隊伍中除了一群面嫩得很的學生模樣的人，竟然還有兩個妹子。此外還有一個比女人都要養眼的男人——是章溯，嚴非始終戴著口罩——這簡直太浪費了。

隔壁圈子中的一個人對徐玫吹了聲口哨，用下流的眼神在她的胸部掃視著，「美女，跟著那群廢物混什麼呢？不如來哥哥這兒，哥哥……」

那傢伙話沒說完，迎面就飛來一個大火球，幸虧他的視線正對著徐玫才匆忙躲開，可就算這樣，他半個腦袋也被燒掉了一片頭髮。

那人跳著腳拍頭髮，看熱鬧的人哄笑起來。

「連刺玫瑰都敢惹，沒被火球砸死算他命大！」

「我記得上次就在基地門口，一個哥們兒被燒光了衣服，連一身毛都沒了！」

那人好不容易拍滅身上的火，聽到這些話後，臉色一陣青一陣白，神色不定地看了徐玫兩眼，沒敢再出聲。

羅勳好奇地問徐玫：「刺玫瑰？」

徐玫有些不好意思，「他們亂叫的。」

宋玲玲笑嘻嘻地摟著徐玫解釋：「這是徐姊的外號。我們組隊出去的時候，有時會遇到不長眼的混蛋，徐姊的火球殺傷力大，每次都直接轟人呢。」說著，遺憾地看著自己的手，「我怎麼就是水系呢？哪怕像章哥那樣的風系也好，水系太沒殺傷力了。」

水系異能者的攻擊力差，就算一顆水球打到別人臉上，往往造不成什麼傷害，因此無論是末世多少年後，水系異能者大多都處於隊伍中後勤的位置。

有異能卻不能傷人，宋玲玲相當不滿。

如果她的異能有殺傷力的話，之前也不會……

羅勳恍然，難怪徐玫將來的隊伍會叫做玫瑰傭兵團，原來還有這麼一個原因。

見宋玲玲一臉遺憾，羅勳對她道：「總比我們這樣的普通人強吧？而且誰說水系不能殺人的？雖然麻煩了點，但妳弄出個水球直接把人的腦袋罩在裡面，不就能憋死人了嗎？」

「咦，對耶！羅哥，還是你會想！」宋玲玲兩眼放光，抓著被她摟住的徐玫直搖。她一直覺得自己的異能太弱，現在想想，活活憋死人什麼的，跟徐玫的殺傷力也不差多少，至少還能夠震懾別人。

李鐵等人用驚恐的視線看著羅勳。這人的腦子裡都在想些什麼？這麼凶殘的殺人方法也能想出來？本來一個徐玫的暴脾氣就夠恐怖的了，要是隊裡唯二的女隊員都有這種虐殺人的愛好，還讓他們怎麼活？

羅勳根本沒覺得自己把身邊人的三觀刷新了一遍，他只是上輩子見過水系異能者這麼用過異能才提醒宋玲玲。沒點凶殘的本事，她又怎麼能成為凶殘的玫瑰傭兵團的成員呢？正如「如果不宅，怎麼能算是宅男小隊的成員呢？」

身旁的嚴非對他的話沒有任何不適感，還笑咪咪地摸摸他的頭髮表示親暱。

足足兩個小時，一群人坐在冰冷的地板上看著夕陽西下，周圍的空氣也越來越冷。先前或是坐在車裡，或是不停地打喪屍還感覺不太出來，這會兒在外面乾坐著，冰冷的風一吹，大家才想起來，現在的天氣還沒暖和起來，傍晚的寒風還是很冷的。

兩個小時一到，大家匆匆忙忙起身，向著停車的位置走去。

四輛車子的外壁全都附著厚重的鐵板、鋼架等東西。這是嚴非的傑作，這兩天在銀行附近搜集來的金屬材料全都貼到了車身上，既加固了車體，又等於帶回來不少物資。

開著車子回去，停好車後，嚴非將自己的戰利品「揭」下來一部分，凌空控制著自己單獨上了一部電梯，這會兒幸運地遇到電梯運行的時候。

一口氣來到十六樓，將那些金屬鋪到走廊上，眾人全都跑到李鐵他們的屋子開會。

戰鬥中消耗的晶核一律不計，眾人開始分發剩下的晶核。按照先前說好的比例，羅動兩口子拿到了將近四百顆晶核，其中還有五顆二級晶核。是的，二級晶核。

淡青色的是風系晶核，所有的風系晶核都分給章溯，火系和水系的給了徐玫和宋玲玲。眾人並沒能打到金屬系晶核，嚴非到手的只有土系、速度系之類他用不著的二級晶核。

「將近四百顆，一天十顆左右應該能用到月底。」嚴非看著章溯，「你再想想辦法，不行就用積分換一些晶核回來用。」

章溯攤手，「也只能這樣了。」

其實能一天有十幾顆用他已經很滿足，比之前完全沒得用強，就是數量少了點。要不是他每天都要工作到很晚，他都想在下班後偷偷摸到牆外打喪屍，以他的異能是絕對可以做到不被人發現的。

至於嚴非，因為還能使用部隊上發下來的晶核，所以並不擔心晶核不夠。

徐玫兩人……她們平時跟隊伍出去，就算能分到一些物資和晶核，數量也絕對沒有這次多。她們居然各自都有一百多顆晶核的收入。平時跟著隊伍出去，一天能得到幾顆就已經是所跟著的隊伍厚道了。如果不是兩人有異能在身，在戰鬥中又確實能起到不小的作用，很多人根本就不想分給她們東西。只憑「女人」這個身分，不少隊伍願意收下她們原本就是不懷好意的，只是在發現她們兩個不好惹後，才在做任務的過程中放棄了某些想法。

也因此徐玫兩人單獨晃蕩了幾天還沒找到合適的隊伍長期合作。這一百多顆晶核，如果不太消耗的話，足夠她們好好地生活一段時間。如今基地中晶核的價值還是很高的，就連官方都在收購，只是比例要比外面私下兌換低的多，一顆晶核只能換到兩個積分，所以願意拿去跟官方兌換的人很少。要知道，在私下交易中，一顆晶核至少能兌換五個積分呢。

分好晶核，又說了下次離開基地需要做的準備，眾人便散會各回各家。

拖著疲憊的身軀走進自家大門，當看到大門後聞聲一個勁兒抓門的小傢伙一下子撲上來時，羅勳感慨地彎腰抱住牠的頭，用力揉了揉，「好了好了，我們回來了。」

一個晚上沒見到自家主人的小傢伙，熱烈地表達出自己的思念之情，雖然其實羅勳他們並沒離開多久。

放好東西，去浴室好好洗了把手和臉，還刻意消毒，羅勳才在冰箱裡翻找今天要吃的晚飯。嚴非檢查了一圈各個房間中的情況，確認和走之前一樣，這才放心地回到客廳中。

「你去育苗室看看，我好像聽到又有小鵪鶉孵出來了。」羅勳抱著走前就預備好的炒飯去廚房加熱，對嚴非說道。

「好。」嚴非拍拍正跟在自己身邊跑來跑去的小傢伙。這傢伙已經長大了很多，不用太彎腰就能摸到牠的頭了。

育苗室中，孵化箱果然又傳出了弱弱的鳴叫聲。幾隻柔嫩的小東西依偎在一起，發覺有人站在箱子旁邊，不安地挪動細細的小腿。

嚴非的眼睛不由自主彎了起來，透露出一抹溫柔的神色。

這是無論多麼疲憊之後見到了都能讓人感覺柔軟的存在。

可惜鵪鶉們和人類的審美觀不同，嚴非這麼一笑，或許連小孩子都喜歡親近，但鵪鶉們卻依舊依偎在一起，看著面前這個古怪而巨大的生物。

見盒子一側的食物和水都充足，嚴非環視一圈，憋著張黑臉，戴上膠皮手套去採蘑菇。當然，他採下來的蘑菇都是紅亮紅亮，還環繞不明霧氣的蘑菇。如果誰不想活了可以嘗試著吃掉一顆，讓大家圍觀會出現什麼樣的後果。

「怎麼樣？」羅勳見嚴非從育苗室出來，隨口問道。

「一共五隻鵪鶉，幾隻身上的毛剛乾，應該是今天剛孵出來的，我去樓上燒蘑菇。」

羅勳聽到最後一句，嘴角抽搐了一下。他家的蘑菇木自從進入末世後就沒長出來過一顆正常的，他都懷疑是不是自己這輩子就沒辦法種出一顆半顆能食用的蘑菇了。要不乾脆把那幾節爛木頭拿出去曬乾，當柴火燒得了？

樓上的露臺也種著不少作物，羅勳前些日子培育出來的。需要在今年陸續栽種的作物們大多都在樓下的陽臺或者還在育苗室中，好方便改天往隔壁屋子挪。樓上種著的是水果，需要看情況處理的變異作物。

先前李鐵分給他們的，已經發芽了的檸檬、西瓜，還有羅勳末世前就搗鼓到的蘋果、草莓、橘子樹苗、櫻桃樹苗、藍莓苗等，外加一盆剛剛攀爬出一小段距離的葡萄都在這裡。

這些果樹苗都是羅勳末世前在買蔬菜種子的網站順手拍下來的，他本來就沒打算種太多的水果，要不是在買蔬菜的時候看到店鋪內的連結廣告隨手點進去，順手買了幾種有興趣，以前比較喜歡吃的，他根本想不起來買水果種子這麼奢侈的作物。

在放在地上的盆中焚燒掉詭異的蘑菇，嚴非拉開裝在玻璃牆上的排風扇將焚燒後的煙排出去，自己則站在窗邊向下看去。夜幕中的社區中還是很熱鬧的，人們正紛紛趕回家中。

雖然不少人都因為前些日子的原因搬走了，可留下的人數至少還有一半以上。

嚴非將灰燼倒進馬桶沖掉，再用消毒劑好好清洗了一遍，才施施然回到樓下。

羅勳已經熱好炒飯，正坐在桌旁等他回來吃飯。桌邊的收音機正在播放著什麼消息，見他下樓，羅勳指指收音機，「在說前些日子出現喪屍的事。」

嚴非連忙走到桌旁坐下。

其實這個消息從昨天下午就在基地內反覆播放過了，但反正現在沒什麼節目需要安排檔期，這些比較重要的消息自然要繼續輪播，免得有人離開基地的時候不知道。

收音機中播放的調查結果跟羅勳此前猜測的類似，但在本質上卻有著不同。廣播中說，那些變成喪屍的人是因為吃的飯、喝的水沒有處理乾淨，才會感染了病毒。基地中現在可以使用的自來水中確實含有喪屍病毒，但只要按照基地公告的步驟消毒、淨化就能安全飲用，並提醒現在基地中有私下的小作坊為了節省成本，並沒有按標準的步驟來處理食物，這才引發了上次的事件，基地方面會加緊處理這些私人小作坊云云。

羅勳聽了半天，抬頭看向嚴非，嚴非也看向他，「我記得現在基地裡面似乎沒什麼沒背景的人能開得了兌換熟食的窗口吧？」

羅動點頭道：「至少咱們回來的那天，看到的最先變成喪屍的人是在官方窗口附近。」

所以說，現在的廣播還十分不客觀，許多消息聽的時候要多長幾個心眼，自己判斷，不能裡面沒說這件事跟官方有關就真當成沒關係。

小作坊？還當是末世前呢？基地裡誰家裡有糧不好好在家存著？誰捨得把這些救命的東西做好拿出去換積分？沒發現現在能換到的米、麵粉口感越來越差了嗎？

◆　◆　◆

十五樓某個房間內，徐玫和宋玲玲坐在一塊厚實些的毯子上吃著餅乾，喝著純水。

「咱們明天還出去嗎？」

聽到宋玲玲的話，徐玫猶豫了一下，說道：「還是要出去的，不過不是明天。」說著看向宋玲玲，「咱們現在的晶核雖然夠用，但如果想用晶核提升實力就不能只指望著每個月和他們出去一次。他們在基地裡有固定的工作，咱們沒有。」

宋玲玲嘆息了一下，點頭道：「我也是這麼覺得，不過咱們先前不好找隊伍，現在有這些晶核打底，就算一次兩次找不到合適的隊伍，也不會有什麼大問題。」

她們不是沒考慮過乾脆在基地中找一份長期的的工作，可她們兩人需要提升自己的實力以杜絕猥瑣男人的窺伺。在如今的世道中，沒有誰可以給她們依靠，她們能靠的只有自己，只有自身的實力。

兩個女生對視笑了笑，除了每個月實在不能離開基地的那些日子，她們是不會浪費自己的時間的，就算平時出去時會碰釘子，有可能遇到噁心的隊友，她們也不會放棄。

◆ ◆ ◆

三月的第一天，一大清早，羅勳和嚴非乘車來到軍營裡面集合。這次到達軍營的時候，兩個人被軍營大門口正在動工的情景驚了一下。他們之前是知道軍營似乎在進行加固修建，可當時修的位置正好在他們每次進入大門的反方向，所以沒有親眼看到過，沒想到只不過兩天沒上工，回來就看到了那麼誇張的……大門。

是的，誇張又高大的門，從目前看來的樣子，差不多有十幾米。

隊長向兩人招招手，帶著他們朝某個方向走去，「今天咱們不用去外圍牆，上面下達命令讓土系異能者先把外圍牆修到十米，加寬後再繼續修建外圍牆的金屬防護層，今天咱們要配合建築專家和土系異能者一起修軍營圍牆。」

羅勳詫異地看向遠處那已經十分高大了的牆門，指著自己的鼻子道：「我也跟著一起？」他本來是為了照顧有可能脫力的嚴非才跟過來的，如果不是有著一手出神入化的箭法，直到現在可是連積分都拿不到的。

隊長笑著拍拍他的肩膀，「怎麼不能？他們用異能不需要有人幫著搬東西啊？別說你，就連開車的小劉也得跟著咱們一起忙活。」如今基地內沒有死工資、專職工作人員一說，就算有也都是專業級研究型人才，剩下的人全都是做一天工作領一天工資。

隊長是個十分護犢子的頭兒，他手底下帶著的人手，只要你服從命令，認真做事，有任何福利他都會盡量幫你爭取。那些晶核從發下來到現在為止，他從沒剋扣過一次，不像其他隊長，擔心底下人私藏晶核，每次異能者使用晶核時都需要過去現找他們領取。如果有多的，自然就歸隊長自己所有。

對此，二隊過來的那位金屬系異能者的感覺最明顯。他在二隊的時候，他們隊長就從不在一開始發給他們足夠一天使用的晶核，全都是每次用每次都去申請，吸收晶核的時候還得當著隊長的面做，彷彿怕隊員私自昧下，畢竟晶核這東西如今很不便宜。

他也是來到一隊才知道原來上級是按照人數，每天都會發下一定數量的晶核，而這個數量每次都是有波動的。這麼一算，誰知道以前二隊的隊長昧下過多少晶核了。

對於一隊的隊長來說，羅勳這個隊員很識趣，勤快不說，戒心還高。他對於嚴非等人使用異能的狀態也是頗為了解，能在最及時的時候做出正確的判斷。更不用說，只要有他在一旁，就沒有一個喪屍能傷害到嚴非。只要他出手，他的箭就從沒射不中目標過。

如此給力的隊員，他稀罕還來不及，哪會因為幾個積分將人家趕走？反正他們也是需要人手幫著搬運東西，照顧異能者。

眾人一路走到軍營的南門，羅勳他們平時都是從東門進入的，羅勳兩人遠遠看到之前小隊中的隊員們都在那裡，連司機也在。

「從今天開始，咱們的工作就暫時在軍營這邊，具體需要多長的時間，需要多久才會回去修外圍牆，還要看外圍牆的進度。」隊長吩咐了幾句，就指揮大家去工作地點。軍營除了需要堅固的圍牆外，還需要各種工具、架子等東西。這些物品現在有些不好找到，就只能讓金屬系異能者用金屬材料現做，並不只是單單做圍牆那麼簡單。

上級的命令是，先按照專家們的建議做出需要的東西，如窗框、架子、梯子等，待這些都搞定後，外城的圍牆又可以開工了的話，他們就可以先回去繼續修建外圍牆。等外圍牆和內圍牆這類需要用金屬系異能者的地方的工作都完成，再讓他們回來繼續修建軍營的圍牆。

總地來說，用得著他們的地方多著，他們根本不用擔心一時半刻會失業。

羅勳見隊長吩咐完，大家都各自開工研究圖紙時，悄悄蹭到隊長身旁。

「放假？」隊長愣了一下。想想倒也是，他們每天這麼連軸轉誰都受不了，別說羅勳兩人，就連其他的士兵時間一長也會受不了，「你覺得多久放一次比較好？」

見隊長沒一口回絕，羅勳連忙道：「一個月一次就行了，像前兩天似的這樣，每個月在月底最後兩天能休息就可以。我們也知道基地的工作很忙，不過總是沒個休息時間，怕時間久了大家都受不了。」這是他們跟五人組和章溯等人商量過後定下的日子，如果自家隊長能同意就再好不過。

隊長思索了一下，點頭道：「這事我得去找人商量一下，不過問題應該不大。」

先前是因為工作任務太重，大家又都急著將圍牆修建好，所以沒有放假一說。現在既然工作步入了正軌，又沒有了外圍牆的緊迫任務，自然不能讓人一直這麼緊繃著得不到恢復。

論用金屬製作指定物件，誰的經驗都沒有嚴非豐富。他可是在剛剛進入末世後沒多久就遇到了羅勳，被他撿回家去就開始幫他製作弩和箭等需要照著圖紙慢慢搗鼓的東西。到了如今做起這些東西自然駕輕就熟，還能順便指點其他四人。

有過之前在圍牆上遠程建圍牆的經驗，那四個人學起這些速度加快了不少，只是還要在精細方面多費些心思。好在目前基地需要的這些東西並沒有特殊的要求，只要能做出大致的形狀，可以使用就好。

半天的工作結束後，午飯時眾人自然一起去了距離這裡最近的第四食堂。在食堂的窗口處轉悠了一圈，羅勳低聲跟嚴非感嘆道：「果然沒肉了。」

上個月他們還沒離開軍營出去吃飯的時候，就曾經和李鐵他們一起抱怨過，說就連第三食堂都幾乎吃不到肉了，據說第五食堂和第四食堂早就斷了肉類供應。因為當時他們人在外圍牆處，每天吃飯的時候都是後勤部送來的，所以感覺不太明顯。今天回來後的第一頓，果然見證了基地現今的窘境。

更慘的是，如今打飯也要限量了。以往的食堂，給人盛飯的時候都恨不得多給你盛些，將飯盒打得冒尖才好，現在所有的飯菜都可著勺子的量來，裝完飯菜還會往飯盒中加上一勺子菜湯。要是你抗議的話，他們最多給你加半勺菜湯，並表示這是上級新發布的規定，誰都不能多給的。

更坑爹的是，大家身上掛著的身分牌都在今天早上統一換過，盛飯的時候所有人都要刷一下，刷過一次就不能刷第二次，直到下一餐開始販售才會重新計數。

除了一旁的米湯可以無限盛之外，其他主食窗口就別想了。

端著飯盒回到隊長他們占著的桌子旁，羅勳問道：「食堂改制了？」

隊長也是很不爽，幹了一上午的體力工作，到了中午居然只能吃這些，「是的，從前兩天就減量了，今天正式統一實行。說是現在定的這個量足夠補充成年男人一天消耗的熱量了，覺得吃不飽的都是身體給出的虛假信號，其實營養已經足夠了……那群狗屁專家，說的狗屁理論。老子吃沒吃飽難道自己不知道？把我們當成鳥養啊？又不是所有人的胃都一樣小。」

隊長的食量相對較大，平時也都跟著隊員們一起幹活，體力消耗得不少，沒想到現在居然被人限制飯菜量，偏偏還沒處說理去。

羅勳同情地看了他一眼，自己和嚴非還好，吃不飽還能從家裡帶些食物來，而且他們兩人的食量都比較正常，吃這一份飯菜就差不多了。他可是知道，隊伍中除了隊長之外，還有兩個大胃王的。軍營中這麼一限制，時間久了這些人真的會吃不消。

「軍糧不多了吧？」嚴非的神情倒是淡定，想也知道，基地裡一共多少人？末世前附近能弄到糧食地方的存糧就算再多，也供不起這麼多人每天消耗，而且昨天晚上他們聽廣播的時候就聽到說天氣日漸轉暖，建議倖存者們嘗試著在家中種植些作物。

隊長微微搖頭道：「具體情況不太清楚，不過據說附近幾個糧倉已經都派人都去過了。」至於有多少收穫？看看現在的伙食，反正一開始少些肉類、蔬菜大家還是能理解的，可現在連糧食都開始限量，可見眼下是個什麼狀況。

同座的一個士兵忽然低聲道：「我聽說田地那邊出了大問題。」

「嗯？」眾人一愣，視線全都集中在他身上。

那士兵摸摸鼻子，不好意思地咧嘴道：「我原來一個戰友因為家裡種地，對種田的事情知道的比較多。前一陣子他調到種地的隊伍那邊去了，據說好幾個人受傷了，那些作物……」說著，他擔心地四下看了一圈，見沒人偷聽自己這桌人的對話，才繼續道：「有的作物活了，有的作物顏色變得很奇怪。那些活了的作物長得超快不說，還會傷人。」

變異植物？

羅勳心底解釋了一句，抬頭與嚴非對視一眼。

嚴非也想到了家中被自己和羅勳兩人處理掉的那些外形詭異的植物。

「怎麼會有這種事？」隊長等人驚了一下，植物……還會傷人？這是何等詭異的事。

「雖然無法想像，不過如果真有這種狀況，也難怪上面會限制飯量。」

作物大規模變異，無法正常種植，光靠消耗原本的存糧能堅持到哪天去？研究所的人還需要加強研究，好判定哪種變異的作物能種，哪種不能種，哪種吃了對人體有害。這些還全都是處於摸索狀態，短時間是不可能得出結論的。這個規律至少要到一年後才能大致統計出來，末世後的第一年中，大家註定都要在摸索中慢慢度過。

得知這個消息，對於伙食不滿的眾人不再抱怨，吃過午飯就回到圍牆邊繼續工作。

軍營這次可不是簡單新蓋一下圍牆就好，嚴非從圖紙上畫出的材料，到從負責指揮的主事者口中聽到隻字片語，從修建的圍牆向外擴張出去的面積上來看，大致猜測出軍方這次可以算是有大動作了。

光是圍牆的厚度就比他們在外圍牆處建的圍牆厚，而且這些堅固的圍牆不僅僅是作為防禦工事用，顯然還要在牆內側修建房屋、通道，再加上各種箭樓、碉堡式建築、連通內外圍牆的高架橋等等，這裡將來會毫無疑問成為一個最為堅固城堡的心臟。

一袋袋沙石、泥土運送到牆邊，在土系異能者、混凝土攪拌機的運轉下灌注、搭蓋，速度相當的快。羅勳和嚴非發現建築隊中，上午和下午的土系異能者不同人，顯然跟之前的金屬系異能者一樣被分成了兩撥，再想想隊長之前說過，外圍牆還有不少土系異能者在那裡搭建城牆，可見基地中土系異能者的數量有多少。

忙碌到下午三點，金屬系異能者們收工休息。

羅勳兩人回到軍營東門出去取車，路上感嘆道：「我猜想咱們下次出去也別想找到合適的土系異能者來幫忙，軍隊肯定早就把人都弄到建牆部隊修圍牆去了。」

軍中的工作雖然無法保證收入有多豐厚，卻絕對的安全，土系異能者註定只能在戰鬥中像水系異能者一樣做輔助、防護的工作，所以恐怕就算想離開基地，在沒有信得過的隊員協助的時候，也不敢輕易出去。

嚴非也有些無奈，一時沒有好辦法。從此前徐玫和宋玲玲對於上次大家合作的收穫時的表現來看，他能估算出正常隊伍出一次任務能收穫的晶核有多少，他們這支隊伍的收穫率顯然要遠遠高於其他小隊，這樣一來，如果加進來的人無法信任的話，那還不如誰也不加。

想到這裡，嚴非摟著羅勳的肩膀安慰道：「找不到合適的人就算了，我也能挖坑，大不了咱們下次出去挖一點，下下次再挖一點，總能做好。」都怪瀝青鋪的地不好挖。

羅動忽然想到什麼，眼睛一亮，「末世前不是還有好多地方的地面鋪好了挖開，挖開又鋪嗎？道路三天兩頭修各種管道，咱們說不定能找到合適的地方利用。」

被他這麼一提醒，嚴非也想了起來，他記得往往在那種地方上面還會臨時鋪著大鐵板。驅車回到家中，兩人又從此前出基地時開著的車中取下一部分金屬材料。嚴非早在弄到這些東西後，就將它們與各輛車子融為一體，除嚴非以外的人很難將它們分離出來。

將金屬板材運到十六樓，嚴非和羅動稍作休息就將剩下的兩個房間的地板搞定，順便加固了一下樓體，沒多久兩人就站在光溜溜，由各種金屬材料組成的地板上。

「暖房是第一步，咱們還得在基地中多收集一些照明設備回來，還有太陽能板。」羅動環視了一圈，頗有些指點江山的意思。

嚴非點點頭，「弄好了這個房間，剩下的慢慢來，咱們先把隔壁那些架子移過來吧。」

羅動前些日子在還沒修整好這間屋子的時候，就又做了些架子出來。

兩個屋子間的鐵門敞開，小傢伙興奮地跑過來探險，爪子在金屬地板上啪嗒啪嗒踩來踩去，一旦跑得過猛，就會不小心滑過大半個屋子，撞到牆上。

羅動兩人抬著不重但體積不小的架子、盆子走進來，正好看到小傢伙朝著兩人滑過來，撞倒了羅動。

「幸虧這些架子還沒黏在一起，不然肯定會摔壞。」羅動爬起來後先檢查了一下架子，見沒問題才轉過身去數落小傢伙。

自知做錯事的小傢伙低著頭，耷拉著耳朵，乖乖地挨著罵，看得嚴非強忍著才沒笑出聲來，這真像是老婆在訓斥兒子。

撞到羅勳兩人後，小傢伙總算老實了不少，雖然還留在這個屋子探險，但至少沒再到處瘋跑，只用牠的鼻子這裡聞聞，那裡嗅嗅。

將一排排架子放好，兩人回到自家屋子中的育苗室，轉悠了一圈後決定：「咱們把蘑菇木全都搬過去吧？」羅勳指指放在角落的蘑菇木，不太甘心地說道。

嚴非點頭，他一直覺得把這麼容易變異的東西跟其他正常的作物放在一起是危險的事，尤其這個房間中還有一群小鵪鶉，萬一被感染了怎麼辦？還是提早挪出去的好。

不過，在挪出去前還有準備工作要做，那就是改建溫室。

蘑菇木需要的成長環境不僅僅是簡單的溫室，還需要空氣中含有大量的水分，兩人選中隔壁屋子的小房間裝了個簡易版加濕器，很快就搞定這個問題。

隨後嚴非順手做了些金屬架子出來，用來搭放那些蘑菇木。

「改天要在客廳裡也搭些這種架子。」管子雖然能節省空間，可種植效果肯定不如平放著的土培出來的作物，至少種出來的味道肯定不如。

羅勳之所以一開始選擇用培育架種菜，完全是因為他家的空間雖然比上輩子大，可實際上還是不夠，用架子種菜比較節省空間。

如今既然有了這麼大一個屋子任他折騰，他自然不會放過。

說完客廳的需求，羅勳指著隔壁房間，豪情干雲地道：「這間我要用來種糧食。」

一個小小的房間能種出來多少稻子、麥子？就算能種，結出來的量也絕對不夠一個大男人吃的，可總比沒有強吧？而且說不定還能弄出優質品種來。

最近一段日子中，羅勳他家種出來的作物十分給面子的絕大多數都沒有變異，變異的一些作物中，早熟的品種基本全都味道變差，無法食用，還有一些變成了另一種植物，嚴非打死不敢嘗試，倒是羅勳認得它們，知道這是末世後很常見的作物，雖然口感不佳，但也不會有什麼危害。

嚴非聽說他要用大房間來種糧食，喉結動了動，還是嚥下了想說的話。羅勳多半早就忘記他之前說過的，要將隔壁房間留出一間當作臥室，用來防備萬一哪天屋主回來要房子。

種植用的鐵架因為燈具還沒到位，暫時不用著急製作。羅勳兩人聯手將蘑菇木搬進小房間改建的暖房中，就將育苗室裡可以栽種的植物幼苗們取出，分別處理。

該水培的水培，該土培的土培，該種到花盆、箱子裡的全都依次分類。

兩人折騰到天黑，才捶捶痠疼的腰，起身洗漱準備做飯。

臨出育苗室的時候，還不忘將一些蔬菜丟進麵包蟲和蚯蚓們所在的盒子中。

家中這兩種蟲子的存在是十分必要的，如麵包蟲並不僅僅是作為小鵪鶉的口糧，如果實在缺乏營養，這些麵包蟲還能當人的口糧，味道很不錯的。除此之外，這兩種蟲子還可以吃掉各種植物的老葉子，將它們轉化為肥沃的養料。

雖然現在餵牠們蔬菜顯得比較奢侈，可等羅勳家的各類作物長成，那就要靠它們來幫忙處理那些老葉子老梗加快腐敗的速度了，人可沒辦法嚥下那些東西。

兩人自從搞定隔壁屋子的地板，便像打過雞血一樣興奮地折騰了好半天，等他們想起來洗漱吃飯的時候，已經到了晚上八點。

迅速洗了個戰鬥澡，羅勳從冰箱中拿出冷凍的番茄和家中存著的麵條做好湯麵，兩人坐在桌旁連聊天的精力都沒有，埋頭吃著晚餐。

兩人吃飯的時候，五人組和章溯回來了，喝掉最後一口湯，羅勳迎了出去。

「羅哥、嚴哥。」何乾坤很有精神地對兩人打招呼。

「今天工作怎麼樣？」羅勳笑著問道。

「我想辭職。」章溯一臉不爽，病人可不是喪屍，打交道時麻煩不說，還廢話連篇，更讓他不痛快的是，因為他的技術好，長相優，醫院總會安排一些身分高不能招惹的病人來看病，還要求他不能惹事。

他本來脾氣就不好，末世後更是變本加厲，那些人既然不能得罪，你們不會找些會拍馬屁的醫生過去伺候啊？這種人哪裡會少，就算醫院一樣一抓一大把。

章溯的盛名早在他不知道的情況下傳遍了整個醫院，在基地上級那裡也掛上了號，更有一些好奇心旺盛，不知好歹的人非要見識一下，於是章溯從放假之前就已經很不耐煩，今天終於成功地在炸掉一間辦公室後讓醫院長官不得不點頭同意不再安排來找麻煩的關係戶。

眾人早就習慣章溯時不時的抱怨，並沒人找不自在地插話詢問，王鐸除外。

五人組還向羅勳兩人搶先預告了一個好消息：「手機新卡搞定了，頭兒們說上級已經批准了，很快就能生產，優先提供給軍營使用。」

韓立興奮地解釋：「我們開發的新手機卡功能可強大了，不僅僅能在基地裡面使用，出了基地之後，如果路過的基地站還有電的話也能用，還能接收衛星訊號呢。」

如今全國各地到處都停電了，路上遇到的基地站哪還能有電？這個功能自然是雞肋，可能利用衛星頻道在基地外使用卻是一個非常重要的消息。

負責軟體開發的何乾坤，更是得意洋洋地挺了挺肚子，「我弄了個ＡＰＰ，是緊急情況下呼救使用的，用起來很方便。只要按下呼救按鈕，手機在停電、損壞前就能每隔半小時通過衛星訊號向基地總機和距離最近的手機用戶發出一次求救並上傳所在位置。如果使用者在發送訊號後還能活下來，找到相對安全的地方躲藏，他還能通過ＡＰＰ上報自己的具體情況，用起來超快速超簡單的。」

這可是一件對於基地來說天大的好事，據說將來只要去軍方進行個人資訊登記綁定後，大家就能免費領取一張新卡。當然，手機還是需要大家自行尋找的，這可是能在關鍵時刻救命的好東西。

五人組說起的這件事，羅勳他們第二天就證實了，本來以為像他們這樣的「外人」能比基地中其他普通人稍早些領到新卡就已經很不錯，誰想到他們居然是所有人中第一撥拿到新卡的，跟五人組這樣參與製作的人拿到的時間差不多。

說起來這還是他們隊長的功勞。在得知這個消息後，隊長就以小隊的名義直接幫所有隊員申請了新卡，交到羅勳兩人手中時還說：「我只登記了你們兩人的名字和籍貫，別的具體資料，身分證之類的全都沒填，你們有空的時候去相關部門填寫。」

「籍貫？」羅勳兩人相當詫異，他什麼時候知道自己兩人的籍貫了？

「我記得你們說你們是F市來的吧？我就照這個填了。要是不對，你們去了再改。」隊長毫不介意地擺擺手。

兩人對視一眼，收起自己的手機卡，至於補充資料什麼的……還是回頭再說吧。那個會需要填寫如今的居住地點，尤其是嚴非，覺得自己一旦填得過於詳細，說不定就會被自家父母找上門，還是暫時先這麼用著吧。

跟前一天的步驟一樣製作軍方指定的東西，忙活了大半天，兩人驅車來到市集上。在部分居民遷出內城後，不少原本熱鬧的街道上的攤位減少了，可仍是有不少地方保留著一些長期攤位，羅勳他們每天回家時路過的一條主幹道就是如此。

兩口子身上帶著自從上工後積累到的所有積分、留下的晶核，外加背包中的速食麵，開著車子開始逛街。

兩人的目標是可以用於種植間的照明燈，這東西對於他們未來的生活作用不小，需要多收集一些，免得將來沒得更換。

驅車在街市上轉悠著，果然找到了一些人在處理不知哪裡找到的燈具。這些東西完全沒辦法試用，大街上沒電，所以兩人再次壓價後，用些許積分就換到了一大批。

將燈具裝車後，兩人準備回家進行今天的工作。羅勳發現不遠處有一群人圍在街角不知在做些什麼，對嚴非說了一句：「我過去看看情況。」人就鑽了過去。

末世中圍著一群人的地方，不是有什麼好東西，就是有什麼古怪的東西，也有可能會是什麼圈套，但如果只是遠遠確認一下，就算是圈套也不會惹來大麻煩。

第六章

種菜小能手的驚人大發現

羅勳沒費多少力氣就鑽進人群中，看到了被圍著的幾個人，他們穿著混搭的牛仔衣褲，標準的嘻哈風，其中一人環顧四周，不耐煩地道：「到底有沒有啊？沒有就別在這裡圍著，我們還要等人來換晶核呢！」

換晶核？

羅勳一愣，連忙向著幾個人身前用木板搭起的小桌子上看去，三顆顏色不同，明顯比一級喪屍的晶核大些的二級晶核就放在上面。

其中有兩顆是灰黑色，帶著奇異光澤的，另一顆是土系的二級晶核。

羅勳心中一動，那兩顆灰黑色晶核是他從沒見過的，不像速度和力量系的晶核，這兩種一個是黑底散發青色光芒，一個是棕紅色的。

「你們要換什麼系的晶核？」雖然不能確定那兩顆晶核就是嚴非需要的金屬系晶核，可就算不是金屬系晶核，也跟其他系一樣，對嚴非來說沒什麼用處，萬一是呢？

見有人詢問，那幾個人看向羅勳，他能開口問出自己要換什麼系的晶核，就證明他至少能辨識出這幾顆晶核都是二級晶核。

其中一人道：「雷系、力量系。」

羅勳思索了一下，轉身走了出去。

「什麼情況？」見羅勳回來，嚴非此時還沒上車，手扶在車門上順口問道。

「有人在裡面擺了幾顆二級晶核，要換雷系和力量系的。」羅勳低聲道：「我不太確定，可其中有兩顆說不定會是你能用的。」誰都不知道金屬系晶核到底長什麼樣，只從外觀上來看，那兩顆倒真的有些像是金屬系的。

嚴非挑了挑眉，「你看著車，我過去看看。」說著，他向人群走去。

羅勳拉開車門坐到車上，順手取出自己的複合弩抱在胸前警戒。沒過多久，聽到人群中爆出一陣驚呼，一些人讓出一條路來，嚴非從其中走了出來。

「怎麼樣？」羅勳見他從另一側上了副駕駛座，連忙問道。

嚴非點點頭，「走吧。」等車子開出一小段路才道：「是金屬系的。」

羅勳兩眼瞬間亮了起來，「幸虧剛才好奇去看了一眼，吸收了嗎？」

嚴非微微搖頭，「我能感覺出是金屬系的晶核，不過總覺得……回去再試比較好。」

「你用什麼系的晶核換的？」羅勳雖然不太清楚他為什麼這麼說，但還是對他的想法表示無條件支持。

「一顆雷系、一顆力量系的換了他們三顆晶核。」嚴非說著，從口袋掏出了那三顆羅勳剛剛看到過的晶核。

「三顆？」羅勳詫異，「你用兩顆換了三顆？」那幾個人的帳是怎麼算的？

嚴非無辜地做出個無奈的手勢，「我說我也不知道這兩顆晶核是不是我要的，所以他們就買一送一了。」金屬系異能者的稀缺程度達到了一定程度，目前軍營中已知的金屬系異能者就那麼幾個，嚴非還全都認識。全基地中除了他們幾個人，就算有人打到了也沒人用得了。

再加上嚴非末世前是做什麼的？他可是開公司做生意的老闆，談判什麼的、心理戰什麼的，全都使得得心應手。如果不是確定這兩顆晶核就是他要的，且怕被人截胡的話，他大可再晾這些人幾天，用更低的條件收購回去。

羅勳忍著笑，「你是在一過去就知道這兩顆晶核是你需要的了？」

嚴非點點頭，「二級晶核和一級的不一樣，不用接觸就能感覺出同屬性晶核和異能之間的那種聯繫感，所以只要距離夠近就能感覺出來。」

長長吐出一口氣，羅勳笑了起來，「這樣最好，回去之後你再試試這兩顆晶核和一級的有沒有什麼不同。」

回到家後，嚴非沒有馬上使用那兩顆晶核，從停車場的那幾輛車取出剩下的金屬材料，一路指揮回十六樓，嚴非便開始做各種架子和家具。羅勳則找出玻璃貼膜將整個屋子的所有玻璃窗內側都貼好。跟自家一樣，避免被別人看到自家內部的狀況。

羅勳貼好玻璃貼膜，嚴非的架子和家具也都做好了，兩人開始掛窗簾。這些厚實的窗簾還是羅勳末世前按照自家的規格特地訂做的，用來當作備用更換的，沒想到現在用上了。

至於之後要換洗時怎麼辦？還記得他們在末世之初就以宅男小隊的名義去過一次裝修城嗎？他們在隔壁專賣布匹的倉庫中收集到的存貨還有很多，那些足夠他們再做出幾套結實不透光的厚窗簾了。

掛好窗簾，兩人再次確定這個屋子裡所需的架子、盆子、盒子、罐子等全都放置好，只剩下慢慢培育新的作物將這裡填滿，這才心滿意足地叫上正在屋中到處蹦躂研究架子能不能當狗窩的小傢伙回去。

吃過晚飯，羅勳洗好碗筷回到客廳，見嚴非正坐在沙發上捏著一顆金屬色晶核。

「要吸收嗎？」看看他手上捏著的那顆，又看看桌上放著的那顆金屬系和土系的二級晶核，羅勳好奇地問道。他不知道嚴非為什麼這麼沉得住氣，反正章溯是在得到那幾顆風系的二級晶核後就吸收了。遺憾的是，他吸收過後表示沒有什麼升級的感覺。可與之不同的是，徐玫和宋玲玲在得到了她們屬性的晶核後，卻表示暫時無法吸收。

嚴非歪頭思索了一下，「我覺得……似乎還差點什麼。」

「嗯？」羅勳一頭霧水。

「這是種感覺，我覺得如果要達到最好的效果，最好先多吸收些一級晶核再用它們。」嚴非有些苦笑地看著兩顆二級晶核，「它們的能量還不夠。」

羅勳想了想，忽然靈機一動，「你的異能從一開始就比別人厲害，說不定初始等級就比別人高些。這樣吧，你覺得還需要多少？不夠的話，咱們想辦法換一些回來。」

嚴非並沒虛偽地推脫，琢磨了片刻，說道：「至少還要六百顆以上的一級晶核。」

他每天在部隊中都能得到至少二三十顆晶核用來製作金屬器皿，這麼算下來的話，至少還需要不到二十天就能湊夠這個數量，可嚴非越早提升他的能力自然是越好，更何況他們手中還有上次外出時收集到的那將近四百顆。

「要不，我們賣菜？」羅勳指著放在陽臺上的蔬菜。他家如今收穫最多的就是各種生長週期短的綠葉蔬菜，比如生菜、韭菜，另外還有不少豆芽之類的蔬菜已經生長起來，昨天剛剛被他們放到隔壁去。

嚴非微微皺眉，「賣菜……可是價格怎麼定？能不能保證一天之內都賣出去？」

他們家的這些蔬菜以兩人外加一條剛剛發現開發出了吃菜技能的狗之外，根本就消耗不完，拿出去賣倒是沒什麼問題，可現在拿出這些蔬菜好不好賣？能不能在短時間內順利賣出去？定價多少才合適？

羅勳糾結了一下，他上輩子當然賣過菜……不對，他上輩子根本就是以種菜賣菜為生，可上輩子的他到後來因為培育出了優質品種，所以直接跟某個大佬家的後勤部門簽訂了長期合約，直接給人家提供。

仔細想想，最初的時候自己想要把自家的蔬菜賣出去都是每天小心翼翼地背著、抱著採收下來的蔬菜，去外面一擺就擺上一天的攤，晚上回家在準備第二天的飯菜時，也都只捨得處理蔫了的、沒什麼水氣的蔬菜，外表完好的要留到第二天繼續賣。

說實話，在末世中如果沒有培育出優質品種，又或者能保證種出與末世前口味沒什麼區別的正常作物，基本只夠大家各自糊口。

基地中的常駐人口有多少？會想法子種菜的人又有多少？除了那些有體力有能力出基地做任務的人以外，大家能混個溫飽就很不錯了。在幾種基地人們生活的常態中對比一下就能得知，跟著異能小隊混的人日子是最舒坦的，給軍方打工的人生活相對最穩定，家有大量太陽能板的人日子過得最悠閒，種菜的嘛……絕大多數只是能勉強糊口。

除此之外，基地中還有以當小偷為生的，以出賣身體為生的，以給人當苦力為生的，大部分賣菜的人只比這些人的日子過得體面些。

當然，想種菜也不是人人都能種得了的，畢竟這世上還有另一種人——植物殺手，種啥啥死，養啥啥掛，如這種人也就只能從其他途徑維持生計了。再加上植物這東西一個沒照看好說不定就會變異，在出現過無數次變異植物反而弄死了主人的事故後，願意安心種菜的人數量也在銳減著。大多數在家種菜的人，都只不過是為了自家不至於斷糧，另外可以節省一些花銷。專業種菜還能種成小康的，就只有羅勳這樣喜歡鑽研的專業人士了。

羅勳皺著眉頭沉思著，「如果有什麼人在大量、長期收購蔬菜就好了……」

嚴非想到一個可能性，「軍營？」

羅勳有些不解，和他四目相對的時候，眼睛一亮，「對啊，軍營！」

軍營如今缺菜缺糧食，糧食他們兩人現在種不出來，將來也不可能種出那麼多，但小批量的新鮮蔬菜，說不定基地願意長期收購。雖然他們家現在沒辦法分出太多拿去賣，可畢竟也是一個銷售管道。

或許自己出去擺攤能賣出更高的價格，可誰能保證每天採摘下來的蔬菜都一定能賣得出去？更讓兩人不想出去擺攤的一大原因是，他們沒有時間。

從早上開始一直到下午三點，他們都要將時間用在修建圍牆上，回到家中更要處理各種瑣碎事務外加做飯、嚴非鍛煉異能等等，如果再分出時間去賣菜……

羅勳還不想在末世之後過勞死。

或許將來等基地的工作不再需要他們，他會想法子乾脆弄個長期攤位來賣菜，可至少現在他們是沒閒心去考慮這條路的。

「我想想……我記得丁少尉說過，如果能種出菜來的話，讓咱們通知他……說不定他在這方面有些路子。」羅勳尋思道。暫時排除了自家建牆小隊的隊長，隊長人是很好，但這些小事還是不要拿去麻煩人家了，兩人決定優先去問問丁少尉那邊的狀況。

嚴非表示贊同，他記得隊長因為食量大的問題，跟後勤部門的關係一直不那麼好，這件事還是先問問其他更對口的人比較好。

兩人決定次日清晨先去丁少尉所在的那個警衛亭問問，現在嘛……

羅勳翻箱倒櫃找出了一直放在櫃子裡面的兩支手機，將差點忘到九霄雲外去的新手機卡插了進去。兩支手機都在徹底關機保存前就充滿電量，此時裝好新卡開機後就能使用。

熟悉的訊號，熟悉的畫面，讓兩人頗有興致地看著螢幕上顯示著「有訊號」的小圖示。

「果然能用……」

捕捉到訊號後，兩人將對方的新手機號碼輸入儲存，這樣就能在第一時間聯繫到彼此，又按照自動彈出的提示裝上被直接綁定在新卡上的，何乾坤開發的ＡＰＰ後，他們兩人就收到了末世後第一條真正意義上的簡訊。

這是基地官方群發的簡訊，基地方面會定期用類似新聞推播的模式，向所有新手機持有者發布各種公告。更因為他們兩人是第一批拿到屬於軍用的號碼用戶，所以一些軍方內部的消息也會在第一時間發到兩人手中。

今天這條就是關於太陽能板的消息，如今各種能源途經被外界可視因素阻隔，就連水力方面也因為距離的問題無法如末世前一般正常利用，至於煤電、天然氣更是想都別想。

軍方在末世後開始沒多久就將目光盯到了太陽能板上，也因此羅勳他們末世後才會有第一次的跟軍方合作出基地尋找太陽能板的任務。可那些板材才有多少，哪夠整個基地使用？所以最近一段時間內，基地方面除了四處搜集修建圍牆的材料、汽油、石油等以外，重中之重就放在了太陽能設備上面。

最近又有一大批太陽能設備被運送回基地，在提供給了基地足夠的用量後還多出不少。軍方鼓勵以個人名義去租賃、換購，好解決各人家中的用電問題。

軍方準備以後除了公共用電設施外，停止一切供給私人的用電。

「也就是說，將來咱們大樓裡的電梯還會每天定時運行，但各人家中的供電就會徹底停止了？」嚴非看過簡訊上的內容，向羅勳確認。

羅勳用力點頭，「對，現在這樣每天晚上八點到十點期間的供電會停止，能給咱們留個電梯就很不錯了，將來路燈可能也不會供電太久。」

現在路燈的供電系統還在運轉，羅勳知道，基地內在剛剛普及太陽能板的時候，曾經很大度地將幾條主幹道的路燈全都換成了太陽能型的。

遺憾的是，才剛換上沒多久，這些路燈的太陽能板就紛紛「失蹤」了，讓基地方面立即打消了全基地推廣太陽能路燈的決定，並且將還沒來得及被盜的太陽能路燈全面收回，以後再也不提這件事，甚至連平時的供電也都停了，因為還有不少路燈本身都被盜了。

末世前都不能要求整個社會上所有人的品格、覺悟達到統一高度，末世後就更不用指望大家自覺地遵守規定了。

嚴非思索了一下，笑道：「這東西咱們可以多換些回來，軍方內部價似乎很划算，咱們明天試試看能不能用咱們的身分牌去兌換一些回來。」

「好啊，明天收工就去問問。」羅勳點頭。太陽能板這東西他可不嫌多，等再過上一陣子、基地全面推廣之後，他還要在自家外牆上掛滿這些東西。這可是他上輩子的夢想之一，如今難得有實現的機會，當然不會放過。

家中的太陽能板目前足夠每天的用電，但隔壁屋子改造完畢，需要使用電燈等提供室內光照的話，現在的太陽能板肯定不夠，而且不單單是電量不夠，水也是一樣。眼下每天兩套蒸餾設備一起運轉，可以提供自家足夠的用水，同理，隔壁屋子的作物大面積種植起來，兩套蒸餾設備就不夠用了，需要再多準備至少一套每天濾水。

羅勳在手機上打開記事本，將明天需要做的事情記錄下來。他發現自己好像又得開始忙了，攢晶核給嚴非升級，換太陽能板給隔壁屋子提供足夠的用電，製作蒸餾設備，賣菜，還有月底跟大家一起離開基地打喪屍挖晶核……

哎呀，怎麼越過越覺得離「悠閒種田度末日」的宅男生活越來越遠了呢？

反倒是上輩子，雖然辛苦、疲憊、勞累，卻很符合這樣子的生活。

在羅勳剛剛記錄完待辦的事項後，五人組和章溯回來了。

身為手機卡開發團隊中的成員，五人組毫無疑問是第一批拿到新卡的人。他們的上級還很大度地一人發了一支末世前最火紅的手機旗艦款，反正這東西在末世後就是丟在路邊也沒人撿，他們派人出去轉悠一圈，就能白撿回來一堆，方便得很。

五人組捧著手機感嘆：「唉，以前這支手機剛上市時，我們還說連去年的上一代產品都買不起，想買大家就只能去賣腎，沒想到現在居然能白得最新型號的……」

羅勳看著他們滿臉的惆悵加欣喜的表情，沒忍住潑了一盆冷水，「這種大螢幕的手機，帶出去做任務，可是很容易壞的。」

五人組目瞪口呆，他們好像忽視了這個問題。

章溯哼了一聲，以此來鄙視他們的智商。

「那……那怎麼辦？什麼手機比較耐操？」

羅勳咳嗽一聲，掏出自己和嚴非用的那兩支手機，「三防機，防水、防塵、防摔。就算出門做任務被不小心磕一下也不會壞，是現在最實用的機型，你們不考慮一下嗎？」

「這個怎麼賣？」

「羅哥，我們用我們自己的跟你換好不好？」

「雖然看著醜了點，不過仔細看好像越好看……」

「羅哥，這是你末世前就在用的嗎？怎麼看著這麼新啊？」

羅勳笑咪咪地從背包拿出一個個盒子，「先前出去搜集物資的時候，路過它家的專賣店，順手拿回來的。」那家專賣店也是他末世前就盯上的，在當時自己有手機用的時候，讓他去買新手機是絕對不可能的，可一到末世，這東西就算丟在大街上也沒人會正眼看，他這才撿了一大箱子回來，就算送給五人組也不會心疼，至於剩下的……他留著替換。

五人組合計了一下，用自己這邊的三支手機外加三十顆晶核換了羅勳的六支三防機。親兄弟明算帳嘛，何況他們現在留著這些晶核的用處也不大，還是這種手機最實在。

至於他們留下的那三支機子？當然是幾個人輪流玩玩過癮了。遺憾的是，現在這家機子的所有服務都沒法用了，更下載不到什麼遊戲。何乾坤已經和吳鑫偷偷商量起來，他們兩人準備利用工作之便，開發一些手機遊戲。

哎呀，會寫程式會研發遊戲就是方便，就算他們沒什麼創造性，開發不出新遊戲，但模仿以前紅過的一些手遊還做不來嗎？

大家相互交換手機號碼，除章溯外，他人在醫院，目前新卡還沒分配到那裡，這才結束了每天晚上的例行會議，各回各家睡覺。

羅勳兩人回去後，沒再忙活別的事情，嚴非在推倒床上那傢伙，還是多鍛煉異能多吸收晶核兩者間搖擺了三秒鐘，當機立斷撲到床上，先吃一頓飽的再論其他。誰讓白天的工作越繁忙，兩人回家後的體力就越少呢？趁著今天精神還算好，得好好吃一頓。

次日一早，兩人比平時早些出門，開車來到丁少尉所在的那個警衛亭，果然在那裡找到剛剛到來的丁少尉。

「蔬菜？你們自己種的？」丁少尉有些驚訝地看著面前這兩個年輕人，怎麼看……怎麼不覺得他們兩人像是會種菜的人。就算先前李鐵幾人說過想種菜，丁少尉也沒真當一回事，只是看他們的準備工作做得像模像樣就鼓勵了幾句，抱著「萬一能成」的想法跟他們提了一下。沒想到最先聯繫自己的不是五人組，而是兩個看起來斯斯文文的年輕人，其中嚴非一看就是個富家少爺，他們……會種菜？

知道丁少尉不敢相信的原因，羅勳偷偷瞪了身旁嚴非一眼，笑著解釋：「主要是我在種，我們以前在那裡買了房子後，我就覺得採光挺好的，平時我也喜歡種點東西，從前就試著種過一些蔬菜，家裡也買過一些種子。這不最近種出來的數量有點多，我們吃不完又怕放壞，才想起軍中的伙食最近……已經很久沒看到綠葉蔬菜了。」

丁少尉知道他們那層樓的住戶都在軍營工作，聽到他對軍隊伙食的評論也沒有什麼驚訝的，聞言道：「這事我能幫你們問一聲，價格什麼的得等通知，就是不知道你們能不能長期供應……」說著，左右看了看，低聲問道：「你們種菜的時候有沒有什麼……不對的事嗎？」

羅勳和嚴非對視一眼，猜測他說的應該是指變異植物。

羅勳也壓低聲音道：「有的植物變得很奇怪……顏色樣子都跟平常不一樣，還有的上面會冒灰色的霧氣，我們看著害怕，剛發現就全都給燒了。」

事實上沒都燒，能留下再利用的，全都移植到其他房間，但這事目前還不能明說。

丁少尉鬆了一口氣，「沒錯，有什麼地方不對要趕緊處理，據說那東西一旦長大就挺麻煩的，你們要是有沒變化的普通作物，軍營應該會願意收購。這樣吧，你們下班或者明天早上過來一趟，那時應該就有消息了。」

「我們下午四點左右應該能到這裡。」

「也行，到時你們過來一趟吧。」

「哦，對了，丁少尉，你能不能跟對方說一聲，如果他們需要收購的話，我們希望對方能用晶核收購。」

丁少尉愣了一下，隨即想起嚴非是個異能者，「好，我會轉告的。」

說完賣菜的事情，羅勳兩人驅車來到軍營，依舊是半天的忙碌，一直等到下午收工，兩人才單獨叫住隊長，向他詢問太陽能板的事。

「是了，你們住在外頭。」隊長一拍腦門，「那個訊息本來就是發給那些住在軍營附近那群……那些家屬們的，你們當然也能換。等一下你們就跟我去後勤部……對了，還能順便把個人資料補全。」

羅勳和嚴非對視一眼，眼中都有些無奈，他們本來打算晚一點再辦這件事的，誰想到現在被隊長提起來了。

「看情況吧。」嚴非低聲在羅勳耳邊輕聲說道，大不了他胡編個人資料。幸好自己之前看過羅勳的，也做好按照他的資料修改自己的準備。就算被人看出來就說身分證丟了，應該能蒙混過去，反正自家那對「優秀」的父母也不是那麼真心誠意想找到自己。

跟著隊長直奔軍營中某個人來人往的大樓，一樓大廳的幾個窗口前排了不少人。

想起今天還約過丁少尉要問他收購蔬菜的事情，羅勳兩人只能祈禱這個手續辦理起來簡單些。所幸手續不算太麻煩，前面排著的人也不算太多，因為補充個人資料的窗口開的數量不少，而且這陣子來的人沒有很多，他們兩人很快就輪到了。

羅勳坐下填表格，這才發現之所以會有不少士兵等在這裡填寫個人資料、補填資料還是一方面，更多的人都是為了能更早地尋找到自己的家人，因為表格上有這麼一些欄位，比如有無急需尋找的親人，以及親人的具體情況，比如姓名、末世前可能在的地方等等。

不管軍方到底有沒有實力能不能找到那些人，反正有這麼一項資料總是能讓那些孤身在外的士兵心中多一些安慰。萬一哪天軍隊有任務需要去自己親人所在的地方呢？到時說不定就能將人順利救回來了。

羅勳默默看了這項一眼，暗自嘆息了一聲，填了個「無」字。

家人早就沒了，親友……在經歷過上輩子那十年後，他重生回來連附近的鄰居是誰都記不清了，更何況那些許久沒聯繫過的同學、朋友？自從父母去世，大學中輟，羅勳再沒跟任何一個以前的同學聯絡過，也沒有任何人聯絡自己……

見他有些沉默地填寫個人資料，嚴非雖然不知道他為什麼忽然心情低落，但還是輕輕捏捏他的手示意有自己在，才坐到了桌子前面。

通過嚴非的手機號碼和身上牌子的號碼調出了他的個人資料後，窗口後面的工作人員示意嚴非道：「這是你的個人資料吧？」

嚴非看著螢幕，沒過多久點頭道：「對。」

「填一下這個吧。」

接過表格，再看看螢幕上顯示出來的已經填寫過的部分資料，不單嚴非，就算是剛剛填寫完畢的羅勳也感覺天雷滾滾。

末世後的資料大量遺失，事情變得混亂起來，先前上門登記的人大多是手動填寫的，兩人來到基地後的第一個身分牌也是自己手動填寫的姓名、年齡，但之後替換的時候，則是隊長直接拿來的牌子，上面只有編號沒有姓名等具體資料，所以兩人一直不知道牌子所對應的個人資料是什麼。

至於手機卡，那也是隊長拿過來的，裡面具體的情況都沒寫清楚，可現在，他們兩人總算知道了這東西裡面的資料有多麼不準確了。

比如羅動的，他的名字叫羅動，卻被打成了「羅勛」，年齡也很詭異地從二十二歲變成二十歲，莫名其妙少了兩歲，所以他剛才在看到之後就請工作人員修改。

再看嚴非的個人資料，他的錯誤算什麼？

嚴非的名字變成了「閻飛」，年齡從二十六歲變成了未知，籍貫是隊長隨口說的F市。

嚴非順著既有的資料直接篡改了自己的個人檔案，年齡倒是沒改，名字也預設是電腦中顯示的那個，末世前的居住地址填羅動他家，至於他的身分證號碼更是根據羅動的身分證號只修改了代表「省市」的部分。這個新編出來的號碼將來會不會被人查出來？國內原本的資料庫早就不知道丟到什麼地方去了，誰還有功夫去查這些？至於如果個人資料真的被查出來了怎麼辦……難道還不許人家記錯嗎？還不許人家在末世後把身分證弄丟嗎？

兩人填寫完個人資料後離開座位，羅動立即從口袋中掏出紙筆對嚴非低聲道：「快點照著剛才的資料寫下來，免得回頭你自己忘了對不上。」

嚴非好笑地看著他，掏出那支不怕摔的手機，「我記在這裡面，你那紙筆太顯眼。」

羅動想想也是，連忙收起，口中還不忘囑咐：「那回去之後也得再用紙筆記錄一下，免得手機丟了，自己又忘了……」

「好，等一下回家就寫。」嚴非將剛才胡謅的資料輸入手機。

隊長見他們兩人回來，指著身旁的人說道：「這位是王隊長，管理後勤物資對外銷售這一塊，你們需要多少跟他買就好。」

羅勳兩人客氣地跟對方打招呼，王隊長長得比較富態，雖然沒有何乾坤那麼誇張的圓潤身材，但也能頂羅勳一個半。見到他那腐敗的肚子後，兩人跟著他一起去買東西的路上，嚴非就隨手拿出半包菸來打交道。

一見那半包菸，王隊長眼睛笑得都睜不開了，拍著胸脯，一個勁兒說道：「需要多少隨便買！」只要你們的積分夠用。

兩人跟他來到後勤部，對方直接給兩人開出了內部價，三十積分一塊板子，太陽能蓄電池五十積分一個，而且這些都是容量、體積比較小的，如果要大的價格還會更高。可價格雖然高卻比對外銷售的價格低很多。王隊長表示，等過幾天開始對外正式銷售，這些東西的價格至少還會翻倍，現在這個價位只是照顧內部人員。

兩人對視一眼，頗有些感慨積分不夠花。他們這些日子幾乎沒怎麼用過積分，羅勳自己賺的和跟嚴非一起去修牆時賺的都存著呢。刨去前幾天在市場上買燈具花了一些，兩人還剩下至少七八百個積分。可換算成物資，他們根本買不了多少。

按照家中已有的蓄電池、太陽能板的規格買了一些，就花出去足足五六百個積分，兩人心中淌血地拎著東西回到車上，在長吁短嘆中驅車回家。等開過警衛亭所在的位置後才忽然想起早上跟丁少尉的約定，連忙調轉方向又開了回去。

「不在？」羅勳愣了一下，確認道：「他沒留下什麼話嗎？」

「沒說，他下午還沒回來。」執勤的士兵表示自己也不清楚丁少尉的行蹤。

羅勳回到車上，再度朝自家方向開去，「他沒回來，咱們先回家，明天早上再說。」

賣菜的事情倒也不算太急，家裡的蔬菜雖然有多餘的，可也還沒到大批量收穫的時候。他們雖然需要大量晶核給嚴非使用，可家中剩下的，再加上去軍營打工時每天拿到的，其實只要多等幾天，還是能夠將他需要的數量攢夠。

回到家中的兩人直奔自家臥室，嚴非坐在沙發上鍛煉異能，羅勳繼續翻箱倒櫃找東西改造蒸餾設備。隔壁的浴室、廚房還空著呢，那兩個水管不好好利用怎麼行？

將一口大玻璃缸放到隔壁廚房流理臺上用來接水、沉澱，手動組裝好一套蒸餾設備連接在一旁，再準備接水專用、密封效果比較好的桶子，羅勳總算將廚房的工作搞定。正準備再裝一套同樣的放到浴室去時，忽然聽到大門被人敲響了。

嚴非放下手中的金屬球，起身走到樓下。兩人放輕腳步來到大門後面向外張望，推開的大門外傳來丁少尉的聲音。

他居然直接過來了？

兩人連忙迎了出去，就見丁少尉和兩名明顯有一定級別的士官站在樓梯口。

「我就說你們這會兒肯定在家。」丁少尉笑著為兩人介紹：「這兩位是負責食品衛生安全和食堂採購的負責人，這位是李隊長，這位是胥教授。」

聽稱呼就能分出這兩位誰是負責食堂採購的，誰是研究食物安全的。胥教授的年紀較大，約有四五十歲，另一位就要稍微年輕些。

羅勳聽丁少尉說這兩位是想看看他們種植作物的情況，便乾脆把人引進一六〇三的屋子裡。走在前面的是嚴非，羅勳故意落後幾步，詢問幾個問題。

客廳中的鐵門已經看不太出原來的樣子，嚴非直接將剛剛用來練手的銀色鋼材拉薄鍍到了整面牆上，任誰也看不出這面牆上居然還有一道門。

丁少尉三人一進來，視線就被一排排的架子吸引了。

「這是……要準備用來種菜的吧？」胥教授推推眼鏡，仔細觀察了一下，還用手摸摸鐵架子，「挺好，哪兒弄來的？還挺結實的。」

李隊長眼尖地看到靠近陽臺那裡種了一多半的各色綠葉蔬菜，加快腳步走了過去，「胥教授，過來看看，這些都是沒有變異的植物吧？」

無論是後勤部還是專門抽調出人手負責種田的部隊，最近不是沒試著在基地裡的空地中種過菜，可那成活率、變異率簡直讓人不忍直視。再看看這些蒼翠的青菜……這才是正常人應該吃的食物啊，他們已經多久沒吃到正常的綠葉蔬菜了？每天馬鈴薯地瓜、馬鈴薯山藥，吃得人都快變成馬鈴薯了。

胥教授舉著眼鏡仔細看著。

丁少尉的關心點則在另一方面：「你們這邊準備全都用來種菜？」他是知道羅勳兩人平時似乎是住在隔壁的，現在看來這邊他們準備當成種植間了。

嚴非點頭道：「我們兩人平時用不了那麼大的房子，先前還考慮租出去，可之前基地裡那次的事……你也清楚，所以我們就乾脆折騰出來種東西了。只是東西能種是能種，就是之後不知道拿到什麼地方去賣。」

丁少尉笑了起來，拍拍他的手臂，「問題應該不大，我看你家菜好像沒什麼大問題，等教授他們確定了，如果需要的話，你家的菜吃不完就直接送到軍營去就行。」

胥教授一臉驚喜地拉著羅動詢問：「變異率怎麼樣？那些變異種怎麼處理了？」

羅動無奈說道：「長得太可怕的我們都直接燒了，怕吃出問題來。您可能也知道有些植物長出來不是紅的就是藍的，看起來就像是有毒，我們哪敢留下？至於變異率……我感覺還好吧？十株裡面也就一兩株……」

他的話音未落，換來兩人一陣驚呼，「這怎麼可能？」

李隊長和胥教授驚詫地對視一眼，反覆確認道：「是十株植物裡只有一兩株變異的，不是只有一兩株是好的？」

羅動也覺得驚訝，自家種菜時的變異率比上輩子時還低，可他沒弄清楚到底是為什麼，老實答道：「對，只有一兩株是變異的。」

「你平時給它們用什麼水？什麼肥？」胥教授追問。

「蒸餾水和一些末世前為了養花買的水溶肥料……」羅動指指放在一旁的專業肥料。那些肥料沒什麼特別之處，胥教授看著那幾個架子旁邊放著的水桶，裡面插著給氧用的水泵，心中一動，「我看看你蒸餾水時用的工具。」

羅動慶幸自己剛才手快地將廚房的蒸餾設備剛剛搞定，裡面還有一些自家過濾乾淨的清水放在一旁備用，現在正好可以讓他們觀摩，而不必帶他們去隔壁自家小窩中。

帶著幾人來到廚房，胥教授問清楚羅勳的蒸餾步驟——比普通人家多放置沉澱一次，比普通人家多蒸餾一次。雖然這麼操作肯定會降低過濾水的效率，但不得不說，如果這真是他能讓作物們的變異率降低的關鍵，那麼就算再多一組步驟都不算什麼。

從羅勳家取了一點水樣和幾種蔬菜的樣品準備回去化驗，胥教授又問道：「種植過程中有沒有遇到什麼東西變異率比較高？」

羅勳忽然想起暖室中那堆蘑菇木，「有，蘑菇，從來都沒種出過正常的。」

「蘑菇？你家還種了蘑菇？」丁少尉差點被自己的口水嗆到。

羅勳笑笑，「末世前我從網路上買過一些白玉菇、金針菇的孢菌想自己種種看，據說比外面的衛生，還更好吃，沒想到之後就進入了末世。我趁上次離開基地的時候找了幾段木頭回來試著培養，沒想到……」說著，帶幾人進入那個剛剛改建好沒幾天的滿是蘑菇木的房間。

上次那堆疑似毒蘑菇的東西已經全被嚴非毀屍滅跡，這兩天只有零星鑽出了一點頭，看起來數量並不多，倒真像是他閒著沒事幹自己培育著看情況的。

胥教授鼻樑上的鏡片反射出犀利的光芒，他從木頭上取下兩朵，「我回去化驗一下。」

收集完這些東西，幾人交換了手機號碼，那幾個人才心滿意足地離開。

羅勳鬆了一口氣，「幸虧我剛才手腳麻利，更幸虧咱們把這邊的東西全都搞定了。」

嚴非摸摸他柔軟的頭髮，「我幫你一起整？」

羅勳將他推到封住的鐵門邊，「你去忙你的吧，我要是有什麼弄不了的再叫你。」

兩人各自忙碌了好半天，直到晚上七點鐘中左右，才放下手中的工作，回到廚房去親親熱熱地做晚飯，準備好好吃一頓補充體力。

羅動忽然想吃陽春麵，便決定和點麵粉放到旁邊醱酵。嚴非怕他折騰這些累著，不過看他興致高昂的樣子還是沒掃他的興，站在一旁聽著他的指揮遞東遞西。

陽春麵不難做，冰箱中有冷凍高湯，取出一小塊加水，把味道調好即可。攤出來的鵪鶉蛋攤出一張金黃色的蛋皮切成細絲備用。燒熱的沙拉油倒進嚴非剛剛採下來洗淨切碎的香蔥小碗裡，香味四溢的蔥油就做好了。

取出醱酵了一會兒的麵粉，揉了幾次再擀薄切成細絲。

另取一口鍋放入清水，等水滾後煮麵條。

撈出的麵條放入高湯中，再放入蔥油、蛋皮，色香味俱全的陽春麵就大功告成。

雖然羅動很想再弄些肉絲配著吃，不過家中的肉庫存快沒了，就沒捨得解凍，幸好陽春麵不放肉絲也很香就是了。

兩人端著兩個大碗回到客廳，並肩坐在沙發上開吃。

小傢伙蹭了過來，眼巴巴抬頭看著兩人。

羅動挑出一根麵條、一根蛋皮、一點點蔥花放到一個小碗中晾著，等晾涼後才給小傢伙嘗嘗味道。牠早就吃過狗糧，這會兒不過是嘗鮮。

自從小傢伙吃菜的事情放到明面上，小傢伙就發現自己的食盆中總會多出幾片清脆的菜葉子，大多都是牠喜歡吃的生菜，沒有那種討厭的、長長的、野草般的東西。

小傢伙當然不知道那東西是韭菜，生吃有點辣，還能壯陽……

麵的香滑、湯的美味，讓兩人一口氣將半鍋湯麵全都幹掉，然後懶散地躺在沙發上瞇著眼睛消化肚子裡的美食。

「有湯的東西就是撐肚子。」羅勳滿意地摸摸自己的肚皮。上輩子時自己做飯總喜歡弄湯湯水水的是因為糧食珍貴，多加些湯水顯得量多能填肚子。現在嘛……晚上吃些容易消化的，省得加重胃的負擔。

羅勳盤算起明天收工回來後要做的事，暖房裡已經在發新的蔬菜等作物的種子，再等上幾天就能種到隔壁去，另外一些作物也可以從陽臺、露臺移到隔壁。還有那些小鵪鶉，李鐵他們雖然工作比較忙，但也不是不能開始試著照顧，可以先給他們幾隻養看看……

正想著，羅勳的手機鈴聲忽然響了起來。

許久沒聽過手機鈴聲，兩人先是愣了一下，這才回過神來。

羅勳趕緊接起電話，甚至忘記去看來電人是誰，接通電話才聽到裡面一個似乎聽過的聲音興奮地道：「你們的那些蔬菜完全沒問題，我們的化驗結果已經出來了！剛才我給小李打過電話，你們等一下和他聯絡，看看什麼時候能開始供應蔬菜……」

羅勳略微反應了一會兒才意識到打電話給自己的人是胥教授，連忙表示感謝，沒想到居然那麼快就出化驗結果。

胥教授聽到他的疑問，笑了起來，「那些都是常見的蔬菜，雖然許多檔案都遺失了，但這些東西還是留有資料的，化驗出來一對比結果就清楚了。倒是你家的那些蘑菇還沒研究明白到底是什麼，你們可千萬別吃。對了，如果有其他奇怪品種的變異植物，你們也可以收集送過來，我就在第四研究所，來之前跟我們聯絡……當然，也可以先拍照發過來給我，如果是我們這邊有樣本的就不用送了。」

感謝過胥教授的指點，羅勳掛斷通話，對嚴非笑道：「沒想到化驗結果已經出來了，我和李隊長聯絡一下。」

在他剛才接電話的時候，嚴非就已經聽到對話的內容了，自然清楚他們在說些什麼，聞言點點頭，任羅勳興沖沖地去處理。種菜的事情畢竟是以羅勳為主的，他既然喜歡弄這些東西，自然由著他去折騰。

一個電話下來，李隊長那裡果然接到了胥教授的通知，知道羅勳他們家種出來的蔬菜沒問題，他們當然願意收購。最近綠葉蔬菜嚴重不足，羅勳家的數量雖然不多，可到底是末世前原汁原味的正常蔬菜，李隊長拍板，最後以一晶核一斤的價格收購。

收購的蔬菜就以目前羅勳家架子上可以收穫的散葉生菜、油麥菜、韭菜等為主，如果羅勳家有收穫第二天要送去，兩邊晚上用簡訊告知即可。現在羅勳他們用的都是軍方專線，簡訊和通話暫時是免費的。

一個晶核一斤蔬菜，比起末世後期來說不是太便宜，但如果以羅勳家蔬菜的優質品種來說，這個價格就顯得有些低了。等到末世兩三年後，若是種植那些變異的、口感不是特別好但產量不小的變異蔬菜，差不多也是這個價格。

考慮到現在晶核的價值，這個價格很不錯了。

羅勳放下電話，瞬間變得幹勁滿滿，現在就想起身去摘菜秤重，看看明天早上能夠賺多少，還準備去育苗室中再發出一批種子拿到隔壁種，卻被嚴非一把拉住，「現在摘了的話，明天早上就不新鮮了，另外，家裡雖然有種子，可數量才多少？你先前不是還特意留出了一些蔬菜準備讓它們結種嗎？咱們得要細水長流。」

被嚴非這麼一提醒，羅勳才冷靜下來。

是啊，他們現在雖然需要晶核，可也沒缺乏到這種地步，還是慢慢來。要是一開始就拿出一大堆菜去賣，反而會讓人懷疑。李隊長和胥教授今天可是來過的，知道自家目前還沒法大量種植蔬菜，怎麼可能馬上就拿得出許多蔬菜？

一夜過後，比平時早半個小時爬起來的羅勳，拉著嚴非去摘菜。兩人觀察了一圈，將除了留種，還沒徹底長起來的蔬菜以外，已經成熟再不採摘過就要老了的生菜、油麥菜、韭菜等等，收割的收割，打包的打包，用小彈簧秤來秤重量。確認加在一起差不多能有十斤出頭，這才提著這些蔬菜下樓放到了車上。

開著車子去軍營，這一回羅勳兩人沒有將車子停放在基地外面，而是直接開進去，停到第一食堂的後門。第一食堂啊，難怪呢，現在這世道能吃到綠葉蔬菜的都是有特權的人物，反正他們這些在第四食堂附近打工築牆的人是沒這等口福的。

跟李隊長等人進行交接，對方檢查過羅勳兩人拿來的蔬菜的新鮮程度、外觀有無變異等狀況便上秤秤重，最後交給兩人十顆一級晶核。

那麼幾袋蔬菜才換回十顆晶核，羅勳莫名有種失落感，體積差異太大了。

嚴非好笑地安慰道：「你應該這麼想，這些菜不賣咱們也吃不完，還不是浪費？」

羅動這才心情好轉，感嘆道：「所以我才只和他們約定這幾種蔬菜。這幾種長得超快，溫度合適的話，幾乎一個月就能收穫一次。其他那些能晾成乾菜，做成醬菜的比如豆角、茄子或韭菜花之類的，我才不會賣給他們呢。」

稻米、小麥這些，更是不可能拿出去賣，除非是變異種。

難種的蔬菜作物自家留著，好種的自己家吃外加拿出去賣，這是羅動重生後，有了相對固定的工作，有了強大攻擊力的後盾就下意識定下來的未來奢侈的生活目標，反正現在的他就算挺直腰板拍著胸脯說「老子不想賣菜」也能順利活下去，這可是上輩子想都不敢想的。

將十顆晶核放進嚴非的口袋中，嚴非笑了起來，「現在可真是你養著我了。」

羅動想起早先和他遇到後沒多久自己說過的話，也低頭悶笑。雖然現在的形勢看起來似乎是這樣，但實際上算算真正意義上的收入，還是他賺的多好不好？

兩人這次既然能順利將車子開進軍營，就乾脆停到了距離工作地點比較近的停車場去，省得每天都要步行去取車。與隊長他們會合後，一行人開始了今天的工作。

他們現在已經將大部分基地所需的各種配件器皿製作出來，正式開始修建南門那個超級厚重的鐵門，隊長在大家中午休息的時候說道：「上級說讓咱們今天把鐵門修好後，明天就回外圍牆繼續修牆。」一說著，摘下戴出了一頭汗水的帽子扇著，「外圍牆已經修好了一小部分，咱們這次不單單要加高外圍牆，還要把金屬牆加厚到至少一米厚，另外還得弄出上次給大家看過的像鉚釘一樣的東西，說是要在牆上建一整排來。」

無論如何，外圍牆才是目前的重中之重，因為知道金屬系異能者不足，所以上級決定在外圍牆修建好一部分後，優先將他們調派出去。

「這麼急？」副隊長有些詫異，他還以為他們能在軍營裡至少忙個十天八天呢。

隊長嘆息一聲，「基地外面發現不少新進化的二級喪屍，其中有一些力氣變得很大，在和深入市區尋找物資的部隊碰到之後，一輛坦克車被那幾個力量系的喪屍砸爛了一半。」

飯桌上的眾人集體一驚，同時打了個寒顫。

一個士兵低聲嘀咕：「難怪要咱們加快速度，還要把外圍牆修到一米厚……」

隊長感慨地嘆息，「你們不知道，現在外圍牆的土牆部分已經按照十米高、三米厚的規格修著呢，咱們那一米厚的鐵板將來夠不夠用還不知道。」

眾人心有戚戚焉地連連點頭，坦克車的裝甲雖然沒有他們要修建的圍牆厚度那麼誇張，可人家用的材料結實。他們現在修得再厚也難說就一定牢固，畢竟他們只能操控金屬材料卻無法提純、改良材質，只能有多少修多少，有什麼材料用什麼材料。

說完這件事，隊長一拍腦門，笑道：「對了，還有一個好消息。」見大家期待地看過來，他笑咪咪地甩甩手中的筷子，「咱們以後每個月都有四天假期，放在月底，到時除非有大批喪屍打到牆下，所有人不得不出來戰鬥，否則那幾天愛幹麼幹麼去，就算去外面勾搭妹子都沒有人管你們。」

聽到有假放，眾人齊聲歡呼。

羅勳和嚴非詫異地對視一眼。

一個月有四天假？他們本來以為能有兩天就不錯了，沒想到隊長那麼給力。

隊長對羅勳兩人挑挑眉毛，他的意思很明顯——怎麼樣？跟著我混不吃虧吧？

能比羅勳提議的還多出兩天假期，隊長確實很厲害，不過不知道出於什麼考量，上級並沒允許他們每週休息一天，而是到了月底的時候統一休息，當然，這對於羅勳兩人來說是個不錯的事情，他們可以多出兩天來做自己想做的事情。

因為上級給出任務，要在今天內將鐵門搞定，明天大家又要回到外圍牆去，所以進度十分緊張，比平時多忙了一個半小時，眾人才拖著疲憊的身軀收工。

看著那扇沉重到的鐵門，再看看幾個疲累的金屬系異能者，後面參與建築工作的普通人們都不由得搖頭嘆息——真是變態，比那些土系異能者還變態，一天就整出這個大傢伙來。

軍營的超級鐵門一共有兩扇，位於正南和正北，他們四人這次修的是正南方的，但因為修建工作還沒開展到北門那邊，所以暫時不需要再做出這麼一扇來。更因為現在的金屬材料都要緊著外圍牆用，所以先整出一扇安慰安慰某些神經質的上級就好。

羅勳兩人驅車回到自家時，天色已經暗了下來。

自從他們到部隊工作以來，今天似乎是回來最晚的一次。

羅勳提著飯盒，笑嘻嘻地道：「今天雖然累了點，但正好趕上食堂開飯。」

今天他們去第一食堂送菜的時候李，隊長順手送了他們兩張第一食堂的招待卷，這種招待卷是用來招待某些去軍營辦事，本身在末世前比較有身分地位又或者是什麼官員家屬的好東西，一般人弄不到，可以在第一食堂免費打一次飯菜。

不得不說，第一食堂的伙食難得還保持了早先的水準，裡面不但能吃到各種其他食堂幾乎絕跡的肉類料理，兩人還見到了自家今天送過去的綠葉蔬菜，雖然量很少。

嚴非接過飯盒拿在手中，兩人一起站在電梯前等電梯。今天他們回來的時間正好趕上電梯開放，省得爬樓梯了。

同一棟大樓中，除了他們兩人，還有一些住戶也在等電梯。因為甚少見到羅勳他們，所以有人在暗自打量兩人，猜測著他們是新搬來的？還是來找人的？

「羅勳？嚴非？」一個聲音在後面響起，兩人轉身見是徐玫和宋玲玲。她們兩人也是剛剛買晚餐回來，手中各自提著一個保溫罐。

沒想到會在這裡遇到，兩個女生都有些好奇，「你們才回來？」

羅勳點頭，「我們今天工作時間長了點，妳們去買飯？這兩天怎麼樣？」

自從上次合作之後，他們還沒遇過徐玫兩人，今天倒是趕巧了。

宋玲玲笑道：「我們今天下午剛回來，現在打飯才回來。」

電梯來到一樓，一群人走出來，他們連忙擠了上去，按下十五樓和十六樓兩層。

同一部電梯中的人見到羅勳他們連十六樓也按了，用更為詫異的目光偷看兩人。不能怪他們，實在是同棟樓的住戶早就知道十六樓住著一群怪人，用鐵門封住出入口，別人想要一探究竟都不行，今天難得見到活的。

不過他們也清楚，住在十六樓的人都不好惹，不敢明目張膽盯著他們看。

隨著下樓的人越來越多，最後電梯上只剩下羅勳兩人和徐玫兩人了。

見沒有外人，徐玫才向嚴非他們確認：「這個月月底出去？」

嚴非點頭，「如果沒有意外的話，我們應該還是月底最後兩天會出去。」

徐玫和宋玲玲暗自鬆了一口氣，上次回來後，她們休息了一天又跟別的隊伍出了一次基地，那經歷簡直不堪回首。倒不是她們遇到什麼不懷好意的男人，在徐玫的凶名傳開後，實力不夠還敢不顧死活吃她豆腐的人越來越少了，她們兩人這次遇到的是坑爹的隊友。

戰鬥力差就不說了，遇到被喪屍圍追，各種混亂各種手足無措，竟然還有人在驚慌失措的情況下把宋玲玲往喪屍堆中推。當時神經緊繃的宋玲玲迅速反擊，按照羅動的提議，凝出一顆水球包裹住那人的腦袋，成功製造出第一個在陸地上溺死的屍體……

她們聽說宅男小隊還會按預定的在月底外出做任務，高興之情溢於言表。

「你們找到土系異能者了嗎？」宋玲玲好奇地問道。土系異能者現在很少有願意離開基地的，但或許以他們的實力能找到也說不定。

羅動無奈攤手，「不好找，土系異能者大多為部隊工作，放假時間不定，而且他們很多也不願意離開基地。」他們不是沒趁著休息時間跟土系異能者打交道，畢竟中午吃飯的時候大家都在同一個食堂，平時又在一處工作，自然遇到過幾個人。

可一旦將話題轉移到離開基地打喪屍上，對方就沒一個有興趣的。軍中的異能者們則要以服從命令為第一使命，所以這些人在他們家上級沒給假期的時候，他們是不會主動提出來的。有兩個和嚴非一樣外來的，異能等級似乎比普通一級土系異能者略高些的異能者更是表示，吃公家飯足矣，他們可不想出去玩命。更何況，他們覺得每天有基地發下來的晶核已經足夠用了，哪裡還需要特意出去打晶核？

「妳們呢？」

連羅動兩人都沒找到合適的人，何況徐玫和宋玲玲。

「我們之前組隊的時候倒是遇到過一兩個土系異能者，不過……我們不太熟。」而且跟那些隊伍也說不到一起去，不然哪會直到如今還四處求人組隊？

嚴非拍板，「找不到問題也不大，我們有其他方法代替，不必勉強找不合適的人。」

聽了他的話，兩位女士乖乖點頭。可不是嗎？萬一找了個極品回來，誰受得了？還不如就像上次似那樣，大家的收穫不也不小嗎？

兩位女士在十五樓出了電梯，電梯關上，繼續向上運行，宋玲玲忽然對開門的徐玫低聲問道：「徐姊，妳覺不覺得……嚴哥和羅動之間……有點怪？」

「怪？」徐玫不解，看了她一眼，「哪裡怪？」

嚴非那人的脾氣本來就那樣，要是覺得他脾氣怪的話，大家上次合作之後宋玲玲就該表態，難道她現在才察覺嚴非的態度不冷不熱的？這反射神經也太長了吧？而且，說起怪來，十六樓的那些男人誰能比得上章溯怪？

「就是……」宋玲玲歪頭思索了一下，皺著眉頭道：「在一起的時候感覺怪……」說著，她忽然眼睛一亮，「剛才我看到嚴哥摟著羅動的肩。」

「這不是很正常嗎？李鐵他們幾個不也總是勾肩搭背的？」打開大門，徐玫一邊往裡面走一邊隨口應著。比起嚴非、羅動、章溯三人，她們兩個和李鐵幾人反而更熟悉些。那幾個人自從和自己認識之後，早、晚遇到總會有話沒話跟自己說半天。

宋玲玲抿唇笑了起來，神祕兮兮地說道：「那不一樣，跟李鐵他們那些沒心沒肺的傻孩子之間的感覺不一樣，他們兩人好像是一對的。」

徐玫腳步頓了一下，詫異地回頭看著她，「不可能吧……」

宋玲玲眨眨眼睛，「有什麼不可能？這是我的第六感。我們大學班上的同學還有兩對呢，另有一對是女同性戀。」

兩個女人四目相對，好半天徐玫才嘆了一口氣，「要真是也好，隊裡有這麼一對……如果隊裡有這麼一個例子，那麼說不定就可以帶動其他男人全都往這方面想。」

男同性戀對於她們兩個如今患上厭男症的女人來說簡直就是福音，是婦女之友，是能帶來基地和平安寧的最佳典範。

完全不知道自己被人當作婦女之友，絕對不會危害到女性安危的終極好人的羅動，正拖著沉重的腳步走向自家大門，一邊拿鑰匙開門，一邊跟嚴非商量：「咱們今天先吃過晚飯再做其他的事情吧？」

嚴非沒什麼意見，他們兩人忙了一整天，剛才在食堂買晚飯的時候又聞到飯菜的香味，就算原本還不算太餓，這會兒也餓了。

兩人今天帶回來的可都是好菜，什麼燉雞腿、五花肉、燉牛肉……雖然每道肉菜裡都有其他的配菜，可總地來說都是以肉為主，足夠兩個大男人解解饞了。

家裡的冷凍肉幾乎全都吃完了，天花板吊著的風乾肉、火腿、臘腸等，雖然可以解饞，但他們每次都不敢多吃，生怕現在吃多了將來想吃都沒得吃。

除了這些東西外，家裡還有一些羅勳在末世前做出來的風乾牛肉，那可是真的「風乾」，一點水分都沒有，可以留著當長期備用糧吃。那東西乾得很難切割，但一條條揉搓，牛肉就會像是乾燥的麻繩一樣散開。

不過因為這東西做的時候比較費牛肉，羅勳當時的時間也不算太多，只做出一小袋，此時的他更是不捨得隨意拿出來吃著解饞。

在打開飯盒準備吃飯的時候，羅勳看著那滿滿兩飯盒的肉菜，思考了一下，抬頭向嚴非建議：「肉太多，一頓吃光對胃不好，咱們要不分出一半，加點家裡的蔬菜？」

嚴非忍笑點頭，「好啊，我去蒸飯。」他們兩人為了最大限度打些菜回來，今天根本沒有要過主食，兩個飯盒裡都是滿滿的各種燴菜。

羅勳抱著飯盒跑進廚房，又飛奔到陽臺上摘菜。別看他們今天賣了不少蔬菜，家中留下的也足夠他們這些天吃了，肯定能吃到下一撥蔬菜長成。

炒了道生菜，這是家中種的球型生菜，味道比散葉的好，數量也比散葉的少些，羅勳沒捨得拿去賣錢，全都留著自家吃。

將各類肉菜挑揀出一多半放到冰箱中凍起來，兩人坐在沙發上舒坦地開吃。當然，在家中有寵物狗的情況下，把剩下的骨頭留給小傢伙也是做為主人的必要覺悟。

吃飽喝足，羅勳看著窗外暗下來了的天色，出神了好一會兒。

「……今天晚上有什麼事要做來著？」

他記得有好多事情都沒做，現在卻一時想不起來了。

嚴非笑了起來，摟著他肩膀的手緊了緊，「我記得咱們該安裝太陽能板了。」

隔壁屋子想要正式啟用，需要裝上先前換回來的那堆太陽能板。其實羅勳這邊的存貨還有一些沒用上，這是因為他們每天還用不到這麼多電，留下那些當作替換備用的。

「對，不過咱們怎麼裝呢？掛在窗戶外面會擋住陽光，最好掛到牆壁上……」羅勳有些猶豫，一時不知要怎麼安排才好。把板子都掛在窗子外面，這些太陽能板會遮擋住照射進來的日光。掛在牆壁上的話，他又怕有人會來偷走。

嚴非笑道：「那就用鐵柵欄封住外牆壁不就好了？先將所有的太陽能板固定在牆上，這樣雖然鐵柵欄會擋去部分陽光，可應該不會擋掉太多，別人想偷也偷不走。」

「對，你能用異能將那些板子和牆體裡的鋼筋連在一起，誰偷得走？」羅勳說著，笑了起來，而且牆壁上圍滿鐵柵欄，不刻意觀察，誰能發現裡面放的是什麼東西，「你把鐵柵欄做得寬大些，等秋天的時候我還要用裡面的空間晾東西呢。」

「好，我這就去做。」

家中的金屬材料還剩下一些，雖然數量不足以將這兩個屋子外面的牆壁都包裹進去，可將窗邊的那些空間包覆卻是沒問題的，足夠掛家裡這堆太陽能板了。

雖然這會兒已經天黑，操作有些不方便，可嚴非是誰？經過這段時間的研究，他閉著眼睛都能讓操控的金屬變成他想要的形狀，天黑不黑沒有任何影響。

將剩餘的金屬材料在自家窗子、朝陽那面的牆壁上又加裝出了金屬柵欄，周圍的鄰居和樓下回家趕路的人都沒有發現這家人窗外的鐵柵欄變得更寬更大，而且鐵柵欄裡面還多出了一塊塊的古怪板子。

羅勳歡天喜地將太陽能板的線拉進屋裡，連到放在陰暗角落防止太陽直射的蓄電池上，這樣明天自家所有的太陽能板就能徹底被利用起來，為隔壁屋子蓄電。

改天還是要再去換些蓄電池回來，反正他們的積分放著也沒用。事實上，外出多做任務也是能賺積分的，可惜他們出去是為了打晶核，打到的晶核他們也不捨得拿去兌換積分。總地來說，他們現在還是缺積分啊。

已經比大多數生活在水深火熱中的人都要富裕的羅某人，如此沒自覺地惆悵著。

次日清早，兩人驅車來到軍營門口，向以前集合的小廣場走去。

今天自家的後一批蔬菜還沒採摘下來，下次收穫至少是一週後。雖然目前自家蔬菜的生長週期長、產量低，但羅勳為的是以後能長期多出一個換取晶核的途經，所以兩人倒也沒因此著急，反倒是嚴非再工作幾天，他們所需要的晶核數量就能得到更多，很快就能湊夠所需的數量，嘗試提升嚴非的異能等級。

人都到齊後，車子向外圍牆方向行駛而去。

「今天那邊已經給咱們調度過來了一輛吊車，到時會用吊車把大家需要的金屬材料全都吊上去，不過圍牆提高後，外面的喪屍打起來就麻煩很多，而且距離太遠，就算打死了那些喪屍也不太方便收集晶核。」隊長皺著眉頭道：「所以我提出和外城巡邏的士兵合作，得到的晶核咱們可以分到三分之一。」

能得到的晶核數量有些少，他們畢竟是築牆的隊伍，按理說根本不應該去管打喪屍這件事的，可誰讓隊長在某些方面很不講理呢？和他共事過的人都知道他的某些怪癖和毛病，而且他聯繫的城外駐守小隊，從隊長到隊員都是他的老熟人，這些事情倒好商量。

再加上這支隊伍曾經跟隊長所在的小隊合作過，知道他們的槍法很準，殺傷力也很強，這才願意合作，不然誰鳥他的這個提議？

羅勳舉手發問：「巡邏隊伍沒有其他任務嗎？」

跑過來跟自己這些人合作打喪屍，自己的本職工作不管了嗎？

隊長笑著解釋道：「城外的小隊巡邏的時候，每天都有任務在身，需要他們收集一定數量的晶核回去交差。多打到的晶核，歸他們自己所有。我跟他們說，我們之前建圍牆的時候，牆外哪次不是圍著一群喪屍？他們過來跟著打，數量肯定夠，他們才同意合作的。」

「他們每天需要上繳多少？」

「一天一百五十顆。」隊長撇撇嘴，「這個數量倒是好完成，只是最近基地附近的喪屍數量有些多，一旦被圍住，他們都不太好脫身，所以一直不太敢離城門太遠。我說咱們牆裡面有吊車，如果真有危險了，能把他們整輛車都吊進來，他們就更願意合作了。」

就算是部隊的隊伍外出執行任務時不缺子彈、武器用，可也怕遇到大量喪屍被圍死。沒聽說現在外面已經出現了力量系的二級喪屍嗎？那些傢伙力氣大得很，要是真把車給打扁，誰能活得了？既然有人提出合作，他們樂得多個外援。

一個士兵好奇地問：「那些土系異能者在的修牆小隊呢？怎麼沒和他們合作？」

隊長笑得意味深長，「他們當然不會合作，那些小隊從建圍牆開始到現在就從沒想過打牆下喪屍的主意。他們修牆的時候連往外張望的膽子都沒有，上面發多少晶核就用多少，當然用不著找人合作。不過，外面的巡邏小隊肯定會定期去他們那兒查看一下就是了。」

在外圍牆築牆的大多是倖存者中的土系異能者，不少人的膽子早已被嚇破。土系異能者對付喪屍到目前為止還真是沒什麼好辦法，自然恨不得趕緊築好牆，免得被喪屍發現。

至於那些負責土系異能者安全的士兵？在圍牆建高到一定程度後，在他們每天拿到的子彈都定量後，他們更不捨得浪費子彈去射殺那些對自己和異能者沒什麼威脅的喪屍了，反正那些喪屍又搆不到自己這些人，只能在外面圍著。

這種意識上的差距就是如今金屬系異能者小隊和其他小隊不同之處，他們現在打喪屍上癮，就連那幾個金屬系異能者有時也恨不得拿把槍過來打打怪，尤其是發現昔日的戰友如今槍法越來越好的時候。

外城的城門東側，有一小段圍牆明顯高出其他地方一截，那就是修建到了十米高的新圍牆，一行人走下車來，看著那雄偉的圍牆時，全都吸了一口涼氣。

聽說只是聽說，遠不如親眼看到來得震撼。

圍牆的另一側有不少人正在忙碌著，那些就是以土系異能者為主的修築土牆的隊伍。他們的車子也是剛剛才到，那邊的隊長見到金屬小隊的隊長後打了個招呼，兩邊就各自忙活。兩支隊伍雖然全都負責築牆的工作，可金屬小隊的異能者太少，所以往往大家一開始的時候還能碰到面，工作幾天後兩隊間的距離就會越來越遠，以致於最後遠到根本見不著面……

吊車果然停在十米圍牆後不遠處，這輛吊車的承重很大，約能吊起十二噸左右的重物，高度能攀上至少二十五米。如今雖然用不上，但如果外界的喪屍進化得越來越詭異，說不定基地的圍牆早晚都會有建到二十米之上的一天。

「好了，大家先上去看看情況，沒什麼問題就開工。一些金屬材料已經運到牆頭上了，不夠用就繼續往上面搬。」隊長一揮手，眾人紛紛走上土系異能者修建好的寬大階梯。

三米厚的城牆可不是蓋的，十米高更不是隨便說說的。大家爬上去後，向下望去。有懼高症的人，恐怕雙腿就要開始打哆嗦。

「這個高度好，就算有遠程異能的喪屍也很難打到咱們。」一個金屬系異能者滿意道。

「那也別大意，負責保護異能者安全的人都跟好了，別一個不小心被奇怪的喪屍給打到了，都上著點心。負責攻擊喪屍的人也都注意些，別等一下老牛他們來了，把他們的車子和人給當喪屍打了。」隊長所說的老牛就是跟他約好一起打晶核的小隊長。

嚴非觀察下面的距離，取了一塊金屬板材開始製作他的金屬「筆」，細長的金屬筆不停向下延伸，直到貼到下方六米處的金屬壁面後，順著壁面繼續向下延伸，最後來到地面上。

「能辦到，不過操控起來更麻煩一些，大家可能要適應一下，地底需要打多深？」

築牆可不是搭積木，不是需要築多高的牆就直接在地面上蓋起多高就好。為了牢固，地面上通常需要多高，下面就要挖多深。不過他們這是在築圍牆，材料又不算太多，所以地底恐怕用不著打太深。

隊長拿出一張紙，看著上面的資料道：「暫時弄到三米深。」

「三米就夠了？」副隊長忍不住出聲問道。雖然不太懂這些東西，可他們也是認識工兵隊的人的，十米高的圍牆只打三米地基……怎麼聽起來不太安穩呢？

「這是專家給出的建議，我也不清楚，不過金屬牆壁要修一米厚，也許可以撐得住？總之先按照這個來吧，我猜他們也是怕材料不夠才先讓按照這個資料修的。」

嚴非繼續往手中的金屬棍子加金屬材料，地面的泥土被一點一點擠出來……

「夠三米了，大家也試試吧。如果實在不好測量三米有多深，就用下面那堵牆來測算，在它們一半的位置自己在金屬棍上做個記號，延伸進土中就能找到位置了。」嚴非長鬆一口氣，將自己研究後的結果告訴另外三人。

有過先前的經驗，金屬系異能者們很快就找到了方法，嚴非更是因為自己早就習慣了給自家牆體裡的鋼筋水泥加厚，所以更適應這種操作模式。可現在影響建牆的問題是，距離太遠，金屬系異能者需要操控到的長度竟然達到了十三米，這可不是每個金屬系異能者都能做到的，再者，下面的喪屍好煩人。

隊長經過詢問確認，得知從二隊調過來的金屬系異能者確實沒辦法操控到這麼遠之外的距離，便讓他專心加高先前六米的圍牆，等他的操作細緻度、精準度提高後，再回頭加入他們的作業，剩下的嚴非三人則直接從地底開始慢慢加深打地基。

除了四個負責保護異能者的人外，所有人都掏出槍來打喪屍。

嚴非他們這次建圍牆是要在土地上重新打地基，向外擴張，可下面的那群喪屍哪裡有人就向哪裡擠，數量還越來越多，好幾次都擋在了他們要往下延伸的金屬條所在的位置。如果嚴非現在能拉來章溯，他肯定會毫不猶豫把章溯丟下去，讓他吹飛那群搗亂的傢伙。

另有幾個喪屍仗著自己有遠端異能，朝著正上方噴火、吐水、放雷。火球和水球還好應付，畢竟現在的圍牆變高了，那些喪屍如果脖子揚得過高就會導致……火球和水球怎麼上來的、就怎麼掉下去，最後被砸到的反而是它們自己。

雷電卻不一樣，金屬是會導電的，一旦那些亮閃閃的雷球砸到他們操控的金屬條，那酸爽……板寸頭都能被你電成爆炸頭。

應該慶幸這些喪屍全都是剛剛才擁有異能嗎？它們的異能也就跟異能者之中的一級異能者差不多，威力不算太大，沒辦法直接電死人，可架不住它們的舉動影響大家的工作。

「打！全他娘的給老子放倒了！」隊長掏出手槍，對剛剛還在放電的喪屍轟過去。

那一聲槍響聲音大得驚人，比平時他們用的武器聲音都大，一個負責保護異能者舉著防暴盾的士兵手一抖，險些摔了盾牌。

副隊長兩腿一顫，指著隊長的手，「從、從哪兒弄來的？」

隊長甩甩被後座力震得發麻的手腕，哼了一聲：「上次跟老蒙打賭賺來的，好用是好用，就是後座力太強了，連手臂都被震得痠。」他知道這東西的後座力強，可因為子彈太貴，他也沒弄到多少就沒捨得在軍營裡面實驗。還好自己技術過硬，才沒剛開一槍就出醜。

有隊長帶頭，其他人也都像打過雞血似的向下掃射。隔壁土系異能者的建牆小隊一個個詫異地不時向這裡看來，幾個人低聲嘀咕。

「他們這是在幹麼？」

「喪屍又搆不到他們，打這麼起勁幹什麼？」

「誰知道，子彈多唄。」

「看看人家，再看看咱們，哪有這麼多子彈可浪費？」

「臭顯擺……」

眾人在牆頭上打了半天的喪屍，跟隊長約好的巡邏小隊的車子就開了過來，對圍牆上打了個手勢，隊長便叫大家省省力氣，等下面的人開工。巡邏小隊的人出於穩妥考慮，並沒有下裝甲車，而是跟大家之前一樣站在車上向外掃射，牆頭上的人這才又恢復了射擊，配合巡邏小隊的工作。

最近聚集到圍牆附近的喪屍數量急遽增多，他們在這裡一開槍，不遠處的喪屍們聽到聲音便也會晃蕩過來，越聚越多，直到快到午休的時間，才勉強將牆下的喪屍清理得差不多。可就算這樣，遠處還是有不少喪屍搖搖擺擺向這裡晃蕩過來。

隊長站在牆頭上對下面的人高聲喊道：「想辦法把這些喪屍都挪開，我們得往外面擴張到一米呢，它們把地方都給堵了。」

先前嚴非等人因為喪屍擠在下面，不得不優先加深原本已經有了的那六米圍牆的地基，然後讓金屬材料從土中往外一點一點擠，現在總算能將這些礙事的屍體挪開了。

不遠處的土系異能者聽到他的話才恍然大悟，難怪他們要打喪屍。土系異能者加厚城牆是向城內擴張厚度，金屬系異能者就只能往外面擴張了。

喪屍全都堵在圍牆底下，人家要怎麼操作？

圍牆下面車隊的負責人打了個手勢，喊道：「馬上來，我叫人開推土機去了！」

推土機？

看看下面那小山一樣高的喪屍屍體，這堆東西還真得靠推土車來支應。

午飯時間，巡邏小隊總算利用這個時間將圍牆外面的喪屍屍體全都運走，嚴非他們吃過午飯就趕緊上去「標地盤」——先把距離圍牆一米處的那些基點用金屬材料提前圍好，免得下午再被喪屍堵住。

被運走的喪屍屍體全都堆在基地外的某個空地上集體焚燒，熊熊的火焰將那些散發著惡臭的屍體全都焚燒殆盡，之後再派出信得過人去骨灰中撿晶核……這就是各個負責基地周邊安全，順便兼任清理喪屍的巡邏小隊們的日常工作。

下午圍攏到附近的喪屍數量沒有上午那麼多，所以圍牆外的那支車隊已經開離這裡，到其他喪屍聚集的地方進行新一輪的清理工作。過了一會兒，有個士兵匆匆跑上牆頭，將隊長叫了過去，沒多久，隊長就拿著個袋子走了回來，說道：「這是上午的戰利品，下午多半到咱們走前這裡也來不了多少喪屍，他們下午就不過來了，明天繼續。」

「隊長，分到了多少啊？」幾個暫時沒什麼事情要忙的士兵靠過來好奇地問道。

「好像有兩百多顆吧？」隊長向圍牆下面看了看。還行，現在聚集的喪屍還沒影響到異能者們的工作，便拿著袋子開始給四個異能者分晶核。當看到有幾顆顏色明顯有些不同的時，他愣了愣，說道：「挺大方的啊，他們竟然還分下來幾顆二級晶核。」

雖然不確定喪屍最高級別到底是多少，但既然這東西會進化，基地中的研究員們還是比較保守地按照大家的習慣，將那些剛剛有了晶核的喪屍定義為「一級喪屍」，進化後擁有不同能力、晶核顏色也有所改變的喪屍定義為「二級喪屍」，它們腦中的晶核也是同理……

如果算上一開始那些行動遲緩，腦袋裡沒有晶核的喪屍，現在最新型的喪屍應該算是第三級，但誰讓那些喪屍存在的時間較短，後來眾人分級就都是按照晶核來分的。

於是，那些腦袋裡還沒來得及長晶石的喪屍，就被大家直呼為「初級喪屍」了。

二級晶核雖然是好東西，卻是金屬系異能者們都沒辦法使用，只能先隨便分給大家，讓大家改天有時間的話找別的異能者兌換，雖然大家也不清楚二級金系晶核長什麼樣子。

收好晶核，眾人再接再厲忙活到下午三點鐘才收工，一路坐車回營地。

羅動將手中的複合弩收回到背包裡，轉而取出手弩，忽然發現放在背包中的手機正在閃啊閃的，顯示有未接來電。

「咦，是胥教授？」電話顯示是下午一點多時打過來的，那會兒羅動他們剛剛回到牆頭上，正在忙著給嚴非等異能者搬運小塊金屬板材，這才沒聽到來電鈴聲，連忙撥了回去。

「是小羅吧？你們種的那些蘑菇的研究報告出來了，最好不要種了，木頭也最好全都燒掉，千萬別留著。」

胥教授說的話讓羅動很驚訝，連忙問道：「那些蘑菇有什麼問題嗎？」

他上輩子不是沒養過蘑菇，雖然蘑菇的變異率極高、而且十分難養，可他上輩子住在地下室時，天天跟它們睡在一起都沒受影響。

如果這東西真有什麼嚴重的危害，他這輩子也不可能冒險。就是有了上輩子的經驗，他才敢在家中再次嘗試。

胥教授解釋道：「那些蘑菇經過我們的研究發現，它們的汁液具有強烈的腐蝕性，一不小心就會傷到人，所以這種東西最好別在家中試種，太危險了。採摘的時候最好也要戴上膠皮手套，切記不要讓它們碰到皮膚。」

羅勳愣了一下，詫異地看了看等在旁邊的嚴非，眨眨眼睛應了一聲。

居然有嚴重的腐蝕性？對皮膚傷害很大？還好自己一直都習慣在處理這些危險植物的時候戴手套……等等！

「胥教授，這東西對於其他東西有腐蝕性嗎？比如金屬物品？比如……喪屍？」

「金屬物品和喪……屍？」胥教授明顯沒反應過來，這兩種東西是截然不同的類別，羅勳不會是口誤吧？

「對，喪屍。喪屍不也是人類變的嗎？將這種毒蘑菇的汁液沾到武器上，如果不會腐蝕金屬，不就能用來砍喪屍了嗎？」羅勳一直對於自己將來對付高級喪屍時沒有太強的戰鬥力深感遺憾，以前曾經想過，如果有什麼毒藥能泡那些弩箭，令其威力堪比火藥多好？

可他也清楚喪屍都已經是死人，就算有再厲害的毒藥也不能再毒死它們一回，所以這個想法也只是空想而已。現在他剛一聽到蘑菇的特殊效果，思維立即拐到這上面來。

「等等，我讓人去做實驗。」

羅勳的話為胥教授打開了一扇通往新世界的窗，如果這個可能性被實驗證明可行……這將會是一項偉大的發現。他一個研究植物能不能吃的植物學家，將會因此獲得偉大的、完全不同領域的成就和殊榮。

心情激昂之際，胥教授直接掛斷電話，飛奔進實驗室，找人去要喪屍回來實驗那些蘑菇的汁液，看看能不能證明希望的結果。

羅勳看著手中被掛斷的電話，無奈地對嚴非笑笑，「他太激動了……」

嚴非笑著幫他收好手機，接過背包，「想知道實驗結果還不簡單？咱們回去摘幾個蘑菇弄爛，抹到弩箭上一個晚上，明天帶到牆頭看看效果不就好了？」

應該慶幸他們現在是在外圍牆工作，不然哪有這麼便利的實驗場所？

「好啊，回去就試。」羅勳眼中閃過興奮的光芒，「那些蘑菇雖然長得詭異了點，但到了末世後生長速度卻快得驚人，而且收割一批沒多久就會長出第二批。」

兩人興沖沖開車趕回家中，直奔隔壁的暖房，打開門後看著幾截蘑菇木上零星幾點紅色的小蘑菇頭，羅勳皺起眉頭來，「怎麼才這麼一點大？而且數量也太少了吧……」

先前他們家的蘑菇木就像是被打過催生劑似的，幾乎一天就能冒出一大堆來，生長速度槓槓的，管都管不住，害他們每隔一兩天就要燒一批，可現在怎麼會長得這麼慢？

「會不會是木頭用的時間太久了？」嚴非不太了解這東西的生長習性，只能猜測。

「不會，還沒到時候，怎麼這次挪地方就……」話說到一半，羅勳愣住，「挪地方？」

「跟把它們搬過來有關？」嚴非詫異。

「走，去那邊看看。」羅勳心中忽然升起一股說不清道不明的直覺，他覺得蘑菇木上的蘑菇變少，跟給它們挪地方有關，而且這個答案等回到隔壁後就會清楚。

兩人回到隔壁屋子的育苗室，進去後最先被孵化箱中的狀況嚇了一跳。

一隻變異的喪屍鵪鶉，以及一隻已經死掉，只剩下骨頭的小鵪鶉屍體。

「育苗箱中有變異植物。」嚴非忽然看向旁邊的一個育苗箱，這整個育苗箱中幾乎有五分之一的幼苗都變色了。

羅勳沒說話，只是抬手用弩箭戳死那隻變異鵪鶉，然後走到育苗箱前看著那一片模樣猙獰的幼苗，兩隻眼睛反而越來越亮、神情也越來越激動。

「我想我知道為什麼那些蘑菇搬過去後會長得少了，也知道為什麼咱們家一直以來變異植物都比別人家的少，鵪鶉們也都安然無恙了。」羅勳說著，看向嚴非，臉上一點都沒有因為自家的損失而失落。

嚴非的思緒迅速轉了過來，同樣睜大眼睛，「你是說……它們能吸收掉有毒的物質，所以別的東西就不容感染病毒變異？」

羅勳用力點頭，這可不僅僅是他這輩子得出的經驗，因為上輩子自己一直沒捨得扔掉那塊破木頭，地下室又比較陰暗無法將木頭曬乾，拿出去曬還怕被人撿走，就留著那塊時不時會冒出毒蘑菇的木頭，寄望於它有朝一日能長出點正常可以果腹的蘑菇來。

遺憾的是，直到自己重生前也沒能實現這個目標。這輩子就是因為還懷有這樣的想法，他才會刻意弄回來幾塊破木頭再度養起蘑菇。

因為這輩子自己有更多的時間、空間，所以他弄回來的木頭很大，數量也多，但正是因為這個原因，才導致了他家發出來的種子、養出來的動物變異率低。

「我要把它們搬回來。」不管那些蘑菇到底能不能起到傷害喪屍的效果，羅勳都決定打死他也不會丟掉那些木頭。不但不能丟掉，家裡還要多放。

嚴非笑了起來，「好，我幫忙搬。」

「下次離開基地還要再多弄些回來。」

「行，下次出去我跟你一起找。」嚴非在肚子裡面加了一句，大不了砍兩棵樹，把木頭全都運回來。

兩人吭哧吭哧地將前幾天搬走的木頭又搬回來，這次放在房間中時羅勳特意調整了一下它們的位置。這些木頭本來都堆在牆角，現在他將這些木頭放在了育苗箱的下面，又讓嚴非特意做了些金屬架子出來擺放。

將那些變異的，絕對不能使用的幼苗挑揀出，再將犧牲的、可憐的小鵪鶉的骨頭一起焚燒掉，羅勳這才鬆了一大口氣。

胥教授直到晚上也沒給羅勳回電話，羅勳倒是可以理解，畢竟他只是個普通人，如果蘑菇真的有那種效果，軍方得知後肯定會要求胥教授保密，直到實驗結果經過多次驗證後才能公布出來。反正自己和嚴非可以通過其他途徑來驗證，因此並不是很著急。

羅勳懷疑，如果想讓蘑菇們生長得比較快，除了讓它們生長在其他容易感染病毒的動物或植物旁邊，還可以用完全沒淨化過的，受到過病毒汙染的水給它們寄居的植物加濕。

只不過羅勳為了自家安全，還是決定像現在這樣就好。

兩人臨睡前用個小玻璃舀了些蘑菇的汁液，均勻地塗抹在幾枝弩箭的箭頭上。嚴非也用一些金屬材料將其徹底密封，準備趁著明天去圍牆上工的時候，操控這種「夾心彈」侵入喪屍的身體內爆炸，看看效果如何。

兩人這才懷著有些激動的心情入眠，期待著第二天的到來。

第七章

異能升級！我的老公好棒棒！

一大清早，羅勳早早爬了起來。

嚴非坐在床上揉揉自己的頭髮，深吸一口氣，才跟著下床。自家老婆昨天晚上興奮過度，直到自己把他折騰累了才肯睡覺，沒想到這麼早就爬起來了，難道自己昨晚不夠努力？不行，下次不能輕易放過他。

一個玻璃瓶子中放著幾個金屬箭頭，箭頭還包裹著紅色的汁液。

羅勳拿著瓶子仔細觀察，因為這東西對於人體皮膚的傷害很強，他沒敢用手去碰。想了想，取來昨天用過一次的手套戴上，這才打開瓶蓋，伸手進去檢查弩箭箭頭的堅硬程度，看看它們有沒有被詭異的汁液腐蝕掉。

入手堅硬，用力捏了捏完全沒有什麼問題，羅勳放下心來。要是這東西連金屬物體都能溶解那才麻煩呢，他們家就只能生產這種彈藥，不可能為了這些東西再去專門找別的材料。

「怎麼樣？」嚴非的聲音從後傳來。

羅勳將那幾個「彈頭」取出，放入一個昨天晚上就準備好的橡膠袋子中層層裹好，「沒什麼問題，咱們在牆頭上的時候可以找機會試試看。」

嚴非看了一眼那個袋子，眉頭皺起，「今天試試效果，如果這東西真能用上的話，回頭我做點空心彈，試試能不能就算用弩箭射擊也能直接在目標體內炸開，不然太不方便了。」

那種蘑菇的汁液兩人完全不敢觸碰，像這樣裝在袋子裡誰知道會不會不小心弄破，到時怎麼辦？還是想辦法從根本上解決危險最好。

「行啊，不過還是要看今天使用的效果。」羅勳一臉喜色，倒是沒有介意方不方便的問題，將那個橡膠袋子外又裹了七八層布，才小心地放進背包中。

羅勳兩人等到五人組和章溯後，一起開車向軍營前進。他們並沒跟李鐵他們說起毒蘑菇的用處，主要是這東西目前兩人還沒試驗過，想等結論出來再和他們提。

種蘑菇的好處多多，既能減少自家蔬菜的變異率，還能有特殊的蘑菇可以收穫。這麼一舉兩得的好事，當然要在內部推廣開來。

章溯昨天也領到了屬於他的手機卡，裝進王鐸先前特意從羅勳這裡「買」的手機中，大家昨晚就交換過手機號碼，眾人這會兒正在車上聊著關於土系異能者的問題。

「我問過我們頭兒他知不知道有願意出基地做任務的土系異能者，頭兒說現在土系異能者都不願意出去，嫌外面危險，跟其他小隊出去做任務也沒有跟著軍隊出去有安全保障，所以很少有人願意私下外出，不過可以幫我們問問。」李鐵說著，表情有些不爽，「他說就算有人願意接任務，恐怕也得高價聘請，價格不會便宜，讓我們做好心理準備。」

嚴非直接了當地道：「沒必要，我們是希望能有個土系異能者配合行動，但並不是必須需要。這兩天我們建圍牆的時候需要往土裡打圍牆地基，熟悉過這個月後，我們再出去時應該能夠比較輕鬆地挖出一個陷阱來。」

他沒有說的是，這個月他和羅勳都有四天假期。如果實在不行，他們能提前出去，去上次待過的地方挖陷阱。

但是那樣風險太大，而且他和羅勳出去時需要跟其他人臨時組隊。到時只有他們兩個人的話太危險。不是必要，最好不要這麼做。

五人組沒有糾結這件事，聽說嚴非最近的工作和挖坑有關，幾人立即興高采烈道：「這樣最好，這樣最好。」

土系異能者現在之所以不好找，完全是因為這類人才被軍方壟斷。如果不是這樣，土系異能者的數量其實比大多數的異能者都要多些，哪會像現在一個個跟大爺似的？

章溯一直在閉目養神，沒有參加他們的討論。

他最近一直在吸收晶核提升自己的實力，每天晚上回家後，嚴非幫他做出來的金屬沙袋都被他削得傷痕累累，用不了幾天就需要嚴非幫忙恢復原狀。隨著晶核的消耗，他確實感覺到異能的掌控、使用、威力都有所增長，只是還不夠……他需要更多的晶核來提升異能，所以，他十分期待下次離開基地的日子。

車子停到軍營門口，其他人臨分別的時候，對羅勳道：「我們今天會帶汽油回去。」

羅勳他們每天開車送大家去軍營，五人組就乾脆負責出積分兌換汽油，因為他們的工作性質倒是能比較便宜地用內部價在軍營內部的兌換窗口換到汽油，比從外面買便宜多了。

羅勳兩口子鎖好車子奔赴集合的小廣場，遠遠地已經能看到南邊的圍牆全都建了起來，正在向其他幾個方向擴張著。

乘車來到外圍牆邊上，昨天的工作處於嘗試階段，大家的進度都不快，不過地基的位置已經選定、測試好，接下來的工作一旦熟練，就能順利開展。

順著階梯爬上牆頭，看著下面嘶吼揮舞手臂的喪屍，羅勳第一次覺得這些喪屍的臉看起來很可愛。摸摸背包，強壓著激動的心情，現在還不是時候，等等才能實驗……

四個人負責保護四位異能者的安全，其餘人員確認沒有別的事情要做，才各自拿起武器向著圍牆下面掃射。經過一個晚上加一個下午的時間，圍牆下面又聚集起了一大批喪屍，乍看至少有兩三百個。

羅動趁著其他人開槍的時候，掏出自己特製的弩箭，悄悄射了出去。

瞇著眼睛盯著下面看了半天，直到嚴非輕輕碰了他一下他才回過神來。

「怎麼樣？」

「呃……傷口在被壓在下面了，我再試試……」

圍牆牆頭距離下面有點遠，尤其那些喪屍被射殺之後傷口往往都會被它自己或者它的同伴壓住、擋住，就算沒被壓住，喪屍的傷口裡到底是什麼樣子，他一時也看不清楚。

最讓羅動腹誹的是，喪屍的身上本來就這裡爛一塊，那裡破一塊，即便毒蘑菇能腐蝕它們的皮膚，混在那些大大小小的傷痕中也看不出來。

嚴非看他想要繼續射殺喪屍，連忙提醒道：「別對著腦袋射，試試別的地方。」

羅動的箭法太準，準到每次都是直直衝著晶核的方向過去，就算蘑菇的汁液無法腐蝕喪屍的皮膚，他也能一下子就放倒一個。

現在不是射殺喪屍的時候，而是實驗蘑菇汁液的時候啊！

羅動恍然大悟，調整弩箭的方向，射到一個喪屍的肩膀處。

一開始還看不出什麼，那個喪屍就算被射中了，依舊堅挺地舉著手臂揮舞爪子，就好像羅動剛才什麼都沒射到似的。

過了大約二三十秒，那個朝上擺動的手臂「啪嗒」一聲……斷了。

羅勳眨眨眼，指著下面那個缺少一條手臂的喪屍，不確定地問道：「那條手臂……是因為蘑菇的原因才斷的？還是原本就不結實？」

嚴非哪裡能分得清楚，他又不知道這個喪屍的手臂原來有沒有裂開過，只好建議：「你再試試它別的地方。」

於是，那個喪屍算是倒了八輩子血楣，被羅勳弄斷一條手臂，另一條也沒保住。隨後是它的兩條腿、腰，最後連腦袋都掉了，這才徹底耗光了羅勳昨晚準備的特製弩箭。

「好像真的有效，就是見效慢了點。」羅勳摸著下巴尋思。這東西想要腐蝕喪屍的軀體也得有個反應時間，只是每次都要等這麼久才能發揮效果，感覺似乎不是那麼給力。

嚴非失笑搖頭，低聲道：「我試試。」說著，他趁附近的人都沒注意到的時候，從口袋中掏出一發自己昨晚裝了蘑菇汁液進去，被金屬材料包裹得嚴嚴實實的空心彈，向著圍牆下方的一個喪屍頭頂射了過去。

金屬彈輕鬆穿透喪屍的頭，隨即在嚴非的控制下在它的腦袋中炸了開來。

羅勳先前抱怨的「見效慢」，在這顆子彈的攻擊下不復存在。兩人肉眼可及之處，那個喪屍腦袋上的傷口漸漸擴散、變大，沒多久那個喪屍竟然少了半個腦袋。

因為子彈的位置距離晶核有一段距離，還沒有失去晶核控制的喪屍依舊能行動，所以從上面看下去，這頭少了半個的喪屍還在揮舞手臂，怎麼看怎麼詭異。

嚴非對此表示很滿意，那個喪屍雖然少了半個腦袋，但露出的傷口裡面流淌出來的全都是和它身上其他地方流出的膿液一個顏色的液體，完全看不出從蘑菇中提取出來的那些亮紅色的液體顏色，這也就不會引起其他人的注意。

就算是附近正在朝下射殺喪屍的人，也都沒有注意到那個喪屍的異狀。

要是那些淡淡的霧氣也沒有就更好了。

今天的實驗很成功，這證明了兩人之前的預測是準確的，可以讓嚴非回去後進行進一步的嘗試。就在這時，負責清理喪屍的部隊從另一個方向巡邏過來，開始清理起堵住圍牆下面的喪屍。那幾個被羅勳實驗殺死，被嚴非開了腦殼的喪屍，最後都混在其他喪屍屍體中被收走了，焚燒的時候也沒有引起其他人的注意。

正如羅勳先前吐槽、嚴非此前觀察過的一樣，蘑菇汁液所造成的傷口、腐化都和喪屍們本身的腐爛傷口看起來沒有區別。就算解剖、焚燒後會發現它們體內有弩箭、金屬殼在，這也沒什麼。子彈射進它們的軀體後留在腐化的傷口附近是很正常的，沒誰會天才到猜測出這些喪屍的腐敗傷口是被蘑菇汁液造成的。

羅勳兩人得出了自己想要的結論，心中無比舒暢。結束了一整天的工作回到家後，對於育苗室中的那些蘑菇木，好感度大幅上揚。

「咱們下次出去可以帶上這種彈藥……把蘑菇的汁放進箭頭中好操作嗎？」羅勳檢查了一下育苗室中的蘑菇木。果然，將它們移回來後，有了其他植物的陪伴，長出毒蘑菇的速度快了很多，今天孵化出來的小鵪鶉們也全都正常。

「不難，但我要研究一下怎麼樣讓子彈在射入喪屍體內後自動炸開，不然你只能用之前浸泡的方法加工箭頭，實在太浪費時間，效果還不好。」嚴非今天一直在思考著這個問題。

「要不要參考真正的子彈？那些子彈在進入目標物後不是都會自己炸開嗎？」

「那些子彈之所以在射中目標後會爆炸，是因為裡面有火藥。」嚴非解釋了一下，「我想做出那種一旦打中就會自己炸開的，就算沒有火藥只依靠衝擊力也可以……反正咱們還有時間，最近我想辦法實驗一下吧。」

羅勳琢磨了一下，忽然道：「其實你只要把箭頭做得沒那麼結實就好，或者其中一部分不是那麼結實，在受到一定力量阻攔後裂開不就行了？咱們沒必要讓箭頭和真正的子彈一樣在目標體內炸開。只要能裂開，讓裡面的蘑菇汁液流出來，就能達到類似的效果。」

嚴非眼睛亮了起來，「是這樣沒錯，不過還要計算什麼樣的力度下，在射中多遠距離內的目標會有這種效果。也不能一碰就破，那樣攜帶起來會有危險……」

兩人再度投身到研究新式弩箭的討論之中。嚴非之前為了做出威力更大的弩箭，將這些弩箭全都做成實心的，如今研究空心子彈還需要參考自家手槍中裝著的子彈結構。

反正他們要忙的事情不算多，只要月底前研究出來，提前做出一批新式彈藥就好。

羅勳則在嚴非開始嘗試製作合適彈藥的時候，用實驗剩下的一些蘑菇汁液做起其他的實驗，看看這東西到底能腐化些什麼。

經過一個晚上的折騰，嚴非找出了彈藥合適的薄厚程度，準備等蘑菇量產後再進行裝彈實驗，而羅勳則大致嘗試出了蘑菇汁液所能腐化東西的範圍。

總地來說，金屬類、玻璃類、橡膠類的東西不會對汁液起反應，可木頭、布料、各類食物包括骨頭在內的東西，都不能沾染。

雖然羅動對於為什麼木頭不能碰這東西，可這種東西卻是從木頭上長出來的這件事抱有很強的疑問，但就目前來說，只要避免這東西的汁液和這些東西直接接觸就好。

除此之外，他還確認了另一個重要的訊息：「晶核不會對毒蘑菇的汁液起反應，用大量的水就能把晶核沖洗乾淨。」所以，如果有一天不小心碰到毒蘑菇的汁液，只要趕緊用大量乾淨的水沖洗就能沖乾淨，不會有其他影響。

嚴非點頭接過羅動做實驗用的一顆晶核，晶核上面乾乾淨淨的，什麼都沒有，完全看不出曾沾染過毒蘑菇的汁液，這就可以放心用這種彈藥攻擊喪屍，而不用擔心殺死喪屍後連晶核都跟著一起被溶解掉。

「新的弩箭已經試做出來，等毒蘑菇長出來，就能做那種弩箭。」嚴非笑著說道：「另外我決定明天就試著使用那兩顆二級金屬系晶核。」

「差不多了？」羅動激動地問動。

嚴非點點頭，「再加上明天去圍牆時會給我的晶核，明天晚上我將家裡存的晶核都用光，應該能夠使用那兩顆二級晶核。」他不確定使用那兩顆二級晶核後會出現什麼情況，故而一直在忍著。確定手中的晶核數量足夠，且用完後還能有一定的富餘後，才決定嘗試。

他就怕萬一用完二級晶核真的會「升級」的話，如果升級後還需要更多的晶核來補充異能要怎麼辦？到時手中完全沒有晶核恐怕會出大問題。

兩人說話間，上工的人回來了，羅動兩人迎了出去，五人組一見到羅動就開始抱怨：

「今天我們頭兒跟我們說，有個土系異能者願意出基地，可出去的報酬卻要小隊收穫的所有晶核的一半。是打到的所有晶核的一半，連需要交任務的晶核也算在內，而且之後還不負責出任務晶核，我們一聽就回絕了。」

韓立氣憤地道：「這是什麼人啊？要是一隊人出去一共才打了兩百顆晶核，他直接拿走一百顆，大家還得交一百顆給基地，不等於白出去幫他打晶核了？想得也太美了。」

王鐸也不屑地冷嘲熱諷：「做夢也沒這麼好的事，他們還是老實在基地裡面砌牆吧。我聽說土系異能者每天的晶核補貼才十來顆，一百顆晶核足夠他忙活好幾天了。」

羅勳和嚴非聽到這個要求，只剩下搖頭的力氣。

這種獅子大開口的態度他們可合作不起。

大家正說笑著，忽然聽到樓道裡傳來匆忙的腳步聲，有人氣喘吁吁地爬到樓下那層後沒停腳步，又繼續向著樓上爬了上來。

從上樓人的聲音中能聽出來上樓的是女人的聲音，似乎是十五樓的徐玫和宋玲玲，可她們兩人好像遇到了什麼事似的。

眾人對視一眼，走了出去。

黑暗中兩個身影急匆匆跑上來，見十六樓樓道中有光亮，羅勳他們都在，徐玫兩人臉上才露出喜色跑了上來。

「怎麼了？這一身的血？」何乾坤倒吸一口涼氣，連忙幫她們打開出入通道的門。

「李鐵，你們能借我們一點藥布嗎？還有傷藥、退燒藥，我們用晶核換。」徐玫說話之間，眾人才看清她正抱著一個孩子。一個渾身是血，只能隱約從體型上看出是個不到十歲大的孩子，似乎還是個女孩兒。

「好。」李鐵趕緊打開自家大門，讓兩個女生進去。

嚴非走在最後，用異能將鐵門封住。看到樓梯上的血跡，想了想又打開，低聲對一旁的韓立道：「弄點水來，把樓梯的血跡抹乾淨。」

韓立回過神來，拉起身旁的王鐸去提水。

眾人全都跟進屋，章溯皺眉看著徐玫和那個已經洗去臉上血汙的小女孩身上的傷口，冷聲道：「這麼長的傷口隨便包紮，要等哪輩子才能癒合？」

徐玫和宋玲玲都是一愣，下意識向他看去。

章溯嫌棄地對洗地回來的王鐸道：「把我包裡的醫療箱拿來。」

專業人士就是不一樣，章溯取出專用藥幫徐玫和那個女孩身上的傷口消毒，直接拿著醫用針線就開始縫合。因為沒有麻醉藥，那一針下去，眾人齊刷刷打哆嗦——比當事人徐玫和那個女孩顫抖得還厲害。

剪斷縫線後包紮好傷口，章溯才略顯得意地挑眉，「不亂動的話，過幾天就能拆線，小孩子恢復得好，說不定連傷疤都不會留下。」說完掃了徐玫一眼，「妳嘛……看癒合情況。」

被當成恢復能力差的老女人，徐玫無語了一下，無意跟這位女王氣十足的變態醫生爭論自己皮膚的恢復速度。

嚴非開口問道：「怎麼回事？」

章溯一邊收著醫療箱，一邊漫不經心地笑道：「別是她搶人家的孩子去了吧？」

宋玲玲嘴角一抽，雖不中亦不遠矣。

徐玫深吸一口氣，解釋道：「我今天遇到我……前男友了，你們見過的。」

眾人默然，知道是那個拋下她自己跑了的男人。

「我遇見他的時候，他正在賣這個女孩，當時他在和一夥鬼鬼祟祟的人談價錢。我跟他有仇，所以見到後就直接打起來了。那些要買人的人見到我們打起來，就抱著孩子跑了。我們一開始沒功夫管他們，可我們打完之後回來的路上，玲玲聽到一個巷子裡面有孩子在哭，我們過去的時候看到那些人在給這孩子放血，就……搶了回來。」

她有些驚恐地看向眾人，「我不知道他們要幹麼，可當時那個樣子……他們還用這孩子的血在地上畫圖，接到碗裡，看著就不正常……」

要是那些人只是單純買個孩子，她們兩人當時沒空管，也不會去深究什麼，畢竟如今在這個世道上，要是連孩子的父母都不要她了，別人買走能給她一口飯吃總比活活餓死強，但今天她們遇到的事情實在不正常。

宋玲玲附和道：「我還聽到他們說要喝這個孩子的血。」

兩個擁有異能的女人想要對付徐玫的前渣男友並不困難，畢竟那些人就和章溯的前渣男友、渣隊友一樣全都是普通人。對於早已習慣了戰鬥的兩個女人來說，想在暗中偷襲殺掉他們，簡直比砍喪屍還簡單。

問題是之後的事。

「妳們身上的血是怎麼來的？」羅動疑惑地問道，應該不是和她前男友火拚的時候弄傷的。她和宋玲玲一個火系，一個水系，對付那些人怎麼可能受這麼重的傷？

「是買孩子的那些人。」宋玲玲有些激動地站了起來，「他們中有兩個人身手很好，徐姊一上去就被他們弄傷了，要不是他們要活抓我們，我們反應快，恐怕現在就……」就會怎麼樣？當時她們在那個巷子中看到的滿地鮮血的古怪情景，怎麼看都覺得詭異。

老實說，要是她們遇到的是流氓就算了，那種事情雖然難以忍受，可她們畢竟之前經歷過類似的狀況，遇到後也能很快冷靜下來，說不定還能趁機反殺掉那些人。可當時看到那地上用鮮血畫出來的古怪圖案，那幾個碗中接出來的孩子的鮮血……她們兩人毫不懷疑，如果自己兩人被那些人抓住，恐怕也會有相同的待遇。

「那些人放人血幹麼？」吳鑫問道。

章溯也疑惑地皺眉，他知道無論是基地內還是基地外都有著吃人的事情，可吃人前先放血他理解，但吃人前先用人家的鮮血畫圖……這算是哪國食人族的特殊習俗嗎？

羅動忽然說道：「他們不會以為喝了異能者的血，吃了異能者的肉，就有異能了吧？」

他的話成功所有人沉默下來，眾人睜大眼睛盯著他，讓羅動微微退縮，乾笑著說：「要不他們犯得著放血嗎？還特意畫圖？當然，也許有人故意傳播邪教，順便宣揚喝異能者的血，尤其是小女孩的什麼處子血能獲得異能之類的。」

他聽到這件事的時候，就隱約覺得古怪，外加有些模糊的印象。

在上輩子到達西南基地後，因為基地中幾乎見不到誰家敢放孩子、女人單獨外出，羅勳在曾經工作過的地方和人聊天時說起過這件事。

聽說之所以街上看不到孩子和單身女人，一是因為末世後女人和孩子的數量銳減，後來基地中單身女人、孩子外出時還有可能會被拐賣，抓起來吃掉什麼的。可也聽說過基地中似乎有過一些古怪的流言，比如喝異能者的血，特別是處子、童子的新鮮血液就能擁有異能，所以據說因為這些原因，末世初期很是丟過一陣孩子。

再加上末世初期肉類稀缺，女人和孩子是最容易被抓住的，所以時間一久，家有兒女、妻子的人，都不讓他們出門，關在家中保護起來。

就算是這樣，到了末世後期，有些勢力比較大，能在基地中呼風喚雨，偏偏又沒有什麼底線的隊伍，也會幹出硬闖別人家，搶走別人家的女人的事來。

不過，這些事羅勳此前一直都只以為是謠言，就像末世前幾乎每個學校都有什麼幾大不思議、學校曾是墳地、半夜出現鬼怪等的都市傳說。

許多事情就是這樣，雖然經歷過，但在羅勳剛一重生的時候卻並不能馬上想起來。許多事都是隨著它們的發生、出現徵兆後才能勾起那幾乎被遺忘到角落的記憶。沒誰是記憶力超群的天才，才剛重生就能事無巨細地想起上輩子自己經歷過的每一件事。

能做到這點的不是人，那是電腦，而且就算是電腦，如果使用者完全不詢問、不查詢，你又怎麼知道它裡面有這些資料？

「所以說……」似乎只有章溯沒被羅勳的「猜測」震驚到，而是看向那個驚嚇過度，因為失血而臉色蒼白，正昏迷在徐玫懷中的小女孩，「這個小蘿莉是異能者？」

羅勳愣了一下，他只是下意識說出自己對於上輩子的記憶，完全沒想過這個孩子也有可能是個普通人，那些人或許以為他們自己是可以和喪屍們和平共處的吸血鬼也說不一定？

「我不知道。」羅勳搖搖頭，看向徐玫。

「我也不知道。」徐玫也看著羅勳。

這個可能性是你說出來的，你看我幹麼？

宋玲玲咳嗽兩聲，為徐玫解圍：「我們遇到她的時候，她正在哭，也沒聽徐姊的……沒聽賣她的那些人說過這孩子的事。」

徐玫是找前渣男友報仇去的，當時肯定沒功夫管閒事。宋玲玲是幫自家姊妹復仇去的，那會兒更沒精力顧及其他。就算之後救下這個孩子，也是在徐玫幹掉她的前渣男友後才順手而為之。這孩子剛一到手就因為失血哭著昏倒了，自然沒時間細問。

「咳咳，反正妳們救下了她就好好養著吧，如果有什麼情況，回頭肯定能問出來。」羅勳笑著對徐玫兩人說道。

章溯見沒事了，便站起來，指指放在旁邊的醫療箱，對王鐸抬抬下巴，「回去。」

狗腿王立即提起藥箱，巴巴地跟在他家女王大人的身後，丟下一屋子曾經的好基友們，回去他和他家女王大人甜蜜的小窩。

宋玲玲上前接過孩子，「麻煩你們了，我們明天早上把晶核送來。」

李鐵幾人連忙擺手，「不用不用，哪需要這麼客氣？」

徐玫笑了笑，「還是要送來的，還有章……醫生的治療費。」

她是想了好半天才確認，之前和十六樓的人合作時，似乎聽說章溯是個專業的外科醫生來著，還是主任醫師級別的。只不過他的長相、言行都跟他的職業反差太大，所以直到剛才被他縫了幾針，才不得不相信他真的是個醫生。

這孩子既然是她和宋玲玲共同救回來的，就算她們兩個完全沒有養孩子的經驗，也肯定得自己照顧負責。怎麼說這也是個女孩子，哪能交給幾個大男人照看？何況他們白天還需要工作，自己兩個人雖然也要外出打晶核，可如果這孩子真是異能者，倒是可以帶在身邊。

聽到她說要給章溯醫療費，李鐵等人不再糾結這件事。他們自己可以不要積分、晶核，但章溯的主……目前還真沒人敢做。

送兩個女人下樓時，何乾坤笑著道：「要是這孩子真是個異能者就好了，如果是個土系異能者那就更好了。」

羅勳失笑提醒：「哪有這麼好的事？」

如果她真是個土系異能者的話，那麼只憑她的異能，年紀再小也能在基地找到工作，哪會被徐玫的前男友算計？當然，也不排除她的年紀太小，異能不強，又或者其實徐玫的前渣男友不確定自己能控制這個女孩子給他們賣命才將其賣掉。

大晚上發生了這麼一件莫名其妙的事，但因為主要事故人員是住在十五樓的兩個女人，所以對於羅勳兩人來說，這件事並沒有太大的影響。

第二天早上，徐玫上樓來給章溯和五人組送積分和晶核的時候，跟嚴非提了一句：「我們這幾天弄到了一些金屬材料，想請你幫忙加工。」

「行，今天下午我們下班後可以嗎？」嚴非一口答應下來，他本來就準備今天回來後好好消耗自己的異能，再使用晶核來衝級的，順便幫她們加工些東西自然沒什麼。

徐玫高興地道：「我們這兩天不準備出去，今天肯定在家。」

她身上有傷，家裡還多了個孩子需要照顧，所以這幾天正好在家中休息一下。

「小女孩醒了嗎？」何乾坤對那個孩子很好奇。

「還沒呢，昨天晚上有點發燒，吃過藥後就好多了，我猜想她今天應該能醒，有什麼消息，晚上就能打聽出來了。」徐玫解釋了一下，便回到十五樓不耽誤眾人出發上工。

圍牆的修建果然如嚴非此前的預測，一旦習慣了這種操作模式，大家很快就能掌握並加快工作的速度。今天一天的進度頂得上之前的兩天，再加上嚴非刻意多消耗自己的異能吸引晶核，光他一個人就造出了一大片金屬護牆，隊長誇了他好幾次。

嚴非謙虛道：「只是我平時做東西做的多了些，熟悉得比較快，大家很快就能掌握。」

如此謙虛的態度換得另外三位金屬系異能者極大的好感，大家的積極性因此跟著調動起來，收工的時候，隊長口頭稱讚大家好半天，才放大家各回各家。

羅勳和嚴非兩人爬到十五樓，應聲過來開門的是宋玲玲。嚴非雖然有可以直接打開別人家金屬大門的本事，可十五樓這裡住的畢竟是幾位女士，他可不好像是闖章溯家大門似的直接開門進去。話說回來，似乎除了章溯家之外，嚴非還從沒硬闖過別人家，包括五人組的屋子也從沒不告知主人就自己進去過。

雖然同樣是空無一物，幾乎什麼家具都沒有的住家，可兩個女人起居的屋子跟樓上那些糙漢子們的住所完全是兩個不同的感覺。

嚴非因為跟羅勳一起住，羅勳又在末世前就把家裡所有能用得著的東西全都準備好，才能在末世後也能將家中布置出一種溫馨的氛圍。可是，看看李鐵他們住的屋子……雖然所有的東西都堆在應該擺放的位置，可就是看不出半點美感來，更沒有什麼家的溫馨感，怎麼看怎麼像是學校的學生宿舍一樣亂七八糟的。

章溯的家倒是看起來沒那麼亂，可那是因為他家很空蕩，客廳裡面除了幾件找嚴非幫忙做出來的椅子板凳，就只有吊在房間正中央的金屬沙袋。別的東西……還是不提也罷。

再看看兩位女士的家，徐玫明明因為之前被男友出賣，被鄰居打劫後導致家徒四壁，整間屋子連塊木板都找不出來，可人家振作起來後，偶爾出城收集東西回來，就將屋子盡可能地整理出溫馨的氣氛。

廚房中所有的東西都規整地擺放在一起，瓦斯爐上還細心地擺上幾塊不知從哪裡撿回來的瓷磚，以防開火時燒到牆壁。

客廳中作為「餐桌」的一塊席地而坐的席子放在靠牆位置，牆壁上有幾塊用碎布拚湊出來，貼在牆壁上起到裝飾、隔溫作用的布料。

幾個破爛的箱子被貼上一些好看的紙張當作儲存物資的櫃子，就連臥室中貼上的那些為了遮擋牆壁而隨意收集回來的報紙，也都比別人家貼得有藝術氣息。

羅勳很懷疑，不知道是徐玫還是宋玲玲，反正這兩個妹子中肯定有至少一個以前是從事和藝術相關工作的。

兩個女人熱情地請羅勳兩人進去參觀她們的小窩，嚴非問道：「要做什麼東西？」

「我們想加固浴室的窗戶，還要做一張桌子，跟李鐵他們那裡的類似就好。」宋玲玲連忙指著放在客廳角落的一堆亂七八糟的金屬材料。她們每次外出時能收集到的金屬材料都有限，因為她們外出時往往都要跟別人一起合作。她們只有兩個人，如果開自家的車子並不划算，和別人同車又很難帶多少自己需要的材料，這才攢了好幾天才攢夠。

徐玫出城的經驗算是比較豐富的，可她也只有上次和羅勳他們一起外出時，回來的路上才帶了不少金屬材料。

嚴非當時就用那些材料幫她們的房子加固了門窗等關鍵的地方，又幫她們打了張床，材料就用得差不多了，現在再想要其他材料就只能慢慢攢。

嚴非點點頭，起身先去浴室觀察窗戶結構，準備幫她們弄個護欄出來。

羅勳沒有看到昨晚那個小女孩，向行動不便留在客廳的徐玫打聽：「那個孩子呢？」

徐玫指指臥室，「白天醒了，和我們玩了一會兒，說了說話，現在又睡著了。」

「她是什麼情況？」

徐玫起身引著羅勳走到臥室門口，打開了一點縫隙，羅勳能看到那張嚴非之前幫她們打造的大床上睡著一個小小的身影。那身影瘦小單薄，如果不是她的頭露在外面，乍看還以為只是被子單純隆起。

「她姓于，叫于欣然，是……」徐玫輕輕關上了臥室的門，「是我前男友的侄女。」

侄女？

羅勳挑挑眉毛，「他兄弟的女兒？」

徐玫點點頭，眼中帶著一抹諷刺，「是他表哥的女兒。上次他從這裡被趕出去之後，就投奔他表哥去了。沒多久他表哥兩口子不知怎麼突然就死了，只剩下這個孩子。我遇到他的時候，他正在賣這孩子。」

徐玫在那次的事情之後，心裡對於她的前男友恨到了骨子裡。不親手殺掉他，徐玫是絕對不可能放下仇恨繼續在基地裡正常生活下去的。

羅勳他們並不了解，徐玫在末世後是如何幫助那個男人在逃生的小圈子中樹立威信，出謀劃策，同甘共苦。她為了兩個人的未來犧牲了多少只有她自己最清楚，可在這種自己全身心付出的情況下，卻被最親近的人出賣，這種痛苦和仇恨遠超於一般的怨恨。

她從自己剛剛恢復，振作起來之後，就在調查那個男人目前的處境，但因為之後基地中的亂象被官方平定下來後，才一直沒有出手的機會。

不過也因此發覺了那個男人的表哥夫妻死得古怪，只是這並不關她什麼事，直到昨天晚上她終於找到機會，宋玲玲也願意幫忙，才動手結束了他的性命，順便救下那個女孩。

羅勳問道：「他表哥死了？這麼說，現在這個孩子已經沒有監護人了？」

徐玫點了點頭，低聲道：「他表哥是他的遠方親戚，他的事和這孩子沒關係，我想之後帶著她。」從某些方面來說，害了自己的那個男人也是害死這個女孩父母的凶手，更是在她父母去世後又將她賣給了一群喝人血的瘋子。

羅動點點頭，他能理解徐玫願意收養這個女孩的心情，畢竟自己上輩子也幹過這種事，只是自己的結果……咳咳，簡直苦逼到了極點。

兩人說話的功夫，嚴非已經加固好了浴室的窗戶，和宋玲玲走回客廳開始製作桌子。

嚴非招來堆放在牆角的金屬材料，金屬門在半空中變化外形。

臥室的房門忽然被打開，睡眼朦朧的小女孩因為聽到外面有人說話，揉著眼睛走出來，見到半空中正在成形的金屬桌子，瞪大眼睛，揉到一半的小手也停住，傻愣愣地看著那張桌子在一個高大男人的操控下緩緩落下。

「然然，睡醒了嗎？」徐玫最先發現她的身影，朝她招招手。

嚴非看了過去。

于欣然張著嘴巴，呆呆地看著嚴非。

羅動蹲在她的面前，笑著問道：「怎麼了？妳在看什麼啊？」

于欣然怯怯地看羅動一眼，向宋玲玲身邊靠去，抱住她的一條大腿，又看嚴非一眼，將頭往宋玲玲的大腿上埋，遮住自己的臉孔。

羅動整個人定在原地好半天，不知道現在笑出來，會不會把這個小女孩給嚇跑。

徐玫有些不好意思地道歉：「對不起，她有些怕……人。」

其實是怕男人才對，似乎因為賣掉她的、昨晚用刀子劃傷她的、喝她血的都是男人，這個小丫頭也跟她們一樣，都患上了不同程度的恐男症。

宋玲玲蹲下身子摸著于欣然的後背，低聲安慰道：「然然不怕，羅哥哥是好人，和那些壞蛋不一樣的。」

好半天于欣然才鬆開抱著宋玲玲的手，偷偷看了羅勳一眼。

羅勳為了不刺激到小女孩，起身走到嚴非身旁。

于欣然又偷偷看嚴非，在宋玲玲耳邊說：「大姊姊，這個哥哥真漂亮。」

她的聲音說小也小，可現在四周很安靜，所以她的聲音清楚地傳進了大家的耳中。

被一個不懂事，也不能對對方生氣的小女孩說漂亮，嚴非有些心塞。

哪怕說他帥也好啊！

羅勳悶笑一會兒，才咳嗽一聲，看向徐玫，「徐姊，這孩子有沒有異能？」

徐玫想笑又不敢表現出來，她雖然不知道嚴非介不介意，會不會惱羞成怒，可從他每次外出都戴口罩，就算在基地裡行動也是這副打扮就能看出來，他似乎不太喜歡被外人評論他的相貌，聞言連忙點頭，換上溫柔的笑臉，看向小女孩，「然然，把今天中午妳做的事情再表演一次給叔叔們看好不好？」

宋玲玲扶著她的肩膀，小聲鼓勵她。

于欣然發覺嚴非和羅勳都看著她，低著頭又往宋玲玲背後鑽。

察覺自己變成小女孩眼中的洪水猛獸，羅勳心裡微微冒酸水，他其實很喜歡小孩子……

嚴非見于欣然膽怯地閃躲，再看到她手臂上還裹著白色的繃帶，思索了一下，忽然抬起右手，從牆角招過來一塊剩下的金屬材料。

金屬材料在半空中扭動，每一次的動作幅度都很大，誇張地伸展開再揉合到一起。

被半空中不停變化的金屬材料吸引了目光，于欣然下意識停住躲閃的動作，瞪著一雙烏溜溜的眼睛，驚訝地看著那不停變化的金屬材料。

這是一塊不鏽鋼材質的金屬板，嚴非控制著它不停改變形狀，然後慢慢降落到于欣然面前，最後變成了一朵銀白色、閃爍著金屬光澤的花朵。

嚴非目光柔和，站在金屬花朵後面看著于欣然，彎下腰對她說：「這個送給妳，妳能不能變些什麼東西給叔叔？」

于欣然怯怯地看了看嚴非，又用期待的目光看向那朵漂浮在半空中的「花朵」，抬頭向身邊的宋玲玲看去，見她微笑著對自己點頭，這才低聲說道：「我、我不會變花……我、我變出來的東西不好看……」

果然是異能者！

羅勳和嚴非心中閃過一絲了然，雖然先前就有所猜測，但現在看到他們的猜測成為事實擺在面前，兩人還是有些驚訝。

「沒關係，不管變出什麼，叔叔都會喜歡的。」羅勳也放低聲音，擺出一副人畜無害的笑容對小女孩放電，無視小女孩剛剛還管嚴非叫「哥哥」的事實，強行提升自己的輩分。

還好似乎因為發現這兩個叔叔對自己很和善，沒有什麼奇怪的行為，于欣然這次沒那麼怕羅勳，只是小心翼翼地看了看他，然後伸出食指，向牆壁一指……唏哩嘩啦！

兩人錯愕地看著出現一個洞，露出裡面的鋼筋水泥的牆壁，驚訝地叫出聲：「沙化！」

這並不是小隊所需要的土系異能，可是她的異能同樣很強大，這是能讓她操控的目標變成沙子的特殊異能。

兩個人的叫聲讓于欣然嚇了一跳，她一副做錯事的樣子向後縮，微微發起抖來。

羅動驚喜地看著于欣然，對她笑道：「然然真厲害，能把牆壁變成沙子！」

于欣然身上的顫抖減輕了些，有些奇怪地問道：「不可怕嗎？」

羅動搖頭，「怎麼會可怕？」

「可是爸爸媽媽說，我把房子弄壞了，家裡會沒地方住的……還有，還有……變成沙子很沒有用……」最激發異能後，于欣然不懂得控制，經常會把自己所能觸碰到的地板、牆壁沙化。可她雖然有沙化這些東西的能力，卻沒有將其變回原狀的能力。

她的父母都是普通人，面對這種不知道要怎麼用，反而會破壞家裡物品的能力，自然會嚴厲禁止。有時候工作一天回到家中，發現牆壁、地板都變成沙子，會以為是她故意搗亂，生起氣來還會揍她一頓。

至於這種他們怎麼也看不出用途，基地裡更沒地方需要的「廢物異能」，她的父母在發現這一異能無法給他們帶來好處，還會處處添亂，更是將生活的辛苦、勞累、怒氣全都加諸到孩子身上，抱怨她為什麼沒有個有些用處的異能，哪怕是水系的？好歹能弄些乾淨的水來。這種把地板變成沙子的能力，除了調皮搗蛋外，還有什麼用？

「怎麼會沒用？」

羅動上輩子雖然沒聽說過基地裡面有沙化異能者，可在發現小女孩的能力後，腦中瞬間就閃過了很多種異能的使用方法，比如嚴非他們挖地基時，如果能將目標位置的土地直接沙化，比如他們出城挖陷阱時，沙化可以代替土系異能者的作用，再比如沙化出來的沙子可以配合章溯的風系異能給喪屍來上一場沙塵暴，沙塵暴的威力絕對比他直接吹風強多了。又比如利用沙化限制喪屍們的動作、敵人們的視線等等。

當然，絕大多數的時候，沙化異能在低級時都要與其他異能配合。這種能力更加適合使用在戰場上而不是基地的建設中，所以普通人無法理解這種能力的多變性、靈活性，但如羅動他們這些會出基地打喪屍晶核的人卻一下子就明白了于欣然的價值所在。

「對啊，然然的異能最厲害了。」宋玲玲摸摸小女孩的頭頂，笑著對羅勳兩人道：「我們也覺得如果她能和咱們一起離開基地，就可以配合嚴哥挖陷阱。當然，我們會在那之前教會她怎麼控制能力，外出時要怎麼做。」

宋玲玲和徐玫都不是普通意義上的女人，比起在基地中隨便找個男人嫁了相夫教子，她們更願意外出戰鬥來尋找自己的價值和生存意義，所以讓這樣兩個凶殘的女漢子養孩子，能養出什麼樣的來……可想而知。

嚴非對兩個女人點頭表示支持她們兩人的決定，雖然這個孩子的年紀還太小，可是在末世之中，就算是孩子也很難擁有真正意義上的童年。

他彎下腰，將漂浮在半空中的金屬花朵送到于欣然面前，對她笑道：「妳的異能很厲害，拿著這朵花吧。喜歡的話，叔叔以後還給妳做。」

雖然不知道他們在高興什麼，可于欣然卻能感受到他們並不討厭自己的這種古怪、沒用的能力，而且還很高興。孩子們幼年時關於成長方面的記憶不會太清晰，所以她真正印象深刻的記憶反而是來到基地後，最近一段時間的生活。自從來到基地，家中的生活便一天比一天艱難，一天比一天艱苦，經常連飯都吃不飽。

再加上因為異能所帶來的家人們的種種負面情緒和對於自己的態度，于欣然似乎早已忘記了那些被人需要、被人認可、被人讚揚的幸福，就彷彿自己記憶中的那些曾經，都只不過是偶爾睡夢中做到的夢一樣。

接過那朵花，于欣然仰起小臉，對嚴非露出了一個甜甜的笑容。

長得好看就是占便宜，連剛剛受過重大刺激的蘿莉的好感度都能輕鬆刷上去，羅勳回到十六樓後嘀咕抱怨著，不過他很明智地沒將這句話訴諸於口，免得被某人惡意報復。

回到自家，兩人坐在客廳的沙發上。

茶几上放著幾個袋子，裡面鼓鼓囊囊都是一顆顆宛如寶石般的晶核。嚴非這幾天已經很用功地每天都在盡量吸收這些晶核，可他畢竟沒敢拚命消耗，所以現在還剩下不少。

大袋子旁還有個小些的袋子，裡面的晶核數量不多，是二級金屬系晶核和其他幾顆暫時用不到的晶核。

「就在客廳裡吸收？」羅勳有些擔心地問道。

嚴非思索了一下，搖頭道：「還是回臥室吧。」客廳裡面東西比較多，而且羅勳和小傢伙也在這裡，萬一出現什麼意外，一個失控……他還是在臥室裡實驗比較好。

羅勳思索的方向明顯和嚴非不一樣，但也同意了他回臥室的主意，「對，萬一沒力氣了，你就直接躺在床上睡一覺。」拚命使用異能也是消耗體力的，客廳的沙發哪有床舒服？

嚴非拿著袋子上樓，將想要跟進去的羅動趕了出去，讓他忙活家中其他的事——其實是怕一旦有什麼危險，自己會不小心傷害到他。

關上房間的門，回到床上，嚴非一手放在已經打開的袋子上，另一隻手向著房中那個每天晚上被他蹂躪來蹂躪去的金屬球伸出了手……

羅動對著緊閉的房門嘆了一口氣，轉身回到樓下。

家中的事情還有什麼可忙的呢？想一想，確實有不少事情需要他做，比如育苗室裡的幼苗們有些可以移植了，有些異變後數量減少的幼苗正需要補發一些出來。

更有些蔬菜需要培育新一批的幼苗，好輪開它們收穫的時間。

思考了一下，羅動一頭鑽進育苗室中開始忙碌。

將一株株幼苗分門別類放在幾個小籃子裡，有些需要水培、栽種進隔壁屋子的管子中，有些則可以種到土壤裡，還有自己前幾天特意培育出來的水稻，現在已經大多冒出了頭來，顯然也快能種到隔壁的屋子裡去。

「燈架已經架好，蓄電池也充滿了幾個……」羅動一邊細數一邊搬著幾個小籃筐走到兩個屋子中間的鐵門前，小傢伙見這扇門打開，搶先鑽了過去，然後在一排排架子的房間中東聞聞西嗅嗅。牠知道這裡現在也是牠的地盤之一了，雖然不是想過來就能過來，可總也是牠的領地不是嗎？

陽臺上的幾個管道型水培管中種的依舊是蔬菜，比如散葉生菜、油麥菜等。靠著牆壁的下方有著一溜塑膠筐，並排放在牆根的金屬架子上。這些塑膠筐中此時填滿了土，羅動將不同的作物種了進去。四周的牆壁位置處，他讓嚴非搭出一列金屬欄杆，延伸到天花板的下方拐成橫著的一排排，與另一側同樣豎起的欄杆相連。

這裡是用來讓爬藤類作物生長的地方，比如黃瓜、絲瓜、豆角、豌豆之類的東西，不種東西的時候，那些橫著的架子還能用來掛東西。其他不用爬藤的就直接種在擺放在房間內的那一排排鐵架子上，比如番茄、茄子、黃豆、大白菜、花生等等。

除了蔬菜之外，他還在靠近陽臺的一個低矮些的金屬盆中，將之前大家一起找到的西瓜種子種了進去。這東西要是能長出來的話，一條藤上就能結出不少西瓜呢。

另外，他將幾株幼苗種到一個個單獨的塑膠籃中，等過兩天長勢還好，就能放到陽臺去種植了。這裡面種的是向日葵，他還等著秋天收穫瓜子，或者自己吃，或者拿來榨油。

家中的泥土有些是末世前就弄回來的，有些是和嚴非一起在末世後弄回來的。這些泥土就算不出基地也能挖到很多，只要找個沒人的地方，將坑挖得深些，就能挖出沒被汙染過的肥沃泥土來。再加上自家蚯蚓和麵包蟲們吃掉各種蔬菜之後弄出來的肥土，目前絕對能供得起這一屋子作物好好生長。

等將幼苗全都栽種完畢，羅勳捶捶有些痠疼的腰，叫上小傢伙一起回到隔壁屋子。

嚴非沒在客廳，羅勳倒也不驚訝，他那堆晶核一時半刻能吸收得完才有鬼呢，而且嚴非為了「用功」，在上樓前還特意拿進去幾包餅乾和家中殘存的小香腸。

沒上去叫嚴非，羅勳在客廳中轉悠了兩圈，最後取出一包泡麵跑進廚房煮了一碗，和小傢伙擠在沙發上慢慢吃著。

樓上的臥室中，嚴非靠在床頭櫃上，一手抓著晶核緩慢吸收，另一隻手手心向上，整個人的精神都集中於漂浮在空中金屬材料上。

一張細細密密的金屬網彷彿薄紗般懸浮著，其金屬絲線的細密程度已經達到了嚴非所能操控的極致。那金屬網張開後，整個房間根本沒辦法徹底容納，所以只能一層層重疊起來。

當所有的金屬材料全都成為這細密的金屬網的一部分後，薄紗瞬間聚攏，又一次凝結成了一大塊完整的鐵塊。

鐵塊變成網，網又凝結為鐵塊，這一變化的速度越來越快，越來越流暢，嚴非手中的那個存放著晶核的袋子也漸漸萎縮。

不知過了多久，嚴非的額頭上早已布滿細密的汗水，順著他的額頭，掠過他眼角旁的淚痣，流淌到下巴上，低落在睡衣上。他的動作忽然停住，那盤旋在半空中的金屬網也只變化到一半就徹底不動。

嚴非抓住一顆二級金屬系晶核，深吸了一口氣。

金屬材料再度凝結到一起，緩緩落地。

嚴非攥緊晶核，閉上眼睛，利用精神力與晶核溝通。

在二級晶核被他吸收掉的那一刻，耀眼的金屬光芒從他的身體由上到下一閃而過。

嚴非緩緩睜開眼睛，低頭看向自己的掌心……

這是升級了？

「二級。」嚴非因為脫水而有些沙啞的聲音在房間中響起。

現在他可以確定自己的異能剛剛升到二級，可他的二級異能卻是和其他系，甚至其他金屬系的異能者略有不同。他並不是單純可以控制金屬材料的金屬系異能者，在控制的同時，還能操控金屬、感知金屬，並同時擁有磁力般的能力，讓所有的金屬材料可以隨著自己的意念被任意操控改變。

再度將那塊金屬球招到面前，嚴非手指動了動，金屬球迅速在半空中飛速轉動、扭動，沒過多久，金屬球就迅速分成了幾塊。

每一塊的顏色都有所不同，或黑或白或黃，顏色也或深或淺。

「這算是……提純嗎？」

想起之前羅勳還特意找隊長要純銅絲，嚴非摸摸下巴思索著。現在自己似乎就能將金屬材料中所有的物質各自分離開來，還能從其他含有金屬元素的物質中分離出金屬質物納為己用。這麼一來，他需要什麼自己就能弄出什麼來了……

當然，這種分解也是有限制的。物體中所蘊含的金屬元素比重越大越好分解，不然人體和植物中可都是含有各種金屬元素，他要是連這都能操控，還不輕而易舉就能殺人？

所以，這種提煉、分解，只能對著鐵礦石、銅礦石之類的東西用用。

當然，等到級別更高之後就不好說了。

再度將單獨分解出來的金屬塊揉到一起，看著金屬球乖乖落在地上，嚴非挑眉，「怎麼體積好像變小了？難道真能提純？可它們被剔除出去的東西呢？還是說，單純增加密度？」

許多東西還都有待開發，現在最優先的事情就是洗澡。

羅勳聽到樓上的開門聲，連忙起身迎了過去。見嚴非一身衣服似乎都被汗打濕了，趕緊說道：「怎麼也不換衣裳再下來？」

嚴非笑著搖搖頭，「換了不還得髒？我先洗個澡。」

「出了這麼多汗馬上就去洗澡？不行，萬一脫水怎麼辦？」

「沒事，我剛升級，精神很好。」嚴非心情大好地伸手就去摟羅勳的腰，「一起洗？」

羅勳沒好氣地瞪了他一眼，拍開他的手，跑去倒來一杯溫水，「喝點水再去洗。」

喝過水的嚴非還是把羅勳硬拉進了浴室中，洗鴛鴦浴什麼的，總是比正常洗澡要耽誤時間。原本還憋著一肚子話要問嚴非異能升級情況的羅勳，直到兩個小時之後才扶著腰被攙扶出來。家裡的水多珍貴？他今天硬是讓自己洗了兩次澡，簡直是罪大惡極。

等兩人出來，都快凌晨一點了。

第二天早上還要上工，羅勳拖著身體爬上樓，睡前迷迷糊糊地問了問嚴非關於他異能的事情，結果沒定聽清他的解釋就睡著了，直到第二天，兩人去工作地點，才大致了解清楚他異能升級後的狀況。

首先，嚴非的異能算是金屬系的變異能力，並不是高級金屬系異能，只是他的異能一級時威力比別人普通金屬異能一級時強很多。再者，二級金屬異能可以對兩人的未來生活提高不少生活上的便利，比如更高密度的金屬可以加固武器、防具的結實程度，比如可以加工純度更高的某類指定金屬。如果放在末世前，他這個技能說不定還能當成煉金的金手指來用，像是從滿是各種雜質的金屬中分離出金、銀什麼的。

另外，升級後的嚴非控制起金屬來更加迅速，至少第二天上工時，若是他不刻意控制自己的異能，那速度恐怕一定會驚嚇到同隊中的幾個異能者。

◆　◆　◆

自從羅動將蘑菇木搬回育苗室後，他家的苗苗、芽芽長得越發茁壯。在確認蘑菇木確實能夠起到減少自家種子、幼苗的變異率後，羅動便將這件事情告訴了李鐵等人。

五人組家中似乎因為水過濾得比較認真，種花種草也都用這些水，所以家中作物的變異率確實遠低於其他人家。可就算如此，也比羅動他家高的多，因此在得知種蘑菇居然有這種效果，且種好的毒蘑菇也能起到殺喪屍的作用後，五人組再度振奮了。

「下次出去，咱們也多挖點樹根回來。」在知道這一消息後的第一時間，五人組立即揮動拳頭躍躍欲試，定下了外出的目標。

最近五人組的工作走上正軌，下班時間提前不少。之前他們下班的時間經常跟老是加班的章溯一樣，早的話七八點，晚的話十二點前能到家就不錯了。最近忙完最緊急的那部分工作後，他們的下班時間終於確定為每天下午五點鐘，可以吃了晚飯再回家。

「種出蘑菇的話，我會加工成特殊彈藥，在遇到難對付的高級喪屍時可以使用。」嚴非給五人組打了一劑強心針。毒蘑菇的殺傷力之強，是他們這兩天在修圍牆的時候再三確認過的。羅動用了嚴非特製的新型弩箭後，那凶殘的殺傷力，讓羅動都覺得用這東西射殺一級和二級喪屍簡直是一種浪費的行為。

「嗯嗯嗯。」五人組連連點頭，雖然他們沒見過那種特殊子彈攻擊喪屍時到底有多大的殺傷力，可他們十分清楚嚴非和羅勳的實力。他們兩個既然說殺傷力大，那就絕對很大。

「我們剛才回來的時候遇到徐姊她們了，聽她們說，小然然的異能已經熟練了，下次出去咱們的陷阱可就要指望她了。」何乾坤高興地說道。

韓立在一旁給他潑冷水，「可別太指望，小然然才幾歲？就算真能跟咱們出去，看見外面那些喪屍，還能有膽子用得了異能？」

「對啊，帶這麼小的孩子出去，實在太不人道了……」吳鑫有些於心不忍。

說起這件事來，眾人心中都有些沒底。

要是孩子帶出去之後因為太害怕不敢使用異能就算了，萬一哭鬧起來……

羅勳笑著安慰他們：「不用擔心，徐姊她們會做好準備的。」

別小看末世中女人的執念，更別小看孩子們的膽量。有玫瑰傭兵團團長的調教，沒見那個小女孩從前些日子見到自己這些人就怕得總往別人身後藏，到昨天竟然敢當著章溯的面誇他說「這個大姊姊長得真好看」嗎？

當時，那話一出，嚇得王鐸摟著章溯的腰就往隔壁房間裡抱，生怕他老人家一怒之下，血洗了在場的所有活口。

就算那會兒章溯的臉色變得十分之難看，于欣然也依舊只是用那張略有些膽怯的小臉懵懂而天真地笑著，笑得章溯只能把一口老血合著膽汁嚥下去。

直到羅勳家的蘑菇又培養出了一批，並且全都收集下來處理好裝進玻璃瓶備用；直到五人組知道了蘑菇木的療效且準備下次出城弄些木頭回來種蘑菇；直到羅勳幾乎都快忘記關於胥教授和蘑菇實驗的事情時，他的手機響了起來。

打來的人正是胥教授。

羅勳看到來電顯示，先是愣了一下，然後趕緊接起來。

「小羅啊？」胥教授的聲音傳出，確認是羅勳本人，才壓低聲音對他道：「之前你家蘑菇的事，還有上次咱們在電話裡面說過的那件事，你暫時不要對外說。」

羅勳心中盤算了一下，猜想可能是軍方擔心這種蘑菇本身有強大的腐蝕效果，所以不敢在基地中讓普通人大肆培育。

「哦，我知道了。對了，您上次說的實驗……」

「確實有一定的效果，可是還要具體應用。」

有些事情事關機密，並不是能對羅勳這個普通人解釋清楚的，只是因為這種蘑菇最早是由他發現的，所以胥教授才需要囑咐他一下。

「你家的蘑菇盡快處理掉吧，這個東西雖然在對戰方面確實有些效果，可是本身實在太危險，家中不能私下培養。」

羅勳沉默了一下，說道：「那些蘑菇您上次說過之後，我就已經處理掉了。不過，不知道是不是我的錯覺，自從蘑菇木都被我處理掉之後，我家那些種子的變異率好像變高了……我覺得這之間會不會有什麼關係？」

既然胥教授一再要求自己銷毀蘑菇木，羅勳自然不會自找麻煩非說自己家還要留著，但蘑菇有能改善植物變異率的事情，給軍方提個醒，至少能保證基地中的糧食產量。

至於家中的蘑菇木？還是留在自家的育苗室中吧。隔壁屋子暫時不能光明正大地養這東西，不然哪天胥教授他們突發奇想跑到自己家來，恐怕會惹來麻煩。

胥教授連忙記下這一點，又再三囑咐，就算蘑菇真和植物變異有什麼關係，也不要心存僥倖在再在自家種養這麼危險的東西。對於一般人來說，在家中養著這種危險的毒蘑菇，肯定會一個不小心就害到自己和家人。

其實胥教授和軍方的擔心是很正確的，畢竟這東西可是危險品，誰知道人類天天和它們待在一塊兒，時間久了會不會出什麼危險？雖然暫時還沒發現，可一旦真出什麼危險，到時哭都沒地方哭去。

羅勳也就是仗著上輩子的經驗，才敢在人家專家特意提醒後，還肥著膽子繼續培養，不然他就算有天大的膽子，也不敢繼續在家養這種一看就十分危險的東西。

等羅勳掛掉電話後，嚴非才問道：「怎麼？是胥教授？」

羅勳點頭，嘆息一聲，「他說不要再養蘑菇了……今天咱們回去後，得提醒李鐵他們，別讓他們出去亂說這件事。」他自己肯定是不能放棄的，李鐵他們如果為了家中作物著想，最好也養一些蘑菇，只是千萬不能到外面隨便亂說。

「其實胥教授他們擔心的也對，這玩意兒的殺傷力這麼大，要是真的有人在基地中養這東西，用來對付仇人……這簡直就和化屍水的效果差不多。」

如果真的用一大堆毒蘑菇去害人，估計等屍體被人發現，別人連這屍體的原主到底長什麼樣子都未必能看得出來。

見羅勳感嘆不已，嚴非笑道：「你不是還準備在隔壁屋子蔬菜的下層都種上這東西？」

那邊羅勳雖然已經種了一大堆作物，可所有的作物都不是直接放在地上的，而是全都種在嚴非用異能構建起的金屬架子上。在擺放植物的架子和地面之間還留有不少的空間，原來羅勳準備在那裡面放滿大大小小的木頭，留著種蘑菇、吸毒素用。作物在生長期間也同樣有可能會變異，只是變異率沒有發芽時那麼高。

可剛剛和胥教授通過電話，羅勳擔心突然跑來自己家中參觀，到時候沒法交代，所以這個想法恐怕只能暫時擱淺。

羅勳心不甘情不願地點點頭，「真可惜……」那些毒蘑菇對於他來說，不僅僅是能提高作物產量的利器，更是可以增加殺傷力的重要殺手鐧，可現在……

「也不是沒辦法。」嚴非思索了一下，低聲道：「我們可以把最下面的那層弄成帶孔洞的金屬抽屜，把木頭放在裡面就好。」反正他的異能升級後做起這些東西更加得心應手，只要做得看起來和櫃子整體很協調，別人進來後是察覺不了異常的。

他還能直接將那些「抽屜」在某些不方便的時候瞬間和架子整體凝固在一起，下面又不用布置燈光，別人看都看不到裡面有什麼。

羅動露出驚喜的表情，「這樣也好，反正那些蘑菇都是喜陰、喜潮，只要通風就行。」

這些毒蘑菇對於環境的挑剔程度並不算高，只要保證充分的濕度和一定的溫度就可以。這麼一來，不但自己家中可以安心養這些蘑菇，就連李鐵他們那裡也可以用這種方法種，還能防止他們不小心碰到這些東西。

兩人接到胥教授的電話時，才剛剛收工，這會兒兩人一邊商量一邊開車回家。等到了晚上，便將這件事告訴五人組，並且保證只要下次出去時，金屬材料和木頭充足，回來後就給大家做架子種蘑菇。

「羅哥，那幾隻小鵪鶉還是等咱們月底回來再給我們吧。」李鐵有些遺憾地說道。

「怎麼？」羅動納悶，「你們不是這幾天回來得早嗎？」他們前兩天還興沖沖地感謝自己要給他們鵪鶉的事，怎麼今天忽然不要了呢？

何乾坤解釋道：「我們這邊雖然有暖氣，可是因為最近天氣轉暖，所以暖氣不太開，連種出來的菜長得都慢了好多。」

「對對對，另外就是……」幾個大男生對視一眼，一個個不好意思地紅了臉，「我們怕鵪鶉太小，養不活……」

羅動前些日子確認過那些最早孵化出來的鵪鶉們身體健康，可以分給李鐵他們幾隻後就通知他們了。當時他們是很高興沒錯，可冷靜之後才想起來，他們誰都沒有把握不把這些東西養死……不，甚至可以說，他們似乎連養什麼動物的經驗都沒有。

雖然有人家中養過貓狗，可那基本上都是家中的長輩在照顧，他們只負責回家後抱抱摸摸親親，然後就丟到一邊去了。

唯獨韓立家中以前養過魚，他還親自照顧了好一陣，然後……一缸熱帶魚全撐死了。

有過這麼凶殘的經歷，他們表示現在能把那些蔬菜養成這個模樣就已是僥天下之大幸，如小鵪鶉這麼脆弱的生命……他們還是做好心理準備，等牠們長大些再迎接過來比較好。

羅勳聽完他們的解釋，感覺很無語。

「要不，我還是自己養吧……」總覺得把小鵪鶉交給他們，反而是負擔呢。

「不不不，我們一定會對牠們負責，會好好把牠們養大成人……不，是養大成鵪鶉！」

牠們本來就是鵪鶉好不好？

揮別五人組，羅勳和嚴非兩人拖著疲憊的腳步回到自己家中。

「明天要送菜去第一食堂。」羅勳檢查過明天就要採收的蔬菜和先前故意種著準備留種的幾種蔬菜。

「這次的量跟上次差不多吧？」嚴非這個無論末世前還是末世後對於蔬菜水果的重量都完全沒有概念的人，根本目測不出來這些蔬菜的重量。

「差不多，留下咱們自己平時要吃的，剩下全都給他們送去。」

嚴非的異能升到二級後，每次消耗完異能的時間變得比之前更長了。與此同時，他需要補充的晶核數量也隨之增加。當然，隊裡每天發下來的晶核夠他在修牆的時候使用，剩下的也能回到家中後繼續用來鍛煉異能，可儘管如此，家中的晶核數量也是越多越好。

二級異能升到三級所需要的晶核，絕對比之前多很多，而且這種東西可比蔬菜耐放，根本就不會放壞。

晶核在末世之中可是硬通貨，就算一時用不到，也絕對不能放過收集的機會。

羅勳仔細觀察了一下陽臺那些故意留著開花結果留種子的蔬菜，滿意地點點頭。不愧是精心培養了這麼久，看來再過不了多久就能收集種子了。

羅勳家的蔬菜瓜果因為家中沒有養可以授粉的蟲子、蝴蝶、蜜蜂等，只好萬事都親自動手。他平時空閒時間比一般人多，每天下班很早，還有一顆細緻和耐得住重複勞動的心，這是上輩子宅在家裡修煉出來的，再加上他上輩子時的經驗，處理起這些自然得心應手。

嚴非站起身來，拉過他一起向樓上走去，「回去休息吧，明天還要早起。」

沒了之前的晶核存貨，嚴非現在只能靠每天築牆的時候發下來晶核來消耗異能，鍛煉異能，睡前倒是沒有前一陣子那麼忙了。

羅勳依依不捨地看向陽臺。

隔壁屋子的那些小苗苗只要在固定時間澆水就好，暫時不用打理。樓上養著的都是水果等生長週期比較長的植物，僅需定期照看，確認有無變異就好。

目前需要上心注意的，只有正在開花結果的陽臺作物。

進了臥室，羅勳伸了個懶腰，「明天要摘菜……」話沒說完，就被人攔腰抱起。

兩人相處了這麼長的時間，彼此間的默契已經慢慢養成。就好像睡在床上的時候，要是羅勳無故摟住嚴非的腰，大腿不老實地磨蹭時，嚴非就知道這傢伙欠收拾了一樣，像這樣被他忽然抱起來，傻子都知道那傢伙要幹什麼。

羅勳怕摔下去，連忙摟住他的脖子，才略帶怒氣地道：「不是你說明天要早起的嗎？」不然剛才為什麼用這個當藉口催自己上樓？

嚴非瞄了他一眼，將他放在床上，自己站在窗邊慢條斯理地解胸前的扣子，「是啊，你放心，今晚不會太久，畢竟咱們明天還有事要忙。」說著，彎腰在他的唇邊吻了一下。

看著那個令人炫惑的笑容，羅勳深呼吸，再深呼吸，一翻身將自己裹成了個粽子。

別以為美色引誘就一定能成功，今天晚上就不讓你碰！

嚴非笑得意味深長，關掉床頭的檯燈，緩緩爬上床。

你以為縮進被窩裡就能逃過去？哼，不是每次都抱著自己不肯撒手的時候了？

一夜激戰，第二天早上，羅勳坐在沙發上，鼻子不是鼻子，眼睛不是眼睛，指揮著勤勤懇懇摘菜打包的嚴非忙這忙那。

嚴非則一臉神色輕鬆，就差哼出歌來了。

將打包好的蔬菜過秤，規整好今天要交易的蔬菜，羅勳兩人才去外面跟李鐵幾人會合。見羅勳他們帶著要賣掉的蔬菜，李鐵幾人既不羨慕也不嫉妒。他們如今家中的蔬菜種子不太多，幸虧他們平時都在軍營吃飯，所以不用特意準備多少配菜。

這些蔬菜的最大用途就是，一來補充維生素，二來種出來可以留著當種子。他們現在並不缺積分，更沒什麼消耗晶核的地方，自然用不著特意種菜拿出去賣。

李鐵幾人上前幫著一起拿東西，韓立走到章溯家敲門喊人。

過了一會兒，章溯才面無表情地跟一臉饜足的王鐸一前一後走出來。

羅動同情地看了看木著臉的章溯，再看另外四人看向王鐸的表情。李鐵一臉鄙夷，韓立一臉羨慕嫉妒恨，何乾坤臉紅，吳鑫……沒有表情，這貨壓根兒就沒看出什麼來。

羅動看到眾人的表情，瞬間覺得腰不痠了，腿不疼了——還有比自己丟臉的貨在。雖然王鐸是壓人的，可這貨早在十六樓的住戶中成為最底層的存在，被哥們兒集體鄙視，被他家女王各種使喚，被自己兩口子看笑話。

能活成這樣，這孩子也挺不容易的。

開上車子直接進入軍營，停到了第一食堂後門處，迎上等在那裡的李隊長。

雙方打過招呼，幾個炊事班的士兵過來給蔬菜上秤，羅動兩人和李隊長聊天。

「這幾天廣播裡面正在宣傳讓大家在家裡種菜，還教授了種植方法，咱們這兒沒有別的人來賣菜嗎？」雖然軍方是從這幾天才開始宣傳具體在家中種菜的方法，但其實從剛一過年後基地中就已經可以見到有人在販賣蔬菜種子了。

李隊長嘆息一聲，搖頭道：「哪有這麼多人種菜？就算有人在家種，能不能供上自己家裡吃還不知道，又怎麼會拿出來賣？不過倒是聽說市場上偶爾會有人拿出些野菜、家裡種的菜出來換東西，但數量太少，往往聽說時人家早就賣完或者換地方了。」

如今基地中的倖存者們還算小有資產，種菜也不是一天就能種成的，所以真正開始動手種菜的還沒有收穫到結果，更何況大多數人家也還沒有展開行動。

「過一陣子就多了，我聽說兌換窗口那邊不是能兌換蔬菜種子了嗎？」羅動問道。

李隊長點頭道：「我們食堂旁邊的那些空地上現在也種上了，軍營裡別的地方也都各自劃出了幾塊地留著種菜用，只是現在不是正在修牆嗎？還得等這些事情都忙完才能開始種。」

「不怕耽誤季節？」羅勳有些疑惑。

「軍營裡的這些空地都留著種菜，外頭大片的土地才留著種糧食呢。蔬菜還好說，糧食可是不會耽擱的。」李隊長說著壓低聲音道：「聽說研究所已經找到讓種子減少變異率的方法了，明年的糧食應該能保障……」

這應該就是用上了把蘑菇和種子放一起的方法吧？

羅勳笑著點點頭，雖然蘑菇能減少變異率，可真正種到田裡的糧食還是會受到多種因素影響的，畢竟那些蘑菇可沒辦法搬到田間去。不提種到外面的蘑菇會不會被人不小心碰到、踩爛從而引發什麼事故，單說這些蘑菇……它們就不是長在田地裡的好不好？

羅勳知道上輩子中至少前兩年時基地的糧食種植都是慘澹收場的，造成這個結果的原因有許多，所以羅勳才在發現蘑菇木作用的時候，選擇將這一可能性告知胥教授。自己就算再厲害，家裡空間再充分利用，也種不出多少糧食，連他和嚴非的口糧都未必能種得夠。

在這一點上，他的利益和基地是一致的，反正基地方面看起來也是要種蘑菇來製作特殊武器的，兩者搭配種植不是正好嗎？

兩人拿著這次入帳的十二顆晶核開車去集合，坐上卡車一起來到圍牆邊上工。土系異能者們距離羅勳他們所在的位置越來越遠了，幸運的是，嚴非幾人的異能也越發熟練。雖然因為需要擴建的面積增大導致他們的進度不快，可怎麼說也比先前強多了。

隊長消失了一會兒，大約一個小時後才又匆匆趕回來。

牆頭上面沒什麼事情做的士兵正舉著槍對準圍牆下面的喪屍練習射擊，最近二級喪屍的數量明顯增加了不少，但對於有著巨大優勢，可以遠距離痛打落水狗的大家來說，想要消滅它們還是很簡單的。

「你們四個都停一停，過來開會。」隊長招呼嚴非等幾個異能者過去，幾人連忙放下手裡的工作，離開牆頭。

羅勳拿出背包中的水喝了起來，好奇地看向嚴非那邊，不知隊長要說些什麼。

隊長掏出一個袋子，對嚴非問道：「你看看，這是不是你說過的二級金屬系晶核？」

羅勳一口水險些嗆到，連忙看向隊長手中的東西。

嚴非升到二級後過了幾天就將二級金屬系晶核的樣子跟隊長形容了一下，並表示自己已經升到了二級。金屬系異能升到二級後，使用異能的速度提升，效果更好。如果隊伍中的異能者都能升到二級的話，肯定能增加大家的工作效率。

他當時表明那顆二級晶核是羅勳在逛街的時候無意中發現的，而且也已經吸收了，所以需要隊長幫忙去找找。

說出這件事是之前兩人因為聽隊長說起過軍中有其他系的異能者用二級晶核將異能提升到了二級的緣故。嚴非經過考慮，再對比隊長所說的那些二級異能者們升到二級時需要的一級晶核大致的數量，這才決定說出來。

按照他們小隊如今吸收晶核的數量來說，應該早就到了可以使用二級晶核衝級的量。

他自己是因為異能變異，需要吸收的一級晶核數量才遠大於其他相同等級的異能者，而且大家都提升到了二級，對他也是有好處的——他明明可以加快修牆速度，增加消耗量來鍛煉異能，可為了和其他人持平，才不得不憋著力氣慢慢來，有種有勁使不出的感覺。

聽說這件事後，隊長立即想辦法去找人尋找二級晶核。其實二級晶核還是比較好找的，部隊每天都會派人特意出去打晶核回來，而二級晶核不同系的人根本無法使用，這就導致了有些晶核消耗量奇多，而有些晶核放在那裡也沒人搭理，更無法使用。

隊長按照嚴非所描述的晶核找人去找，今天果然就弄出幾顆來。

嚴非仔細觀看，點頭道：「就是這個。」

一顆顆二級晶核散發著特殊的金屬光澤，見他確認就是這種晶核，隊長笑呵呵地將這十來顆晶核平分到四人手中，正好一人三顆，「這種晶核他們那裡可能還有，不過量不是很大，也不常見，這才一直丟在一邊直到我去問他們才想起來。」

金屬系的喪屍數量就和金屬系異能者似的，很少很少，但喪屍打多了，終究能碰上。其實這也怪二級喪屍的智商還很低下，就算在戰鬥中一般也不會正確使用異能。也幸虧如此，不然萬一誰真的遇到金屬系喪屍，車子鐵皮全被它們掀開，裡面的人還怎麼活啊？

雖然金屬系的晶核不好找，可這其實算是好事，反正用這種晶核的人也不多。

只要一顆就能提升異能等級，大家接過這三顆晶核時的心情都是極其激動的，然後三雙眼睛齊刷刷看向嚴非。

從小到大被人注目慣了的嚴非，淡定地反看回去。

「那個……嚴大哥，這個要怎麼用？」

好巧不巧，同隊中的幾個金屬系異能者都是入伍沒多久的士兵，他們的年紀基本都在二十歲上下，於是嚴非這個二十六歲在社會上年輕有為的，在不少人眼中還乳臭未乾的毛頭小子，竟然成了同隊士兵口中的「大哥」。

「跟平時使用晶核時一樣，直接吸收就行了。」嚴非想了想，有些不太確定，「我用的時候是將異能消耗得差不多了才用的，你們可以等一下再實驗。」

三名金屬系異能者連連點頭。

嚴非確認了一下，發現同隊中似乎除了自己之外，別人完全無法在不接觸這幾顆晶核的時候就能分辨它們的屬性，難道這也是自己異能變異後的特殊情況？

雖然不知道具體原因，但他還是暫時將這件事壓在心底。

正在牆頭上配合下面的清掃部隊打喪屍的士兵，此時也都沒心思了，一個個時不時將視線掃向正在拚命使用異能的三個異能者身上。聽說能親眼看到異能者升級呢，這可是不容錯過的機會，回去就能跟戰友、基友們顯擺了。

羅勳也同樣好奇，嚴非升級的時候自己被他趕下樓，雖然自己清楚他是擔心怕出現什麼意外才將自己趕開，可畢竟這種事情難得一見，他兩輩子還從來沒見過呢。

沒多久，在那三個人努力築牆之下，果然很快就消耗光自己的異能。

被負責照看他們的隊友扶到圍牆另一側，這三位幾乎是同時耗光異能的士兵才略有些緊張地取出一顆晶核，閉著眼睛吸收起來。

正在圍牆下面負責清理喪屍的車隊中有人詫異地向上看去，問道：「上面怎麼回事？怎麼忽然都不打了？」

「誰知道，沒子彈了吧？」隊友不在意地道。

「快，喪屍都朝咱們這邊過來了，開槍！」

……

眾人目前都沒功夫分心去關注圍牆外面的戰況，就連羅勳和嚴非也都停下各自的工作，圍觀那三位異能者升級。

過了沒一會兒，名叫孫少陽的金屬異能者身上率先出現金色光芒。那光因為有衣服的遮擋，大家只看到了他的手臂、臉上閃過，隨即他睜開了眼睛，茫然地低頭看著雙手。

小李和沈平這兩位金屬異能者也幾乎前後腳出現相同的狀況。

「成功了？」隊長的神情變得緊張起來，向三人確認道。

「好像是……」

「隊長，我覺得好像異能一下子就充飽了似的。」

「感覺身上好有力氣。」

連之前在二隊，每次晶核都不能多用的沈平都成功升級，可見一級升至二級根本不用太多的一級晶核。嚴非略有些遺憾，現在還不知道每一次升級所需的晶核數量，更無法推測出自己需要比普通異能者需要多用多少晶核。

自己的異能雖然強大，但升級所需的晶核數量恐怕也比一般異能者多很多。看來每個月月底離開基地打晶核的事情需要策劃更有效率的行動才行。幸好現在有了個沙系異能的于欣然加入隊伍，當然他們也要想辦法保護好那個孩子，並幫助她提升異能等級。

升到二級後的三人，立即投入到工作中去。果然，效率一下子就提高上去。不過讓隊長覺得有些苦逼的是，他們消耗晶核的速度也變快。好在這並不算太重要，重要的是自己手底下帶出來的人有出息、有能力。

心中盤算著收工回去要打報告討福利的隊長，連忙讓其他那些看熱鬧的人回到牆頭，配合下面的車隊一起打喪屍。上面這半天都沒動靜，下面那些圍在牆邊的喪屍這會兒全都衝著車隊過去了，一個不小心如果讓他們被圍住，恐怕就沒辦法囫圇著回基地了。

第八章
我是隊長？是誰決定的？啥時決定的？

三月份的天氣漸漸回暖，西南基地還沒有什麼清楚的感覺，但一些曾經在南方城市生活的人們卻知道，這個時節一些早發芽的植物已經開始掛上新綠，早春的花也陸續綻放。

白天日照變長，溫度有所上升，但一早一晚依舊寒冷。

西南基地經過這些日子頻繁的宣傳，有些人家願意嘗試著在各自的家中試種一些作物，更有些人在基地各處承包空地，準備用來種植各種蔬菜，甚至旱稻、小麥，比如羅勳他們所在的社區中，停車場旁的綠地就被人圍起來，地被鬆過土，撒了種子早晚照看。

有人為了擴大種植面積，甚至將某些看似無主的車子強行移開，挖開鋪在鬆軟地面上的地磚進行開墾。

這兩天因為這些事情，社區中發生過七八次衝突，甚至連羅勳他們長時間不開的小貨車也遇到被人偷偷移開的行為，幸虧兩人每天都要開車，幾輛車子離得很近，所以發現及時。羅勳和嚴非乾脆把自己的車子都停到自家大樓入口，嚴非造出一圈金屬柵欄牢牢插進柏油路中。沒他親自動手，任誰都無法輕易挪動它們。

社區中的綠地，那些原本種著的低矮灌木、觀賞花卉，或者是花樹、裝飾花草，此時全都被連根拔掉。這些地方和停車場的空地一樣，被各種古怪的籬笆圍住，種上各種作物。

有種地知識的人，會先在家中育好幼苗，但更多的人是直接拿著種子就埋進地裡。基地中雖然會在每天的廣播節目中特意安排教授種植知識的節目，但廣播的時間大多都在上午、下午基地中大多數人去上工的時候。另外有收音機的人家本來就是少數，聽得到的人不多，所以對於變異作物的事情，很多人雖然聽說過，可誰都不見得能捨得把好不容易發出來的幼苗丟掉，尤其是在這些變異幼苗的比例眾多的情況下。

誰能保證變異植物就一定不能吃？說不定除了外觀之外，和普通植物沒什麼區別呢？

羅勳兩口子過著跟之前沒什麼差別的日子，就連五人組和章溯也一樣，家中、工作地方兩點一線來回。在現在的基地中，有固定工作是很難得的事。別說他們眼下沒空，就算有空也寧願在早被嚴非幫忙打造得無比牢固的屋中種菜，誰會特意出來包地？

一直忙到月底，嚴非所在隊伍負責建造的外圍牆金屬防護層已經順利完成三分之二，那是他們四位金屬系異能者用不到一個月的時間親手修築出來的。

應該慶幸他們的隊長十分給力，並且願意為隊員們爭取更好的福利，而他們直屬的長官同樣也不是什麼不近人情、不知變通的人，在聽說金屬系異能者集體升級，需要更高級別的晶核來補充異能，就大手一揮，讓後勤部的人特別注意二級金屬系晶核，給羅勳他們所在的隊伍補給，並且每天多調撥出一成一級晶核給他們小隊，讓他們加快速度，趕緊將外圍牆搞定，軍營的圍牆還等著他們呢。

「今天的工作就到這裡結束。」隊長拍手說道：「明天就是連續四天的假期，大家回去好好休息，下個月第一天記得回來，誰都不許遲到。」

「是！」眾人都是一臉興奮，忙碌了一個月，可不就為了這幾天假期？

隊長揮揮手，隊伍原地解散。

羅勳深深地吸了一口氣，笑著看向嚴非，「明天終於不用早起了。」

嚴非也笑了起來，只是那笑容中似乎帶著些意味深長，「明天隨便你幾點起。」

似乎看出了他的不懷好意，羅勳瞪了他一眼，轉身向軍營門口走去，「李鐵他們還得有兩天才放假吧？倒是章溯，好像會連放三天？」

「嗯，他放三天假，不過他放的是這個月的最後兩天和下個月第一天。」嚴非拉住走在前面的羅勳，羅勳沒辦法只能停下腳步，等他一起並排往前走。

天氣越來越暖，大家身上的衣服越來越薄，兩人穿的少，手牽著手走，就有些顯眼了。好在末世之中幾乎沒有什麼人會去注意路過的人的舉動，他們這樣雖然有些人會注意到，但如末世前那樣指指點點的視線卻少了許多。

不過，羅勳還是有些不自在，走路的時候一直低著頭。

嚴非忽然湊到他耳邊低聲問道：「要不要以後出門你也戴口罩？」

沒好氣地瞪了他一眼，羅勳道：「你以為我是你啊？還怕出門被人惦記？」

嚴非笑笑，「走吧，咱們先去換汽油。」

他們過兩天要出門打喪屍，基地的汽油已經限制起購買量，如他們這樣為軍方工作的公職人員倒還能有門路弄到一些，換成普通的倖存者，每次就只能購買一定量的汽油，還只能在接到任務後才能給指定車輛加油。

像羅勳兩人就能通過隊長的關係弄到一些「油票」，五人組同樣也能搞到一些，更不用說經常收禮、待遇福利都很不錯的章溯了。

兩人提前放假，收工時間又比較早，所以五人組將手中的油票全都集中給他們，讓他們提前買好汽油。徐玫的火系異能加上汽油，簡直就是無敵的組合。

兩人開著車子去兌換窗口換汽油，除了油票外，換汽油也需要用到積分，好在他們最近存了不少這東西。

將這堆點個火後絕對能炸毀兩棟以上高樓的汽油封在車中，嚴非拎著兩桶日常可能會用到的汽油回到十六樓，兩人就要為出城打喪屍做準備了，首先需要的就是……搓彈藥。

嚴非利用工作之便，弄回一些金屬邊角料，反正隊長也不管，隨便他拿。

羅勳摘了一大堆毒蘑菇，準備這兩天搗鼓出來。

擔心毒蘑菇摘得太早流失腐蝕性，兩口子決定出發前再處理。當然，先前他們也嘗試過將毒蘑菇的汁液擱置幾天再使用，結果是，超過一個星期就沒什麼效果了，擱置兩三天倒是沒有什麼問題的。

育苗室中的幾塊蘑菇木上因為最近羅家需要種植發育的幼苗數量增長而長得無比旺盛，紅亮亮的毒蘑菇們精神極好，還散發著詭異的灰色霧氣，看著就很驚悚。

羅勳戴著口罩、手套將它們一一採摘下來，對正在整理金屬材料的嚴非問道：「你說，把它們處理完，放冰箱冷凍，能不能保存得更久？會不會汙染到其他食材？」

嚴非的動作一頓，皺眉道：「能不能多保存一陣子我不清楚，但如果你準備將它們放進冰箱的話……我建議咱們最好再重新找一臺完全不用的冰箱回來。」

「也好，不如這次出去就先找一臺小些的冰箱專門放毒蘑菇，不然家中毒蘑菇產量越來越大，咱們又不能常常出去，全都燒了的話太可惜了。」

在不知道毒蘑菇的用處前，羅勳燒起來當然沒有任何心理壓力，可在把它們看作利器、特殊武器、必殺技之後，自然不能再浪費掉，尤其他還準備將隔壁屋子種植的架子最下層放滿木頭，等蘑菇長出來以備之後使用，沒辦法儲存這些東西可不行。

玻璃製成的器皿中，沒多久就被羅勳搗出一堆亮紅色的汁液。這東西雖然也是紅的，可一看就知道絕對不可能是血液。將成品倒進另一個器皿中，羅勳繼續下面的工作。而嚴非則取過金屬材料凌空操控它們飛進器皿中「盛」出一些液體，再反轉著將這些液體包裹起來，金屬外殼則直接變化為標準弩箭的箭頭，全程用不著動手操作。

兩人這會兒的裝扮具有鮮明的對比——羅勳穿著雨衣改製而成的防護服，手上戴著有防護作用的膠皮手套，頭上戴著改造的塑膠殼頭盔，生怕身上沾染半點毒蘑菇的汁液，就連腳上穿的也是雨鞋，簡直武裝到了牙齒。

嚴非則悠閒地穿著常服，靠在椅子上，全程只要揮揮手就能搞定，真是人比人氣死人。

兩人從放假前一天傍晚就開始忙活，五人組回來之後，也到羅勳他們這邊參觀。沒有多餘的防護服，他們一人只有一套雨衣，還得留著出去戰鬥，因此就沒上手幫忙。

等到第二天中午，這批毒蘑菇就全部處理好了。

羅勳雖然很想拿一些毒蘑菇的汁液放在冰箱裡冷凍試試，但為了將來的食物考量，還是決定將這個想法置後，等這次外出找到冰箱回來再說。

做了一堆特殊武器，兩人又準備了不少外出時需要帶著的食材，等到眾人放假集合的那天早上，才拎著大包小包到外面的走廊上跟大家會合。

時隔一個月，宅男小隊再度準備出動。

厚重的衣服全都換成相對便於行動的衣服，依舊是統一著裝。五人組不知從哪裡找來了幾套一模一樣的黑色運動服，一手拿著鐵棍，一肩扛著制式的中型弩，背後背著統一規格的大背包，背包中裝著雨衣。

見羅動兩口子出來，幾人連忙圍過來，幫著搬運嚴非此前做好的那些金屬彈藥。這些可都是有著強大殺傷力的好東西，絕對要小心不能磕碰。雖然其實他們就算摔到，這東西本身也沒這麼脆弱。

將自己預備好的食材交給王鐸提著，羅動檢查了一遍所有人的衣服和裝備，確認沒什麼問題後，伸手戴上頭盔，揚聲道：「準備出發！」

「是！」

樓下聽見樓上動靜的三位女士開始鎖自家鐵門。

羅動他們走到十五樓時，見到兩個穿著運動服、皮夾克、雨鞋，懷裡各自抱著個頭盔、腰間插著鐵棍的妹子等在那裡。見他們下來，躲在兩個妹子背後的于欣然才探出個小腦袋。羅動他們沒看到于欣然的表情，因為她頭上也戴著個兒童用頭盔……

忽然覺得自己這群人一起走出去看起來肯定很可怕，羅動心中莫名抽搐了一下，連忙揮去腦海中冒出來的景象，揮手叫上三個女生一塊下樓。

平時不覺得，臨到要出去打喪屍的時候，羅動就會下意識變成這支詭異小隊的領頭人，更詭異的是，所有的人，包括最難搞的章溯和實力最強勁的嚴非都默認了這一設定，而與此同時的是，羅動他自己完全沒有半點自覺。

嚴非伸手「打開」圍著幾輛車的金屬柵欄，附近的人見到這麼一群統一著裝，戴頭盔的人出來，紛紛躲開八丈遠，遠遠圍觀他們將車子開出社區，這才在後面議論紛紛。

宅男小隊再次接下收集一百顆晶核的任務，併入等候的車隊中開進天井。

這次羅勳他們為了利益最大化，可是把兩輛車子連在一起開出來。也就是說，李鐵他們兩輛車、徐玫三個女生一輛車，再加上羅勳他們連在一起的兩輛車，一行共計五輛車子。

外圍牆處的天井又高出許多，如今已高達十米。各臺車子停在這裡，引擎聲此起彼伏，當大門一開，最前方的車子率先衝了出去，後面的車輛全速跟上。

似乎是熟悉了這種行動方式，最近再出基地的車子們開出大門時，並沒有什麼車子會再發生意外。羅勳他們跟上次一樣，不疾不徐落在後面，沒多久就吊在了尾巴，當路口出現後才拐到一條人少些的路上。

出城的數條路因為時常有人清理，所以這次出來感覺居然比上次好走的多。路面似乎被清理過，那些隨意亂停在路上的車子全都沒了蹤影。

一路順暢地開到上次眾人當作基地待過的銀行，這裡附近所能被搜集走的物資早就被往來的人掃蕩一空，不會有人刻意在這裡停留，進市區的人都是匆匆經過向市區深處開去。

基地中的任務現在又經過了調整，除了收集晶核跟以前一樣，對於物資的需求有了更多更具體的要求。也就是說，想拿基地中不緊缺的物資去交差，實則是為了自己出去打晶核的行為，基本被杜絕了。

基地中大力收集的是各類完好的布料、衛生紙、種子、金屬製品、處理過的木材、可以用來製作花盆的原材料、化肥等等。

這類任務更給出了詳細的地圖，比如去某某地方尋找某些物資，接下這類任務的隊伍是有一定數量限制的，如果過時沒有交回，那麼這個任務就加一些分數再次發布出去。

羅動他們對於這類任務沒有興趣，他們的興趣全都在打喪屍挖晶核上面。

清理掉銀行附近的喪屍，見上次他們用過的防禦工事居然還在，眾人都鬆了一口氣。

上下檢查過銀行內的情況，確認沒有意外狀況後，羅勳向窗外張望了一下，說道：「現在我和嚴非要去附近弄些金屬材料來，你們將原本的防禦工事搭建起來，動作要輕，不要弄出太大的動靜。」

「好。」

「沒問題，交給我們吧。」

附近的喪屍數量不算太多，這些喪屍還沒發現大家，如果連這些喪屍都防禦不住的話，那他們還是趕緊回基地宅著去吧。

羅動帶上一匣子特殊彈藥和普通弩箭，與嚴非一塊輕手輕腳從銀行後門爬了出去。

銀行附近的金屬材料上次他們就已經全都搬走，這次他們得去稍遠的地方弄一些回來，一來可以當作防禦工事和武器使用，二來嘛……帶回家去。

兩人跑到一條商店街上，根本不用進入，嚴非就能邊走邊收集金屬材料供他使用。

從各處商店的門面、店鋪裡紛紛飛出各種形狀、顯然是從各種地方拆卸下來的金屬們，羅動看著那堆在兩人身邊越聚越多的金屬材料漸漸融到一起，形成一面巨大的「盾牌」，不由得搖頭嘆息，「這簡直可以當成移動堡壘來用了。」

嚴非的一隻手插在口袋中，手中攥著晶核。另一隻手則不停調動周圍能感覺到的大塊金屬材料飛進他指揮的「金屬隊伍」中。

這條街上的喪屍數量不算太少，感覺到有活人出現，便聞味跑了過來。其他方向只需羅勳一箭一個，慢慢射殺即可，反倒是因嚴非指揮的金屬盾牌發出聲響靠過來的喪屍們，有這麼一面盾牌的阻隔，它們只能暫時被擋在另一邊撓牆……

羅勳消滅完圍攏過來的喪屍，指指那群被擋在盾牌後的喪屍，「那些怎麼處理？」

嚴非思索了一下，忽然一揚手，金屬盾牌猛然升空，在喪屍嗷嗷叫著向前衝之前，他的手一揮，「啪唧」一聲，金屬盾牌瞬間砸扁一大票喪屍。

「……這讓我怎麼挖晶核？」羅勳目瞪口呆望著血肉模糊的案發現場，嚴非抬手甩去金屬盾牌上面的不明液體，表情柔和地看著羅勳，「不急，咱們慢慢來。」

將金屬盾牌在喪屍肉餅的四周臨時搭建起一圈防禦工事，兩口子手牽手，腳穿著雨鞋，走進去開始挖晶核。

用金屬盾牌這麼一砸，殺傷力還是挺大的，除了幾個腦袋沒碎，嘴巴還能動的喪屍外，就連幾個二級喪屍也都被直接砸死了。想想那些能吐火球、水球的喪屍們頃刻間枉死，連掙扎都沒能掙扎一下，真是好不可憐。

另一邊，五人組正與其他隊友迅速利用銀行中的各種雜物堆在防禦工事的出入口，盡量將它們搭高。忽然聽到不知什麼方向傳來巨響，一聲接著一聲，整條街道彷彿都在搖晃。

「地、地震？」

「不是吧，都末世了居然還來地震？」

「誰說末世就不能有地震？」

「等等，那是什麼？」

眾人瞪大眼睛，錯愕地看到不遠處有個巨大的鐵球「轟隆隆」滾了過來。

「這不會是他們搞出來的吧？」

看到那個大鐵球滾到眾人附近後停下，大家總算鎮定下來。

「……也許？」

「這也太誇張了吧？」

于欣然睜大眼睛，半天都沒眨一下。

宋玲玲下意識捏緊小丫頭的肩膀，呆了好一會兒，才看向旁邊的徐玫。

徐玫的頭上同樣戴著頭盔，看不到她失態的表情。雖然早就知道那人的能力也很變態，可他居然在外面弄出這麼大的一個……保齡球來，這也真是沒誰了。

大約過了十幾分鐘，又是「轟隆隆」的巨響聲傳來。這次大家鎮定多了，看著多出來的一個鐵球，沿途撞倒、壓扁喪屍，像在打保齡球一樣，眼皮都沒都動幾下。

果然，又過了兩分鐘，羅動兩人趕了回來。

「真沒想到，隨便在街上逛逛，就能弄到這麼多的金屬材料，我們沒法子一下子都搬回來，就分成了兩次搬運。」羅動笑著爬進防禦工事中。

嚴非淡定得好像那兩個鐵球不是他弄出來似的，也跟著爬了進來。

第二個巨大球體貌似比前一個大，有著第一個在前面擋著，大家居然能看到後面那個。

羅勳沒在意他們驚訝的神情，拍拍吳鑫的肩膀，「我們在那邊找到一家電器行，裡面有冰箱、冰櫃這類東西，回去的時候咱們帶上幾臺。」

這東西不僅是羅勳他們需要，李鐵他們同樣需要，至少蔬菜採摘下來後，想多保存幾天是需要放到冰箱裡保鮮的，不然很快就會壞掉。

「行。」吳鑫用力點頭，看向身旁的哥們兒，他到底該不該吐槽那兩個大鐵球？

嚴非沒等他們吐槽，就一邊吸收著剛剛打到的晶核補充異能，一邊指揮那兩個金屬球迅速變形。第一個金屬球體在他的控制下瞬間變成一堵高大的圍牆，將眾人所處的銀行連同防禦工事在內都包裹起來，只留下正前方的地方沒封住。

「準備挖陷阱吧。」嚴非觀察了一下四周的情況，確認距離近些的喪屍大多被收拾掉，這才走到于欣然身邊蹲下，「幫叔叔一起挖坑好不好？」

于欣然點點頭，有些興奮地看著剛剛出現的鋼鐵圍牆，她也想變魔術。

李鐵他們在看到高大的圍牆後，表情已經有些斯巴達了，遺憾的是，他們都戴著頭盔，沒誰看得到他們的臉——原來他們弄回兩個鐵球就是做這個用的？

羅勳問道：「欣然出來後怕不怕？」

那些喪屍有多恐怖，看躲在基地中不敢出來的那些人就知道了。

于欣然還戴著兒童用頭盔，拉開她的頭盔看了看她的臉色，確認表情無異常，還略帶好奇地看向自己幾人，羅動才確定她應該沒有被嚇到，然後對身邊的嚴非點了點頭。

孩子和成年人其實一樣，在剛見到喪屍時會害怕是正常的，可如果周圍滿是喪屍呢？雖然長得噁心些、會吃人、會抓人，但見多了就習以為常。孩子對於某些東西的恐懼，大多來自於未知與黑暗，白天看多了就不怕了，但晚上的話……哪怕有人突然跳出來嚇唬一下，就算孩子明知道嚇他們的是人，也會被嚇得大哭。

站在防禦工事後面，于欣然看到遠處搖搖晃晃跑過來的喪屍沒什麼恐懼的想法。站在她旁邊的羅動，每次都會在第一時間將跑來的喪屍射死。還沒等小女孩看清喪屍們可怕的外表，它們就倒地不起了，還怎麼會害怕？

小手從防禦工事中間的空隙伸了出去，嚴非隨意用金屬材料建造起防護鋼板擋在于欣然上方，以防被什麼遠程異能攻擊到。

「然然，看到剛才叔叔們畫出來的大圈嗎？把裡面的地都變成沙子吧。」徐玫蹲在于欣然的身邊低聲道。

小丫頭用力點頭，眼睛亮亮的，手按著的地面瞬間動了起來。

下方土地瞬間開始沙化。

于欣然最近半個月是跟徐玫兩人一起住的，兩個女人最近沒再接什麼出基地的任務，她們手中有不少晶核，李鐵他們每天還將吃不完的蔬菜拿給她們，再加上上次大家外出做任務繳完晶核後得到的積分，足夠她們節省著點用。

徐玫和宋玲玲都是異能者，所以可以很方便地教授于欣然操控異能，掌握異能的使用範圍、力度等等。雖然今天的力度大了些，範圍廣了些，但有著無限量供應的晶核放在一旁給小丫頭使用，足夠她玩沙子玩得開心。

地面劇烈攪動，沒多久大家畫出來的大圈子中，視線可及的地方就全都化作了沙子。雖然不知道于欣然弄了多深的大坑出來，但目前來說已經夠使用一回。

羅勳指著前方不遠處，說道：「嚴非，血包！」

章溯這次又從他的工作單位順了五個血包出來，誰讓羅勳說這次如果順利的話，他們可以多打很多喪屍呢？

嚴非將血包用金屬材料包裹住，丟到沙坑前方，再用異能遠距離操控著將血包刺破。周圍的喪屍紛紛嘶吼著。

「章溯、徐姊，準備！」羅勳的聲音讓兩人下意識上前一步，宋玲玲抱著于欣然離開出口，坐在從銀行中找出來的塑膠椅子上，幫助她吸收晶核。

聞到鮮血的味道，大量的喪屍朝這個方向奔過來，五人組舉起弩箭開始第一輪的攻擊，將最先趕來的零散喪屍率先幹掉。

等到喪屍越聚越多，射擊部隊後退，換章溯和徐玫兩人上場。

「燒吧，章溯準備！」羅勳指著大沙坑說道。

徐玫抬起手，一個個不大的火球密密麻麻撲向沙坑所在的方向。與此同時，章溯將沙子吹起了一層又一層，操控著它們不但不熄滅那些火球，還讓火球和沙子混合到了一塊……組合異能有多恐怖？看著那滿是火光的風、風中捲著燒得發亮的砂礫就知道。

無論是單純的火與風的組合，還是火與沙子，又或者是風和沙子的組合，都絕對能夠造成遠遠超乎想像的殺傷力，更何況三者合一？

紅色的火、紅色的沙子、紅色的旋風，向著一大群喪屍猛然襲去。只要空中還有沒熄滅的火光，就會被章溯操縱的風捲著繼續攻擊那些還能行動的喪屍。

這一波攻擊過後，羅勳看著倒了一地的喪屍，微微嘆息，「效果真是出乎意料的好……」這原本只是他在得知了小丫頭的異能後構想出來的一種混合攻擊方式，沒想到效果居然這麼好，竟然一下子就幾乎清場了。

「照這樣下去，咱們的陷阱挖不挖似乎都沒什麼作用了。」嚴非臉上帶著一絲笑意，抬起手來，幾道金屬光芒閃過，射向還沒死透正要繼續發動攻擊的喪屍們的後腦杓。

「你們兩個休息，吸收晶核，準備下一輪攻擊。李鐵你們頂上，然後我看看……」羅勳向外面的沙坑看去，章溯剛才那一招將裡面的沙子全都清光，不過深度還是不夠。

看向宋玲玲抱著的于欣然，蹲到她的面前問道：「欣然還能繼續做沙坑嗎？」

小女孩用力點頭，甜甜的聲音從頭盔中傳出來，「我吃飽了，還能做好多沙子。」

看著她這兩天略微恢復圓潤的小手拿著晶核，再想到她剛剛說過的「吃飽了」，羅勳頓時無語，笑著拍拍她的頭盔道：「好，那叔叔阿姨們就都要靠然然了。」

于欣然顛顛地跑到出入口，伸出小手。

「撲簌簌」的聲音接連響起，坑底的土壤瞬間變化，在小欣然的操控下，稀哩嘩啦再次沙化。大坑到底有多深？眾人目測不出來，肯定很深就是。上面那一層小欣然剛剛弄出來的大坑，至少有半米深，下面的如果還有這麼深，估計再這麼來上兩三次，就能完成羅動他們之前盤算的深坑要求了。

剛才丟出去的血漿這會兒還在起著作用，在于欣然繼續沙化大坑的時候，遠處陸陸續續跑來一些喪屍。這些喪屍距離這裡原本略遠些，這會兒才順著風中傳來的味道晃蕩過來。

當先打頭的幾個，速度出奇的快。

看到那幾個速度飛快的喪屍，羅動連忙低聲道：「速度系喪屍。」

嚴非此時已經補充過自己弄出巨大金屬圍牆時所消耗掉的異能，聞言立即做好準備。他可沒將那些金屬材料全都用掉，剩下的現在正好能派上用場。

幾個喪屍迅速向眾人所在的方向奔襲而來，在發現它們聞到味道的方向沒有食物，反倒是距離不遠處，一個黑漆漆的東西中的缺口裡傳來食物的味道，便在半路上調整方向，朝著那個缺口直奔過去。

「砰砰砰」的聲音突兀地響起，那三個一馬當先的速度系喪屍竟然因為速度太快，一下子撞到了忽然憑空豎起的黑色鐵板上。

羅動等人清楚地看到嚴非操控著金屬板，在那幾個喪屍奔襲過來的必經之路，豎起了一堵不算太厚的金屬牆壁，然後在聽到脆響時，眼睜睜看到那三個喪屍居然把這塊鐵板撞出了三個人型凹洞。

嚴非手一揮，凌然冒出無數鋼針，直直刺進卡在金屬板上的幾個喪屍身上。接著手用力一握，鋼針瞬間收攏，將那三個喪屍像小蟲子似的活活捏死。

羅勳深吸一口氣，看向嚴非的目光中都帶著亮光。升級後的自家戀人更加凶殘了，不過這種凶殘真心好帥。

三個速度系喪屍的後面還跟著體力較好的遠程怪，比如火系、水系喪屍。這類遠端異能喪屍可不是五人組現在能對付得了的，所以他們在羅勳的指揮下後退，換上異能者們。

羅勳拿起自己的複合弩和裝了毒蘑菇汁液的特殊彈藥蹲在于欣然身旁，于欣然依舊板著小臉認真地沙化大坑下面的土壤。

金屬、風系、火系三位異能者站在外圍，三人之中，嚴非眼疾手快地在喪屍們準備發射異能的時候豎起金屬盾牌，擋住對方的攻擊路徑。金屬盾牌是路邊的金屬材料做成的，並沒有連接到眾人附近的金屬圍牆，所以……包括嚴非這個操縱者在內，居然沒有任何人受到對面雷系喪屍異能的騷擾。

嚴非有些詫異地挑挑眉，之前在修建城牆的時候，就連他在內也會被偶爾蹦躂出來的雷系喪屍的攻擊波及到，沒想到只要自己凌空操控就能完全避免這個問題。他還以為雷系就真的是自己這種金屬系異能者的剋星呢。

既然得到這麼個結果，他再度放開手腳，將剛剛還起著防護作用的盾牌瞬間變成無數長長的鋼針，向著那群喪屍戳去。

風系異能隨之出現，伴隨著數十顆小小的火球轟向正前方。

當燃燒著的氣爆波及那些插進喪屍體內的鋼針，熱量的傳導讓那些中了鋼針的喪屍身上的傷口加深。金屬系與火系同樣可以配合使用，加大殺傷力。

羅動舉起複合弩，對著一個明顯皮糙肉厚，雖然被傷到但依舊擁有強大攻擊力的二級體質系喪屍，塗著毒蘑菇汁液的弩箭猛然向著它張開的口中射去。

弩箭穿透喪屍的腦袋，紅色汁液在它的頭顱和口中爆開來，淡淡的白煙和那些因為火系灼燒而帶來的白煙混合到一起，二級體質系喪屍沒跑兩步便一頭栽倒在地。

羅動露出大大的笑容，手中的弩箭再度對準另一個逃過鋼針火海的體質系喪屍——他現在的弩箭用來對付這種皮糙肉厚的喪屍正正好。

如今羅動可以確定，只要自己一直使用這種武器，就算將來喪屍進化到四級、五級，自己也能利用連弩先破開對方皮膚的防禦，緊接著將特殊弩箭射進喪屍身體中將其殺死。要知道這種毒蘑菇汁液哪怕打在對方的皮膚上，也是能立即腐蝕對方的。

早在先前建圍牆的時候，羅動就已經實驗過這種新型夾心彈的威力，只是那會兒並不能算是正式對敵，站在牆頭上打幾乎不動的目標算是什麼真正對敵？

現在才能算是他們驗證了這種子彈的威力。

幾人配合迅速，五人組也在嚴非特意為他們打開的金屬牆壁上的缺口對著外面落單的喪屍展開攻擊。當這一撥二級喪屍被眾人聯手消滅掉後，嚴非幾個異能者後退吸收晶核，準備再次進行攻擊，而外面也迎來了數量眾多的喪屍。

這一撥的喪屍可以說是源源不斷，它們都是距離這裡稍遠些，但被先前的聲響以及血腥味吸引過來的。

五人組頂上努力射殺，于欣然也完成了這一輪的沙化，被宋玲玲抱到後面吸收晶核。

外面的喪屍越聚越多，漸漸地已經推進到被于欣然沙化了的大坑那裡，走得比較靠前的喪屍陸續掉落進去。

「可惜，坑挖得還不夠深。」羅勳頗為遺憾地看著正在半人高的沙堆中掙扎著的喪屍，轉頭確認嚴非幾人恢復完畢，招手道：「再來一發。」

沙系、風系、火系三者聯合攻擊，這次又加上了嚴非的鋼針配合，與沙子的效果一樣，鋼針的導熱性更好，被風加持過飛的速度也更快，只是鋼針速度太快又比較重，章溯只能支撐它們加速，卻不能控制它們在空中如同那些沙子一樣隨意轉向。

不過，這些鋼針即使射不中目標，嚴非也能操控它們補上攻擊。

一輪又一輪，就在眾人總算將大坑挖得差不多，附近一定距離內的喪屍也被基本全都吸引過來殺了個乾淨，天色漸漸開始昏暗時，正在二樓負責警戒的王鐸，忽然高聲對下面的人喊道：「車隊！十幾輛車，後面跟著不少喪屍！」

「全體原地休息恢復體力，準備布置陷阱。」羅勳說道。

各個小隊離開基地的時間不同，所以回城的時間自然不會相同。

如果有人想像羅勳他們一樣外出打晶核的話，那麼最好的選擇不是直接深入市區占據高地慢慢打，這樣很有可能一下子就被喪屍圍死，等彈藥耗光，哪還有力氣去撿晶核？

最好的選擇就是如羅勳他們這樣，占據一個靠近基地的必經之路，在這裡布置陷阱。除了能收拾附近的喪屍，還可以藉著那些往來的車隊攔下他們一路上「引」來的喪屍。

一般來說，完成任務急著回城的車隊是不會跟他們這樣豎起根柱子等兔子來撞的隊伍搶喪屍，反而在發現有這種隊伍在的時候，更希望他們能幫自己將後面的喪屍攔下。而出城的小隊通常也急著入城繳交任務，更不會耽誤這麼些時間搶這種不知道能有多少收穫的據點。

羅勳他們今天在這裡待了將近一天，外面已經有三支車隊路過回城，跟在他們身後的喪屍也都被眾人順勢收拾掉，這還真是個雙贏的好辦法。

果然，在嚴非再度丟出一個血包吸引喪屍後，那些跟在車隊後面的喪屍中，至少有一半都被吸引過來。那支車隊回城時經過的街道，距離這裡還有一個路口，所以那些人並不太明白為什麼身後跟著的喪屍會突然離開。可這些喪屍離開對他們是十分有利的，於是車隊加大油門往基地的方向衝，沒誰想得起過來看看狀況。

這個路口也是羅勳此前特意選擇的，平時不是完全沒人走，只是進城的人大多寧願選擇另外一條更直接、寬闊的街道，故而他們的行為並不會被太多的人注意到。再加上他們只有一個月才出來這麼一次，更不用擔心被人盯上搶奪他們的據點。

嚴非最先恢復過來，抬手一揮，一排金屬材料製成的柵欄便將被于欣然沙化出來的大坑徹底圍住，隨後又招過放在一旁的金屬材料鋪到坑底。

整個大坑都被嚴非的金屬材料鋪了滿滿一層，連周圍的「牆壁」都是如此，就好像這裡弄了一個金屬打造出來的「凹槽」。這樣一來，整個大坑就徹底落入了嚴非的操控之內。

接著又是一堆金屬材料飛入大坑，在坑底豎起了一層鋼刺。

與此同時，眾人正在陸續射殺圍過來喪屍中的那些高級喪屍，以免一會兒等喪屍們掉進陷阱後出現其他意外。

當最後一層鋼刺陷阱搞定，嚴非取出一個金屬密封著的盒子，看了一眼身旁的章溯。章溯對他挑挑眉，表示自己隨時可以，嚴非這才將盒子「飄」到大坑上方打開。

紅色的汁液潑灑出來，在章溯操縱風的幫忙下，幾乎灑遍大坑最底層的每一處角落。

「準備開工吧。」羅勳見準備工作搞定，天色也徹底黑下來，臉上的笑容越發深了。

「好。」嚴非的聲音中也帶著一絲興奮，這還是他們頭一次使用這種方法坑殺喪屍，今天看看效果到底如何。大坑周圍的柵欄瞬間向著大坑內側倒去，一下子變成了一層薄薄的金屬板子鋪到了大坑上方。

眾人起身後退，看著喪屍們興沖沖向眾人所在的缺口處衝來，每一個之間幾乎沒有半點縫隙，就在這些喪屍衝到缺口處時，覆蓋在大坑上方的鋼板瞬間「消失」。

大坑上方的喪屍掉了下去，更可怕的是，後面緊跟著的喪屍也前仆後繼落入坑中。最下方的喪屍被最底層的鋼針戳破肢體，在沾染到下方的毒蘑菇汁液後，白煙飄起，它們的下肢開始被腐蝕。

眾人倒吸一口涼氣，有些震驚地看著這些剛剛掉進坑中的喪屍，以及後面還在向坑中撲去的喪屍，半天說不出話來。

「嚴非，蓋蓋子。」

羅勳的聲音忽然響起，讓大家一下子回過神，立即開始準備下一步的行動。

嚴非將那些先前抽走的鋼板再度鋪回大坑上方，只是這次不再是鋼板了，而是一道道橫豎交織的鐵網。

「倒汽油。」

新的命令下達，大家紛紛抱起放在一旁的汽油桶，在章溯的風系異能協助下，盡可能均勻地潑灑進大坑中。隨後徐玫丟了一個小火球進網中，「轟」一聲，巨大的火光四射，彷彿深夜中綻放的火紅色花朵，絢爛得讓人頭暈目眩。

「行了，都回去吧，今天的工作差不多了。」

羅勳長長鬆了一口氣，經過今天晚上這麼一燒，就算之後還有喪屍會過來，基本上都會在網上就被燒烤了，只有極少數才能衝破防線，更何況在剛才點火前，嚴非就用剩餘的金屬材料將之前的小門封住，以免大火波及到藏身在銀行中的眾人。

濃烈的大火足足燃燒了三個小時才平息下去。

眾人第二天一早醒來後打開大門，看到的就是被燒得黑漆漆的大坑，裡面已經看不出什麼喪屍的原貌了。坑中還有絲絲黑煙偶爾飄出，羅勳等人捏著鼻子看了半天，倒是更遠處昨天眾人用各種方法打死的喪屍，此時看起來比較完整。

「撿晶核吧，看看昨天的效率如何。」羅勳笑了起來，轉頭看向嚴非，「這裡面就要靠你來撿了。」說著指指大坑。

大家都一臉好笑地看著大坑，想想讓嚴非去處理這個噁心的坑就覺得詭異。

撿晶核雖然沒有打喪屍累，可也是個煩人的機械性工作，花了一上午的功夫，大家才將被打死的喪屍屍體處理好，死在外面的喪屍也被堆在一旁準備統一焚燒。倒是嚴非的那個大坑中的晶核比較好處理，他先是操縱著那個大大的金屬框飛出來，在一旁的空地上將最下層的金屬變成「篩子」，篩子的每個網眼都小於普通晶核的大小，他只要操控金屬箱子晃啊晃，就能晃下喪屍骨灰，留下相對完整的大塊肢體和晶核。

因為昨晚的汽油用的比較多，被燒掉的喪屍們燒得也比較徹底，這麼一處理，他居然是第一個完工的，甚至聯手都沒藝到。

小山一樣的晶核堆在眾人面前，除去之前戰鬥中用掉的，只昨天那半天功夫，他們居然弄到了四千多顆晶核。

大家齊齊倒抽一口涼氣，眼睛閃閃發亮，比上次的收穫還多出三倍呢。

嚴非思索了一下，建議道：「這裡一共有四千多顆晶核，這次大家出力都不少，乾脆每一組都拿一千顆。還是我和羅勳、章溯和王鐸、李鐵四人、徐玫三人。這次小然然出力不小，剩下的零頭就分給三位女士了，大家有什麼意見嗎？」

李鐵幾人對視了一眼，有些不好意思地開口：「我們幾個人也沒出什麼力，武器都是嚴哥幫忙做的，還有羅哥，要是沒有羅哥幫著我們訓練，我們怎麼都不可能打中喪屍，拿一千顆晶核太多了……」

「對對對。」韓立等人點頭。他們雖然也希望能有大收穫，可他們更清楚自己的實力。

羅勳笑著說道：「我也是普通人，而且別忘了你們一共有四個人呢。大家出來打一次喪屍不容易，誰都是拚上性命的，就算你們用不了，回去後還可以換給我們。嚴非和章溯還有徐玫她們可以用別的東西來換，總比我們去外面找別人換晶核來得划算吧。」

徐玫幾人也連忙點頭，畢竟如果不湊夠十個人，她們就算有再大的本事也出不了基地。

李鐵他們在大規模殺傷上確實沒什麼能力，可清理零散的喪屍，在異能者們休息的時候接替大家防守等作用上都是不可小覷的。若是沒有他們的話，幾個異能者連休息的時間都沒有。

二級晶核已經按照各自不同的系別分出去，讓羅勳和嚴非驚喜的是，不知什麼時候他們居然還打到了幾顆二級金屬系晶核。這些喪屍是因為平時沒金屬可用，所以根本不知道自己的異能要怎麼操控嗎？不然附近明明有這麼多的金屬，它們竟然都沒用來攻擊過大家？

當然，還有一種可能性是，它們是死在章溯、徐玫、于欣然三人的聯合異能之下的，沒來得及被大家發現。

眾人清理掉外面的喪屍後，時間臨近中午，準備吃過午飯就返回基地。外面的喪屍基本都被清理掉了，只剩下零散遊蕩過來的喪屍，完全不用幾人理會。

嚴非起身打算去外面將陷阱翻成底朝上，免得陷阱在大家不知道的時候坑住往來的車輛行人。還沒等他走出大門，眾人就聽到街道上傳來隱隱的車隊聲。

「又是路過的？我去看看。」王鐸抱著望遠鏡跑到二樓去張望，沒一會兒就跑了回來。

「一支車隊，後面跟了不少喪屍，羅哥，咱們要再打一輪嗎？」

看看王鐸眼中興奮的光彩，再看看其他人一臉興奮的模樣，羅勳思索了一下，確認過那個車隊後面最多跟著兩三百個的喪屍，這才點頭同意。

將最後一個血包丟出，大家聽著隔壁街道上喪屍們吼叫的聲音漸漸向這裡聚攏過來，正盤算著這次能引來多少喪屍，哪種坑殺的方式比較好時，忽然又聽到另一個方向也傳來了車隊的引擎聲……

「靠！這什麼情況？」上樓查看情況的王鐸、韓立兩人跑了下來，指著另一個方向，「那邊有好長一支車隊，還有好幾輛大巴士，也是從市區方向過來的，後面跟了很多喪屍，根本看不到隊尾。」

在回城的路上攔截路過的喪屍打晶核固然是件利人利己雙贏的好事，坑爹的卻是，在大家準備打完最後幾個喪屍要離開時，後面又跑來一大波路過的喪屍。

眾人正在考慮要不要撤退的時候，經過的那些喪屍已經聚集過來，羅勳當機立斷，全都清理了再說。

一撥喪屍已經堵到了大門口，後續馬上會再過來一大批，大家如果想要平安離開的話，最好還是先將這撥喪屍幹掉，其他的事情回頭再說。就算今天回去得晚些，也總比現在冒險出去來得強。他們雖然有車，可就算有嚴非的幫助加固車身，但那些車子本就是普通車輛，沒有越野車那麼大的馬力，更沒有某些車子那麼結實耐撞，怎麼可能衝得出去？

就算是羅勳他們弄來的小貨車也不能用來真的去撞喪屍，但凡遇到兩個肢體異化的，他們就等著被喪屍從車裡揪出來吧。

陷阱再度被嚴非迅速改造完成，前面那撥喪屍陸續跌進大坑中，後面跟來的那撥喪屍卻也向這裡趕來，都是最後丟出去的那個血包造成的。

羅勳一邊默默在心裡吸取教訓，一邊帶著大家掃射坑洞中的喪屍。現在不方便直接給大坑中點火，因為後面那些車子引來的喪屍數量更多，要等它們掉進去一部分才好行動。

大巴士所在的車隊似乎是居住在市區中的倖存者們，正準備逃往基地。末世後雖然有不少人馬上就逃進了基地躲過外面的危險，可滯留在市區中討生活的人不算少。有些人家仗著自己住在高樓，普通喪屍爬不上去，一旦清理光自家大樓裡的喪屍，就會以此為據點過活。

如果所在的社區中有人組織的話，他們還會建立起防禦工事，平時組織異能者和身強力壯的普通人外出搜集食物和物資。

章溯以前在基地外過的就是這樣的生活，只是不知道他之前的那些同伴們是因為什麼原因也去了基地，才被他遇上幹掉。

如今這幾輛大巴士恐怕也是有著同樣的原因才從市區中轉移撤離到基地去。在發現喪屍們忽然有不少離隊跑向另一個方向後，雖然猜到恐怕附近有人受傷，身上的鮮血味將喪屍們都引了過去，但已經逃到城市邊緣的車隊，可沒人會去查看情況。他們好不容易擺脫了這些喪屍，又怎麼可能去自惹麻煩？至於那些受傷引到喪屍的人，還是自求多福吧。

奔襲到正門方向的喪屍們大多落入大坑，讓羅勳他們頭疼的是，後面跟來的喪屍數量竟然比前面的還多。大坑中落入的喪屍數量越多，後掉進去的喪屍就能踩著前面的往上爬。

「大坑裡最多只能坑殺近千個喪屍，數量再多，它們就會爬出來了。」

在危急的時候，羅勳的頭腦反而冷靜下來，立即對身邊的何乾坤道：「你和李鐵過去檢查看看還有多少汽油可用。」昨天那四千多個喪屍之後，最後的一部分才是落入陷阱燒死的，其餘的可都是章溯他們用異能轟死的，大坑哪能裝下這麼多？

兩人聞聲連忙跑回去，章溯等人正在聯合起來殺死已經落入坑中正在掙扎的喪屍，和距離稍遠些正往這裡奔襲，有可能傷到大家的二級喪屍。

李鐵他們很快就跑回來，「先前用掉了三分之一，還剩下三分之二。」羅勳點了點頭，「留下兩桶別動，剩下的都搬過來。」說著看向章溯，「一會兒你協助他們，將汽油弄到坑裡，跟之前一樣……」

一語未盡，徐玫忽然驚呼，羅勳轉過頭去看她時就見盤踞在她身上的紅色光華散盡。

「二級了？」見過金屬系異能者們升級的景象，讓羅勳和嚴非立刻反應過來。

「二級？徐姊真的升到二級了？」一旁正在利用水箭給外面喪屍找麻煩的宋玲玲，聞言一臉驚喜地看著她。

徐玫愣愣地點點頭，半天才能發出聲音，「是，二級了，異能好像一下子被補滿了。」說著她低頭看向自己的手，那裡還抓著幾顆晶核，大多是一級的，有些懊惱地解釋道：「我剛才急著吸收晶核補充異能，不小心連二級的一起抓住了……」

她上次任務完成後，不是沒用二級晶核嘗試著吸收，可當時的她並不能吸收高級晶核，所以就一直單獨收著，現在這把晶核是大家剛剛分好的，一級二級的混在一起，她一個沒看清就吸收掉了一顆。

「妳升到二級時大約用了多少顆一級晶核？」嚴非忽然問道。

徐玫想了想，「可能……四五百顆吧？」

嚴非這才點頭，「恐怕一級升二級時都需要這麼多。」說著看向宋玲玲，「妳的異能也要盡快提升上來，我覺得妳的能力升到二級後，就算不能讓異能轉變形態，但說不定能有更有效協助攻擊的操作方式。」

宋玲玲剛點頭，章瀕就皺著眉頭問道：「為什麼我的二級晶核就算吸收了也沒用？」

嚴非看了他一眼，眼中含著笑意，「你恐怕跟我的情況一樣，是普通異能的變異異能，所以需要的晶核數量比正常的一級異能者要多些。我雖然沒具體數過，不過我升到二級時似乎要花費徐玫她們升級所需晶核的兩倍。」

「……一千。」章瀕默默轉身，抬手颳起一陣狂風捲起小丫頭搗鼓出來的沙子開始橫掃那些衝過來的喪屍們。他手中的晶核數量不夠，自然沒辦法提升異能，現在雖然夠了，可一千顆……反正今天是沒可能吸收夠了。

汽油被李鐵幾人扛過來，章瀕「送」這些汽油潑灑到大坑裡面。火系異能升級後殺傷力大增，可以做出更多數量的火球，還能弄出火網、火龍，徐玫正興奮著呢，見羅勳點頭示意她點火，連忙手一揮，一個小火球落入坑中，點燃盛大的篝火。

火焰猛地竄升，可因為後面還有源源不絕的喪屍們正在過來，大家可不能像昨晚似的轉身回去休息。羅勳他們換上普通的弩箭開始射殺大坑外面停滯不前的喪屍，徐玫借助大坑中的火，操控起一蓬又一蓬的烈焰燒向坑旁的喪屍。

「這樣用起來要比自己發射火焰節省異能。」徐玫驚呼，她正隔著大坑操縱火牆邊緣的烈焰，巨大的火光從大火中分出化作一條火龍，竄向一群喪屍聚攏的地方，這條火龍比她在二級異能時弄出來的火龍個頭還要大。

羅勳看了看四周的情況，對一旁的宋玲玲道：「妳抱著欣然到那邊，用水給四周降溫，讓她沙化那邊的土地。章瀕、徐玫，一會兒等然然弄出沙子來，配合她一起攻擊。」

「好。」兩人應了一聲，向著于欣然所在的位置靠近。

章溯也借助風勢讓大坑中的火焰燒得更猛烈，還不時吹出烈焰燒向對面的喪屍。眾人的面部都被不遠處的大火烤得紅通通的，好在有章溯在，他們不用擔心附近的氧氣被大火燒光，不然誰敢在這麼近的距離放這麼大的火？

沙子、金屬鋼針被大火燒得通紅，在狂風的推送下，狠狠刺入喪屍的軀體內……

戰鬥一直維持到了傍晚時分，大火才漸漸停歇，外面街道上全都是喪屍的屍體。

雖然疲憊得很，但明天還要回基地工作的眾人，此時全都強打起精神，打開大門，清理起喪屍的屍體。足足折騰到晚上十點鐘，喪屍們才全部被清理完畢。這一輪的辛苦勞動，讓他們得到了兩千六百多顆晶核。

大家粗略分成四份，每組一份，拿上各自的晶核後又清理乾淨銀行附近的喪屍，將地面用金屬罩子蓋好，于欣然沙化出來的沙子被章溯吹平在金屬罩子上面，宋玲玲撒出了一場「細雨」，李鐵他們在濕潤的沙土上踩了一圈將土踏結實，最後章溯操控著風吹來一層浮沙，將這裡的地皮顏色鋪得盡量和其他地方差不多，大家這才爬上各自的車子，準備回基地。

「下次咱們一定不能在最後兩天才出來了。」羅勳打了個哈欠，「讓李鐵他們提前一天放假，免得再出這種意外。」

嚴非開著車子，笑道：「知道了，他們這次回去後也準備跟他們的頭兒磨嘰磨嘰，看能不能再多騙出一天的假期。」

一行人中只有章溯因為休息的是這兩天，再加上明天，才能在戰鬥之後回去好好休息，別人基本都是明天一大早就去上班……啊，忘了徐玫三位女士，她們三人的時間很自由，明天大可在家懶散度過一天。

車隊開出去沒多久，便掉頭開向附近一條商業街，回過神來的羅勳忽然想起，他們還沒去取冰箱呢。

家中還有等待收集的毒蘑菇沒地方儲存，如果不取冰箱回去，簡直就是暴殄天物。

幾人下車搬冰箱的時候，羅勳帶著于欣然走到路旁一棵大樹下，讓她將大樹附近的土地沙化，嚴非在一旁用臨時製作出來的金屬鋸子將樹木分割成幾大塊，直接運到車頂上拴好，大家今後的蘑菇木就要靠這棵樹了。

晚上十二點半，哈欠連天的宅男小隊順利回到基地。車子開到大門口後，眾人遠遠看到了幾輛大巴士停在那裡，不由得覺得牙有點癢。如果不是這夥人忽然從那裡經過，他們哪會折騰到現在？而且這夥人怎麼直到現在還沒進基地？

章溯半個月前就曾帶回來消息，基地中如今已經找到比較簡單的檢查本身有沒有被病毒感染的方法，用不著每次回來後都脫光衣服檢查外加等候幾個小時浪費大家的時間。

這是一種新型儀器，只要弄出一點血來驗一下就好。只是因為擔心有些人是進入基地前剛剛受到感染不能立即起反應，所以一般來說都是等人進入基地等候區半小時才驗血。

「可能是因為他們是第一次進基地吧。」嚴非聽到羅勳嘀咕的聲音隨口猜測。第一次來基地的人除了要登記外還需要一些其他步驟，所以耽擱的時間比較長也是情有可原的。

羅勳幾人等了半個小時，在每個人都驗過血，確認沒人感染喪屍病毒後，才開著車子進入基地裡面回家去。

「其實現在這樣驗血也不算安全，誰知道那些驗血的設備有沒有被汙染過呢？萬一那些東西被汙染過，反而感染到人怎麼辦？」羅勳對於末世後所有需要弄破身體，被迫弄出傷口的事都十分反感。他雖然知道之後基地會推出不需要驗血就能檢查喪屍病毒的儀器，但貌似還需要再等一陣子吧？

反正羅勳記得他上輩子來到基地的時候，基地中就已經沒有這類驗血的設備了，至於新設備是什麼時候推出的，他實在不清楚。

嚴非盡量將車開得平穩些，聞言笑道：「有好多人都不願意弄出傷口，寧可在等候區等上三四個小時。其實咱們要不是趕著回來的話，下次可以考慮多在等候區待上一會兒。」

「嗯，這不是今天太晚了嗎……」羅勳又打了個哈欠，覺得眼皮打架打得厲害。

不過二十多分鐘，一行人就回到了社區中。將車子停好，搬著一些明天需要用到的東西上樓，其餘一時不用的乾脆就留在各自的車上，被嚴非用異能將車子徹底封住，等明天有時間的時候再下來拿上去。

至於每次外出後回來的例行會議，暫時改期到明天晚上進行。

爬上十六樓，大家連打招呼的力氣都沒了，各自回房匆匆洗漱，就倒床上悶頭狂睡。第二天清早，沒徹底恢復過來，需要去上班的眾人，再次踏上工作的征途。

羅勳十分慶幸幾天假期一過，今天工作效率不高，精神狀態不太好的人，可不僅僅只是他和嚴非兩人，其他這幾天鬆散過度的士兵，也都跟他們的狀態差不多。

隊長指著幾個一邊搬運東西，一邊打哈欠的人罵了幾句：「給你們幾天假就是這麼過的？下次還這樣，以後假期全都取消！」

聽到這話，眾人連忙打起精神，好歹先將今天的工作搞定，省得這位大爺一個生氣，真的把大家的假期取消，那就得不償失了。

副隊長諂媚地跟隊長說情：「這不是第一次放假嗎？大家興奮過度也是很正常的。」

隊長瞪了他一眼，「誰不是第一次放長假？都像你們似的，以後的活兒還怎麼辦？真耽誤了工作，看上面怎麼說。」

「是是是，大家都加把勁！」副隊長連忙順杆爬，高聲對眾人說道。

「哦。」搬東西的連忙應聲，四個金屬系異能者也加快工作速度，生怕今天的效率不如上個月每日平均的工作量，被人找麻煩。

繃著根弦總算將這一天按時、保證效率地應付過去了，羅勳兩口子收工的時候，都覺得自己身上的骨頭有些酸，其實還是昨天忙碌的後遺症。不能怪他們，誰讓他們兩人打了足足兩天的喪屍呢？要知道如羅勳那樣一直端著複合弩不放手也是很辛苦的，更何況嚴非還要不停用異能頂著呢？

老實說，如果不是他的異能已經升到了二級，昨天他們很可能都沒辦法支持下來，最後一撥喪屍幾乎都是源源不絕趕到，不像頭一天似的每一輪之後都有一段休息時間。

「下次出去，咱們換個方法引怪。」羅勳伸展了一下痠痛的手臂。

「怎麼換？」嚴非不解地問道。

羅勳笑笑，「你不是每次都把血裝進金屬盒子裡面丟出去嗎？這樣多不好控制？咱們可以弄個金屬柱子豎在陷阱邊，把血包放在柱子上，需要引怪的時候就把血包弄破，等喪屍來得差不多了再把血包封住，這樣就不會有多少後續的喪屍跟過來了。」

這確實是個好辦法，下次可以這樣操作看看。

嚴非對於自家老婆在打喪屍方面轉得很快的腦筋十分滿意，伸手在他頭頂揉了揉。

羅勳瞥了一眼這個在大街上拉拉扯扯男男不清的傢伙，沒有吭聲。

兩人開車回到家中，先將暫時存放在其他車上的東西搗鼓一下，取出一些運上十六樓。和今天在家休息的章溯打過招呼，就回到家中，一頭倒在床上相擁睡了過去。

五點鐘一到，兩人起身下樓，繼續搬東西。

頭天晚上他們小隊一共弄回來四個冰箱，每家一個。整整一棵樹的木材，需要劈開後放在要種植作物的房間中。除此之外，還有大量的金屬材料。

金屬材料只要嚴非多跑幾次就能陸續運上去，每天回家的時候順手帶一些就可以，但其他東西則要等到電梯運行的時候才能搬到樓上。

四輛車子停放在樓下，每一輛看起來都比先前「壯」了很多。嚴非之前在陷阱那邊可是弄了兩個巨大的金屬球，除了留在陷阱裡面的金屬材料，以及一些可以融在銀行各處留作備用的金屬材料外，剩下的全都被他盡可能地「貼」到車裡車外帶回基地。

打開車門，將自家的小推車放好，一塊塊木頭裝上去。

兩人拉著小推車回到樓道中等電梯，一趟又一趟，直到五人組打好飯菜趕回來，羅勳兩人還沒運完所有的東西呢。

看到兩人在忙活，五人組連忙跑過來幫忙，「還差什麼？」

羅勳指指貨車，「還差兩個冰箱，章溯家和徐玫她們的。」

徐玫三人此時並不在家，兩個女人帶著小欣然去買晚飯了。

「我們來我們來！」五人組擼起袖子接過工作。

沒插上手的李鐵在後面跟羅勳嘀咕：「咱們昨天只弄回來一棵樹，是不是不夠用啊？」

羅勳壓低聲音道：「肯定不夠，一會兒吃完晚飯，咱們開會時再商量。」

將最後兩個冰箱運上樓，一個留在十五樓，另一個運上十六樓。

電梯門打開，王鐸一眼就看到正在樓道中搗鼓那些木頭的章溯，心疼地衝了過去，「我來我來！」這可是他媳婦，哪能讓他做重活呢？

章溯斜睨了他一眼，把手裡的木頭放下。其實他只負責幫忙把木頭搬進羅勳他們的一六○三去，這些木頭還需要羅勳處理才能真正讓它們長出蘑菇來。

「我去看看徐姊她們回來沒？叫上她們一起上來吃個飯吧。」等東西全都放進各人的家中，韓立起身對眾人說道。

「去吧去吧。」李鐵幾人揮揮手，這件事就他積極，平時只他往樓下跑得勤快，沒見徐玫兩人都懶得搭理他嗎？

羅勳兩人回到自己家中吃晚飯，徐玫三人沒上來，只說吃完飯後上來開會。

五人組是在軍營中打的飯菜，王鐸特意將自己的分量勻給了章溯，自己啃速食麵。如今打飯需要本人親自到，就算病了也得有軍中開出的證明別人才能代為打飯。不同的身分牌對應不同的食堂，想要如以前一樣幫章溯帶飯……目前比較困難。

吃飽喝足，大家再度來到五人組的屋中進行這次出基地後的碰頭會議。

羅勳率先表態：「木材確實不夠用，不過這個不用擔心，市場上肯定有人會賣木頭，那些都是在基地外面砍回來的。」

基地中雖然能換到煤、木炭，可那些東西畢竟不是人人都能弄到，且價格又貴。不少人在燒光自己居住房間中的家具後，就將腦筋動到基地外面種著的樹木身上去了，每次外出做任務回來後都會帶上一些。

「就算不去買也能找到門路。」單純地買大塊木頭是沒人會管的，人人家中都需要燒柴火嘛，現在又沒人會管煤煙汙染的問題，所以羅勳昨天只讓小欣然弄了一棵樹回來，並沒引起檢查車中物品的士兵的注意。

五人組連連點頭，對視幾眼後，看向羅勳和嚴非兩人，「羅哥，我們昨天說起一件事，想跟你們商量一下。」

羅勳不解，「什麼事？」

「就是關於種菜的事。」五人組臉上微微泛紅，「你也知道，我們雖然想種東西，可每天能抽出來的時間太少，家裡地方也不大，雖然能和章哥家的空地一起用，不過，我們怕我們照顧不了……」

何乾坤幫自家兄弟解釋道：「我們商量了一下，要是羅哥你們方便的話，就連我們家的陽臺、用不著的空間都一起包圓了吧，種出來的收成給你們一半，還有晶核。」

王鐸趕緊附和道：「我們家也是，空地隨便種。」

羅勳和嚴非對視了一眼，從對方眼中都看出了一抹詫異。

這是……讓自己兩人幫他們種菜？

這恐怕是因為他們看到了一六〇三規整的模樣後產生的想法，畢竟羅勳弄出來的專門用作種植的房間實在是太專業了，一般人誰能弄得出來？更何況，他居然能發出那麼多幼苗，而且全都完好無損地種了進去。

「可是我一個人怕照料不過來……」羅勳有些為難，其實他還算能照料得過來，這些地方除了一開始發幼苗和最後收穫的時候比較費事，平時根本用不了多少功夫。只是幫自己家種是一回事，幫別人家種又是另一回事。

「我們……也許能幫忙。」宋玲玲忽然舉起手來，說話的時候還看向身邊的徐玫。徐玫沒有反對，對羅勳點點頭。她們的房子也空著一大塊呢，她們三個人住在那裡，剩下的房間可不都是空著的，留著幹什麼？

如果能學會羅勳的技術，得到他的指點，在自己家種些菜，總比每天冒險外出沒保障不說、一旦家中的積分和晶核花光，她們連能填肚子的東西都沒有。

章溯忽然嗤笑一聲，抬起手指指著羅勳，「那麼費事幹麼？反正你們兩個平時回來的時間早，她們兩個又在基地裡閒著沒事幹，這五個笨蛋回來之後也能當苦力。只種你家的那些地方糧食夠你們兩人吃嗎？要我說，十五樓不是還有三個空屋，都一起弄過來得了。十五樓加上十六樓的所有空地，全都由你安排種植，等收貨時留下夠咱們這些人吃的，多餘的就拿出去賣不就行了？」

羅勳愣愣地看著他，十五樓的那三個空屋……不得不說，在聽到這個提議的時候，他確實動心了，「可那三個屋子還有收成怎麼分配？」

章溯瞥了他一眼，「怎麼不能分？他們五個和我都有正經工作，平時出力肯定最少，就拿最少的一份就行。徐玫三人平時吃住都得自己想辦法，跟著你一起種菜種地打理家裡的事，只要能保證她們三人的口糧不就行了？剩下的你做主，多餘的拿出去賣掉換成晶核和積分回來。需要積分的人給積分，需要晶核的人給晶核不就結了？我說，你好歹也是隊長，怎麼分配、哪些充公都是你的事，拜託有點自覺好不好？什麼事都要商量來商量去，這種破會要開到哪輩子去？」

「隊……隊長？」羅勳被他說得一臉茫然，不解地轉頭看向身邊的嚴非。

嚴非對他笑笑，問其他人：「你們覺得呢？」

這個意思其實和他的想法差不多，如果這些人都能認同羅勳的話，自然是最好的處理方式。就如章溯所說的，羅勳若是只在自己家中種種菜，他們恐怕連自己的口糧都搞不定，還不如將十五樓也納入。雖說依舊不夠大家吃糧食的，但大可以種些快熟的蔬菜拿出去換晶核和積分買糧食。

「沒問題。」五人組當即點頭同意。

徐玫兩人也沒意見，至於小欣然？咳咳，她聽不懂，也暫時用不著徵求她的意見。

「那個……我有個問題。」羅勳的聲音忽然響起，眾人不約而同看過去。

羅勳對章溯虛心求教：「你剛才說……誰是隊長？」

章溯挑起眉毛，忽然看向嚴非，「你老婆傻了？」

另一邊的徐玫和宋玲玲本來還因為羅勳的問題一肚子納悶呢，現在聽到章溯的話，滿臉激動地對視一眼，臉上、心裡的雀躍壓都壓不住，就差當場歡呼起來。這件事她們一直沒敢直接向李鐵幾人詢問，生怕觸碰到雷區，又或者引起他們的反感，但只是平時觀察，就覺得這兩人貌似真的是一對。

如今聽到章溯的話，就等於證明了她們的猜想……

兩個女人正自激動著，就見嚴非無奈地摟著發傻的羅勳，「他這兩天累著了。」

章溯眼中帶著一絲意味深長的笑意，「那這兩天晚上可別折騰他了，不然傻到連自家大門在哪兒都不知道，到時你就該心疼死了。」

那兩人的對話越來越詭異，羅勳連忙伸手制止，拉拉嚴非的衣角低聲問：「他說的隊長到底是誰？」應該是指嚴非吧？不然大家怎麼都沒反應？應該算是默認了吧？

嚴非可以理解他為什麼沒明白這事，好笑地問他：「除了你，還有誰？」

「啊？」羅勳目瞪口呆，好半天才問道：「什麼時候？誰規定的？我怎麼沒聽說？」

五人組噗哧一聲，捂著嘴巴笑了起來。

就連徐玫兩人也是驚訝地看著他，這不是擺明了的事嗎？

嚴非掃視眾人一圈，拍拍戀人的背，解釋道：「種植的事情只有你能負責指導，教授給大家。出去打喪屍的時候，所有的戰略部署、選擇地點、攻擊指揮也都是你在做……除了你，我不覺得還有誰合適當這個……宅男小隊的隊長。」

他的話換得李鐵幾人連連點頭。

章溯一根手指戳著自己的太陽穴，似乎正在將快要繃起來的青筋按下去。

徐玫見狀含笑道：「我們加入得晚，但從咱們合作一開始就以為你是隊長……」

誰知道這傢伙居然沒有半點自覺？

宋玲玲也笑著點頭。

羅勳覺得自己的臉有些發熱，他不知道事情怎麼會變成現在這種情況。他這種上輩子想跟別人出基地找物資，連別人隊中小弟的眼色都需要看的普通人，怎麼突然重生一次就變成了隊長呢？雖說他這個隊長只能管著目前在場的不過十個人……

嚴非打斷他的思緒，問道：「樓下三個屋子怎麼處理？現在應該還在軍方的管理下吧？」他說這句話的時候眼睛是看向章溯的，這個建議既然是他提的，那他就有能夠解決的方案。

現在就算他們想要硬占也是能占過來的，但以後怕會有麻煩。

章溯眼睛瞇成月牙狀，「這事交給我吧，明天就能搞定。」

人家在醫院當醫生，完全不用自己去找門路，都是門路來找他。

嚴非點了一下頭，看向身邊被轉移注意力的自家老婆，「那樓下要怎麼安排？」

羅勳先是愣了一下，隨即當機立斷將自己剛剛的糾結丟到一旁。

思索了一下，羅勳皺眉道：「三個屋子可以全都用來種糧食，無論是水稻還是小麥生長都有一個高度限制。多出來的空間可以用金屬架子分隔開，在裡面種各種蔬菜、水果來增加收入。可這麼一來又有幾件事需要大家想辦法解決，一個是土壤，土不夠的話，許多東西的種植都會受到影響。另一個就是乾淨的水……」

宋玲玲聽到這裡連忙舉手，興奮地道：「我可以將自來水直接提取出乾淨沒有汙染的水，速度比平時直接使用異能凝水要快多了。」

水系異能者凝出來的水不是憑空冒出來的，就像火系和其他系的異能一樣，都是需要空氣中有相關元素才能使用，所以在附近有水源的情況下，水系異能者的實力相當強悍的。

（未完待續）

綺思館036

宅男的末世守則 2

國家圖書館出版品預行編目資料

宅男的末世守則2/ 暖荷著. -- 臺北市 : 晴空,
城邦文化出版 : 家庭傳媒城邦分公司發行,
2019.05
　冊；　公分. --（綺思館036）

ISBN 978-957-9063-37-1（第2冊 : 平裝）

857.7　　108004660

著作權所有・翻印必究
本書如有缺頁、破損、裝訂錯誤，請寄回更換
Printed in Taiwan.

城邦讀書花園
www.cite.com.tw

作　　者　暖　荷
封面繪圖　黑色豆腐
責任編輯　施雅棠
國際版權　吳玲緯
行　　銷　艾青荷　蘇莞婷
業　　務　李再星　陳紫晴　陳美燕
編輯總監　劉麗真
總 經 理　陳逸瑛
發 行 人　涂玉雲
出　　版　晴空
　城邦文化事業股份有限公司
　104台北市中山區民生東路二段141號5樓
　電話：（886）2-2500-7696　傳真：（886）2-2500-1966
發　　行　英屬蓋曼群島商家庭傳媒股份有限公司城邦分公司
　104台北市中山區民生東路二段141號2樓
　書虫客服服務專線：(886)2-2500-7718；2500-7719
　24小時傳真服務：(886)2-2500-1990；2500-1991
　服務時間：週一至週五09:30-12:00；13:30-17:00
　郵撥帳號：19863813　戶名：書虫股份有限公司
　讀者服務信箱E-mail：service@readingclub.com.tw
晴空部落格　http://sky.ryefield.com.tw
香港發行所　城邦（香港）出版集團有限公司
　香港灣仔駱克道193號東超商業中心1樓
　電話：852-2508-6231　傳真：852-2578-9337
　E-mail：hkcite@biznetvigator.com
馬新發行所　城邦（馬新）出版集團【Cite(M)Sdn. Bhd.(45832U)】
　411, Jalan 30D/146, Desa Tasik,Sungai Besi, 57000 Kuala Lumpur, Malaysia.
　電話：(603) 9057-8822　傳真：(603) 9057-6622
　Email：cite@cite.com.my
美術設計　洸譜創意設計股份有限公司
印　　刷　沐春行銷創意有限公司
初版一刷　2019年05月09日
定　　價　350元
I S B N　978-957-9063-37-1

原著書名：《重生宅男的末世守則》，由北京晉江原創網絡科技有限公司授權出版。